Две
ЗВЕЗДЫ
российского
ДЕТЕКТИВА

Анна и Сергей

# Литвиновы

# Черно-белый танец



МОСКВА
«ЭКСМО»
2004

УДК 882
ББК 84(2Рос-Рус)6-4
Л 64

Разработка серийного оформления
художника *С. Курбатова*

**Литвинова А. В., Литвинов С. В.**

Л 64 Черно-белый танец: Роман. — М.: Изд-во Эксмо, 2004. — 384 с. — (Две звезды российского детектива).

**ISBN 5-699-07717-0**

Настя не помнила, как дошла до банкетного зала. Сегодня у нее свадьба, но этот день стал самым трагическим в жизни. Только что она узнала, что ее возлюбленного, единственного мужчину всей ее жизни, отца ее будущего ребенка, приговорили к десяти годам заключения... А свадьба была лишь частью сделки, которую она заключила с собственной матерью: она, Настя, выходит замуж за бывшего своего кавалера Эжена, а мать нанимает самого лучшего в Москве адвоката для Арсения. Судили его за преступление дикое и жестокое, преступление, которого он не совершал. Убиты в собственной квартире Настины дед и бабушка, украдены деньги и украшения, и все улики указывают на ее Арсения. И Настя, чтобы спасти Арсения, согласилась выйти за нелюбимого. Да, ей придется стать чужой женой, но это ненадолго. Она сделает все, чтобы найти настоящего убийцу, чтобы спасти своего возлюбленного...

**УДК 882**
**ББК 84(2Рос-Рус)6-4**

**ISBN 5-699-07717-0**

# Пролог

## 1982 год

*Одним все, а другим ничего.*
*Вечный закон. Непреложный, незыблемый.*
*Он, как все, жил по закону.*
*Но так и не принял его. Не смирился.*

*Стылым февралем восемьдесят второго года он по привычке поймал «Свободу».*

*«Вражий голос» сквозь вой глушилок с несоветским придыханием сообщал: в Московском метро произошла трагедия. Обвалился эскалатор на станции «Авиамоторная». Чуть ли не сотни жертв, московские врачи и милиция в панике.*

*А родное телевидение в это время рассказывало о трудовой вахте по исполнению решений Двадцать шестого съезда КПСС. И о строительстве газопровода Уренгой — Помары — Ужгород. И об открытии новой художественной школы в Ашхабаде. В общем, счастливая, успешная, благополучная страна.*

*Он понимал: вражьи голоса врут. Наверняка в метро никаких «сотен погибших» и никакой паники в рядах милиции. Трагическое, но не самое страшное происшествие. Так объявите же! Расскажите, вышлите съемочную группу, успокойте народ! Нет. Всеобщее умолчание.*

*О, как же он ненавидел эту мерзкую страну!*

*Он презирал ее двуличие, ее мрак.*

*Он ненавидел кильки в томате, вареную колбасу в серых пятнах, тощих, плохо ощипанных кур. Его тошнило от баек про «развитой социализм». Какой развитой социализм?! Он видел это «развитие». Оно совсем рядом, за дверью распределителя на Грановского и сотой секции ГУМа. Там прячется россыпь роскошной финской салями, баночки свежей красной и черной икры, нежнейшая вырезка... К закрытым магазинам подъезжают черные*

*«Волги», шоферы распахивают дверцы перед спецконтингентом.*

*Контингент вальяжно направлялся в дверям...*

*Почему? За что? Чем они — жирные, лоснящиеся, самодовольные — заслужили все это?*

*Да, он привык к тому, что его страна живет по лживым, двуличным законам.*

*Но, черт возьми, смиряться с этим он не собирался.*

*Он им еще устроит!*

Прошло двадцать лет.
Наши дни

Настя с Николенькой бросили машину на Таганке. Решили нырнуть в метро. Так выйдет куда быстрее, чем стоять в пробках.

В вагоне, уже изрядно набитом, Настя взяла Николеньку под руку. Провокационно прижалась к нему. Она чувствовала изумленные взгляды, устремленные на них, и ловила кайф от этих взглядов. Народ явно не понимал, что это за парочка, в каких отношениях они состоят: юный, красивый, модно одетый атлет и женщина, очевидно старше его, но тоже молодая, яркая и весьма привлекательная. Он, если присмотреться и отвлечься от атлетической фигуры, совсем еще мальчик. Ей на вид не больше тридцати (хотя на самом деле — ах, страшно подумать, — тридцать семь!).

Он — на голову выше; аккуратно, ласково поддерживает свою спутницу, оберегает от вагонной тряски и толкотни попутчиков. Порой что-то шепчет ей на ухо.

А Настя — она балдеет от его внимания. И еще оттого, что полвагона недоумевает: кем они приходятся друг другу? Младший брат и старшая сестра? А может, любовники? Или даже супруги? Сейчас в Москве всякое бывает. И богачки, бизнес-леди, запросто покупают себе в любовники мужиков на десять и даже на пятнадцать-двадцать лет младше себя!..

Однако вряд ли кто из наблюдателей мог задуматься или предположить, что Настя и Николенька — это мать и сын.

«Как хорошо все-таки рожать рано! — радуется Настя, отслеживая краем глаза недоуменные взгляды, нет-нет да обращавшиеся на них из толпы. — У меня уже взрослый сын. Спутник. Опора. А я еще молодая и стройная и такая красивая, что пара-тройка мужиков в вагоне с превеликой радостью поменялась бы с Николенькой местами!»

На следующей станции, «Китай-городе», они вышли. Ускользнули из поля зрения усталых вечерних путников, словно яркий, ослепительный блик — символ красивой жизни.

Подобные счастливые парочки встречаются в Москве, но их не слишком часто увидишь своими глазами. Обычно они скрыты от публики в салонах собственных автомобилей, их можно встретить в театрах и модных магазинах, но порой, изредка, они вплывают и в метро, особенно на центральных станциях, и приковывают к себе всеобщее внимание...

Настя с Николенькой направились сквозь суетливую толпу к выходу на Старую площадь. Их по-прежнему провожали мимолетно-недоуменными взглядами...

Они миновали жестяного Ногина, прошли мимо пяти-шести лотков с книгами, газетами и театральными билетами и ступили на эскалатор.

— Мама, — вдруг пробасил Николенька, — а расскажи, как все было раньше?

— Раньше — это когда?

— Ну, когда ты была молодая.

— А что, я сейчас уже старая? — кокетливо улыбнулась она.

— Да нет же! — смутился Николенька и забавно покраснел. — Ты и сейчас молодая. Но я имею в виду: когда ты была совсем молодой. Как я сейчас. Когда тебе семнадцать лет было.

— А что ты хочешь узнать?

— Ну, все, — тряхнул головой сын. — Как все было?

Они сошли с эскалатора и миновали качающиеся двери метро.

— Все... — улыбнулась она и взяла сына за руку. — Тогда все было по-другому.

— Я сам знаю, что по-другому, — досадливо сказал он. — А *как* по-другому?

— Ну, для начала: ничего этого не было.

Она кивнула на длинный ряд ларьков вдоль бесконечной стены подземного перехода.

Ларьков, где продавалось все на свете: свежеиспеченные пирожки, семнадцать сортов пива, книги, сласти, жвачки, парфюмерия, оправы, компьютерные диски, видеокассеты, сигареты, мужское и дамское белье...

— А что вместо этого было?

— А ничего не было, — улыбнулась Настя. — Пустая кафельная стена. Иногда бабка цветы продавала. Но редко. И ветер здесь гулял.

Вдруг нахлынуло воспоминание: они идут по трубе перехода вместе с Арсением. Она держит его под руку — как сейчас Николеньку. Голые стены, завевает ветер, а она такая молодая! Такая молодая, что аж дух захватывает и кажется, что впереди вся жизнь и ее ждет огромное, нестерпимое счастье!

И так это все быстро минуло, так быстро пролетели все эти двадцать лет!..

Они с Николенькой поднялись вверх, на Старую площадь.

«Моя Москва... — подумала Настя. — Как ты переменилась... Насколько стала ярче, уютнее... Насколько больше красивых людей и красивых машин... Насколько светлее на улицах... Но — одновременно! — какой смог!.. Железное стадо стоит в двенадцать рядов. Ждет светофора, бибикает, чадит своими движками... И какое людское расслоение... Тогда все были равны как на подбор... А теперь... Пассажир глазастого «мерса» с номерами АА снисходительно смотрит на водителя «шестисотого» «мерина», потому что у того модель — уже устаревшая, из прошлых, девяностых годов, из прошлого века, тысячелетия... А мужик, что в «мерине», брюзгливо топырит губу на «Пассат». Пассажиры «Пассата» заносчиво смотрят на «Волгу»... Ну а шофер «волжанки» (по советской еще привычке) глядит свысока на пешеходов — на нас с Николенькой, например, — хотя, видит бог, у него нет ровно никаких оснований свысока смотреть на нас... И встречные прохожие тоже: идут и оценивают друг друга... Мне, например, с Николенькой завидуют. Потому что я красивая и хорошо одетая, а он молодой... Круговорот тщеславия. Ярмарка дерьма... А вот нищий сидит: один он ни с кем себя не сравнивает и никого вокруг не оценивает... Ему уже все равно...

А Николенька — он среди всего этого вырос. И как ему объяснить, что бывает по-другому? Он же ровным счетом ничего не поймет!»

И снова нахлынули воспоминания: такой же позднеосенний вечер, двадцать лет назад. И то же время суток. И даже, кажется, та же грязца под ногами. (Вот с грязцой в Москве ровным счетом ничего не изменилось!..)

...И они в этом же самом месте покинули метро и шли по Новой площади в сторону «Детского мира». И он точно так же держал ее тогда под руку... Только *он* тогда был не Николенька, а Арсений. И станция метро называлась по-другому — «Площадь Ногина». И никаких вывесок не было, фонарей и реклам. И прохожих на улице тоже не было. Ни одного. Лишь маячили неприметные люди в драповых пальто, жались к стеночкам официальных зданий по левую руку... И здесь, на месте, где сейчас газует железное стадо, — не было ни единой машины. Лишь пустая площадь, а за ней — темная громада Политехнического...

Только проносились порой по Новой площади черные «Волги» — все они тогда почему-то следовали в сторону, противоположную нынешнему движению — к площади Дзержинского... И горели окна в здании КГБ, много окон... И крутило поземкой... И на душе отчего-то было зябко, страшно, прекрасно и волнующе. И Арсений тогда был рядом... Чуть не впервые они в тот вечер куда-то пошли вместе, вдвоем: но не на занятия, не к репетиторам, а просто так... А вот где они были? На вечеринке?.. На концерте «Машины времени»? Да нет, концерт «Машины» вместе с Сенькой был позже, не могло быть никакого концерта в такой день... Или они просто гуляли, что ли?

Как говорил Сеня, проветривали мозги?

Он тогда еще рассказывал анекдоты. Политические. Близость здания КГБ этому словно способствовала. Какую-то особую остроту придавала. Анекдоты про Андропова, кажется, уже появившиеся? «Знаешь, — спрашивал он, — что теперь Кремль переименуют?» — «Ну?» —«Его назовут Андрополь!» — шептал он ей на ухо, и она фыркала...

Или анекдотов про Андропова тогда все-таки еще не было, они потом, немного позже, появились?

А в тот вечер возле авиакасс, у Черкасского переулка, они с Арсением наткнулись на пост. Тротуар был перегорожен железными барьерчиками. Возле загородок мерзли два милиционера в валенках с галошами и офицерик внутренних войск в щегольских сапожках.

— Куда следуете, молодые люди? — помнится, весело, совсем не в соответствии с моментом, спросил один из румяных милиционеров.

— Домой идем, — так же весело, в тон, ответил Сенька.

— Куда домой?

— На Бронную.

— Ну идите, — махнул рукой милиционерик. Даже паспортов с пропиской не попросил предъявить.

Они миновали барьер и прошли еще метров двести — до подземного перехода у «Детского мира». Движение по проспекту Маркса было напрочь перекрыто. Проезжую часть заметало снежком. Железные барьерчики перегораживали тротуар и тянулись во всю ширину проспекта. В самой середине служивые, впрочем, оставили дыру — там как раз притормозила черная «Волга» с номером МОС. Гаишник, не проверяя документов, махнул ей палочкой: «Проезжай», — и «волжанка» понеслась вниз, к Большому театру. По белому снегу за ней тянулся черный след.

Внизу, за «Метрополем», у Большого театра, тоже виднелись выставленные во всю ширину проспекта барьеры. Там «Волгу» все-таки остановили, у водителя стали проверять документы.

Вполнакала светили желтые фонари — и ни души вокруг, ни единого прохожего. Лишь сияет почти всеми окнами ярко-желтый куб КГБ, да милиционеры и штатские прохаживаются вдоль барьерчиков...

— Засуетились, слуги народные, — пробормотал Арсений.

— Сенька, прекрати! — осадила его Настя.

— Ничего! Почуют теперь, почем фунт лиха! — проговорил Сеня еще тише.

...У «Детского мира» их через барьерчик не пропустили, хотя Настя, честь по чести, предъявила милиционеру паспорт с пропиской на Большой Бронной.

— Вы, ребята, здесь все равно не пройдете, — сказал чин в тулупе. — Обойдите по Кузнецкому, а потом по Петровке и по бульварам. Там не перекрыто. А лучше бы в метро сели, быстрее будет...

— Ладно, — ангельским голосом молвил Сеня. — Мы так и сделаем.

А потом вдруг двинулся быстрыми шагами вдоль барьерчика, вышел на проезжую часть. Дошел до середины. Милиционеры и один штатский с ленивым любопытством наблюдали за ним, но не останавливали.

Арсений остановился у дыры для проезда машин. Внимательно посмотрел вниз, в перспективу пустынного проспекта. Поднес к глазу руку, словно бы в видоискатель кинокамеры поглядел. Не спеша развернулся, не отрывая руки от лица. Посмотрел вверх, на железный памятник железному Феликсу и бессонное здание КГБ. Затем вернулся на тротуар, к Насте.

— Гражданин, не надо нарушать, — вяло сказал милиционер.

— Пошли! — Настя схватила Сеню под руку и повлекла к подземному переходу. — Ты чего? Хочешь, чтоб нас загребли?! Провинциал несчастный! Первый день в Москве, что ли?!

— Эх, Настька! — вздохнул тогда, помнится, Сеня (давая, впрочем, ей увлечь себя). — Да понимаешь ли ты, что сейчас происходит? Запомни, запомни этот день! Ты хоть врубаешься? Ведь сейчас — сегодня, завтра — заканчивается одна эпоха. Одна эра. И начинается совсем другая.

— Ох, какой же ты... — вздохнула тогда Настя.

— Какой?

— Фантазер. Философ. Умник, — произнесла она вслух. А про себя, помнится, подумала: «Какая там эпоха!.. Да разве это важно!.. Чушь какая: «Эпоха!..» Вот эти снежинки в темном воздухе — вот что важно. И твои, Сенька, длинные ресницы. И то, что ты держишь меня за руку, а ладонь у тебя крепкая и сильная...»

Они тогда перешли по абсолютно пустому подземному переходу к «Детскому миру».

Настя снова взяла его под руку. Круглые часы — «бочонок» — на столбе у перехода показывали двадцать минут десятого.

Тянулся, подходил к концу воскресный день — четырнадцатое ноября тысяча девятьсот восемьдесят второго года.

На завтра были назначены похороны Брежнева...

— ...Мама! — возмущенно дернул ее за локоть — нет, не Арсений! — а Николенька.

Она очнулась от своих воспоминаний.

— Мама! Ну куда ты опять улетела! — гневно выговорил ей сын. — Я же тебя просил *рассказывать.* Вслух! А ты вспоминаешь. Про себя! Это разные вещи, чтоб ты знала!

Господи, улыбнулась она. Откуда у него такая снисходительность по отношению к матери! И этот важный тон... Выговаривает мне. *«Это разные вещи, чтоб ты знала...»*

— Но, Николенька, — она попыталась, слабо улыбаясь, защититься, — я же не могу рассказать тебе, если сначала сама об этом не вспомню!

— Вот и вспоминай — вслух, — упрямо проговорил сын.

— Да слишком много всего происходило в моей жизни, — попыталась она отбиться от подростка. — Надо же мне как-то эти воспоминания рассортировать. Упорядочить.

— Не надо ничего порядочить! — почти выкрикнул он. — Ты что, сама себе цензором будешь, что ли? Передо мной станешь базар фильтровать?

— Хорошо-хорошо, — поспешила она успокоить Николеньку. — Я все тебе расскажу. Все подряд. И без всякой самоцензуры.

Но при этом подумала: «Фигушки я тебе расскажу *все.* Никогда ты, сынуля, я надеюсь, не узнаешь всего. Слишком многое со мной за эти годы случилось. Слишком многое я узнала: и любовь, и настоящую страсть, и разлуку, и измену, и жизнь без любви... И кровавое убийство, и неправедный приговор, и предательство самых близких... И бедность я узнала, и богатство, и самые черные чувства испытала, и самые светлые... Слишком тяжело мне обо всем об этом будет рассказывать. И *всего* обо мне никогда и никто не узнает... Даже ты не узнаешь, мой сын».

— Ну, давай, давай же, мама! Рассказывай! — задергал за рукав ее шубки Николенька.

# Часть первая

# БЕЛЫЙ ТАНЕЦ

## Глава 1

## НАСТЯ

*1982 год, июнь*

У Насти Капитоновой было все.

Кроме счастья.

Однажды она попыталась определить — одним словом! — чего же ей не хватает в жизни. Денег, шмоток, деликатесов? Все есть в избытке. Внимания? Тоже достаточно. И одноклассники к ней кадрятся, даже красавчик Мишка из десятого «А». А родичи со своим вниманием просто прохода не дают.

Может, развлечений ей мало? Да нет, пожалуйста, на любой вкус. Дед по первому свистку достает билеты на любые спектакли и концерты, приглашения на модные премьеры и закрытые просмотры в Дом кино и ЦДЛ... И карманных денег хватает...

Но почему же она никогда не чувствует себя счастливой?

И Настя наконец подобрала слово: ей неуютно. Неуютно там, где она проводит две трети жизни. Неуютно дома, в семье.

Квартира у них такая, что полкласса (да не простого, элитного!) завидует. Пятикомнатные апартаменты на Большой Бронной, окна в тихий двор. Мебель — не какое-нибудь ДСП и советская рогожка, а благородное дерево и натуральная кожа. Ковры, хрусталь, картины по стенам. В общем, дорогая, красивая декорация. Театр. Но... Но на домашней театральной сцене вечно происходит что-нибудь неприятное...

Сегодня за вечерним чаем Насте снова указали на ее место. А место ее в семействе — последнее. Как говорит один придурок из класса, «у параши». И все из-за этой Болгарии...

Болгария намечалась в июле. Турпоездку, разумеется, пробил дед.

— В соцстрану нас отправить для него не проблема, — гордо сказала Настина бабушка. А мама вздохнула: «Курица не птица, Болгария не заграница. Я бы лучше в Югославию поехала, там обувь шикарная. И мужчины красивые».

Мама всегда чем-то недовольна, Настя уже привыкла. А по ней — Болгария так Болгария, тоже неплохо.

Собирались ехать втроем: Настя, мама и бабушка. Дед путешествовать с ними отказался: он никогда не изменял любимому Сочи.

Настя тщательно готовилась к поездке: нужно выглядеть в этой Болгарии не хуже других, все-таки почти что Европа! Еще в мае она выпросила у деда новые джинсы.

Самолично отстояла в ЦУМе трехчасовую очередь за югославским купальником.

Выменяла у подруги красивейшие пляжные шлепки с разноцветными перепонками и бисерными завязками. Купила у спекулей яркие резиночки для волос... А вот книжки про Болгарию, как советовала мама, читать не стала — чего зря голову забивать, приедет и сама все увидит. И без того по программе постоянно читать приходится.

Мама с бабушкой тоже готовились к поездке. И тоже демонстрировали деду, Егору Ильичу, новые наряды. А сегодня за ужином мама похвасталась:

— Я три «Зенита» купила! По одному на каждого!

— Молодец, — немедленно откликнулась бабушка.

Настя ничего не поняла. Какие «Зениты»? Зачем?

А дед аж голос от возмущения потерял. Просипел:

— Да вы что, бабоньки? Обалдели? Вы что, спекулянтки?!

Мама отмахнулась:

— Какая спекуляция? Так, небольшой товарообмен.

— Позориться я вам запрещаю, — ледяным тоном заявил дед. — И страну позорить!.. Вы, извините, за границу не от липецкой швейной фабрики едете!

— Да кто там будет позориться! — отмахнулась мама. — Горничные сами подходят и предлагают: один «Зенит» — пятьдесят левов.

А бабушка мягко добавила:

— Там дубленки очень красивые. И мне нужна, и Ирише... А в твоей сотой секции дубленок в прошлый раз не было.

Дедовы глаза заметали молнии.

— Тряпичницы, — пригвоздил он. — Да у вас от шмоток шкафы уже ломятся! И все мало!

Бабушка вспыхнула. Мама молча опустила глаза.

Назревала ссора. А когда родные кричали друг на друга, Насте казалось, что у нее останавливается сердце: так и кололо, так и ныло... И она кинулась на выручку — привыкла уже работать буфером. Чем бы их отвлечь? Настя спросила:

— А на каком она море, эта Болгария? На Адриатическом? На Красном?

За столом дружно замолчали, переглянулись... Первым очнулся дед. Молнии из его глаз исчезли.

— На Белом море, Настя, на Белом. А на берегу — тюлени, пингвины...

Настя растерянно заморгала: кажется, она снова ляпнула что-то не то.

— Настенька! Карта мира у деда в кабинете висит. Сходила бы хоть посмотрела, куда ехать собираешься, — жалостливо вздохнула бабушка.

Упрек прозвучал необидно. Настя в ответ улыбнулась:

— Мне ж географию в университет не сдавать...

А вот мама уколола ее по-настоящему больно:

— Пэтэушница! Думай, прежде чем рот разевать!

Сердце прыгнуло, трепыхнулось. Глаза защипало. Не хватало только при них при всех разреветься! Настя быстро встала и выбежала из-за стола. Закрывая за собой дверь, услышала, как дед выговорил матери:

— Ну зачем ты так, Ирина?!

...Настя обожала маму. Всегда считала, что мамуля у нее — лучшая в мире. Самая красивая, самая умная, самая молодая. Но боже, как же она ее боялась! И ничего не могла с этим поделать.

Настя хорошо помнила давнюю, со времен раннего детства, историю.

Детский садик у нее, разумеется, был продвинутый, с улицы не попасть: вкусные пудинги, огромная игровая и даже бассейн-лягушатник... Воспитательница в их группе тоже оказалась непростой — взрослые говорили, что не только с высшим образованием, а настоящий психолог с дипломом кандидата наук. Маленькая Настя однажды подслушала, как мама хвасталась подруге: «Ни разу не видела, чтобы в *моем* саду дети *просто играли.* С ними постоянно занимаются — по особой развивающей системе». Настя тогда не поняла, что это за система такая, но *рисовать* по заданию воспитательницы *свои мысли* и *лепить* из пластилина *свой внутренний мир, ей нравилось. А однажды той взбрело в голову: стала требовать от малышей, чтобы они рассказали, чего они боятся. Ну, группа много чего боялась — и давай рассказывать.*

Толстый Петька сказал, что боится собаку овчарку, Настина подруга Милка призналась, что ей страшно спать в темноте. Остальные жаловались, что опасаются всяких там ведьм и Бабок Ежек. А Настя сказала так:

«Бабы Яги нет. И собак я не боюсь, и темноты тоже не боюсь. И вообще не боюсь ничего. Даже войны».

Но воспитательница не успокоилась. Долго приставала с дополнительными вопросами и наконец выудила: войны Настя действительно не боится, а вот родную маму... ну, не то чтобы очень боится... так, слегка.

Вся группа вытаращилась на нее как на чумную. Подруга Милка (она обожала Настину маму и даже тщетно пыталась копировать ее царственную походку) прошипела: «Ну ты дурында!..» А воспитательша, психологиня чертова, в тот же вечер заложила Настю маме.

Настя хорошо запомнила этот вечер.

Дедова «Волга», ушки-на-макушке шофер и маман в распахнутой шубке: слушает смущенный лепет воспитательницы и хмурится.

— Ты, наверное, так пошутила, да? — спросила мама по дороге домой.

Настя ссутулилась на заднем сиденье и промычала:

— Да-а...

— Тоже мне, Чарли Чаплин! — хохотнул шофер.

Шофер, дядя Илья Валентинов, работал у Капитоновых уже не один год и считал себя почти что членом семьи. Обычно Капитоновы не возражали. Но в тот раз Ирина Егоровна пресекла излишнюю фамильярность. Она грубо оборвала водителя:

— За дорогой следи! — И продолжала допытываться: — Или это не шутка?

Мама обернулась со своего переднего сиденья. В глазах ее сверкало искреннее недоумение. И досада: из-за того, что не может влезть в голову дочери и прочесть ее мысли...

Настя молчала. Шофер притворялся, что наблюдает за движением.

— Значит, правда боишься, — подытожила мама. И удивленно спросила: — Но почему? Я тебя что, ставлю в угол? Запираю в чулане? Лишаю конфет? Или, — ее голос набирал обороты, — может быть, бью?

Отвечать было нечего. Мамуля действительно никогда ее и пальцем не тронула. И, разумеется, никаких темных чуланов или гороха в углу в семье не практиковалось. А с конфетами Настя даже перебарщивала — бывало, аллергия разыгрывалась.

Но все равно: маму она боялась. Боялась ее взгляда, сверкания двух синих льдинок. Ее округлых, гневно расправленных плеч. Ее голоса, хлещущего порой похуже любого ремня.

Настя рано поняла, что вносит в мамину жизнь сплошной хаос. Доставляет ей неудобства. Мама так молода, ее жизнь только набирает обороты, у нее карьера, и визиты, и приемы, и театры, и бассейн, и косметолог — а тут под ногами путается постоянный нарушитель покоя, малый ребенок. И с этим ребенком одни неприятности. То куклу, привезенную из-за границы, ломает, то дорогое платье рвет, то разбивает антикварную сахарницу... А рисунки на обоях, а потерянные ключи, а неудачные кулинарные эксперименты, когда приходилось выбрасывать дорогие инвалютные сковородки? И еще болезни, с капризами и плачем...

Нет, мама никогда не кричала и тем более не била дочь. Но от ее презрительного: «Безрукая!» — Насте хотелось раствориться, исчезнуть, превратиться в невидимую пылинку.

Настя очень, очень мечтала, чтобы у нее тоже все выходило легко, как у мамы.

Чтобы непринужденно говорить по-английски. Чтобы одежда носилась так же, как мамина, — когда на костюме ни складочки. Настя мечтала научиться всему, что так блестяще умела мама: делать себе красивые прически, и считать в уме без всякого калькулятора, и готовить вкусные салаты — например, гордость на всю Москву: из ананасов с креветками...

Но, увы, не получалось. Одно из двух: или природа действительно решила на ней отдохнуть. Или, как Настя однажды подслушала, папашкины гены подмешались.

Папашка (Настей никогда не виденный) считался в семье Капитоновых образцом бездарности и сволочизма. О нем старались не вспоминать. Будто не было его — и все.

Мама с раннего детства пыталась выявить в Насте какие-нибудь таланты. Ну, пусть не таланты — способности. Или хотя бы склонности. Настю швыряли то на гимнастику, то на фигурное катание, то в музыкалку, то в художественную школу... И везде она оказывалась в середнячках. В твердой, надежной и скучной серой массе.

Пейзажи ее были забавны, но их никогда не брали на выставки.

Учительница музыки ставила ей «твердые четверки с переходом в пятерки», но никогда не приглашала выступить даже на общешкольном концерте, не говоря уже о мероприятиях в Доме композиторов или в консерватории... В фигурном катании ее максимальным достижением стала массовочная роль снежинки на новогоднем утреннике. Тренер по гимнастике гладила ее по голове и ласково приговаривала: «Настенька — мое живое полено...»

Только классу к седьмому маме надоели эксперименты, и Настю наконец оставили в покое.

— Хотя бы в школе учись без троек, — досадливо напутствовала она бесталанную дочь.

И пару лет Настя была почти счастлива. Только уроки, и никаких дополнительных школ-секций-курсов. Появилось время поболтаться во дворе, походить по киношкам, почитать внепрограммные книги, освоить краткий курс первых поцелуев в подъездах и на пустынных детских площадках... (Если бы еще только вахтер из их дома за ней не шпионил и не докладывал потом деду: «А ваша Настя сегодня опять с каким-то длинным целовалась!»)

Мама безропотно подписывала дочкин четверочный дневник и лишь изредка досадовала, что Настю никогда не посылают на межшкольные олимпиады — даже районные, даже по литературе... А Насте — ей безумно нравилось, что больше не надо ни с кем соревноваться и не нужно часами долбить непонятные науки или искусства и страдать из-за того, что ты — хуже других...

В девятом классе пришло время заикнуться о шубке. (Почти все девчонки из их спецкласса щеголяли в мехах, на худой конец в дубленках, и только две-три, Настя в том числе, донашивали детские пальтишки.)

Мамуля фыркнула:

— Шубку? Это вряд ли!

— Но почему? Можно пошить очень недорого... Если скорняк знакомый...

— Нет, Настя, — твердо сказала мама. — Мы и так на тебя каждый месяц деньги откладываем.

— Какие деньги? — не поняла Настя.

Мама вздохнула, сказала раздельно и четко, как глупенькому ребенку:

— Ты в институт-то поступать собираешься? Или как, в ПТУ пойдем?

Настя пока всерьез не думала об институте. Но пришлось покорно кивнуть:

— Конечно, собираюсь.

— Поди, в иняз намылилась? Или в МГИМО?

— Нет, в МГУ, наверно. На филологический. Или на философский. А можно и на факультет журналистики.

— Понятно... — протянула мама. — Предпочитаешь говорильню.

— Почему это говорильню? — ощетинилась Настя.

— Потому что книжки читать проще, чем доказывать теоремы и решать задачки. А трудностей ты боишься.

— Ничего я не боюсь! — воскликнула Настя. — Просто не люблю я ни математику, ни физику!

— Не любишь и не понимаешь, — последнее слово все-таки осталось за мамой. — Ладно. Что туда, в МГУ, сдавать будешь, уже выяснила?

— Сдавать?.. — Разумеется, этого Настя не знала. Пришлось импровизировать: — Ну, сочинение. Английский, наверно... Обществоведение. Все гуманитарное, ничего сложного.

Мама вздохнула:

— Значит, говоришь, ничего сложного... И ты думаешь, что поступишь сама? И денег никаких не надо?

— А при чем тут деньги? Пишу я хорошо. Мое сочинение даже в классе однажды читали. По инглишу у меня в году, наверно, пятерка будет. А в десятом классе еще подналягу. По всем гуманитарным предметам на пятерки вытяну.

Мамуля злорадно улыбнулась и выстрелила английской фразой. Фраза прозвучала красивой и непонятной музыкой. Настя поняла из нее единственное слово: предлог *if*. Или это не предлог — а союз?..

Вид у Насти был весьма озадаченный, и мама сжалилась, объяснила:

— Это на сленге... Дословно переводить не буду, там не совсем прилично... Но смысл такой: «Хочешь поступить — гони деньги». А эти твои разговоры: «Пишу хорошо, да пятерка в аттестате...» — детский лепет, и только.

Но Настя все равно не понимала. Девчонки из класса говорили о своем обучении, да в престижных вузах, как о чем-то само собой разумеющемся. В разговорах порой подразумевалось, что за поступление родителям придется уплатить взятку, но о ее размерах речи не заходило. И тут мама наконец прояснила:

— Знаешь, как сейчас говорят? Меняю ключи от машины на студенческий билет. А машина семь тысяч стоит, если не знаешь. Неужели подружки тебя еще не просветили?

Настя не поверила:

— Машина? Целая ма-ши-на?

— А мальчикам даже дороже выходит, — добавила мама. И объяснила: — Им поступить важнее, потому что иначе — армия.

— И что, все наши... в смысле родители всех наших... будут платить? — поинтересовалась Настя.

Мама пожала плечами:

— Милкина мама, может быть, и нет.

(Настя однажды сдуру проболталась, что подруга заняла первое место на московской олимпиаде.)

— Ей и нечем платить, — пробурчала Настя. — У нее зарплата сто сорок.

— Зато у Милы способности не в пример твоим, — приложила ее мама. — Так что одно из двух, Настя: или — большой талант, или — большие деньги. А с талантами у тебя, прямо скажем, не очень...

— Но они — ну, те, кто принимает экзамены, — не сдавалась дочь, — обязаны спрашивать нас только по школьной программе! А ты со мной на каком-то сленге разговариваешь. Даже переводить неприлично! И еще сердишься, что я не понимаю! Школьники сленг знать не обязаны!

— Наивное ты создание... — вздохнула мама. — На сленге не поймают, так на грамматике завалят. Про МГУ твой точно не знаю, а в Мориса Тореза в прошлом году был конкурс семнадцать человек на место. А ты, — не удержалась мама, — все развлекаешься, по кино бегаешь. Хотя давно уже пора в институт готовиться, к преподавателям ходить...

Настя покачала головой:

— Все равно я не понимаю... Ты же сама говорила:

у деда такие связи! Что он, у нас последний человек? Да он наверняка с самим ректором МГУ знаком! И не просто знаком, а ректор у него чего-нибудь просит. Кирпичи там или фонды какие-нибудь... Неужели дед не замолвит за меня словечко?

«Что-то я разошлась, — отметила она про себя. — Кажется, перебарщиваю».

Но мама не стала ей выговаривать, только отмахнулась досадливо:

— Ты же знаешь, как дед болезненно относится ко всякого рода проявлениям блата! Но ради тебя он, конечно, мог бы сделать исключение... С дедом мы этот вопрос обсуждали. Технические вузы у него практически все схвачены. Куда хочешь: в МВТУ, МИФИ, МЭИ, МИСИ... Возьмут, и экзамены — просто формальность. А вот с гуманитаркой у него проблемы. Плехановский он тебе еще может устроить, но ты же туда не хочешь?

— Не хочу, — кивнула Настя.

И нарвалась на очередную мамину оплеушку:

— Да уж, с твоей математикой только в экономисты идти.

Настя молчала. Мама спросила — вопрос, впрочем, прозвучал скорее как утверждение:

— Так что путь у тебя один: заниматься с репетиторами. Готова?

— Готова, — откликнулась Настя. И неожиданно для себя добавила: — И заниматься буду, и поступлю сама — без всякой взятки!

— Попробуй, — согласилась мама. — Когда готова начать?

— Да хоть сейчас, — вскинула голову Настя.

— Три занятия в неделю. Домашние задания большие. Плюс школа, выпускные экзамены, — продолжала пугать мама.

— Подумаешь! У меня потенциал большой. Только

пока неразвитый, — процитировала Настя свою учительницу по литературе.

— Ну что ж, посмотрим, — в маминых глазах мелькнули искорки торжества. — Девятый класс уж догуливай, а я тебе пока репетиторов найду. Может, и правда без взяток удастся обойтись...

## АРСЕНИЙ

С тех пор как в седьмом классе у них в школе начались пресловутые «огоньки», Арсений заметил, что девчонки приглашают его на «белый» танец куда чаще прочих парней. Имелись и другие свидетельства их повышенного интереса к его персоне: записочки, летающие к нему на парту, игра глазами в его присутствии и глупое хихиканье.

Как человек аналитического склада ума, Арсений задался вопросом о причинах данного феномена.

Изучение лица и прочих частей тела при помощи зеркала ничего не объясняло. На Арсения смотрел тощий жилистый жестковолосый подросток. Изрядное оволосение тела. Нос картошкой. Правда, никаких признаков прыщей — и глаза голубые. Но мало ли у кого имеются голубые глаза и отсутствуют *угрис вульгарис!*

И только более тщательный анализ дал объяснение: девчонкам с ним интересно. Весело. Прикольно.

И вправду: по количеству (и качеству!) лапши, развешиваемой на уши всем окружающим: друзьям-сверстникам, девчонкам, учителям, взрослым Сенька Челышев был непревзойденным чемпионом. О чем его ни спроси, обо всем знает или, по крайней мере, имеет представление. И рассказывает о том, что знает, с выдумкой и остроумием.

Вот пример. В девятом классе девчонки повально посходили с ума: чуть не каждая завела себе анкету.

Анкета являла собой толстенную тетрадь, полную идиотских вопросиков: Ваши подруги? Ваши друзья? Ваши кулинарные пристрастия? Ваши жизненные устремления?

Все переменки (и уроки) девчонки заполняли друг для дружки анкеты. И постоянно подсовывали их парням.

Кое-кто красных де́виц с их анкетами просто посылал. Отличнички занудливо-честно отвечали про свои устремления и пристрастия. А Арсений наворотил такого, что девчонки потом неделю хохотали.

«Ваша любимая девушка?» — «Маргарет Тэтчер».

«Ваша любимая книга?» — «Л.И. Брежнев, «Малая земля».

«Ваша страсть?» — «Море».

«Ваш любимый мужчина?» — «Дед».

Про море и про деда, между прочим, полная правда.

Родное Черное море Сеня обожал. А деда боготворил. Самый четкий в мире мужик. Самый клевый. Самый понимающий.

Во-первых, дед, хоть и старый, никогда не ворчит. Например, ни слова не сказал, когда Сеня распустил по квартире червей, заготовленных для рыбалки. Только ухмылялся, когда бабушка потребовала поставить ножки кровати в четыре тазика с водой — чтобы червяки к ней в постель не заползли.

На городском причале у деда есть собственная моторка, зовется «Альбатросом». И хотя солярка в Южнороссийске периодически исчезает, дед всегда где-нибудь раздобудет канистру-другую. Бабушка, правда, ворчит, что ставридки, традиционный улов, свободно помещаются в спичечные коробки, но дед все равно регулярно выходит в море. И без звука берет Сеню с собой.

Ну и вообще, дед у него непростой, хотя со стороны кажется — лопух лопухом.

Например, в детстве Сеня у него мелкие деньги из карманов тырил — немного, чтобы на мороженое хватило да на киношку. Сначала дрожал, что он заметит недостачу. Потом решил: слишком он рассеянный, ничего дальше своего носа не видит. И только к шестнадцати годам Арсений понял: дед ему деньжат специально подкладывал. Понимал, что у пацана должна быть своя копеечка на расходы, а просить парню каждый раз неудобно.

...Ханжески сердобольные соседки Сеню жалели. Называли сироткой или тростиночкой — потому что худой.

Сеню это бесило: он не сирота, и у него есть замечательный дед и милейшая бабуля, у них имеется квартира с видом на бухту, и у них в доме царят мир, веселье и взаимоуважение. Не то что, скажем, у другана Мишки — где полная семья, ковры и хрустали, зато его предки вечно с кислой мордой и не пускают гостей дальше прихожей.

...Отца Сеня помнил смутно. Сперва ему объясняли, что папа — в командировке, затем официально считалось, что он погиб в автокатастрофе, и только в подростковом возрасте Сене открыли глаза: на самом деле отец, будучи, как всегда, выпивши, банально попал под автобус.

А мама умерла совсем молодой, Сене тогда было пять лет. Умерла от рака. Однажды Сеня спросил: почему бабушка-врач и дедушка-врач ничего не смогли сделать, чтобы ее вылечить. Лучше бы он не задавал этого вопроса. Он никогда не видел деда с бабулей такими хмурыми и расстроенными. И — такими виноватыми. И потому — разгневанными. Сене даже на секунду почудилось страшное: что они, дед и бабушка, *могли* спасти маму, но почему-то *не захотели* этого сделать.

Правда, потом ему объяснили — рак это такая болезнь, от которой в принципе нет спасения. Смерть можно только отсрочить, но прогнать совсем — невозможно.

И класса до пятого Сеня даже носился с идеей, что он выучится на врача, станет мировой знаменитостью и совершит наконец то, что до сих пор оказалось не под силу человечеству: разработает антираковую вакцину.

Лет до одиннадцати Сеня брал в детской библиотеке научно-популярную литературу по медицине, вечерами зубрил латинские названия костей из дедушкиного анатомического атласа и требовал у бабушки «поиграть в диагноста»: она перечисляла симптомы, а он должен был поставить диагноз.

Но, как он ни старался, медицина его не захватила. Слушать бабушкины рассказы из лечебной практики было интересно, а вот представить самого себя в роли врача Сеня не мог. Тягомотина какая-то. И зарплата маленькая — вон, у бабушки с дедом нет ни машины, ни хорошей мебели.

Выручил его дед. Углядел как-то, что Сеня со скучающим видом сидит над медицинским атласом, и предложил:

— Не валяй дурака, Арсений. Не нужна тебе медицина. Тебе ж это неинтересно!

— А мне ничего неинтересно, — пробухтел Сеня.

— Ну раз неинтересно — то и не делай ничего! — справедливо рассудил дед.

Для виду пришлось повздыхать, но атласы с костями Сеня потихоньку забросил. И без того во дворе и на улице было чем заняться.

Они с друзьями ходили на рыбалку. Посещали секцию бокса и устраивали тренировочные матчи. Исследовали подвалы, а здесь было где разгуляться! Дома в Южнороссийске старые, многие построены еще пленными немцами. Подвалы темные, страшные, извилистые. В них то и дело отыскивались разные интересные штучки: почерневшая от времени серебряная ложечка.

Бронзовый подсвечник. И даже эсэсовский кинжал с гравировкой «Алес фюр Дойчланд»...

А летние кинотеатры!.. Как клево смотреть фильм с дерева или с забора!

...Сеня всегда удивлялся, почему его друзья по кино, рыбалкам, боксу и подвальным прогулкам получают дома регулярные нагоняи за «тройбаны» и «пары». Сам он играючи успевал все. И даже свободное время оставалось, чтобы фантастический роман пописывать. Настоящий роман, на первый взгляд не хуже Стругацких!

Роман он не показывал никому, а вот малые жанры — охотно.

Школьная стенгазета пестрела Сениными рассказиками. Сочинения на свободную тему регулярно посылали на всякие конкурсы. А пару зарисовок опубликовала местная главная газета «Южнороссийский рабочий».

Дед по этому поводу сказал:

— Ты у нас прямо Чехов. Нет, Вересаев. Или Булгаков.

Сеня понял, хмыкнул в ответ:

— Не, деда, в медицинский я не пойду. Перегорел.

Дед улыбнулся:

— Помнишь, как в детстве кости учил?

— Я и сейчас их помню. Артериор имипериор, артериор супериор...

— Фу, прекрати. Все ты неправильно говоришь, — отмахнулся дед. — А куда поступать-то собираешься?

Идея у Арсения уже созрела.

— На факультет журналистики хочу пробовать, — признался он.

— В Москве? — уточнил дед.

— Ну не в Краснодаре же! — возмутился Сеня.

Все пай-мальчики из их класса намеревались покорять столицу, а он, лучший ученик, вдруг поедет в краевой центр!

— План действий наметил? — поинтересовался дедуля.

— А как же, — гордо ответил Сеня. — В десятом классе на заочные курсы поступлю. На английский подналягу. Ну, и публикации нужны, пять штук. Я уже узнал: можно будет их в нашей газете сделать. Они меня с лета внештатником возьмут.

— Молодец, — похвалил дед.

И больше к разговору об институте не возвращался. Однажды, когда Сеня учился в девятом, он пошел ночью в сортир и подслушал исторический разговор между бабулей и дедом. (Вообще-то подслушивать Арсений не любил, но уж больно интересным оказалось начало.)

— Жаль мне Арсения, — произнесла бабушка.

Сеня оторопел: с чего это бабушке его жалеть? И подошел поближе к двери их спальни.

— Он парень крепкий. Переживет, — откликнулся дед.

Интересно, о чем они?

— Но все равно это несправедливо! — повысила голос бабушка. — Он такой умный, и так этого хочет!

Неужели она про цветной телевизор или даже видак, о котором Сеня давно мечтал, но молчал, потому как денег на него взять было все равно негде?

— Напиши Егору, — вдруг произнес дед.

Егор? Арсений напряг память: нет, это имя он слышал впервые.

— Нет, — решительно отказалась бабушка.

— Мы никогда его ни о чем не просили, — мягко проговорил дед.

— И не будем просить, — отрезала бабуля.

Ну ничего себе: какая она, оказывается, бывает стальная! Но кто он такой все-таки, этот Егор?

— Для себя не будем просить. А для Арсения можно, — возразил дедушка.

— Пускай поступает сам, — отчеканила бабуля, и тогда Сеня наконец догадался, что говорят они о его грядущем поступлении.

— Не поступит, — вздохнул дед. — МГУ — блатной вуз, а журналистика — блатной факультет. Туда только своих берут. Или за взятку.

Сеня еле удержался от возмущенного фырка. А дед повторил:

— Так что не поступит он. И загремит в армию. Поэтому напиши, Танечка, ради Сеньки напиши...

* * *

Егор Ильич Капитонов не любил отказываться от своих привычек. Даже от глупых привычек, всегда уточняла жена.

Сама супруга привычки меняла с легкостью. Было модным носить «бабетту» — взбивала волосы под «бабетту», а потом, в соответствии с новыми веяниями, стригла их под каре. Галина Борисовна постоянно неслась на гребне волны — будто и не солидная дама, не жена ответственного работника, а приезжая студентка из райцентра. То на шпильках учится ходить, то макраме плетет, то вдруг новый бзик: проводит вечера в консерватории. Или окунается в вовсе экстравагантную моду: пытается освоить теннис.

Егор Ильич, человек мудрый, самодостаточный и влиятельный, над ее закидонами только посмеивался. Пусть ее развлекается, если перемены не затрагивают лично его. Галина, правда, иногда пыталась и мужа переучивать: то хлебцы (вместо нормального хлеба) пробовала вводить, то молочную диету. Но Капитонов быстро ставил зарвавшуюся жену на место. Точнее, даже и не ставил, а просто тихим голосом требовал черного хлеба, а утреннюю ряженку (вместо кофе) — выливал в унитаз.

Галине Борисовне приходилось покоряться. Конечно, временами она спорила, шумела и даже пыталась плакать. Но в конце концов все равно соглашалась с мужем.

Например, отпуск Егор Ильич всякий раз проводил в Сочи, в одноименном санатории Четвертого главного управления Минздрава. Так было и в этом, восемьдесят втором году, несмотря на то, что супруга с дочкой и внучкой укатили в Болгарию.

Днями он добросовестно принимал процедуры, на закате посещал пляж, вечерами — неспешно прогуливался по чистенькой набережной, поглядывал на хорошеньких курортниц, в меру баловался грузинскими винами.

Набережная в Сочи похорошела, и на каждом углу давили апельсиновый сок, прося за стаканчик тридцать копеек (Егор Ильич не сомневался, что в Болгарии, куда дезертировали его девочки, свежевыжатые соки стоят куда дороже).

— Какая заграница сравнится с нашим Сочи! — неизменно отвечал Капитонов жене: она регулярно звонила в его номер из Болгарии.

Но имелась у Егора Ильича еще одна причина, по которой он настоял именно на Сочи. Об этом он не сказал ни дочери, ни жене. Перед отъездом в Москву Капитонов собирался навестить Челышевых.

Письмо от Татьяны Дмитриевны пришло еще в мае. Письмо спокойное, сдержанное и достойное:

*«Южнороссийск нас кипением жизни не балует. Все ваши московские события видим только по телевизору. Однако скучать особо некогда: Арсений не дает. Учится он, правда, хорошо, но хлопот с ним тоже хватает. То домой является за полночь: видите ли, девушки. То рыбалка его дурацкая... Он совсем захватил дедову моторку, выходит на ней в море в любую погоду. Вчера в шторм попал, вернулся весь мокрый. И не запретишь ведь: взрослый уже парень, на следующий год в институт поступать...»*

В конце письма Татьяна Челышева мягко пеняла Капитонову, что он совсем забыл старых друзей и приглашала его обязательно заехать к ним в гости: *«Ты же своим привычкам не изменяешь, отдыхаешь по-прежнему в Сочи. Оттуда в Южнороссийск ходит «Комета», всего четыре часа в пути (для сравнения, на автобусе восемь!). Будем очень рады тебя видеть».*

Ехать в Южнороссийск, город его романтической юности, Капитонову не хотелось.

Но Егор Ильич знал: Тане он отказать не может.

## АРСЕНИЙ

Телеграмму принесли вечером.

Бабушка телеграмм боялась еще с сороковых лихих годов. Дрожащей рукой она развернула бланк и вскрикнула: «Егор приезжает! Завтра! Утром!»

Сеня скривился: только вчера они поспорили с дедом на фофан — внук утверждал, что московский буржуй настолько зажрался, что даже на письмо не удосужится ответить. Но поди ж ты: снизошел! И даже почтит их своим присутствием.

— Что ж он предупредил-то так поздно! — переживала бабуля. — И не убрано, и я испечь ничего не успею!

Немедленно произошла тотальная мобилизация. Деда бросили на чистку ковров, от Сени в ультимативной форме потребовали вылизать свою комнату. Сама бабушка терла пыль и вздыхала. Глаза у нее были грустные. Арсений милостиво предложил:

— Устала, бабуль? Давай я дотру.

— Нет-нет, Сенечка, все нормально...

Сеня обратился за разъяснениями к деду. Тот скривился:

— Я же говорил тебе, Егор Ильич у нас большой

начальник. В Москве в пятикомнатной квартире живет в центре города. А мы тут, со своим свиным рылом...

Он широким жестом показал на привычный, родной интерьер: старый стол (щербинки скрывала скатерть), скрипучий секретер (дед то и дело менял шарниры на откидной дверце), протершийся ковер.

Сеня только пожал плечами. Подумаешь!

И вообще этот Капитонов ему заочно не нравился. Тоже мне, благодетель!

Чем, интересно, он может помочь? Экзаменационные билеты, что ли, достанет? Или денег даст на взятку?

...Но ни экзаменационных билетов, ни денег московский буржуй Сене не предложил.

Встреча старых друзей сложилась совсем по-другому.

Во-первых, буржуй вел себя скромно. Особенно в бабушкином присутствии. Даже можно сказать — смущенно. Сеня сам отпирал ему дверь и заметил: пока в коридоре он стоял один, столичный гость и грудь вперед выпячивал, и шею выгибал, словно индюк. Но стоило появиться бабушке, как Капитонов сразу поник, сдулся. Он покорно склонил голову, прикладываясь к ее ручке. В этот момент в коридор вышел и дед. И буржуй вздрогнул, когда дед шутливо сказал:

— О, Егор, да ты в своем репертуаре...

Сеня ждал, что Капитонов будет без перерыва хвастаться своим московским положением. Морщить нос на икру из «синеньких». Кривить морду на их вытертые ковры.

Но буржуй вел себя безупречно. С удовольствием прошелся по всей квартире. Похвалил дикий виноград на балконах и вид из окон. А скатертью с бабушкиной вышивкой восхищался так искренне, что пришлось ее скатывать и дарить ему. И небогатую еду лопал с аппетитом, все нахваливал вяленую ставридку.

Сеня сидел смирно, больше помалкивал. Мучился с вилкой в левой руке и внимательно наблюдал за Капитоновым. Что-то странное было в этом буржуе, что-то очень странное...

Глаза. В его глазах прятался... нет, не страх. Какая-то неуверенность, недосказанность. Особенно когда он смотрел на бабушку. А на деда Капитонов и вовсе старался не смотреть, отводил взгляд. Это Сеня тоже отметил.

И только с ним буржуй держался по-свойски, запанибрата.

— Ты, говорят, в МГУ намылился? На факультет журналистики? В курсе — какой там конкурс?

— Семь с половиной, — пожал плечами Сеня. — Это до творческого конкурса. А после него, наверно, будет человек шесть на место.

— Там есть творческий конкурс? Не знал... — удивился буржуй.

— Сеня, принеси нам вина, — попросила бабуля. — И, если у тебя дела, можешь идти. А мы еще посидим...

«А, секретные разговоры!» — чуть не ляпнул Сеня. Но язык все-таки придержал, принес вино и смылся на вечернюю рыбалку.

Сеня не догадывался, что, когда он вернется, судьба его уже будет решена.

## Глава 2

## НАСТЯ

*Сентябрь 1982 года*

У деда безупречный вкус.

Да и все остальное в нем безупречно: и работа, и зарплата, и образ жизни. Идеал, полубог, неприступный и недостижимый. «Диктатор», — однажды подслушала Настя. Так Егора Ильича назвала мама в разговоре с бабушкой.

Все решения в семье Капитоновых принимал дед. Он даже не трудился *создавать видимость*, что его *женщины* тоже имеют право голоса. Просто выносил свой «приговор» — и горе тому, кто пытался его оспаривать.

В сентябре он вызвал Настю к себе в кабинет. Именно — вызвал, и именно — в кабинет (обшитую дубовыми панелями комнату с антикварным столом по-другому не назовешь). Приказал:

— Садись, поговорим.

Впрочем, *поговорить* Насте не удалось — с трудом пару слов вставила.

— Значит, ты собираешься в МГУ. На гуманитарный факультет. На какой конкретно — *без разницы*, как ты говоришь. Верно?

Настя кивнула. Дед продолжил:

— Объясняю расклад. На филологическом — очень высокий конкурс. Плюс — нужно много и осмысленно читать, а этого ты не любишь. И учить минимум три языка. И перспективы по окончании, смутные. Переводчик — не профессия. Так, обслуживающий персонал... А идти работать в школу? Учителем? — Дед скривил рот. — Далее. Для философского — нужно иметь особый склад мышления. И опять же много, и еще более осмысленно, читать. А по окончании придется, в идеале, работать преподавателем марксистско-ленинской философии в вузе. Тоже не сахар. Наконец, остается факультет журналистики... — Дед сделал паузу, видимо, ожидая ее реакции.

— Хорошо. Пусть будет факультет журналистики, — покорно сказала Настя.

Судьба ее оказалась решена чрезвычайно быстро.

— Тебе нужны публикации в прессе, — продолжил дед. — Ты об этом знаешь?

Настино сердчишко екнуло. Но голос не дрогнул.

— Знаю, — соврала Настя. — Буду пробовать для «Комсомолки» писать. Для «Алого паруса».

— И зря потеряешь время. Не напечатают. Вот тебе координаты, — дед перекинул ей бумажку. — Это — главный редактор газеты «Московский автозаводец». Многотиражка завода ЗИЛ. Позвонишь, скажешь, что ты моя внучка. Он поможет.

Настя скривилась — какая-то заводская многотиражка!.. Но возражать не стала. Молча взяла телефон.

— Дальше, — продолжил дед. — Преподавателей тебе уже нашли. Все они с факультета. Заниматься начнешь — с понедельника. Предупреждаю — будет тяжело. Но я обещал преподавателям, что ты справишься. Да, и еще. В школе о репетиторах не болтай. Если спросят, как готовишься в вуз, говори, что ходишь на подготовительные курсы. Все поняла? Тогда действуй.

И у Насти началась совсем другая жизнь.

Репетиторов было трое. По русскому с литературой, по английскому и по обществоведению. После вступительного мини-экзамена — преподаватели называли его «тестом» — все трое вынесли Насте вердикт-приговор: «Ноль». А русичка, самая строгая из всех, припечатала: «С такими знаниями — даже в школе нужно тройку ставить». (Слово «школа» было для нее чем-то вроде ругательства.)

Репетиторы предупредили Настю — все, как один, причем одинаковыми словами: «Вам предстоит очень, очень трудный год». И дружно завалили ее домашними заданиями: голову от письменного стола не поднимешь. Кино, театры или мальчики — исключились напрочь, хотя развлекаться Насте вроде бы никто не запрещал. Она сама понимала: никакое кино в радость не будет, если завтра тебя русичка станет высмеивать, что домашка плохо сделана. Правда, вот школьные Настины отметки немедленно подскочили до твердых пятерок.

Уж чего Настя не ожидала — что родной русский будет ей даваться тяжелее английского. Репетиторша, суровая Вилена Валентиновна, ей еще ни разу выше тройки не поставила. На последнем занятии вообще два балла вкатила. И за что?! За *приставку!*

— Разбираем по частям слова. «Преодоление». Корень: «одол», приставка — «пре»... — бодро начала разбор слова Настя.

— Что-что? — нахмурилась Вилена Валентиновна.

— Приставка — «пре», — повторила ученица.

— Приставки, Настя, остались в школе, — сурово сказала преподавательница.

Настя не поняла:

— То есть как?

— А так, — хмыкнула Вилена. — В школе — приставки, а у нас, в университете, — префиксы.

— А корень — у вас тоже по-другому называется?

— Нет. Все остальное — так же. Корень, суффикс, окончание...

— А почему приставку переделали в префикс?

Вилена Валентиновна слегка улыбнулась:

— Наверно, потому, что конкурс — восемь человек на место.

— И что будет, если абитуриент скажет — «приставка» вместо «префикса»? — поинтересовалась Настя.

— Минус балл — сразу, — просветила ее Вилена Валентиновна. — Так что сегодня тебе — двойка. Понимаю, обидно. Зато навсегда запомнишь.

«Интересное кино получается, — думала Настя по дороге домой. — В школе у нас говорят «приставка», и в учебнике, точно помню, пишут — «приставка». А у них, понимаешь ли, «префикс»... Чушь какая-то. Да с такими порядками если бы сам Ломоносов приехал из Холмогор — ни за что в университет своего имени не поступил бы».

Вообще Настя пришла к выводу, что универ —

штука какая-то подлая. Она с предками только из-за него и ссорится. Ну, когда Вилена позвонила, нажаловалась, что ученица к урокам плохо готовится — еще можно понять, что бабка с матерью на нее наорали. А вот почему они к ней из-за Милки прицепились...

Милка — Настина лучшая подруга.

Настины родные ее не любят. «Девица себе на уме», — говорит мама. «Из грязи — хочет в князи», — хмыкает бабушка.

А Милка на самом деле вовсе не из грязи. Подумаешь, без отца живет — так Настя тоже своего папаню в жизни не видела.

Правда, у подруги мама — всего лишь терапевт в районной поликлинике. Но зато Милка — веселая, всегда помогает Насте с математикой и танцевать ее учит. Рок-н-роллу уже почти обучила!

Настя тоже пыталась чему-нибудь *научить* Милу, но всегда оказывалось, что подруга и знает больше, и соображает быстрей. А удивить ее можно только финским сервелатом или черной икрой.

Но удивлять подругу съестным — это одно. А научить чему-то полезному — совсем, совсем другое! Так что Настя обрадовалась, когда ей наняли репетиторов: вот и от нее получится реальная помощь! Милке ведь тоже сочинение в свою Плешку писать, а частных учителей у нее нет, сама занимается.

— Мне репетиторша такие тексты дает на разбор — закачаешься! — похвасталась Настя. — Где запятые ставить, никогда не догадаешься... Хочешь попробовать?

— Да ладно, — отмахнулась подруга. — Расставлю за милую душу. Я всего Розенталя уже вызубрила.

— А давай проверим. Пиши. Диктую: «*Лесная малина, крапива, прихотливые извивы лесного папоротника, припорошенные бусинками божьих коровок...*»

Предложение заняло целую страницу. К торжеству

Насти, Милка пропустила в тексте пару запятых, а *«извивы»* назвала *«изгибами»*.

— Не выше, чем на тройку, — авторитетно сказала Настя.

— Да ну, — возмутилась подруга, — ахинея какая-то! Таких предложений и в природе-то не бывает!

— Ха, еще как бывают! Знаешь, оно откуда? С настоящего вступительного экзамена! С устного русского, в МГУ, на филологическом факультете!

— Ого! — оценила Милка. — Неслабая у тебя преподша! Прямо настоящий текст на разбор дает?! С реального экзамена?

Настя промолчала. Вот ведь язык без костей: дед же просил не болтать насчет репетиторов!

— Ну, может, не совсем настоящий... Но похожий, — пробормотала Настя.

— Во дела! — изумилась Мила. — Вот, значит, как они нас ловят... Я и слова-то такого не знаю — *«извивы»*... Сволочи.

Настя не стала развивать скользкую тему.

— В общем, могу поделиться, — предложила она. — Хочешь — диктовать тебе буду.

— Давай диктуй, — решила подруга. — И тебе полезнее. Будешь читать — и запоминать, где запятые нужны.

...Настя однажды ляпнула родным, что помогает подруге с русским. Мама немедленно уточнила:

— У Милы что, трудности в школе?

Настя усмехнулась:

— Что ты, мам... У нее-то никаких трудностей. Я ей просто диктую те диктанты, что мне Вилена дает.

— А сама Мила, конечно, с репетиторами не занимается, — констатировала бабушка.

Настя только плечами пожала.

А бабушка вкрадчиво спросила:

— Настенька... а ты знаешь, сколько уборщица получает?

— Уборщица? — не поняла Настя. — А при чем тут уборщица?

— Я просто спрашиваю тебя, знаешь ли ты, какая зарплата, ну, скажем, у нашей тети Лены?

Тетя Лена, розовощекая деваха из Луховиц, мыла полы в их красивом подъезде.

— Н-ну, я не знаю. Рублей сто, наверно.

— Семьдесят. В месяц. И работать ей приходится каждый день, без выходных, — просветила ее бабушка. — А знаешь, сколько мы платим Вилене Валентиновне?

— Не знаю, — вздохнула Настя. — Я в конвертики не заглядывала.

(На самом деле, конечно, заглянула. И позавидовала Вилене: пары ей вкатывает, да еще и по тридцать рублей за урок за это получает.)

— Вот и подумай, — мягко сказала мама, — мы платим за твои занятия по двести сорок рублей в месяц...

— А Милка, значит, через меня бесплатно учится, — закончила за нее Настя. — Но ей же тоже хочется поступить!

Бабушка назидательно сказала:

— За все в жизни надо платить.

— А с каких им доходов платить-то? — поинтересовалась Настя. — У нее мама и так на две ставки пашет.

— Ну а ты здесь при чем? — развела руками бабушка.

— Да ни при чем, конечно, — пробурчала Настя.

Дед спокойно резюмировал:

— У моих приятелей внук тоже в институт готовится. Так они еще пятнадцать лет назад это предусмотрели. Сберкнижку завели парню и копили специально на репетиторов. За пятнадцать лет, Настена, очень много скопить можно. Сколько бы ты ни зарабатывал. Хочешь — сама подсчитай на досуге, сколько получится, если каждый месяц хотя бы по десять рублей откладывать.

— А Мила твоя пускай на подготовительные курсы идет, — подвела итог мама. — Учат там... неплохо. И стоит недорого.

— Я ей скажу, — пообещала Настя.

...Диктанты девочки теперь писали на Милиной территории.

Проницательная Милка поняла:

— Запретили тебе со мной заниматься?

— Ну... — растерялась Настя. — Не запретили, конечно... Не рекомендовали.

— Конечно, нечего какой-то швали в Плешку идти. И на вас, блатных, мест не хватает.

— Мила!

— Ладно, извини. Мне просто маман тоже на мозги капает. Чего, говорит, зря нервы трепать. Все равно в Плешку не поступишь.

— Поступишь, — заверила ее Настя. — Ты куда угодно поступишь, хоть во ВГИК.

— Ага, поступлю... Моя мама знаешь как говорит: «Дети наших начальников станут начальниками наших детей». Так что ты, Настька, будешь лет через десять мной командовать. На законных основаниях.

— Тобой, пожалуй, покомандуешь, — буркнула Настя. — Ну что, будем диктант писать или философию разводить?

Настя действительно не сомневалась: Мила поступит куда захочет. У нее хоть репетиторов и нет, а ошибок в диктанте она делает куда меньше. Способности, повезло... Ладно, а мы будем брать упорством.

И Настя по собственной инициативе взяла на себя дополнительную нагрузку. Принялась перед сном штудировать учебник Розенталя. Двойная польза: какие-никакие знания — плюс средство от бессонницы.

...Мама заглянула в ее комнату без десяти одиннадцать вечера. Настя как раз решала дилемму: дочитать главку про запятые с союзом «а» или плюнуть и завалиться спать.

Ирина Егоровна уважительно посмотрела на обложку:

— Вилена Валентиновна задала?

— Нет... Добровольная дополнительная нагрузка.

— Смотри, — припугнула мама. — Бледная уже, как смерть. Так и сорваться можно.

«Вот мамуля умеет поднять настроение!»

Настя пробурчала:

— А, ерунда. Справлюсь. Я же обещала тебе поступить. Вот и стараюсь.

— Ну, старайся, — кивнула мама.

«Все равно она не верит, что я поступлю».

— Ты что-то хотела, мам?

— Да, — Ирина Егоровна присела на краешек кровати. — У меня для тебя есть новость.

— Плохая, хорошая?

— Оглушительная!

— Неужели Вилена меня похвалила?

— Похвалила? Тебя? — Мама не сочла нужным изгнать из голоса презрительные нотки. — Нет, новость из другой оперы. У тебя теперь будет товарищ.

— Че-го?

Не мама ли позавчера выступала: «Сначала институт — потом товарищи»?

— Товарищ по урокам, — тут же поправилась Ирина Егоровна. — Ты что-нибудь слышала про Челышевых?

— Это эти... морские волки, как их дед называет? Которые в Южнороссийске живут?

— Да, они. А их внук, Арсений, тоже собирается поступать на твой факультет.

Настя прищурилась:

— Ну и пусть поступает. Я тут при чем?

Мама будто не расслышала:

— Арсений приезжает в Москву. Жить будет у нас, учиться — в твоей школе, заниматься — с твоими репетиторами.

— Ничего себе, — обалдело заметила Настя. — И это ты называешь хорошей новостью?

Мама отрезала:

— *Хорошей новостью* это считает дед. Он говорит, что Арсений парень крепкий и ответственный. Что он хоть волноваться не будет. Будет кому тебя вечерами с уроков провожать.

У Насти сон как рукой сняло:

— Вот это новость! Значит, все это затеял дед? — горячо спросила она.

— Дед. — Мама встала, распрямила спину. Посмотрела на Настю сверху вниз: — А его решения, как ты знаешь, не обсуждаются. Спокойной ночи, Настя.

«Ага. Значит, вы с бабушкой против, — сделала вывод Настя. — И правильно, что против. Это же — глупость какая-то! Принять в семью — на целый год! — чужого человека! Кормить его, учить, обстирывать! Интересно, зачем это деду?! Надо в лепешку расшибиться, а разузнать».

Выяснения Настя начала с бабули. Пристала к ней: «Почему?» да «Для чего?»

Но бабка — стояла насмерть. Нет, она не скрывала, что недовольна приездом «бедного родственника». Возмущалась, что «некоторые тут надумали открыть богадельню». И даже открыто упрекала мужа в «наивности и прекраснодушии».

— Бабулечка, ну скажи: с чего дед его позвал-то? — приставала к ней Настя.

Бабушка скорбно поджимала губы:

— Доброе-вечное сеет. Для всех советских людей равные возможности создает.

Вот и весь разговор, никакой ценной информации. «Старая закалка: языком лишний раз не болтать, — оценила бабушкино поведение Настя. — Но как бы мне во всем разобраться?»

История с диктантами была слишком свежа. Насте ясно дали понять: негоже просто так делиться своими благами. Не принята в их семье благотворительность. «Да у родичей моих снега зимой не выпросишь. А тут — здрасте вам: сиротку за здорово живешь в институт *будут поступать*».

Мама открыто выражала свое недовольство.

— Зря ты, папа, все это затеял, — вздыхала она в те редкие вечера, когда дед не задерживался на работе и приезжал к вечернему чаю. И мрачно предрекала: — Этот твой Арсений нам еще покажет...

— Не говори глупостей, Ирочка, — сердился дедушка.

— Увидишь, — поджимала губы мама.

А бабушка добавляла совсем уже непонятное:

— Яблочко от яблони недалеко падает!

Настя прикидывалась дурочкой. Хлопала глазами, спрашивала напрямик:

— Дедуль! Ты что — этим Челышевым что-то должен, что ли?

— Ничего я никому не должен! — отрезал дед. — Я. Просто. Хочу. Чтобы. Внук. Моих. Друзей. Поступил. В МГУ. Ясно?!

— Совсем неясно... — бурчала Настя. — Я тоже не против, чтобы он поступил. Но жить-то у нас зачем? Пусть квартиру снимает. И в школу я с ним ходить не хочу. Он же из какой-то деревни. От него воняет, наверно...

— Настя, — суровел дед. — Прекрати!

Настя по долгому опыту знала: когда Егор Ильич начинает сверкать очами, нужно немедленно сдавать позиции.

И она переводила разговор в более безопасное русло:

— Ну расскажи хоть, что этот Арсений собой представляет? Как он выглядит?

Дед сразу добрел:

— Да хороший он парень! Тебе понравится. — И добавлял: — Правда, немного провинциальный, но ничего, обтешется.

— В каком смысле — провинциальный? — фыркала Настя.

— Ну лоска какого-то не хватает. Вот посмотри, например, как ты сидишь?

— Сижу? — удивилась Настя. — Да обычно сижу, как всегда. Даже не сутулюсь.

— Ну вот. А он неуютно сидит. То на краешек стула съедет, то съежится...

— Стеснялся тебя, наверно, — авторитетно заключила Настя.

— Их порода не стесняется. И оглянуться не успеем, как он в нашей квартире пропишется, — заявила бабушка.

— Галочка, хватит, — поморщился дед. — И ты, Настя, парня тоже не обижай. Ему на первых порах тяжело будет...

— Да уж, тяжело! — саркастически произнесла бабушка. — На всем готовом!

— Тебе еды жалко? — прищурился дед.

— *Вас* мне жалко, — выдохнула бабуля.

— А ты нас особо не жалей. Кстати, за репетиторов Арсений будет платить сам. Я ж вам рассказывал — Челышевы пятнадцать лет на его институт копили...

— Тысяч пять ему понадобится, — задумчиво сказала Настя. — Это как минимум.

— Быстро считаешь, — вяло похвалил дед и отвернулся.

«Нет у этого Арсения никаких пяти тысяч. «Кусок» от силы», — заключила Настя.

— Преподаватели, кстати, уже в курсе. И Вилена, и англичанка, и обществовед обещали, что мини-группа будет стоить дешевле, чем индивидуальные уроки, — сообщил дед.

— А внимания Настя будет получать меньше, — тут же встряла бабушка.

— Галя! — снова вздохнул дед.

«Да, нам предстоят веселые денечки», — решила Настя.

Что ж, делать нечего — будем ждать этого Арсения. Понаблюдаем за ним в динамике. Тогда и разберемся, что он за фрукт.

* * *

Настя проснулась в восемь. Какое счастье, что в школу ко второму уроку! Она мысленно пожелала загрипповавшей биологичке лечиться как можно дольше. «И на работу, милая, не рвись, а то вдруг осложнение схватишь...»

В квартире — тишина. Дед и мама давно уехали на работу, а бабушка никогда не вставала раньше десяти. Настя минут пять повалялась. Сладко потягивалась, наблюдала за шустрым солнечным зайчиком. Подавила искушение повторить теорему Фалеса. Ну его, этого Фалеса. Все равно по геометрии выше четверки она не вытянет — а «тройбан» ей Филипповна вкатить не посмеет.

Ладно, хватит валяться. Лучше за завтраком подольше посидеть. Хорошо: никто под ногами не путается, не торопит. Хотя... кто-то на кухне есть. Бабушка, что ли, уже встала? Да нет, не может быть. Наверно, дед радио забыл выключить.

«Завтракать буду по своей программе. А кашу выброшу в мусоропровод», — решила Настя.

Мама до сих пор варила ей по утрам ненавистную геркулесовую. Если завтракали вместе, приходилось давиться, но есть. А без маманиного контроля — ни за какие коврижки. Ну ее, эту клейкую полезную кашу. «Виолы» с хлебцами съем. И бутербродик с икрой», — решила Настя. Выпрыгнула из постели. И, как была в пижамке, направилась на кухню.

— «Шаланды, по-олные ке-фа-а-ли...» — вдруг услышала она. В недоумении застыла на пороге.

У плиты стоял незнакомый парень. Лохматый, синеглазый. И брови кустистые, мощные — почти как у Брежнева. Одет в грошовые спортивные брючки и байковую рубашку. Кто он? Ведет себя уверенно, явно не вор. Незваный гость между тем вывел новую руладу:

— «В Оде-ссу Костя-а при-и-иводил...»

Он ловко подцепил что-то со сковородки, перекинул в тарелку.

— Эй... — хриплым от испуга голосом проговорила Настя. — А ты кто?

И тут же поняла. Арсений! Дед ведь сказал вчера, что Арсений приезжает, а у Насти все из головы вон! «Поезд у него какой-то «пятьсот веселый», в пять утра прибывает. Сам встречать, конечно, не поеду. Шофера придется отправлять». А бабушка бурчала, что Арсений может и на метро добраться. Дед еще возмутился: «Какое метро, Галя? Он в Москве первый раз, да с вещами!»

Гость оторвался от сковородки. Широко улыбнулся. Пропел:

— «Рыбачка Соня как-то в мае...» Здравствуйте, милая Настя! У вас очень красивые крокодилы — ну, эти, на пижаме.

Настя наконец очнулась. Наградила Арсения уничижительным взглядом и умчалась в комнату — переодеваться. Вот дела! Теперь в своей собственной квартире придется одеваться.

Она с отвращением натянула джинсы и свитер. Ничего нет хуже, чем с утра, еще не проснувшись, натягивать дневную одежду — она такой колючей кажется...

Вот спасибо деду, удружил!

Настя вновь появилась в кухне и сдержанно поздоровалась:

— Доброе утро. Вы, наверно, Арсений?

Парень усмехнулся:

— Доброе утро. Да, ***мы*** — наверно, Арсений. А вы, значит, Настя. Мы с вами в школе тоже на «вы» будем?

А он языкастый! И не теряется: любимую бабулину сковородку уже изгваздал, вся в пригоревшем масле.

— Зачем ножом-то царапать? — пробурчала Настя. — Вон специальная лопаточка.

Она стрельнула глазом на содержимое сковородки: дурачок, черный хлеб жарит!

— Лопаточка? — удивленно переспросил Арсений.

Настя снисходительно пояснила:

— Это специальная сковородка, с антипригарным покрытием. Экспортная. Тьфу, то есть импортная. Во-первых, на ней можно жарить без масла. А во-вторых, ножом ее царапать нельзя: защитный слой нарушится. Чтобы переворачивать — вон, деревянная лопатка.

Арсений смутился:

— Первый раз про такое слышу... У нас все сковородки обычные.

Настя перешла в наступление:

— И хлеб у нас никто на огне не обжаривает. Если хочешь, чтобы теплый был — вон, тостер включай и грей.

— Чего? Лобстер?

«Темнота!» — чуть не брякнула Настя. Но сдержалась. Дед все-таки просил, чтобы она к гостю подобрее была...

— Впрочем, ладно. Отчистим мы сковородку, пока бабушка не проснулась.

«А этот Арсений совсем на шестнадцать лет не выглядит. Вон какой высокий, и плечи мощные. В классе фурор произведет. Если, конечно, оденется поприличней».

Настя уселась за стол и церемонно спросила:

— Хорошо вы... хорошо ты доехал?

— Нормально, — пожал плечами Арсений. — Только спать было жестко — матрасов на всех не хватило.

— Да ладно! — не поверила Настя. — Как это?

Арсений фыркнул:

— Это только в фирменных поездах кругом крахмал-марафет. А я в пассажирском ехал. И вообще в плацкарте. Ладно, все клево. Будешь мои гренки?

Настя с сомнением посмотрела на кусочки пригоревшего хлеба.

— Вкусные! — заверил Арсений. — С солью, с перчиком.

— Давай попробую, — неуверенно согласилась она. Открыла холодильник, достала плавленый сыр, батончик сервелата, вазочку с черной икрой.

— Ух ты! — изумился Арсений. — А я думал, это к празднику.

— Подумаешь, икра... — буркнула Настя.

Фраза прозвучала как-то фальшиво.

— А ты мидий когда-нибудь пробовала? — спросил Арсений.

Настя удивилась:

— Мидий? Дедушка их только в Брюсселе ел.

— Что там в Брюсселе — не знаю, а у нас в Южнороссийске мидии классные, — заверил Арсений. — Костер на берегу разжигаешь. Потом ловишь их — и сразу в котелок, пока еще живые.

— Фу, гадость, — сморщилась Настя.

— Не гадость, а высший сорт. Не хуже моих гренок, — скромно сказал Арсений, подвигая к Насте стопочку пережаренного хлебца. — Да не мажь ты сыром, они и так вкусные!

Настя осторожно откусила кусочек. А ведь не наврал! Хлеб во рту так и тает, и перчинки приятно покалывают язык.

— Молодец, — искренне похвалила она. — Научишь меня такие делать?

— Нет, — вздохнул Арсений. — Больше таких гренок не получится. Видишь — хлеб-то не покупной, а самодельный. Мне бабушка в дорогу испекла.

— Хлеб? Сама испекла? — не поверила Настя.

— А что тут такого? Она еще в войну научилась. Из чего угодно может испечь: хоть из отрубей, хоть из кукурузы.

— Вот вы интересно живете, — улыбнулась Настя. — Мидий едите, хлеб печете.

— Вы тоже не скучаете, — не остался в долгу Арсений. — Сковородки не пригорающие, тостеры... А колонка у вас где?

— Какая еще колонка? — не поняла Настя.

— Ну, воду греть. Мне ж помыться с дороги надо.

Настя хмыкнула:

— У нас центральное водоснабжение. Кран открывай и мойся. А ты что, в школу сегодня не пойдешь?

— Думаешь, надо? — скривился Арсений. — Я покемарить хотел, в поезде не выспался... Да и Ильич мне ничего про школу не говорил. Наверно, не оформил меня еще...

— Во-первых, не Ильич, а Егор Ильич, — поправила фамильярного гостя Настя. — Дед терпеть не может, когда его Ильичом называют. Хватит, говорит, с нас одного Ильича. Даже двух. А во-вторых... В школу ты, конечно, можешь не идти. Только смотри — у нас через неделю городуша по алгебре.

— Городуша?

— Городская контрольная.

— Прикольно, — оценил Арсений. — У нас такого слова нет. Только алгебра меня не колышет. Я ее как орех щелкаю.

— Раньше были рюмочки, а теперь бокалы. Раньше были мальчики, а теперь нахалы, — задумчиво процитировала Настя из школьного фольклора. — Ладно, не хочешь — не ходи. А в четыре сегодня — английский. В смысле, у репетитора. Тоже не пойдешь?

— Не, идти придется. Егор Ильич мне сказал, что надо, — вздохнул гость. — И тестами какими-то пугал... Тест — это вроде контрольной?

— Ха, контрольная! Гораздо хуже. Сам увидишь. Будет тебе испытание для настоящих мушкетеров, — припугнула Настя.

— Ну, а чем я не Д'Артаньян? — самоуверенно хмыкнул Арсений.

— Ну-ну, — покачала головой Настя. Она до сих пор с дрожью вспоминала вступительный мини-экзамен, который ей устроила англичанка. Но детали Арсению рассказывать не стала. Будет ему сюрприз...

## АРСЕНИЙ

Хуже бабки никого и придумать нельзя. Цеплялась к нему все утро: и в прихожей он наследил, и туалетную бумагу в унитаз выбросил, хотя для нее специальное ведерко в туалете есть. Вот грымза! Ладно, пусть он и не особо званый, но все-таки гость. Егор Ильич ему так и сказал: «Чувствуй себя как дома». Да и Настя к нему нормально отнеслась. Выпендривалась, конечно, но поглядывала с интересом. А вот бабку, Галину Борисовну, приручить пока не получалось... Сеня пять часов сиднем просидел в комнате, чтобы лишний раз не наткнуться на старую ведьму. В Южнороссийск позвонить, сказать своим, что добрался, тоже не решился.

На новом месте, на новых накрахмаленных простынях не спалось. Сеня вертелся, вставал, подходил к окну, снова вертелся и еле дождался, пока Настя вернется из школы.

Слышал из своей комнаты, как хлопнула входная дверь, как из прихожей зашелестел возмущенный шепот: видно, бабка на него тут же принялась ябедничать.

— Да ладно тебе, бабуль! — донесся Настин голос. — Это шофер натоптал. У него ботинки рифленые. А бумагу я тоже в унитаз бросаю.

Девушка заглянула в Сенину комнату:

— Не спишь... шаланда с кефалью? Пойдем обедать. Нам выходить через полчаса.

Настины глаза смотрели насмешливо, но не зло, и у Сени сразу потеплело на душе.

К обеду он переоделся: самоновейшие джинсы «Левис» (все лето на них зарабатывал, каждые пять рублей тут же менял на боны для «Альбатроса») и индийская ковбойка (не особо фирменная, зато, бабушка говорила, ему очень идет). Но Настя только мельком взглянула на его моднейший наряд и ничего не сказала.

С обедом справились быстро (бабка, к счастью, из своей комнаты не показывалась). Сеня, науськанный своими родичами, взялся было мыть посуду, но Настя округлила глаза:

— Обалдел? Оставь. Пошли быстрей, мы опаздываем!

Видно было, что она нервничает.

— Урок, что ли, не выучила? — поинтересовался Сеня по дороге.

Настя неуверенно ответила:

— Да вроде учила... Только на Вячеславовну — никогда не угодишь. Ну, сам увидишь.

Преподавательница английского проживала поблизости.

«Малая Бронная улица», — прочитал Сеня на табличке. Дом оказался еще солиднее, чем у Капитоновых: в холле имелись не только зеркала, но и кресла, а также парочка пальм в кадушках.

— Как у вас в Москве только не раскурочивают эти пальмы?

— Вон, видишь, будочка? Там милиционер сидит, настоящий.

Лифт — тоже, зараза, с зеркалами — бесшумно вознес их на седьмой этаж. Настя глубоко вздохнула и позвонила в богатую, обшитую деревом дверь. Сеня скромно держался за ее спиной. Отчего-то ему передалось Настино беспокойство.

Дверь распахнулась. Но на пороге Сеня увидел не англичанку. Их встречал парень: высокий, тонкогубый. Гораздо старше Сени: лет, наверно, двадцати. Он с ухмылочкой стрельнул взглядом в Настю. Перевел глаза на Арсения и совсем уж расплылся:

— А вот и наш провинциальный гость. Алоизий, если не ошибаюсь?

— Привет, Жень, — проговорила Настя. — Ну чего ты ко всем цепляешься?

— Цыц, крошка! — весело заткнул ее Женя. И снова обратился к Арсению: — Кухарка сказала, в Елисеевском даже вареной колбасы нет. Это вы там ее уже всю скупили?

От такого приема Сеня на секунду опешил. А потом сжал кулаки, отступил на шаг...

— Сеня, Сеня, — сжала его руку Настя.

В коридоре между тем появилась преподавательница. Властно сказала:

— Кыш отсюда, Эжен... Don't rasp on my nerves... Good afternoon, Nastya. Hi, Senya. Come in[1].

Недорезанный Эжен-Женя послушно исчез в недрах квартиры. На прощание окинул Сеню ледяным

---

[1] Ты действуешь мне на нервы. Здравствуй, Настя. Привет, Сеня. Проходите (*англ.*).

взором. «Вот и первый столичный враг, — быстро подумал Арсений. — Интересно, что я ему сделал?»

Но мысли тут же перекинулись на англичанку. Ну и произношение у нее — с их школьной учителкой не сравнить! Как настоящая интуристка говорит. «Чуть побыстрее — и я ничего не разберу».

Они прошли в комнату, расселись. Сеня мимолетно отметил: в Южнороссийске он ничего подобного даже не видел. Ладно, огромный телевизор и даже видик. И угрожающий массивный магнитофон с отдельно стоящими колонками. И бронзовые лампы — будто из романов Агаты Кристи. Но целая стена англоязычных книг! Штук тысяча, не меньше. Где, интересно, англичанка их достала? (Сеня стрельнул глазом по обложкам — большинство авторов были ему неизвестны.) «Сейчас как даст мне какого-нибудь Шекспира на перевод — тут я поплыву».

Но мучить его Шекспиром англичанка не стала. Вместо этого протянула отпечатанный на машинке текст. Попросила:

— Read and translate. You have half an hour[1].

А сама между тем заговорила с Настей. Принялась гонять ее по самому сложному времени perfect continuous. Сеня с удовольствием отметил, что он бы отвечал лучше. Впрочем, едва он начал вникать в собственное задание, радость его быстро улетучилась. Один заголовок чего стоил — Сеня в него минут пять врубался: «Особенности полиграфического решения проблемных журналистских материалов». Дальше не легче. Какие-то шрифты, кегли, лиды... пес его знает, кто они такие, эти лиды. «Наверно, от слов «лидер, лидировать», — лихорадочно думал Сеня. — А что это может быть в контексте? Заголовок? Ведущий публицист? Лучшее место на полосе? Нет, похоже, что-то

---

[1] Прочти и переведи. У тебя полчаса (*англ.*).

другое. Наверно, ударное начало статьи. Точно — зацепка. Интригующая вводка, специально выделенная жирным шрифтом... М-да, вот это текстик...»

Полчаса истекли незаметно. Сеня едва успел перевалить за половину задания.

— And now — lets concentrate on you, Senya[1], — обратилась к нему репетиторша.

Настя, заметил Сеня, не удержалась от облегченного вздоха. И уставилась на него: заинтересованным, испытующим взглядом.

— Just translate it into the Russian[2], — попросила преподавательница.

«Ну, была не была. Главное — не молчать». Сеня глубоко вздохнул:

— Итак, особенности полиграфического решения проблемных журналистских материалов... Даже самый гениальный текст меркнет, если напечатать его в страшной дыре, мелким шрифтом в глубине полосы...

— Что-что? — перебила его учительница. — Ты сказал — «в страшной дыре»?

— Ну да. В страшной дыре, у черта на рогах.

Настя фыркнула. «Что-то не то я несу», — мелькнуло у Сени. Но репетиторша неожиданно улыбнулась:

— Очень интересный образ... Please, go on.

Ободренный, Сеня пошел дальше:

— Но даже если материал публикуется в удачном, выигрышном месте — нельзя забывать об особой верстке. Броский заголовок, выделенный жирным шрифтом лид...

— Переведите это слово на русский, — испытующе уставилась на него преподавательница.

— Ну, зачин. Вводка. Ударное начало.

Училка кивнула. Настя посмотрела на него уважительно. Дальше дела, правда, пошли хуже. А со второй

---

[1] А теперь займемся тобой, Сеня (*англ.*).

[2] Переведи это на русский (*англ.*).

половины текста Сеня и вовсе «поплыл». Репетиторша сначала поправляла, потом — остановила:

— Ладно, достаточно. Конечно, это твердая двойка. Но потенциал — есть. Дальше...

Учительница встала, подошла к видеомагнитофону. Настя украдкой шепнула Сене:

— Не расстраивайся. Мне она в первый раз твердый кол поставила.

Сеня благодарно улыбнулся девушке. Репетиторша между тем сказала:

— А сейчас, Арсений, у тебя будет задание поинтересней.

Она щелкнула кнопкой пульта. На экране заскользили английские титры. Фильм, судя по всему, боевичок.

— Translate, please, — хладнокровно попросила преподавательница.

Сеня ошарашенно произнес:

— Вот это да!

— Come on, — от репетиторши пахнуло ледяным холодом.

Прошли титры, на экране появились люди. Судя по узким глазам — китайцы. Толпа желтолицых стояла в баре и что-то горячо обсуждала. Сеня уловил слова «Сянь Минь, драться, проиграть». Проговорил подрагивающим голосом:

— Да сроду Сянь Миню нельзя с ним драться. Железно — проиграет.

Китайцы продолжали тарахтеть по-английски. Кажется, опять принижали неведомого Сянь Миня. Сеня затараторил:

— Сянь Минь — натуральный дохляк. Мешок с костями. Ему только с лилипутами драться, а он рвется на настоящий поединок.

Настя смотрела на Сеню большими глазами. Кажется, она думала, что он и правда в точности переводит все с экрана. Репетиторша обнадеживающе молчала.

Китайцы исчезли. Камера показала бескрайние рисовые поля, зазвучала визгливая песня — явно не на английском. Сеня, воодушевленный, ляпнул:

— Краткое содержание песни. Широка страна моя родная, мой великий и загадочный Китай.

Настя подскочила на стуле. А репетиторша захохотала. Щелкнула пультом, остановила кассету. Выдавила сквозь смех:

— Fantastic!

Сеня растерянно хлопал глазами. Неужели он и правда все угадал? И правильно перевел?

— Такую чушь нести! И с таким серьезным видом! — продолжала хохотать репетиторша.

Дверь в комнату скрипнула. На пороге возник давешний противный Евгений.

— У тебя все в порядке, мама?

— Спасибо, Эжен... Все хорошо. Просто Арсений меня насмешил.

И Сеня съежился под полным презрения Жениным взглядом.

### *Десять месяцев спустя. Июль 1983 года*

Ровно в одиннадцать вечера *старуха Шапокляк* (так Сеня называл про себя Настину бабку) проследовала в комнату внучки. Она торжественно несла серебряный поднос. На подносе — чашка чаю и голубая таблетка — видно, снотворное.

Да, накануне вступительного сочинения *ее высочество* Настю обслуживали по высшему классу.

Мать мазала ей бутерброды черной икрой, говорила: «При умственных нагрузках очень важна ударная доза протеина!» Егор Ильич, растеряв начальственный лоск, хлопал над Настенькой крыльями, щупал ей лобик, гладил по головке... А бабка самолично распихивала по специальным карманчикам в Настиной юбке сочинения-«шпоры».

На Сеню никто внимания не обращал. Только Егор Ильич пожал ему руку и напутствовал:

— Ну, Арсений, не подведи.

Сеня очень надеялся, что не подведет.

Он тоже ушел к себе. Хорошо бы поскорее уснуть! Да, снотворное бы и ему не помешало... Заснуть не получалось. В голове вертелись то странички из конспекта Белинского, то массивные, вызубренные назубок цитаты из Грибоедова и Тургенева... «Я-все-помню! — внушал себе Сеня. — Мне надо расслабиться!»

Но расслабиться не получалось. Тело вроде отдыхает, а мозг — работает. Вдруг ясно, как наяву, всплывает лицо его родного деда. Дед смотрит на Сеню — задумчиво, испытующе... И тот выныривает из полузабытья, и шепчет, будто дед сидит рядом: «Не дрейфь! Я поступлю» И дед ласково кивает, растворяется в полумраке... Но едва Сеня снова начал засыпать, как на него навалился по-настоящему страшный сон: огромная, жирная, ехидная *запятая*.

Этот кошмар преследовал Сеню весь год. С тех пор, как Вилена, их репетитор по русскому, сказала: «Запомните: одна неверная запятая — минус один балл. Две запятые — минус два балла. И никакие апелляции не помогут».

А Настя после того урока сообщила:

— Знаешь, что я слышала? Они эти запятые специально расставляют — там, где не нужно.

— Кто расставляет? Зачем? — не понял Сеня.

— Приемная комиссия ставит лишние запятые, — терпеливо объяснила Настя. — Ну, когда много хороших сочинений, а квоты уже выбраны.

С того дня к Сене и прицепился этот кошмар. Запятая являлась ему то в виде крошечной закорючки, то в виде огромного, извивающегося питона. Обвивала вокруг шеи, душила, высасывала силы и кровь...

И чем ближе к экзаменам, тем чаще кошмар повторялся. А сегодня, накануне сочинения, он просто его изводил.

«Нет уж, лучше совсем не спать», — решил Сеня.

Выбрался из кровати. Подошел к окну, откинул штору. Четыре утра. *Утра, когда он пишет сочинение в МГУ.*

Ни дворников, ни трамваев. Наливается полоска рассвета. Сеня понаблюдал, как на соседнем подоконнике просыпается воробей. Вот птица вынула голову из-под крыла... встряхнулась, осмотрелась наглыми глазками... громко чирикнула...

«Тебе сегодня сочинения не писать», — позавидовал Сеня беззаботному воробью.

Нет, до восьми, когда проснется Настя, он не вытерпит. Да и не хочется ему сегодня видеть *барыню Настю.* А пуще того — смотреть, как бабка Шапокляк тащит в ее комнату кофе на растреклятом фамильном подносе.

Сеня неслышно прокрался в ванную — он уже изучил скрипучие места на коридорном паркете и никогда на них не наступал. Принял душ. Оделся — костюм самолично отгладил еще накануне. Греметь кофейником не стал. Взял паспорт, экзаменационный лист, две ручки с необычными фиолетовыми чернилами (специально искал — попробуй, подбери такой же цвет, чтоб фальшивую запятую подставить!) и тихо покинул квартиру на Большой Бронной.

«...Хорошо, что я ушел, — думал Сеня, шагая к Пушкинской. — И хорошо, что жизнь с Капитоновыми заканчивается. Поступлю не поступлю — только бы драпануть отсюда куда подальше». Надоели они до смерти — все. Суровый Егор Ильич, шапоклячка-бабка, ледяная Настина мамашка... Да и сама Настя тоже хороша. Вчера весь вечер его изводила.

...Они возвращались с последнего занятия по литературе. Вилена устроила им беспощадный прогон по цитатам, датам и именам-отчествам. Темп репетиторша задала такой, что даже Сеня путался, а бедная Настя откровенно «плавала».

— Да... не Ломоносовы, — припечатала репетиторша на прощанье.

Сеня еле дождался, пока захлопнется дверь, — и сплюнул на отдраенный пол академического дома. Настя посмотрела на него укоризненно. Сеня вздохнул, растер плевок подошвой. Интеллигенты!

— Завалю сочинение, — всхлипнула Настя, когда они вышли из Вилениного подъезда.

Сеня хотел сказать, что у Вилены просто такая манера, чтобы ученики не расслаблялись... но Настя и слова вымолвить не дала. Проговорила завистливо:

— У тебя-то память хорошая... Все цитаты запоминаешь. И пишешь лучше меня.

— Брось, все ништяк, — как мог беззаботно ответил Сеня.

Настя прошипела:

— Я тебе сколько раз говорила — ненавижу это слово: «*ништяк*»! Надоело уже просить!

«А как уж ты мне надоела! Со своим-то вечным нытьем!» — подумал Сеня. Отвернулся от Насти и замолчал. Так, не глядя друг на друга, и дошли до дома.

У подъезда встретили Милу.

— Трясетесь, зайчишки? — весело спросила Настина подруга.

Что Милке не веселиться — ей до экзаменов еще три недели, в Плешку вступительные только в августе.

— Трясемся, — вздохнула Настя.

И виновато взглянула на Сеню: извини, мол, что я на тебя огрызалась. Всегда она так — сначала обидит, а потом переживает, подлизывается... Нет уж, Настя! Сеня улыбнулся Милке:

— Вот еще, трясьтись! Что мне этот МГУ? Не пройду — с тобой в Плешку поступать буду. Возьмешь... в обойму?

— Тебя, Сенечка, возьму, куда угодно, — радостно заверила Милка.

А Настя посмотрела на Сеню (в его голове послушно вспыхнула цитата из «Героя нашего времени»: «*...ее большие глаза, исполненные неизъяснимой грусти, казалось, искали в моих что-нибудь похожее на надежду»),* решительно дернула плечом и вошла в подъезд.

— Что это с ней? — удивилась подруга.

— Психует, — отмахнулся Сеня. — Давай, что ли, курнем?

Они отошли подальше от капитоновских окон, выкурили по сигаретке «Космос», поболтали. Милка явно старалась его веселить, пыталась рассказывать анекдоты, но, судя по ее озадаченному лицу, смеялся Сеня вовсе не там, где нужно.

— Ладно, не до смеха, — вздохнул он. — Пойду.

— Ни пуха, ни пера! — пожелала Мила.

Арсений девушек к черту не посылал. Попросил:

— Ругай меня завтра, Милок. Кляни последними словами.

Больше всего ему сейчас хотелось забиться в угол, и чтобы никто, никто его не трогал.

Но дома — *дома у Капитоновых* — Сеня покоя не нашел. Настя весь вечер ходила взвинченная. Цеплялась к нему, требовала какие-то свои конспекты. Включала на полную громкость ненавистный «Миллион алых роз». Спасибо Ильичу — накапал ей лошадиную порцию валерьянки.

Сеня еле дождался, пока мать отведет Настю спать. Он не сердился на девушку: понятно ведь, что не со зла бросается, а от нервов. Но когда у самого на душе кошки скребут — только чужих истерик и не хватает...

Так что лучше уж прийти на сочинение одному, без Насти, а то будет изводить его всю дорогу до универа.

...Сеня упоенно вдыхал запахи московского утра, слушал, как шуршат вековые липы. Да, Москва — хороша, но только по утрам, когда вокруг — ни людей, ни машин.

«Не поступлю, и ладно, — настраивал он себя. — Вернусь домой, поцелую бабулю, обниму деда. И пойдем мы с ним на рыбалку — далеко пойдем, до самого Геленджика...»

Сеня покружил по кривеньким московским переулкам и вышел к Пушкину. Охранявший поэта милиционер посмотрел на Сеню удивленно, сделал движение навстречу: документы, что ли, проверять будет?

— Сочинение сегодня. Не спится... — отчитался Сеня.

— А, абитура, — мент тут же потерял к нему интерес.

«Метро уже открылось. Прокачусь-ка я до Кузнецкого... — решил Сеня. — В пирожковую. Она с семи вроде начинает работать. Кофе, конечно, там гадкий, с молоком, — но зато никакая бабка Шапокляк волком смотреть не будет!»

* * *

Только в пирожковой, дымной от подгоревшей выпечки, Сене удалось наконец прийти в себя. Он выпросил у толстой подавальщицы настоящего, не испорченного молоком кофе.

— Сочинение сегодня пишу, — жалобно обратился он к тетеньке. — Всю ночь не спал... Волнуюсь.

Магическое слово «абитура», кажется, действовало даже на грозных работников сервиса.

— Живи, птенчик, — разрешила ему толстуха.

И щедро бухнула в мутный стакан целых три ложки кофейного порошка.

Пироги ему тоже достались самые лучшие: с капустой. Сеня сидел у грязного окна, вгрызался в свежайшую выпечку, экономно, по глотку, цедил кофе и совсем не думал об экзамене. Вспоминал море, деда, моторку, бывших одноклассников... Очнулся только в девять — во время как пролетело! Вроде всю ночь готовился и все равно — опаздывает!

Сеня вскочил.

— Ни пуха ни пера тебе, парень! — ласково громыхнула вслед подавальщица.

В аудиторию, где писали сочинение, он влетел последним.

— Почти опоздали, Арсений Игоревич, — попеняла ему узкогубая тетка, проверявшая документы. — Еще три минуты — и не пустила бы.

«Ах ты, гестаповка!» Сеня промолчал. Тетка оглядела аудиторию:

— Вон за ту парту. В третьем ряду.

Как тут все серьезно! Он-то думал, что народ рассаживается как хочет. Ну и ладно, ему же спокойней — Настька ныть в ухо не будет.

Настя оказалась неподалеку — в том же ряду, шестая. Сеня мимолетно взглянул на нее: бледная, под глазами — тени, губы дрожат. Снотворное (или что там ей бабка дала?), очевидно, не помогло.

Не прошло и пяти минут, как в аудиторию торжественно вплыл декан. Разорвал конвертик, огласил темы... Ничего страшного. Лермонтов, Достоевский, Горький и свободная: «За что я люблю свой край». Эх, написать бы ее! Про Южнороссийск, про море, про настоящих друзей! Но репетиторша, Вилена, строго предупредила: «За свободную тему браться не смейте. Выше тройки не поставят. Считается, что ее пишут те, кто не знает литературы».

Дурацкие правила. Но что поделаешь, если здесь по таким играют.

Сеня решил остановиться на Достоевском. Выбрал Федора Михайловича из чисто практических соображений: больше всего цитат помнил. И критику — тоже. Да и Вилена упоминала, что за «Преступление и наказание» абитуриенты берутся редко — так что будет приемной комиссии приятное разнообразие.

Сеня быстро, минут за двадцать, настрочил план... Просмотрел: логично, полно, солидно... Будто и не было бессонной ночи. Не иначе, кофе в пирожковой оказался волшебным. Что ж, пора приступать. Он потер руки, подул на ладони... Интересно, а у Настены как дела?

Сеня обернулся. Настя, ссутулясь, сидела на своем месте. Глаза — блестят слезами, губы прыгают. И — ни единой строчки. Чистый лист бумаги.

— Настя! — одними губами произнес Сеня.

Она услышала, вскинула на него жалобный взгляд. Также неслышно ответила:

— Не могу! Не помню!

К его парте уже спешил надсмотрщик-старшекурсник. Сеня паинькой склонился над своим сочинением. «Да что мне Настя? Она и так выкрутится. У нее вон — вся юбка в шпорах. Бабка специальные карманы под оборки пришила».

Сеня бодро написал вступление. Нужная цитата из самого Бахтина всплыла перед глазами четко, страничкой из книги. Сеня даже шрифт и переносы увидел.

Ладно, приступаем к раскрытию темы. Но прежде — он снова взглянул на Настю. И снова увидел абсолютно чистый лист бумаги. И — дорожки слез на ее щеках. Вот дура-то, прости господи! Она же все знает не хуже его! Просто мозги со страху заколодило. Ну и что, так и будет до конца сочинения сидеть?

Придется спасать. Сеня дождался, пока жандармы-старшекурсники отвлеклись: какой-то дурачок додумался достать шпору. Пока происходило ее торжественное изъятие и выведение наглеца из аудитории,

Сеня выронил лист бумаги. Лист спланировал как раз к Насте — зря, что ли, в детстве самолетики с балкона пускал? Сеня пошел подбирать и прошипел:

— Просись в туалет. В кабинке доставай шпору и читай. Все сразу вспомнишь. Поняла?

— Молодой человек, в чем дело? — К нему уже спешила строгоглазая наблюдательница — та самая, что проверяла документы на входе в аудиторию.

— Ни в чем. Бумажку уронил.

— Постойте, не садитесь...

Тетка заглянула в Сенину парту, просветила взглядом его костюм, приказала:

— Снимите пиджак.

Сеня вспыхнул. На языке завертелась грубость. Абитуриенты смотрели с интересом. Кажется, они жаждали крови.

Тетка явно наслаждалась своей властью. «Ладно, властвуй... до поры!» Сеня молча снял пиджак, продемонстрировал подкладку, рукава.

— Садитесь, — неохотно разрешила гестаповка.

«Что, съела?» — внутренне усмехнулся Сеня. Все, теперь за работу. Краем глаза он видел, как Настя, под конвоем двух студентов, идет в туалет. И — как минут через десять возвращается: радостная, с просветленным лицом. И ее лист бумаги начинает покрываться знакомым бисерным почерком... «Ожила, слабачка», — порадовался Сеня. И забыл про нее — думал только о том, как раскрыть тему. И не вогнать куда-нибудь лишнюю хищницу — запятую.

* * *

Преподавательница английского позвонила Капитоновым в тот же вечер, сразу после сочинения. Разговаривал с ней сам Егор Ильич.

— Урок? Прямо завтра? Да пусть отдохнут! Лица на обоих нет.

Англичанка, кажется, начала возражать, потому что дед долго слушал, потом сказал:

— Нечего им зря трястись, говорите? Тоже, в общем, разумно...

Положил трубку, сообщил Насте и Сене:

— Завтра в двенадцать у вас сдвоенный урок, на три часа. Будете «входить в язык». Англичанка сказала, что нужно вас отвлечь — чтобы зря за оценку по сочинению не переживали. Все равно, говорит, ничего уже не изменишь...

То, что с его сочинением уже ничего не изменить, — Сеня не сомневался. Зато у Насти явно были дополнительные шансы.

После того как сочинения были сданы и народ потянулся прочь из аудитории, Сеня подсмотрел любопытную сценку.

Настя осталась за партой и на клочке бумаги торопливо написала: «*По словам И. Виноградова, «Герой нашего времени» — это первый философский русский роман, в котором судьба героя и становление его характера осмысляются в категориях «добра» и «зла», необходимости и свободы*».

Похоже, что это была первая фраза ее сочинения. Сеня незаметно, прячась за спинами возбужденных абитуриентов, пошел за Настькой и увидел: в коридоре к ней подошла женщина преподавательского вида. Настя сунула ей давешний клочок бумажки — и даже свою ручку.

«Простейшая комбинация, — оценил Сеня. — Сочинения — под шифрами. А Настькино теперь легко определить: по почерку и первой фразе. И авторучка теперь ее собственная — в руках нужного человека. Любую ошибку можно исправить... Да уж, честная игра. Честней не придумаешь».

Насте Сеня, разумеется, ничего не сказал. Всю дорогу к англичанке он слушал ее возбужденный лепет: «Представляешь, эти студенты со мной даже в туалет вошли! Спасибо, что в кабинку не потащились. Ну, а там я спокойненько достала шпору, быстро проглядела — и сразу все вспомнила!»

Настя благодарно посмотрела на Сеню и пробормотала:

— Спасибо, что подсказал в туалет попроситься... А то я так растерялась...

«Додумалась хоть поблагодарить», — беззлобно подумал Сеня.

...Вместо англичанки их снова встречал Эжен.

— Настенька! — явно обрадовался он. — Привет. Проходи, лапочка!

Сени будто не существовало.

— Ну, написала? Я тебя ругал. Последними словами. Весь день.

Женя принял у Насти шерстяную кофту, аккуратно повесил ее на плечики. На Сеню цыкнул:

— Куда ты свой лапсердак вешаешь?! Пальто мое помнешь.

«Английский сдам — точно ему морду набью», — решил Сеня.

Наконец в коридоре появилась англичанка. Велела сыну:

— Эжен, проводи Настю в гостиную. Поболтайте, выпейте кофе. Но говорить с ней — только по-английски, ясно? А ты, Сеня, иди со мной.

Они прошли в кабинет. Англичанка участливо посматривала на него.

— Что-то случилось? — как мог спокойно спросил по-английски Сеня.

— Произношение у тебя за этот год изменилось разительно, — похвалила репетиторша. — Даже твое ужасное «гэ» почти исчезло. Впрочем, ладно. Давай по-русски. Ты симпатичен мне, Сеня...

«Но на Настю не претендуй. Она — Эженова», — Арсений продолжил в уме ее мысль.

— Я не... — начал он.

— Не перебивай, — попросила англичанка. — Молчать умеешь? Ладно, верю — умеешь... Тогда слушай. Экзаменационные тексты уже утверждены. Тридцать билетов — тридцать текстов. Все они, в общем, простые, но есть в них подводные камни... Вот, держи. Все тридцать. Ксерокопии так себе, но разобрать можно.

Сеня от удивления аж дар речи потерял. Сидел, хлопал глазами. Англичанка, не дождавшись его реакции, продолжила:

— Каждый текст как следует проработай, разберись с грамматикой, со стилистикой, с устойчивыми конструкциями... Ты парень толковый — справишься.

— Разобраться, а потом Настю на них натаскать? — уточнил Сеня.

Взгляд англичанки затвердел:

— Я полагала, ты более догадлив. Видишь ли, конкретные экзаменационные тексты в стоимость моих уроков не входят... Но я же сказала — мне симпатичен и ты, и твои данные. И мне хотелось бы, чтоб ты тоже оказался на факультете. Я убедительно прошу тебя — никому эти тексты не показывать и никому, даже Насте, о них не говорить.

— Но как же она? Вы ведь сказали — там подводные камни. Настя сама с ними не справится!

Англичанка вздохнула:

— Ближе к экзамену ты, к сожалению, стал хуже соображать... С тобой мы больше заниматься не будем. Ни пуха тебе ни пера на экзамене. А Настю еще ждут четыре дополнительных занятия. По этим самым текстам — если уж тебе надо все объяснять.

— Спа... спасибо, — пролепетал Сеня. Кровь бросилось ему в лицо. — Но зачем? Зачем вы это делаете?

Репетиторша усмехнулась:

— Говорят, у нас — общество равных возможностей... Равных — для всех. Вот я их, эти возможности, и создаю.

...Четыре дня кряду Сеня закрывался в своей комнате и корпел над экзаменационными текстами. Англичанка оказалась права: с виду простые, тексты скрывали множество хитрых согласований времен и непереводимых с ходу конструкций. Школьный учебник за десятый класс в сравнении с ними выглядел букварем.

Настя целыми днями пропадала у англичанки. Возвращалась усталая, бледная.

— Чем вы там занимаетесь? — невинно интересовался Сеня у девушки.

— Да так... грамматику повторяем, — опускала глаза Настя.

«Интересно, стыдно ли ей? Что она — учит экзаменационные тексты, а я вроде как ничего о них не знаю? Или воспринимает это как должное? Да нет, вроде стыдно. И проболтаться ее так и тянет. Но мать и бабка, видно, строго-настрого приказали, чтоб молчала, как партизанка... Интересно, что мне поставят за сочинение?.. Пятерок, говорят, почти не бывает. Так, одна на поток — на две тысячи абитуриентов. Хорошо бы получить четверку... А если тройбан? Тогда только на английский с обществоведением надежда, надо будет их на пятерки вытягивать».

Сеня гнал от себя бесполезные раздумья, снова и снова возвращался к экзаменационным текстам. И все отчетливее понимал: взялся бы за них с налету, прямо на экзамене, — обязательно бы напортачил.

«Завалил бы я язык, если б не англичанка, — благодарно думал Сеня. — Интересно, с чего это она меня пожалела? Ну и ладно, пожалела — и пожалела. Если поступлю — подарю ей огромный букет. Пятьдесят одну розу. Дед как раз мне деньжат подослал...»

— Ты поедешь со мной оценки смотреть? — ластилась к нему Настя. — А то боюсь, что в обморок упаду.

— Да не жмись! Все у тебя ништяк, — привычно утешил ее Сеня. Встретил ее сердитый взгляд и поправился: — Ладно-ладно, все у тебя фартово!

...Листы с оценками повесили на входе высоко — с земли и не увидишь. Нужно на бордюр забираться.

А снизу виден только частокол черных пятнышек — двойки. И целые грядки депрессивных синих троек.

Парни лезли на бордюр молча. Только бледнели, увидев оценку.

Девочки визжали и охали.

— У меня ноги дрожат, — пискнула Настя. — Я упаду...

Сеня подхватил ее под мышки, приподнял.

— Вижу! — возликовала Настя. — «Четыре»!

— Везет же! — зашелестела толпа.

Сеня уже успел рассмотреть: зеленые четверки редки, слово подснежники в истоптанном ближнем Подмосковье.

Он осторожно опустил Настю на землю. Искренне сказал:

— Молодец! Поздравляю!

И наконец полез на бордюр сам. Увидел оценку. Не поверил глазам. Достал экзаменационный лист — сверять номер.

— Что? Что? Что у тебя? — прыгала внизу Настя.

— А-бал-деть, — выдохнул Сеня.

И закрыл лицо руками.

Сеня в тот год оказался единственным абитуриентом, кто сдал вступительные экзамены на все пятерки.

Настя получила, кроме четверки по сочинению, еще одну — по обществоведению, и тоже поступила — хватило полупроходного балла.

Дед на радостях подарил ей норковую шубу и путевку в Чехословакию.

А Сеня переплатил бешеные деньги за билет на поезд и уехал до самого первого сентября в Южнороссийск.

## Глава 3

*Он ненавидел Капитоновых. О, как он их ненавидел!*

*Сытые, самодовольные, подлые номенклатурщики.*

*«Смирись. Не обращай внимания. Живи, будто их нет», — советовал ему разумный внутренний голос. Но другой голос говорил, что он никогда не сможет их забыть. Они всегда были перед глазами: старик — вальяжный, усмешливый, строгий. Его жена — вертлявая, со змеиным взглядом. Их дочка — истеричка в мехах. Царьки, императоры, полубоги. За что?! За что им все это? За какие заслуги — кирпичный дом, высокие потолки? Заграничные поездки? Полный холодильник продуктов — особых, «не для народа»?! А главное — за что им приоритет? Приоритет — всегда и во всем. За что? Почему?*

*Только такие, как Капитоновы, ценились. Оберегались. А все остальные — миллионы простых людей — не ставились и в грош. Быдло. Винтики. Ничтожества.*

*Однажды он стал свидетелем аварии: черная, такая же, как у Капитоновых, «Волга» с блатными номерами протаранила «жигуленок». Осколки, кровь, покореженное железо... В «волжанке» ехала очередная партийная шишка, в «жигуленке» — простая семья, скопившая на автомобиль годами жесткой экономии.*

*Примчалась «Скорая». Одна. Растерянный гаишник метался вокруг врачей: «В «Жигулях» — девочка. Ей очень плохо!»*

*Девочку даже не осмотрели:*

*— Ждите. Будет еще машина.*

*«Скорая» забрала партийца из «Волги» (у того и повреждений никаких не было — так, пара царапин) и умчалась, оглашая окрестности сиреной.*

*Вторая машина прибыла только через двадцать минут. Девочка в «Жигулях» к тому времени уже умерла.*

*И после этого ему советуют «не обращать внимания»?*

*Не дождетесь. Он отомстит им. Он сотрет с лица земли всю их породу.*

*Скоро. Очень скоро.*

## НАСТЯ

*1983 год, декабрь*

Первого сентября, когда Настя собиралась на первую в жизни лекцию, дед провозгласил:

— Ну, Анастасия... Теперь у тебя начинается интересная жизнь.

Но вот уже первый семестр заканчивался, а ничего интересного пока не происходило. И стоило ли так стремиться поступить на этот факультет?!

Настя снова проспала первую пару. И на вторую тоже не спешила. Валялась в постели, обложившись журналами «Семья и школа». Журналы — скучнейшие, сплошь кулинарные рецепты и советы, как изготовить детские поделки. Настя их и не читала — так, проглядывала. А мозги при этом кипели от всяких мыслей. Мысли — глупые и бессвязные. «Мещанские», — как говорит Сеня Челышев.

С какими брюками носить новую сиреневую кофточку? Как подкатиться к деду, чтобы достал билеты на «Юнону и Авось»? Стоит ли брать на ночь «Доктора Живаго» — чушь какая-то, когда книгу только на двенадцать часов дают, не успею прочесть, да и страшно: вдруг бабка или мать увидят? Разговоров не оберешься.

«Лучше о деле думай!» — ругала себя Настя. Но о делах думать не хотелось. Не очень-то они шли, эти дела... Зачем вот было первую пару прогуливать? Ведь лекция по античке... Посещаемость — ладно, подружки обещали отметить. Но античку сдавать надо. Совсем скоро, на первой сессии. Семьдесят вопросов учить, и гору литературы перечитывать. А Настя пока только Вергилия и осилила — редкостная скучища...

Женя-Эжен называет Настю диковинным словом: *«перфекционистка»*. «Что тебе все неймется? Татьяной Тэсс, конечно, не станешь. А статейки пописывать — большого ума не надо. Вставляй только вовремя: «Взвейся!» да «Развейся». И всех делов».

Эжен — сторонник патриархата. Уверяет Настю, что ей идут пассажирское место в машине, дорогие дубленки с опушкой и сапоги на шпильке. «Занимайся, Настенька, чем нравится, а на бирюльки тебе я сам заработаю». Женя давно намекает: дождемся, когда тебе восемнадцать стукнет — и под венец. Но венец — особенно с Эженом — тоже далеко не предел мечтаний.

Хотя кто спорит: приятно, когда он заезжает за ней в универ на новеньких синих «Жигулях»-«шестерке». Аль Бано и Рамину Пауэр по четырем колонкам слушать тоже приятно. Если бы Женя только слова песен не уродовал: «Пересчитай! Тебе недодали сорок копеек, пересчитай!» Совсем не смешно. А больше всего Настю бесило, что Эжен в ресторанах чаевые до копейки высчитывает. Да еще с таким важным видом: «По этикету полагается оставлять от пяти до десяти процентов. Но этот хмырь и на четыре процента не наработал».

Достает новенький калькулятор и отсчитывает ровно три процента от суммы. А официант посылает им на выходе снисходительно-насмешливый взгляд... Настя однажды сказала Жене высоколобую фразу — два дня ее обдумывала:

— Зря ты пытаешься насаждать западную культуру на российской почве!

А тот только расхохотался, чмокнул ее в щечку:

— До чего ж приятно иметь дело с умной девочкой!

А сама Настя и рада была бы не иметь с ним никаких дел. Но... Никакой достойной замены Эжену она пока не встретила.

Приезжие красавчики отпали сразу. И не только потому, что мать сказала: «Ты, Настя, с лимитчиками будь поосторожней...» Настя тут же, из духа противоречия, подружилась с Генкой из Камышина. И что? Генка — татарин, поступал по национальной квоте. Вступительные сдал на трояки. Одевается плохонько, живет в общаге. Но Насте на его национальность, тройки и одежду — плевать, был бы человек интересный. Только мозг у Генки тоже на троечку работает. Большой театр обозвал мракобесием, Высоцкого — актеришкой и бездарным клоуном. А сам до сих пор не научился деепричастные обороты запятыми выделять.

Москвичи, спору нет, смотрятся приличней. Только и с ними у Насти пока не ладилось.

Подругам она снисходительно говорила: «Да ну, выбрать не из кого. Ассортимент скуден». И только самой себе — по страшному секрету — признавалась: симпатичных парней уже расхватали другие. И у Насти в сравнении с этими другими не было никаких шансов... Разве мальчикам нравятся пегие волосы? Нравится, когда девушки не умеют поддержать острый разговор? Нравится танец в «две ужимки, два прихлопа» — а по-другому Настя не умела? Хорошо хоть, с «упаковкой» у нее проблем нет: дед без звука достает все, что надо. И кроссовки, и джинсы, и дутую куртку, и итальянскую косметику «Пупа». Девочки из инженерных семей завидуют. А парням на ее одежки, кажется, наплевать.

Но более всего Настю беспокоила другая проблема. Старая проблема, еще из детства. У нее по-прежнему не обнаруживалось никаких талантов. Да, в университет она поступила. Собрала в кулак все силы и всю волю. Но, видно, свои ресурсы этим поступлением она исчерпала... Никаких склонностей у нее не обнаружилось и здесь. Не считать же за талант «добротные статьи»?

Или ей просто на факультете неинтересно? Античную литературу читать скучно, а уж заучивать здоровенные куски из Гомера, как требовалось к коллоквиуму... А чего стоят дурацкие реактивы на фотоделе? А второй иностранный язык — французский?! Там с одними временами — уже умрешь, для каждого глагола свои правила.

— Скучно мне учиться, — пожаловалась Настя деду после месяца учебы.

Тот среагировал мгновенно:

— Если скучно, переводись. Туда, где интересно. Например, в МИСИ. Возьмут мгновенно.

И разразился целой лекцией: о том, как важно найти дело своей жизни. (Мама, слушавшая деда вместе с Настей, потом прошипела: «Попробуй только из МГУ уйти. Забыла, чего нам всем это стоило?!»)

Настя иногда завидовала Сеньке Челышеву. Вот уж оптимист! Ходит в драных ботинках, живет в общаге, стреляет по двадцать копеек до стипендии. И над античкой — как все, зевает, и зачет по фотоделу завалил: с препом поссорился. Но физиономия-то у него всегда довольная-а!..

* * *

Сеня балдел. Балдел от Москвы, от университета, от общаги. Если бы еще море здесь было... А то ездили в сентябре на подмосковные водохранилища: ну и убожество! Сплошной ил, до противоположного берега — рукой подать, и пахнет не солью, а болотом.

И в метро ему не нравилось. Сидят все какие-то каменные. Уткнутся в «Правду» и делают вид, что интересно. Красная площадь и улица Горького, конечно, впечатляли. Но гулять по ним, как по родной южнороссийской набережной, почему-то не хотелось.

А вот общага Сеню вполне устраивала, хотя другие кляли тесные комнатки, вонючие кухни и текущие ванны. Чего зря ныть? Все равно других вариантов нет и не предвидится. Хотя трех метров личного пространства, конечно, было маловато, и «самопроизвольный» (то горячая вода, то холодная) душ раздражал.

Раздражало еще, что вечно не хватало денег, а девчонки постоянно напрашивались в бар «Москва» и умильными глазками смотрели на ценник: *«Коктейль «Шампань-коблер» — 80 копеек»*. Как откажешь? Да и самому Сене коктейль нравился — не то что тошнотворный общаговский портвешок «Три семерки».

Стипуху по результатам вступительных экзаменов ему положили повышенную — шестьдесят рублей. Но даже младший научный сотрудник — и то сто двадцать рублей получает. А студенту ведь куда больше нужно, чем инженеру! И в кино, и в театр, и кроссовки, и сигареты, и девочек, опять же, прогулять...

Питанием Сеня не злоупотреблял. Покупал раз в неделю кусок «Российского» или «Костромского» — вот и готовы ужины, самые серые макароны сгодятся, если их как следует сыром засыпать. Хлеб с майонезом и колбаса (якобы «Докторская») тоже особо не разоряли. А вот походы в кафе «Оладьи» на улице Герцена постоянно высасывали деньги. Но пижонам-однокурсникам ведь не скажешь: «Не могу в «Оладьи» — капусты нет». Вот и приходилось крутиться.

Журналистикой пока зарабатывать не получалось, хотя Сеня посылал свои заметки и в «Огонек», и в «Ровесник», и в «Студенческий меридиан». Изо всех изданий пришли вежливые письма. Подписаны различными литконсультантами, общий смысл такой: «Молодец, способности есть, но публиковаться тебе рановато, совершенствуй покуда перо».

Разгружать вагоны его тоже не взяли — конкуренция, бляха-муха... Велели позже приходить, когда мышцу накачает. И почтальоном устроиться не получилось — временная прописка подвела.

А фарцевать Сеня не захотел сам (хотя предлагали) — не по нему занятие. Вот и приходилось подрабатывать совсем уж «по-черному».

На первом поезде метро он выезжал куда-нибудь на окраину, на последнюю станцию метро: «Ждановскую», «Варшавскую», «Медведково»... Главное, подальше от общаги, чтобы свои не заметили. Надевал темные очки, расправлял огромную сумку — и с упорством партизана обыскивал местные питейные закутки. Обследовал веранды в детских садах, детские площадки во дворах, школьные стадионы... Кто говорит, что все пустые бутылки алкоголики собирают — на опохмелку? Алкоголики с ранья спят. По крайней мере, утренние вылазки всегда приносили Сене не меньше трешки. А трюльника — и на кино хватит, и на оладьи с орехово-шоколадным соусом, и даже на *«шампань-коблер»* себе и девушке.

...Университетские девушки Сене нравились, но *с поправкой.* Среди них было много симпатичных, а некоторые — вообще красоты неземной, аж в дрожь бросало. Но очень уж все они — *advanced,* черт его знает, как это слово перевести на русский. Курят, как паровозы, пьют портвейн и пиво — и слова сказать не дают. То Камю цитируют, то Сэлинджера. А он еще на Настьку Капитонову злился, что та выпендривается! Да Настена в сравнении с ними — просто лапочка-Дюймовочка. Перекрасила бы свои пегие волосы — вообще конфетка была б.

С Настей Сеня перекидывался парой-тройкой фраз. Но пить кофе не звал. Нужен он ей со своим кофе, когда ее после занятий встречает Эжен, сын англичанки. В фирменном джинсовом костюмчике, да на синей новенькой «шестерке»! А Капитонова, царица Савская, триумфально грузится в машину под завистливыми взглядами прочих девчонок. «Нужна она мне, — думал Сеня. — Время еще на нее тратить... Да и что нового от нее можно услышать? Как здоровье у бабки Шапокляк? Спасибо, неинтересно».

Но выручать Настю Сеня продолжал — когда мог. Помогал с русским языком. По мере сил натаскивал ее по французскому. Объяснял, что, на его скромный взгляд, не ладится с ее журналистскими материалами: «Ты пишешь, будто тебя происходящее совершенно не касается. Будто стоишь у окна, смотришь на пейзаж, описываешь, а тебе на него, в общем-то, наплевать. И на людей, которые мимо проходят, и на машины, и на закат... А ты — ты во всем этом соучаствовать должна, поняла?..»

— Что же мне теперь — на завод идти? Наладчицей? — щетинилась Настя.

— Нет, конечно, — горячился Сеня. — Но ты должна поставить себя на место этой наладчицы. Представить, каково это: жить в общежитии и всю зиму ходить в осенних сапогах...

— Ладно, Аграновский, — буркала Настя. — Ерунду ты какую-то говоришь... Да еще с важным видом.

Но, может, он и говорил ерунду, а Настины статьи, как заметил Сеня, постепенно улучшились. Стали более живыми и «сопричастными».

«Я как Настькин старший брат, — усмешливо думал Сеня. — Помогаю «сестренке», подтягиваю. А она, по идее, должна за мной посуду мыть и мои старые вещи донашивать. Ну, в общагу, на посудомытие, ее не заманишь. А джинсов у нее и у самой полно — причем новых».

...Но заношенные почти до сквозных дыр «Левисы» (те самые, единственные, в которых Арсений прибыл из Южнороссийска) Настя попросила у Сени сама.

* * *

Под Новый год на факультете задумали устроить карнавал. Секретарь комитета комсомола предложил — сколько, сказал, можно одними капустниками да дискотеками обходиться?

На первом этаже повесили грозное объявление: «*Без карнавальных костюмов на новогодний вечер вход воспрещен*». И преподаватели немедля стали жаловаться на «упавшую дисциплину» — девчонки лекции напролет обсуждали, кто в каком наряде придет.

Безусловное лидерство захватили «принцессы». Самый простой вариант для первокурсниц. Берешь выпускное платье (обычно длинное и пышное). Нашиваешь на него пару пелеринок-оборок, клеишь из фольги корону — и готова принцесса. А еще можно у замужних сестер свадебное платье выпросить, раскрасить гуашью — и вообще получится даже не принцесса, а просто королева!

«Можно еще Пеппи Длинныйчулок нарядиться! И Арлекиншей! Или лисой Алисой!» — щебетали девчонки.

«Принцессы из меня уж точно не получится, — решила Настя. — Настоящей принцессе нужны царственная походка и надменность во взоре. Увы, не обладаем-с».

И она решила одеться Гаврошем. Или хиппи. Видела она этих хиппи на Калининском проспекте и в стеклянном кафе на улице Кирова, и очень ей их костюмчики показались...

Замысел свой Настя держала в тайне, а то на факультете народ ушлый, идею мигом сопрут.

Настя попросила у Арсения стертые до ниток джинсы. Прорвала пару потертостей до откровенных дырок. Излишек длины отчекрыжила ножницами — и подшивать срез не стала. Зато вышила штанины разноцветными цветочками. Специально наблюдала за редкими хиппарями. Подметила, что основные элементы их костюма чрезвычайно просты. Вязаную полосочку на лоб — так называемый хайратник — можно связать самой. Фенечки-браслеты из бисера тоже плетутся элементарно. А «ксивник», нагрудный пакет для паспорта, ей даже изготавливать не надо — дед недавно фирменный из Франции привез.

Костюм дополнили кеды, разбитые на школьных уроках физкультуры, и непонятного цвета футболка, которую Настя откопала на антресолях. Гаврош-хиппи был готов.

Бабушка чуть в обморок не упала:

— Настя? Ты что-о, с этими выродками... с хиппарями связалась?

— Нет, бабуль, — терпеливо отвечала Настя. — У нас на факультете костюмированный бал.

На разговор заглянула мама, скептически осмотрела наряд:

— Фу. Ничего другого придумать не могла? Хоть бы принцессой нарядилась — вон, выпускное платье в шкафу висит!

— У нас полкурса — принцессы.

— Вот они и найдут себе принцев, — постановила мама. — А ты стенку подпирать будешь. Смотри, хотя бы Женечке в таком виде не показывайся. И штаны с собой запасные возьми, а то в такой рванине и в милицию заберут.

В общем, «положительный настрой» был создан... и на факультет Настя ехала с большой опаской. Может, и правда все смеяться начнут?

Но хипповско-гаврошистый костюм имел бешеный успех. Принцессы-близнецы окружили Настю плотной толпой, разглядывали джинсы, щупали фенечки, просили примерить хайратник. Парни — все, как один, выряженные пиратами, — просили позволения засунуть руку в прорванные в джинсах дырки. А инспектор курса, одетый Ломоносовым, отозвал Настю в сторонку и строго сказал:

— Молодец, молодец, Капитонова... Я оценил. Но надеюсь, это просто шутка, и ты не перенесешь этот костюм в... м-м... обычную жизнь?

Настя, довольная оглушительным резонансом, ринулась в новогодний бал. Она загадала: если костюм пройдет «на ура» — значит, мечта ее сбудется.

Мечта заключалась в синеглазом Валерке со второго курса.

Валера нравился ей давно. Сначала Настя в него заочно влюбилась — прочитала его передовицу в факультетской газете. И ничего вроде особенного, просто мысли о визите в Россию американской школьницы Саманты Смит. Но почему-то прямо в глазах щипало, когда Настя читала *«об обычной девчонке — оказывается, такой же, как и мы все»*. А уж когда ей этого Валеру девицы показали, Настя и вовсе «поплыла». Какие глаза — огромные, с грустинкой... Фигура даже лучше, чем у мускулистых дурачков из видика. Одна беда — вокруг него всегда плотный кокон поклонниц. Девицы как на подбор. Все высокие, длинноногие, блондинистые... Куда до них Насте!

«Но карнавальная ночь срывает все маски!» — весело подумала она.

...Валера нашелся на втором этаже, у перил мраморной лестницы. Подле него вилось несколько однотипных красоток — разумеется, одетых в костюмы принцесс. «До чего же они одинаковые, — снисходительно подумала Настя. — Будто из инкубатора. Из инкубатора пустоголово-толстогубых блондинок».

И Валера, и его принцессы посмотрели на нее с интересом. Настя расслышала реплику: «Костюмчик — обалдеть!»

«То-то, гражданки принцессы! Это вам не к выпускным платьям оборки пришивать. Прямо сейчас к нему подойти или все-таки белого танца дождаться?»

Пока Настя раздумывала, к ней подскочил Арсений Челышев. Одет он был, как все парни, пиратом. Но в отличие от прочих капитанов Бладов, ему пиратский костюм был к лицу. Тельняшка сидела как влитая, и видно было, что пятна мазута на ней не камуфляжные, а заработанные на утлых моторках, в честных схватках с морями-океанами.

— Привет, Гаврош! — радостно сказал Сеня. — Не могу сказать, что тебе идет эта рвань, но забавно. И с выдумкой.

— Настоящим журфаковцем стал, — отметила Настя.

— Это почему?

— Да потому. Только у нас так умеют — скажут, и не поймешь: похвалили тебя или обругали.

— Но тебе правда не очень-то идет этот стиль! — разгорячился Арсений. — Обноски какие-то... Я бы, знаешь, как тебя нарядил? Юнгой! Белые брючки, белая курточка, матроска с лентами... Хочешь, привезу тебе из Южнороссийска? У нас на рынке такой костюм купить можно. Шмоньковцы продают.

— Это еще кто? — фыркнула Настя.

— Пацаны из мореходного училища. Все, заметано! Только бы размер твой найти... Не знаю, есть ли у них такие маленькие.

— Ладно, модельер... вези, — милостиво разрешила Настя. Ее хорошее настроение сегодня никто не испортит! Даже Арсений со своими горе-комплиментами.

Настя с трудом дождалась, когда начнутся танцы. Пока шли быстрые, вместе со всеми топталась в кругу, пела в общем хоре: «Во-от! Новый по-во-рот! Что он нам не-сет? Пропасть или взлет?!»

«Машину времени» перебивали выкрики: «С Новым годом! Ура-а!» И Настя тоже вопила: «Happy new year!!!» А сама никак не могла дождаться медляков. Нет, не будет она сегодня подпирать стенку! Мама, как обычно, ее принижает...

И точно, едва заиграл машино-временевский «Костер», к ней сквозь толпу пробился верный Арсений:

— Потанцуем, прекрасный Гаврош?

Эх, был бы на его месте Валера!

— Потанцуем... капитан Флинт.

Настя вполуха слушала Сенину болтовню. Задумавшись о своем, пару раз наступила ему на ногу — повезло Арсению, что кеды у нее мягкие.

Но вот наконец и белый танец объявили.

К Сене тут же подскочила вертлявая Наташка (очередная принцесса):

— Позвольте, господин пират?

Польщенный Сеня кивнул Насте и заскользил в Наташкиных объятиях. Настя подняла глаза и увидела, что она стоит как раз рядом с Валерой и его длинноногими поклонницами.

«Карнавальная ночь срывает все маски!» — повторила про себя Настя.

И улыбнулась своему принцу:

— Потанцуем?

Валерины принцессы приняли напряженные позы. А сам Валера мазнул по ней равнодушным взглядом. Настя с ужасом увидела: глаза его — мутные, зрачки — крошечные. Пьяный? Или того хуже — под наркотиками?!

Но отступать было некуда.

— Ну, потанцуем? — дрогнувшим голосом повторила она.

— Отвали, замарашка, — небрежно процедил Валера.

И отвернулся от нее к своим принцессам.

* * *

Настя не помнила, как очутилась на первом этаже, в туалете. Как срывала с себя ненавистные хипповские фенечки. Как топила в унитазе мерзкий хайратник. Ей еле удалось выбраться из драных джинсов — руки дрожали, ноги подкашивались. Голову разрывало: «Ненавижу! Гад! Сволочь!» Перед глазами стояло равнодушное лицо Валеры и снисходительно-сочувственные взгляды его прихлебательниц.

Настя натянула черные брючки и свитер — спасибо бабке, все-таки сунула ей в рюкзачок нормальную одежду... Вышла из кабинки. Долго полоскала лицо ледяной водой. Волосы мокли, холодные струи текли за шиворот. «Простужусь. Воспаление легких. Потом туберкулез. И хорошо. Хорошо! Умереть, покончить со всем! И никого из них больше никогда не видеть!»

Ненавижу их всех: и маму с бабкой — вот ведь накаркали про ее карнавальный костюм! И Сеньку-пирата ненавижу — он тоже ее рванью назвал. А особенно мерзкого Валеру с его пустыми глазами. «Да я... Да я все деду скажу! Он ему устроит! Дед что угодно может! Его скоро в ЦК выберут! Он этому Валере такое устроит! Эта скотина вообще из университета вылетит!»

Настя почувствовала, что на глазах снова проступают только что смытые слезы. Нет, надо бежать, пока в туалет никто не пришел. Куда вот только — бежать? Ладно, главное — отсюда. Прочь с поганого факультета.

Настя вышла из туалета, пробилась сквозь толпу ряженых и вышла в морозный вечер.

У памятника Ломоносову однокурсники давили водочку.

— Настька! Дуй к нам! Мишка «андроповку» наливает!

Настя никогда раньше не пила водки. Ну вот, как раз самое время начать! Она решительным шагом приблизилась к памятнику:

— Наливайте!

— Эк, хватила! — заржали однокурсники. — Куда наливать-то? Хлещи, как все — из горла.

Из горла так из горла. Настя сделала щедрый, на полный рот, глоток. Неужели она сможет эту дрянь проглотить?.. Но проглотила, закашлялась, прикрыла рот ладонью... Ну и дрянь!

— Что, пробирает? Еще хлебнешь? — веселились однокурсники.

— Н-нет... Спасибо, ребят... Мне идти надо.

— Куда? Карнавал же!

— Да у мамы в министерстве концерт, — соврала Настя первое, что пришло в голову. — Просила быть...

— Ну, тогда иди. Да не забудь там водочку отлакировать, — заржали сокурсники.

Настя с облегчением покинула факультетский двор. На улице — темень, редкие фонари светят еле-еле, и только звезды на кремлевских башнях горят ярко, будто налиты свежей кровью.

«Куда же идти? Только не домой! Начнется там: а что так рано? А почему грустная? Костюм не оценили? А мы ведь тебя предупреждали!»

Водка мягко плескалась в желудке, притупляла обиды... И хотелось сотворить что-нибудь необычное. Из серии: «Ну уж от Капитоновой мы такого не ожидали». Например, поехать на улицу Кирова, найти там хипов и потребовать: «Принимайте в свою компанию». Нет, страшно. Да и хипы в Москве редки, а по такому морозу, наверно, и вовсе по флэтам расползлись. Может, сесть на поезд и уехать в другой город? Скажем, в Питер? Да у нее с собой денег — только десятка, даже на обратный билет не хватит.

«Нужно пойти и напиться, — вдруг решила Настя. — Напиться окончательно, вдрызг. Чтобы забыть обо всем. В конце концов, мне уже почти восемнадцать, а я до сих пор только шампанское пила... Ну, и водку — вот прямо сейчас. Водка, конечно, — гадость. Но есть же всякие вина, ликеры...»

Идея ее захватила. Только где в Москве можно напиться? Не в ресторан же в одиночку идти. Поехать, что ли, в общагу? Сеня говорил, там с выпивкой все тип-топ, всегда наливают... Только ведь все — на карнавале, кого она там найдет? Да и не хочется их видеть, мерзких журфаковцев.

И тут Настю осенило: она пойдет в «Москву»! Девчонки рассказывали: заходишь в гостиницу с центрального входа, говоришь швейцару, что в бар, поднимаешься на второй этаж — и пьешь себе спокойненько вкусные коктейли. «Место спокойное, — заверяли однокурсницы. — Барыги, конечно, встречаются, но они тихие, не пристают. А коктейли там — обалденные».

«Коктейль, наверно, вкуснее, чем водка, — решила Настя. — А моей десятки на много хватит».

...Швейцар посмотрел на нее удивленно, но в гостиницу пропустил. Настя без труда нашла бар: очень симпатичный. Стойка с кожаными табуреточками, полки украшены аляповатыми бутылками из-под диковинных напитков (все бутылки, впрочем, пусты).

Настя взяла себе «шампань-коблер» и два эклера — всего-то рубль пятьдесят за все про все. За стойкой решила не сидеть. Все столики были заняты, только в самом углу нашелся пустой, с единственным стулом. Ну и очень хорошо: подальше от всех, а раз стульев нет — никто к ней не подсядет.

Настя пригубила свой «коблер» — куда вкуснее, чем водка! — и украдкой оглядела публику. М-да, а народ-то тут не очень... За соседним столиком сидят четверо хмурых парней. Парни что-то тихо обсуждают, настороженно оглядываются по сторонам. В загончике имелась и еще одна мужская компания — трое восточных товарищей. Те говорили громко, пили много и сплевывали шелуху от орехов прямо на пол. Два оставшихся столика, на Настин взгляд, опасности не представляли. За одним сидела немолодая парочка с бутылкой шампанского. По вороватым взглядом видно: любовнички, муж уехал в командировку. А за другим столом помещались две ярко накрашенные девушки в коротких, не по сезону, юбках. «Проститутки», — догадалась Настя. Живых проституток она видела впервые и осмотрела их костюмы и боевую раскраску с интересом. Поначалу и девицы тоже косились в ее сторону. Но Настя вела себя смирно, глазами по мужикам не стреляла, да и одета была скромно. И продажные девицы интерес к ней утратили.

«А коктейль-то вкусный, — порадовалась Настя. — Рот не обжигает, горло не дерет». Она расправилась с ним почти залпом. Даже эклеры не съела. Тут же сходила к стойке и заказала второй. Этот уже пила медленнее, цедила через соломинку. На душе постепенно теплело, проблемы-беды отступали. «Что я, в самом деле, расстраиваюсь из-за какого-то идиота? Да этот Валера мизинца моего не стоит! И глаза у него — совершенно безумные. Не зря же говорят, что на нашем факультете экзотики полно: даже наркотики можно достать. Да этот Валера — наркоман, а вовсе не принц! Вот и чудненько. Есть за что его прихватить. Так что деда мы в это дело впутывать не будем. А о том, что он наркоман, сообщим, куда следует».

Настя прихлебывала коктейль и поражалась метаморфозам: в темном баре вдруг стало очевидно светлее. Ярче заблестели глаза у посетителей, вроде бы отмылся затоптанный пол и даже серо-шоколадная глазурь у ее эклеров приобрела насыщенный, глянцевый черный цвет. И чего она раньше не ходила по барам?

Незаметно закончился второй «коблер», и Настя снова отправилась к стойке. Восточный человек с соседнего столика крикнул вслед:

— Эй, красавыца! Прытармазы!

— Я знаю меру, — надменно ответила Настя. И поразилась: простая фраза далась ей с трудом, слова мешались-проглатывались, словно говорил поздний Брежнев.

На всякий случай Настя все же съела эклеры. И с новыми силами приступила к коктейлю. Подумалось:

«Жаль, что я курить не умею. Вон, как проститутки шикарно смотрятся — с коричневыми длинными сигаретками...»

Восточные люди к ней больше не приставали. Зато компания серьезных мужчин наконец закончила свою тихую беседу. Мужики откинулись на стульях и шумно потребовали водки. Видно, их сборище было влиятельным: бармен не поленился поднести бутылку прямо к столику.

— А вон той — шампанского, — вдруг приказал один из них. И указал на Настю.

Бармен угодливо кивнул и явился с бутылкой так быстро, что Настя даже опомниться не успела.

— Спа...спасибо... я н-не хочу, — пропищала она, удивляясь, что язык перестал слушаться вовсе.

— А тебя не спрашивают! — загоготал второй мужик. — Пей, раз дают.

Третий молча встал, подошел к ее столику. Тихо произнес:

— А ну не ломайся! Шалава...

Настя вскочила. Кажется, ее шатало. Мужчина загородил ей дорогу. Она попыталась его обойти, но гад перемещался легко и все время оказывался у нее на пути. Наконец, наигравшись, мужик схватил ее за руку.

— Все, цыпочка. Шутки кончились. Пойдем, посидишь с нами.

Настя стала вырываться. Парень усилил захват, и руку будто сдавило тисками.

Публика в баре безучастно наблюдала за представлением.

«Все. Пропала», — мелькнуло у Насти в голове.

И тут она услышала знакомый возмущенный голос:

— Настя! Это еще что за дела?!

Парень слегка ослабил хватку, и ей удалось вырваться.

— Сеня! — закричала она.

И побежала к нему — так быстро, как не бегала никогда.

Мужики ее не преследовали. Один только выкрикнул вслед с угрозой:

— Попробуй, покажись еще здесь...

А Сеня ловко подхватил ее под руку и потащил прочь.

Единственный этаж Настя одолела с трудом — ноги заплетались и подкашивались. Сеня молчал — только поддерживал ее все крепче и заботливее. Швейцар, распахивая дверь, глумливо сказал:

— Ну, понравилось у нас? Приходите еще.

Сеня не удостоил его ответом. А Настя и ответить-то не могла. Перед глазами все плыло, а во рту вдруг возник неприятный металлический привкус — с чего бы? Коктейль вроде сладким был...

— П-постой, С-сеня, — с трудом вымолвила она. И опустилась на корточки. Ей нужно полежать — совсем немного, пару минуток.

Сеня грубо подхватил ее под мышки и поставил на ноги. Прошипел:

— Ты что, спятила? Мусора кругом!

— Н-но...

— Стой! Стой прямо, я сказал!

И Сеня принялся надевать на нее дубленку. Только сейчас Настя заметила, что вышла она раздетой. Ее дубленка висела в баре, на крючке у входа, — когда же Сеня успел ее взять? Настя не помнила. Ничего себе, уже провалы в памяти начались...

— Пошли потихоньку, — приказал Сеня. — Машину поймаем. Я тебя домой отвезу.

— Нет! — выкрикнула Настя.

Двое милицейских внимательно посмотрели в их сторону.

— Да не ори ты! — простонал Сеня.

— Я не поеду домой, — упрямо сказала Настя.

— Хорошо, не поедешь домой. Давай только уйдем отсюда.

К счастью, до дороги было два шага. Сеня поднял руку, подзывая такси.

— Т-только п-посмей с-сказать, что на Б-бронную, — выдавила Настя.

— Да понял я, — отмахнулся от нее Сеня. И спросил остановившегося водилу: — На Шверника поедем?

...В тепле машины Настю заклонило в сон. Но стоило закрыть глаза, как с ней начинало твориться что-то ужасное. К горлу подкатывала тошнотворная волна, и такси, казалось, начинало качаться с боку на бок, словно утлая лодчонка.

— Эй, не спи, Настя, — тревожно сказал Сеня.

— Т-тут так воняет, — простонала она.

— Можно, я открою окно? — спросил Сеня у водителя.

— Открывай, — буркнул тот. — Смотри только, чтобы девчонка твоя машину мне не изгадила.

Сеня подтолкнул Настину голову к открытому окну, приказал:

— Дыши! Глубоко вдыхай, ртом!

Морозный воздух обжигал горло, в глаза били колкие снежинки. Но Настя все дышала и дышала — она поняла: Сеню надо слушаться.

Минут через пять действительно стало полегче. Настя обернулась к Сене:

— Ф-фу, что это такое со мной было?

— Да ничего особенного. Напилась, — спокойно пояснил он. — Еще чуть-чуть — отключилась бы. Скажи спасибо, что я вовремя подошел.

— Спасибо, — покорно произнесла Настя. — Но как... как ты узнал?

— Да случайно. Видел, что ты вдруг с карнавала убежала... А потом я покурить вышел, у Ломоносова наших встретил. Они и сказали: набулькалась водки из горла и пошла на какой-то концерт. В министерство. Что-то я не припомню, чтобы мать тебя раньше на концерты брала... Да и не бывает у нее там, по-моему, никаких концертов.

Настя промолчала.

— Ну, я забеспокоился. Спросил у ребят, куда ты на самом деле отправилась. А они за тобой, оказывается, следили. Видели, как ты у забора минут десять стояла. И потом почесала — по проспекту Маркса в сторону Пешков-стрит. Мишка мне сказал: такой походочкой только Зимний штурмуют. Или — в «Яму» идут. Ну, я и пошел тебя искать... В «Космос» заходил, в «Московское». А потом — про «Москву» подумал. Вовремя пришел, а?

Настя вздохнула. От мыслей о парнях в баре ее снова начало мутить.

— А что тем парням от меня было надо?

Сеня хохотнул:

— Ну и вопросы! Подумай чуть-чуть — может, догадаешься?

Настя покраснела и промолчала. Сеня сказал:

— Ладно, проехали. Ну, рассказывай: с чего ты вдруг в алкоголизм ударилась?

— Да ни с чего, — пробурчала Настя. Не говорить же Сеньке правду! — Просто надоело все. До смерти. И универ, и предки, и Москва... и вообще все, вся жизнь. Такая тоска кругом!

— А «коблер», значит, смыл все печали, — задумчиво произнес Сеня. — Ну ладно, я понял. Девочка решила бороться с депрессией старым, как мир, способом.

«Зачем таким надменным тоном говорить-то?» — возмутилась Настя. Но оставила реплику при себе. Сегодня у нее, пожалуй, права голоса нет.

— Ну и что мне с тобой теперь делать? Может, все

же домой, а? Ты вроде протрезвела... А если предки запах учуют — скажешь, что на карнавале все пили.

— Нет, — отрезала Настя.

— Ну нет так нет, — не стал спорить Сеня. — Значит, только в общагу, больше некуда. Ряженкой тебя напою. От похмелья помогает. Ну а дальше — решим, что делать.

До общежития на улице Шверника добрались быстро.

Миновали подозрительную вахтершу. Бабка потребовала с Насти студенческий билет, переписала фамилию и взяла слово «чтобы без этих штук, а в двадцать три ноль-ноль — попрошу на выход».

Сениных соседей в комнате не оказалось: «Они у меня гуляки, до утра беситься будут!»

— А ты не гуляка? — строго спросила Настя, присаживаясь на Сенину постель. Она бы с удовольствием села на стул или в кресло, да только в маленькой комнатухе иных горизонтальных поверхностей, кроме как кроватей, не имелось.

— Не, я не по этой части, — усмехнулся Сеня. — Это ты у нас — так нагулялась, что еле сидишь... Да ты приляг, не бойся. Не буду я на тебя бросаться. Пойду лучше в холодильник схожу.

— Куда-куда?

— Холодильник у нас общий, всемером скинулись. В шестьсот восьмой комнате стоит, у них там замок самый крепкий.

Сеня отсутствовал долго, вернулся с бутылкой ряженки и чаем в целлофановом пакете. Объяснил:

— Ряженка — от похмелья. Чай — для тонуса. У девчонок стрельнул. Только две ложки отсыпали, жадины... Сейчас буду тебя в норму приводить.

Чувствовала себя Настя плохо. Голова кружиться перестала, но ноги до сих пор тряслись, а в желудке дрожала противная муть.

— И чего это меня так... развезло? — Настя с трудом выговорила непривычное слово.

— А с того! Кто же градус понижает, коктейль после водки пьет? Да и коктейлей, кажется, было принято на грудь немало. Два? Три?

— Три, — вздохнула Настя. — Но они вроде совсем не пьянящие. Сладенькие, вкусные...

— Самый опасный продукт, — авторитетно заверил Сеня. — Нет ничего хуже, когда пьешь, а градуса — не чувствуешь.

— Ты, я гляжу, знаток, — подколола Настя.

— Поживи в общаге — и не такое узнаешь... Ну, давай — сначала ряженку, залпом, а потом чайку крепенького.

«Антипохмельная терапия» а-ля Челышев сработала. Ноги трястись перестали, в голове тоже прояснилось. Настя вдруг увидела себя словно со стороны: сидит, подобрав ноги, на Сенькиной постели, в пустой общежитской комнате. А Сеня пристроился на краешке, держит ее за руку, по-докторски смотрит в глаза...

«Эх, не попасть бы мне из огня да в полымя», — забеспокоилась Настя.

А Сеня ласково погладил ее по руке и взглянул на часы:

— Почти одиннадцать, пора двигать. Давай, выгребай карманы: попробуем на такси наскрести. А то у меня, извини, — только рупь в наличии. Рваный рупчик.

...Домой Настя вернулась в полночь. Мама и дед уже спали, только бабушка выглянула из своей комнаты:

— Ну, нагулялась?

«Нет, не совсем», — подумала Настя. Ее не покидала мысль: «Зря я послушалась Сеньку. Зря встала с его кровати и покорно ушла... А маме с бабулей могла бы позвонить. И сказать, что мы к сынку-Аграновскому ушли продолжать. Они мне давно велели к Аграновскому присматриваться, из-за его папани, конечно...»

Настя твердой походкой прошла в свою комнату. Она знала: бабушка смотрит ей вслед и внимательно отслеживает: не качнет ли внучку? Не тяпнула ли она лишку на карнавале?

«Спасибо Сеньке — не качает».

В своей комнате Настя подошла к окну, откинула портьеру. И улыбнулась: Сеня стоял внизу, у подъезда. Как и обещал: ждал, пока она благополучно доберется до квартиры. Его черную куртку потихоньку укутывали белые хлопья снега.

Настя распахнула форточку, выкрикнула в морозную ночь:

— Ты — как шахматная доска!

В маминой комнате послышалось шевеление, и Настя поспешно захлопнула окно, схватила книгу, прыгнула на кровать.

На пороге показалась Ирина Егоровна, строго спросила дочь:

— Кому ты кричала?

— Принцу, мама, — счастливо улыбнулась Настя.

И подумала: «Вот дура! Как же я раньше-то его не замечала?!»

* * *

Смысл жизни оказался прост.

А внешне — ничего не изменилось. Совсем ничего.

Все та же квартира, и университет, и античная литература (ну зачем будущему корреспонденту нужны Овидии и Горации?), и прежний, из прошлой жизни, будильник с визгливым звонком...

Только теперь, когда будильник будил ее к первой паре (а за окном — темень, и топят неважно — хоть и блатной дом), Настя думала: «А я сегодня увижу Сеньку!» И вскакивала, бодро мчалась на кухню, на запах дедова кофе.

Егор Ильич наливал ей чашечку, усмехался:

— Что, прижилась в университете? Смотрю, повеселела... И к первой паре стала ходить.

Настя опускала глаза:

— А у нас гайки закрутили. За посещаемостью как звери, следят.

— Да уж, за вами глаз да глаз нужен, — соглашался дед. И, кажется, посматривал на Настю подозрительно. А она изо всех сил старалась погасить блеск в глазах и принять скучающий, равнодушный вид.

...Подруга Милка никогда не скрывала от собственной матери своих поклонников. Кого только не водила в дом: и безумновзглядых художников, и непризнанных поэтов, и даже молчаливых крепышей из автосервиса. И со всеми Милина мама дружелюбно беседовала, а некоторым странствующим (например, из Питера) путникам даже предоставляла кров. А у Насти дома совсем не так. Издавна повелось: только Эжен гость желанный. А прочие парни — немедленно подпадают под въедливый рентген маминых и бабушкиных взглядов. И расспросов. А покинув их квартиру, подвергаются беспощадной обструкции. Один — икнул, у второго — «глаза ушлые», третий — в слове «звонить» ударение неправильно ставит.

Сеня же в их семье, как сказала мама, «даже и не рассматривался». Он свою бесперспективность, видать, хорошо понимал — и потому Настя совсем не удивилась, когда Арсений попросил:

— Слушай, Настюш... Давай твоим не будем говорить, что мы встречаемся.

Настя вздохнула.

— Да ладно... — неуверенно сказала она. — Что я, не взрослая? Права на личную жизнь не имею?

— Имеешь, конечно. Только зачем нам проблемы? Что я, не помню, как твои весь десятый класс на меня волком смотрели?

— Ну... дед не смотрел.

— Мамы твоей достаточно, и Шапокля... то есть бабушки. Да и дед, уверяю тебя, в восторг не придет, если узнает.

— Да плевать мне на них! — отмахивалась Настя.

— Зато мне не плевать, — хмурился Сеня. — Начнется сразу... «Лимита безродная на нашу кровиночку посягает...» Думаешь, приятно?

— А ты на меня... посягаешь? — кокетливо улыбалась Настя.

— Ну что ты! Я к тебе и подойти боюсь! — хмыкал Сеня. Шутливо закрывался рукой от ее красоты неземной, воровато выглядывал из-под локтя...

Глаза его сияли, а Настя думала: «Да я полжизни отдам за этот взгляд, и за его ресницы — смешные, как у коровы, и за брови — до чего ж лохматущие, надо их щеточкой причесать... Вот уж дура из дур! За каким-то наркоманом Валерой гонялась!»

А за Сенькой гоняться было не надо. Он всегда делал именно то, чего Настя от него и ждала. На переменах утягивал ее в секретное место — в закуток под черной лестницей, и Настя упивалась его лицом, его объятиями, его запахом (хоть Сеня и прожил в Москве, считай, полтора года, от него до сих пор пахло морем).

На лекциях они сидели рядом, в библиотеке — накрепко абонировали самый уютный стол на задах, за стеллажом с «Комсомольскими правдами». Честно занимались, зато после каждой изученной статьи (главы, параграфа) — целовались до одури.

Не расставались и вне университета.

Сеня отчаянно старался «соблюсти традиции» — то билеты в кино покупал, то выпрашивал в профкоме контрамарки в модные театры... Только Насте было совершенно все равно, куда он ее поведет. Приглашал в «Оладьи» — шли в «Оладьи». А просто гулять по Москве еще интересней.

— Я люблю ходить, куда ноги заведут, — объявила она. — Без всякой цели.

И они часами петляли по незнакомым московским переулкам. Шутливо спорили, пытаясь сориентироваться, куда забрели. Настя, хоть и москвичка, в географии столицы разбиралась слабо. Она пешком по городу почти и не ходила. Если надо было куда-то в незнакомое место ехать — дед всегда машину с шофером вызывал.

— Пари! — провозглашал Арсений. — На чашку кофе! Сейчас на улицу Горького выйдем, к гостинице «Минск».

— Принято! Мы выйдем — на Садовое кольцо, к театру кукол.

— Все, Настена, проиграла ты чашечку. Двойного, заметь.

Но вместо «Минска» или театра кукол они выходили к площади трех вокзалов, и ошалевшие от столицы приезжие никак не могли понять, отчего юная парочка тычет пальцами в сторону железнодорожных путей у Каланчевки и хохочет...

Они бежали греться на Казанский вокзал — неприветливый, шумный, пахнущий несвежими чебуреками. Их обтекала толпа, по ногам проезжали тележки на колесах, но Насте и здесь нравилось. Пусть лица у всех кругом озабоченные, растерянные — зато ей, под руку с Сеней, уютно и надежно.

В такие минуты она особенно остро ощущала: их «конспирация» несправедлива и неприятна. Почему она должна скрывать, как ей хорошо вместе с ним? Почему не может позвать его домой, на чашку кофе и боевик по видику?

— Они мозги тебе начнут полоскать. Немедленно, — уверял Арсений. — С такой силой начнут, что никаких видаков не захочется. Ну сама подумай...

Да, конечно, хочется: привести Сеню домой и поставить их всех перед фактом. Но, если подумать, — ее семейка просто на уши встанет, если узнает, что они — *встречаются.* Пусть дед Сеньке и помог, создал ему «равные возможности» для университета, но это просто посильная помощь старому другу Николаю Челышеву. (Или — еще что-то. Что — она так до сих пор и не разобралась. Похоже скорее на отработку старого долга...) Но вот зять — или хотя бы *потенциальный зять* из провинциального Южнороссийска — деду на фиг не нужен.

Сеня в их «lifestyle» не вписывается: беспородный. Капитоновым полагается водиться только с себе подобными — элитными. Вон, как мамаша привечает породистого Эжена: и кофе ему выносит на фамильном подносике, и личные тапочки выделила, и даже подарочки сама делает — на Новый год и двадцать третье февраля. Даже, извините, одеколон «Саваж» подарила. Французский. Он, этот одеколон, в ЦУМе в парфюмерии на первом этаже аж двадцать пять рублей стоит!..

Очень хочется мамане Эжена в зятья заполучить. А Сеньку она в упор не замечала, даже когда он в их квартире жил. Здоровалась сквозь зубы и не чаяла, когда он исчезнет с их горизонта. Против деда не могла пойти, а то живо спустила бы Арсения с лестницы. А сейчас, когда он от них съехал, — никто про него даже не спросит: ни дед, ни тем более мама с бабкой. А про Эжена чуть ли не каждый вечер пристают: «Женечка водил тебя в «Шоколадницу»? Хорошее, говорят, кафе...» И приходится сквозь зубы улыбаться и нахваливать тамошние блинчики с орехово-шоколадным соусом.

Да, с Эженом нужно что-то делать. Он, конечно, безобидный: в постель не тащит, если целует — только в щечку. Замуж — да, зовет. Но особо не торопит.

К тому же, положа руку на сердце, от него есть большая практическая польза. Ясно, например, что в Большой театр Настя и сама сходить может: только деда попроси, билеты на любой спектакль тут же доставят. Только куда как приятней приезжать в театр на машине и ждать, пока Женя откроет дверцу... И царственно позволять, покуда он отодвинет ей кресло в первом ряду ложи бенуара... Да и в ресторане — в «Пекине» или, допустим, «Узбекистане» — кто спорит, бывать с ним приятно: в дорогом костюме, вкусно пахнущий, с полным бумажником...

«Но Сенька мне дороже бенуаров и «Пекинов».

И Настя решила: Жене — отказать. Отказать категорично, без надежды на примирение. Совсем было собралась звонить, но потом призадумалась. Посоветовалась для начала с верной подругой Милой...

Милка, хоть в институт и не поступила, соображала по-прежнему быстро и советы давала дельные:

— Зачем Эжена-то *посылать*? — удивилась подруга. — Во-первых, парень он видный. И при роже, и при деньгах. Думаешь, много таких? Мне что-то пока не встречались. Во-вторых. Не так уж часто бывает, чтоб и водил везде — и в койку при этом не тащил. В-третьих. Если ты Женю прогонишь — предки твои сразу насторожатся. Сама ведь говорила: они души в нем не чают. Начнут расследовать, кто у тебя *вместо* Женьки, выяснят, что Арсений — и от него сразу пух с перьями полетят. Оно тебе надо? Так что вот мое тебе мнение: Эжена особо не обнадеживай, но придержи. Пригодится еще. Пусть будет вроде запасного аэродрома. Какая бы любовь у вас там с Сеней ни была, а страховка на черный день никогда не помешает.

«Дельно», — оценила Настя. И потихонечку, плавненько перевела Эжена «на скамейку запасных».

Навешала ему лапши про «тотальное устрожение» на факультете: курсовиков, мол, куча, коллоквиумы —

каждую неделю, и потому видеться часто не получится. К счастью, Эжен не возражал. В последнее время он ходил озабоченный, бледный. Мимолетно жаловался, что на работе у него сейчас тоже завал... Ну а отвадить его от факультета — это вообще дело техники:

— Заехать за тобой?

— Не, у нас последний семинар — безразмерный. Может тянуться, сколько угодно. Чего тебе зря ждать? Давай у Пушкина встретимся, в семь часов — к семи я точно успею.

Вот и чудненько: спустили проблему на тормозах. На факультете Эжен больше не появлялся. Однокурсницы сладкими голосками интересовались: куда, мол, Настин кавалер на «шестерке» исчез? Настя отшучивалась. А Сеня про Эжена не спрашивал никогда. Будто и нет его, и никогда не было. Но, Настя подмечала (да держала свои наблюдения при себе) — Арсений про существование Эжена помнил. Помнил о нем, как о некоем *идеале.* И все время с ним заочно *соревновался.*

Как-то готовились вместе с Сеней к английскому, и у Насти вырвалось: «Вот у Женьки произношение — это да! Не хуже, чем у носителя языка!» Сеня сразу поскучнел, насупился... а вскоре объявил: буду ходить в библиотеку иностранной литературы. И действительно, стал ходить. Часами сидел в лингафонном кабинете, повторял фразы за дикторами... Настя, конечно же, составила ему компанию. В библиотеке иностранной литературы ей нравилось — там и буфет неплохой, и черная лестница есть, где можно целоваться до одурения.

Произношение у Сени и вправду улучшилось, но он так и не достиг той небрежной легкости, с которой Женя, все детство проживший в Лондоне, выплевывал иностранные слова...

Настя скрепя сердце нахваливала Сенин английский, а сама ломала голову: откуда он берется, этот великосветский лоск? Лоск, свойственный Эжену и отнюдь не свойственный Арсению? Его дает воспитание? Или — деньги? Или — положение в обществе?

Сенька старательно делал вид, что сам он парень из народа и «атрибуты сладкой жизни» — ему до лампочки. Были бы джинсы, да верный свитер, да крыша над головой. А шелковые носовые платки и портмоне из вкусно пахнущей кожи — это все мещанство и дурь.

Но Настя прекрасно помнила, как однажды, целуя друга, она сказала:

— Ух, как ты пахнешь! «О'Жен» купил?

И Сеня расплылся:

— Купил, купил... Дорогой только, зараза...

А у Насти в голове мелькал каламбур: «Хоть и с «О'Женом», а не Эжен...»

Но убеждать Сеню, что он «все равно ей мил», она не стала. Пусть старается. А всякие мелочи, которыми небрежно щеголял Эжен, — серебряный брелок, швейцарский нож с множеством лезвий, пластинки «Бони М» — Настя дарила Сене сама. Родичи ее в карманных деньгах не ограничивают, а это уж ее дело, на что тратить их червонцы и чеки Внешпосылторга.

Сеня на Настины подарки сердился. Подначивал: «Давай, еще сервелата мне из дома принеси!» Приходилось использовать «секретное оружие»: поцелуи и обиженное: «Ну Сеня-а! Сегодня же триста двадцать пять лет канализации города Череповца! Должна я тебя чем-то поздравить?»

И Сеня таял, подарки принимал. И сам никогда в долгу не оставался. Постоянно дарил ей букеты, и тоже по поводу: например, в честь годовщины компартии Бенина. Букеты были роскошные, не по стипендии... Ладно, если бы просто охапка тюльпанов — Настя знала, что их студенты ночами на Ленинском проспекте стригут, на клумбах. А пятнадцать ярко-алых роз?

— Фарцуешь ты, Сеня, что ли? — пристала к нему как-то Настя. — Тогда бери меня в долю.

На факультете у них не фарцевали только ленивые. А уж Насте, с ее торгсинными возможностями, сам бог велел сплавлять среди девчонок итальянскую косметику и сигареты «Мальборо».

— Фу, ненавижу, — кривился Сеня. — Не, у меня другой источник дохода...

И признался подруге, что уже несколько месяцев работает внештатником в газете «Советская промышленность». «Я к ним с улицы пришел, спрашиваю — возьмете внештатником? Они мне тут же на плакат на стене показывают: *тем не даем»*. В смысле — тем, на которые писать. Говорят, если сам придумаешь, согласуешь — тогда вперед. Первый материал я раза три переписывал, а дальше врубился, какой стиль им нужен, и вроде веселее пошло. Теперь заметки по три в месяц ваяю и рублей по пятьдесят — заколачиваю».

— И спишь, наверно, по три-четыре часа, — закончила Настя. — Когда тебе еще писать? И семинары ведь, и коллоквиумы, и с тобой мы чуть не каждый день гуляем...

Сеня фыркнул:

— Это ты в точку! Спать некогда, ночами на машинке стучу. Ну ничего, на пенсии отосплюсь. Или в могилке, уж там-то — дрыхни, сколько влезет.

— Сеня... а может, я без роз обойдусь? Все равно приходится каждый раз дома врать, откуда букетик...

— Без роз ты не обойдешься, — постановил Сеня. — А журналистская практика мне все равно нужна. Надо ж в Москве как-то зацепиться. Вот и буду цепляться за эту «Совпромышленность»! А то закончу журфак — и ушлют по распределению куда-нибудь в Мухосранск. Поедешь, что ли, со мной?

— Поеду, — чмокала его Настя. — Только лучше не в Мухосранск, а в Париж.

— Ну, насчет Парижа — это не ко мне, — сразу скучнел Арсений. И Насте снова приходилось его обнимать, целовать, убеждать: все, мол, Сеня у тебя будет: и Париж, и произношение, как у Джимми Картера, и «О'Жен» — трехлитровыми банками...

...За их *романом* зима, весна и начало лета пролетели незаметно. Даже сессия — и та прошла быстро и легко. Тем более что Сеня ноу-хау придумал. Первого мая, когда они гуляли по праздничной Москве, он спросил:

— Ты, Настя, много античных талантов прочла?

Подруга фыркнула. Гораций, конечно, лежит у нее на тумбочке возле кровати... И даже иногда почитывается — по пять минут на ночь, вместо снотворного.

— А с древнерусской литературой у тебя как?

— Бабуля подарила «Слово о полку Игореве». Прочитай, говорит, полное издание — гораздо интересней, чем хрестоматия...

Теперь уже Сеня фыркнул. Подвел итог:

— Ладно, все ясно. По улицам гуляли — и сессию прос... прощелкали. Знаешь, что мы с тобой теперь сделаем? Будем *артель* открывать.

...В артель Арсений пригласил троих соседей по комнате. Вместе с Настей они уселись над списками литературы — античной и древнерусской. Поделили каждый на пять частей. На одного артельщика пришлось всего-то по девять книг.

— Уже веселей, — порадовался Сеня. — Девять легче, чем сорок пять... Только смотрите: читать внимательно, запоминать — все: и эпизоды, и второстепенных героев. Препы как раз на этом и ловят. А перед экзаменами соберемся и собственный лекционный курс устроим.

Так и поступили. «Артельные лекции», конечно, грешили неформальной лексикой («и тут этот хмырь Орфей как ляпнет Эвридике...»), но каждый свой участок пропахал добросовестно. Содержание в подробностях рассказывал, детали, авторские отступления...

Первокурсников на экзаменах по традиции гоняли нещадно. Но «артельщики» все как один получили «отлично» и удостоились самых лестных отзывов: идеальные студенты, проштудировавшие всю рекомендованную литературу.

Наступали каникулы.

— Ты, наверно, в свой Южнороссийск? — однажды грустно спросила Настя у Сени.

— А ты?

— А я — в Сочи. Дед снова в свой санаторий сватает. Ух, надоело...

Настя не стала говорить, что в Сочи их собирается осчастливить визитом Эжен. Не на весь заезд приедет, а на недельку, но тоже радости мало.

— Ну и глупо, — резюмировал Сеня. — Я тут, понимаешь, кручусь, прогибаюсь...

— Что-о?

— В Сочи-то ты действительно едешь, — тщательно сдерживая ликование, произнес он. — Но только едешь — *вместе со мной*. В наш эмгэушный лагерь, в «Буревестник». Не возражаешь?

Настя запрыгала:

— Да ты что? Обалдеть! Да как же у тебя получилось?

Путевки в «Буревестник» распределял профком. И доставались они только третьекурсникам и старше, и то избегаешься и изынтригуешься.

— А вот я достал, — важно сказал Сеня. — Я, между прочим, льготная категория. Социально незащищенный. Сирота. Ну а тебя я протащил — с трудом. Пришлось Павловне из профкома тюльпанов на Ленинском настричь...

...На удивление, Настю в «Буревестник» отпустили легко. Оказалось, что деду куда удобнее ехать в отпуск не в июле вместе с ней, а в сентябре. А бабушка с мамой в Сочи и вовсе не хотели: пробивали себе очередные заграничные путевки. К тому же студенческий лагерь — это воспитание в коллективистском духе, а сие важно (считали бабушка и мама). Так что Насте надавали изрядных напутствий (вина не пить, далеко не заплывать) и проводили на вокзал с большим чемоданом и порядочной суммой карманных денег. (Сеня, как только увидел Капитоновых, спрятался в соседнем вагоне и до отправления поезда не показывался.)

А когда расселись по купе (на купированных билетах настоял Егор Ильич), Настю ждал еще один сюрприз.

Сеня смущенно сказал:

— Ты знаешь, Настя... А я тебя обманул.

— Мы едем — не в Сочи, а в Стамбул? — хихикнула она.

— В Стамбул на поезде не доедешь... Не. Мы ведь через месяц назад возвращаемся...

— Ну?

— Вот тебе и «ну». А смена в лагере — двадцать четыре дня.

— Ну и отлично! Что тебя смущает? — обрадовалась Настя. — Лагерь-то в пригороде! А после смены мы недельку в самом Сочи поживем. Снимем у какой-нибудь бабки комнатуху, посмотрим на поющие фонтаны, в Мацесту съездим, в Красную Поляну...

— А ты не хочешь... поехать ко мне? В Южнороссийск? — напряженно спросил Сеня.

— К тебе-е? — Настя отпрянула.

— На рыбалку будем ходить. Мидий на костре жарить — помнишь, я давно обещал? Акваланг раздобуду, погружаться тебя научу. А бабка с дедом у меня — мировые, доставать не будут — клянусь!

— Но...

— Балкон у нас — с видом на море. Знаешь, как

здорово на нем рассвет встречать? А бабуля коврижками и пирожками будет нас кормить...

Сеня говорил все тише, сникал...

— Сенечка! — бросилась к нему Настя. — Да я с тобой хоть на край света поеду!

...Южнороссийская часть каникул запомнилась Насте яркой картинкой, счастливым фильмом, красивой сказкой...

Николай Арсеньевич и Татьяна Дмитриевна Челышевы приняли ее как родную. Даже «роднее», чем своего внука Сеньку. По крайней мере, на того и покрикивали, и к хозяйству припахивали, а она оказалась — «доченькой» и «Настенькой» и помогала бабушке лишь по собственному желанию. Охотно перенимала ее «коврижечный» опыт, училась вышивать и готовить целебные чаи на травах... А чего стоили вечерние чаепития! Настя никак не могла понять: в чем загадка кухоньки Челышевых — с убогой мебелью, со вздутым линолеумом... Почему здесь так уютно, спокойно, самодостаточно? Почему именно здесь, а не в огромной капитоновской квартире на Бронной, думаешь: как хорошо жить! Да за что ж мне такое счастье?!

Может, дело в том, что прямо в окна бьются ветви вековых тополей? Или секрет — в старорежимном самоваре, который дед лично раздувал сапогом?

Настя готова была сидеть на кухне часами. Слушать бабушкины истории из медицинской практики, лениво вникать в шутливую перебранку Сени и его деда — что-то насчет рыболовных снастей...

— Почему мне так хорошо у вас? — однажды спросила Настя у Сени.

— Потому что мы все тебя любим, — смущаясь, ответил тот.

Сеня исполнил все, что обещал: купил Насте белоснежный матросский костюмчик. Вывозил ее на рыбалку на дедовой моторке. Научил погружаться с аквалангом и готовить мидий на костре...

— Что ты такая довольная? — подозрительно спрашивала Настю ее собственная бабуля, когда Настя с почты звонила в Москву.

— А нравится мне тут. Погода — шикарная, вода — теплая. И мероприятий — куча, — отчитывалась внучка, улыбаясь стоящему рядом Сене.

— А кормят как?

— Кормят так себе... — Настя тут же вспоминала кулебяки и коврижки Татьяны Дмитриевны. — Но вы же мне денег дали — так что я не голодаю.

— Не влюбилась там? — пытала бабка.

— Нет, бабуль! — вдохновенно врала Настя. — У нас тут *коллектив,* не до любви...

— Ну, отдыхай, — позволяла наконец Галина Борисовна.

Настя с облегчением клала трубку, чмокала верного Сеньку и требовала:

— Ну! Какие у нас на сегодня еще приключения?

И Сеня щедро делился с ней авантюрами. Вывозил на место боев в Отечественную, но не в скучный помпезный мемориал, а в бывшие окопы: «Тут мы с пацанами лазили. Ночами. С фонариками. Артиллерийский порох собирали и оружие. Два пулемета немецких нашли...»

— Ты совсем здесь другой, Сенька! — восхищалась Настя. — Не такой, как в Москве!

— Какой — не такой?

— Нахальный. Самоуверенный. И... и очень красивый.

Он целовал ее, приговаривал:

— А ты у меня всюду красавица. И здесь особенная — загорелая, шоколадная!

...Уезжать из Южнороссийска не хотелось.

— Может быть, мне остаться? — безнадежно спрашивала Настя. — Наврать, что удалось достать путевки еще на одну смену?

Но оба понимали: слишком рискованно. Да и дед Сени, Николай Арсеньевич, посвященный во все детали их авантюры, не советовал:

— Не дразните гусей, молодежь...

Накануне отъезда в Сочи (уезжать в Москву — опять же, в целях конспирации — решили оттуда) они отправились на переговорный пункт.

Настя набрала домашний номер. Трубку взяла мама. Ее голос обжег Настю колким льдом:

— Дрянь!

— Что ты, мама... о чем ты?

— Ты спрашиваешь — о чем я?! Тварь неблагодарная! К тебе в «Буревестник» вчера приехал Женя. Эжен. Хотел тебе сюрприз сделать.

— И что? — Настя вдруг обрела хладнокровие.

— И то! Он все знает. Ну и как, хорошо тебе там? В Южнороссийске?

* * *

Настя тихо опустила трубку на рычаг. С минуту простояла в духоте кабинки. Мыслей не было, ноги дрожали. За мутным стеклом волновалась очередь.

Почтовая тетенька гаркнула в мегафон:

— Первая кабина! Вы что там, померли?

Всем надо куда-то звонить. Нельзя впустую занимать кабинку. А то, что тебе, как воздух, нужна эта минута одиночества, на это всем наплевать.

Настя с трудом толкнула тяжелую дверь.

— Спала ты там, что ли? — проворчала стоявшая за ней бабка. — Зальют глаза, а потом... — бабка разглядела бледное Настино лицо, пляшущие губы — и умолкла.

К ней уже спешил Сеня:

— Настя! Что?! Что-то дома? Настя!

А она стояла и не могла выговорить ни слова. Только смотрела ему в глаза — отчаянно, жалобно, безнадежно...

Сеня молча взял ее под руку, вывел из душного телеграфа. Притихшая очередь проводила их любопытными взглядами. Кто-то выдохнул в спину:

— Лица на ней нет. Случилось что-то...

А Настя опиралась на Сенину руку, и в голову ей пришла парадоксальная мысль: «Да ничего со мной случиться не может, пока Сенька рядом! И пока он — держит меня, крепко-крепко!»

На душе после маминой отповеди было тяжко. Но странным образом одновременно, легко. Потому что все наконец раскрылось. И никакая конспирация больше не понадобится.

Они спустились по ступенькам, повернули в сторону дома... Настя послушно шагала рядом с Сеней. Даже здесь, на пыльной центральной улице, терпко пахло морем, успокаивающе шумели тополя. И Насте хотелось: «Пусть так будет всегда: я просто иду вместе с ним, по бесконечной улице, иду — и молчу».

Потому что если заговорить — неизвестно еще, что он ей ответит.

— Настя, — твердо сказал Сеня. — Пожалуйста, объясни, что случилось.

«*Случилось то, что я могу тебя потерять*».

— Эжен приезжал в Сочи. И все узнал. Про тебя, про меня. Про Южнороссийск... Катастрофа. Моя мама в ярости.

Сеня облегченно выдохнул:

— И всех делов? Ф-фу, а я-то подумал!

— Ничего себе: «всех делов»! — взорвалась Настя. Внезапно вся ее слабость исчезла, и осталась только злость: — Ты знаешь, чего мне мама наговорила?!

— Догадываюсь, — помрачнел Сеня.

— И все из-за тебя! — Настя дала волю гневу.

Сеня не ответил. Только посмотрел на нее, и глаза его говорили: обвиняй в чем угодно, я все снесу...

«Он не отпустит меня! — радостно подумала Настя. — Не позволит, чтобы я уходила!»

И она продолжила сцену:

— Это ты все затеял! С «Буревестником», с Южнороссийском! Тоже мне, Бисмарк! Дипломат! План он целый придумал! Да весь твой план белыми нитками шит, с самого начала!

«Сейчас он скажет: я насильно тебя с собой не тащил!»

Но Сеня молчал.

— Чего стоило просто поехать в «Буревестник». Без всякого твоего Южнороссийска! И Эжен бы тогда — ничего не узнал!

Сеня перебил ее:

— Нет уж. Пусть — знает! На фиг он вообще в Сочи поперся, твой Эжен?!

Настя вспыхнула:

— Во-первых, он не мой. Во-вторых, я просила тебя: изъясняться без «фиг». А в-третьих... чего бы ему и не приехать? Это мой старый друг, захотел повидаться...

А Сеня радостно закончил:

— Вот и фиг ему!

— Так бы тебе и врезала, — устало произнесла Настя.

«Ни в чем Сенька не виноват. Я сама с ним поехала, и сама на все согласилась. Вот мне теперь и расхлебывать. Жаль, что по-хорошему расхлебать не получится... Но если Сеня мне... предложит... сам — предложит...»

Но он сказал совсем не то, о чем она думала, на что надеялась, о чем втайне мечтала...

— Хочешь — и врежь мне! Врежь со всей силы, ударь, ну! Сразу полегчает!

И Настя представила: она замахивается и влепляет Сене пощечину. Картинка получилась натуральной, яркой. Только на месте Арсения она с удивлением увидела лицо Эжена. Холеное, надменное, породистое... Сволочь он, этот Эжен! Надо же было так ее подставить!

— Ладно... Очень надо бить тебя! Ты лучше скажи: что теперь делать-то? — буркнула Настя.

— А что скажешь, то и будем делать, — отвечал внезапно развеселившийся Сеня. — Хочешь — на море пойдем, хочешь — в кафешку. А можем водки добыть и напиться. Как ты тогда на карнавале, помнишь?

— Сеня! Ведь и правда врежу, а!

Он перестал улыбаться:

— Ну а чего тогда спрашиваешь?.. Хочешь — лети в Москву, винись перед своим Эженчиком...

Настя побледнела.

Сеня быстро закончил:

— А хочешь, мы с тобой возьмем и поженимся — и дело с концом. И мамаша тебе тогда не указ. И Эжена своего: можешь не бояться.

Настя остановилась.

— Что-что ты сказал?

— Замуж за меня выходи! — гаркнул Сеня. — Вот и будем с тобой встречаться... на законных основаниях.

Вокруг них шумел вечерний Южнороссийск. Магазины выплевывали усталых трудяг, по уклонистой улице деловито карабкались троллейбусы... А Настя стояла против Сени, смотрела в его глаза: одновременно насмешливые и серьезные...

— Ну, чего замолчала? Али не мил? — потребовал Сеня. — Принимаешь предложение?

«Сенька всегда делает то, чего я хочу. Чего я от него жду», — возликовала она. И серьезно ответила:

— Нет. Предложение не принимаю.

— Нет? — опешил Сеня. — Как это?

— А вот так, — отрезала Настя. Понаслаждалась его ошарашенным лицом и снисходительно сказала: — Кто ж так замуж зовет — наспех, посреди улицы?! Ты бы еще в рупор мне предложение сделал!

Она запоздало увидела: прохожие замедляют ход и прислушиваются к их разговору. Но Сеня, тоже в запале, ничего не замечал:

— Ах да, я забыл! Ты же у нас элита! Тебе нужно ванну шампанским заполнить, яхту с алыми парусами подогнать... Нет у меня яхты, и шампанского в ванне нет! Да если б и были — не по этой я части! Не из тех, кто бриллианты дарит. Так что в последний раз спрашиваю — замуж идешь за меня? За такого, как есть?

— За деревенщину? — Настя с трудом сдерживала улыбку.

— Идешь или нет?!

— Ладно, обойдусь без шампанского, — неохотно согласилась Настя. — Иду. Не ори только, люди же смотрят...

...Домой к бабуле Татьяне Дмитриевне и деду Николаю Арсеньичу они вернулись поздно. Вечер получился суетной, бестолково романтичный. Гуляли по набережной, смотрели на звезды, строили планы — грандиозные и нереальные... Сеня говорил: «В Москве нам, Настя, жизни не дадут. А здесь, в Южнороссийске, — хорошо, да скучно. Так что надо применять радикальные меры. Ехать отсюда к чертовой матери».

Он с серьезным видом предлагал самые фантастические выходы из положения. Например: завербоваться на рыболовецкий траулер или на лихтеровоз и вместе уйти в море: «Меня, наверно, старшим матросом возьмут, а тебя уж, извини, буфетчицей».

«Детский сад! Младшая группа!» — думала Настя о планах-фантазиях Арсения. Но поддавалась его энтузиазму, и вот они уже уплывали в кругосветное путешествие, а где-нибудь на Карибах бежали со своего траулера, находили себе необитаемый остров и жили там в бамбуковом шалаше, под сенью кокосов... «А потом мы напишем книгу, назовем ее — «Новые Робинзоны». Продадим в Голливуд, прославимся, получим

«Оскара» — как Меньшов... Вернемся в Москву королями!»

Настя хохотала. Вечер сегодня и правда заколдованный. Так и верится во всякую милую чушь... Может, и правда уехать? Вот оно — море, а вот — корабли, ими полна бухта, и добрая половина из них — с иностранными флагами... Незаметно пробраться, дождаться границы, а потом броситься в ноги капитану: не гоните, оставьте нас младшими матросами...

— А паспорта, говорят, в Гамбурге можно купить, — просвещал Сеня. — Платишь денежку — и готово: ты уже европейский гражданин.

Настя кивала, они принимались обсуждать, где бы им заработать денег на европейский паспорт, как пробраться на иностранный корабль и каким образом спрятаться от пограничников и таможни...

— И ты готов изменить родине? — пытала Настя.

— Ради тебя — готов! — твердо отвечал Сеня

И Настя смеялась, и гнала от себя тоскливую мысль, что этот день скоро кончится. И надо будет во всех смыслах слова возвращаться на землю... И действительно *что-то делать* — что-нибудь нудное, противное, тягостное... Но день ведь закончится только завтра?

Но день закончился даже раньше.

Во дворе их встречал Николай Арсеньевич. Одиноко курил на лавочке под задумчивым тополем. В руках его белел бланк: телеграмма.

— Быстро они... — пробормотал Сеня. — Срочную, что ли, прислали?

— Срочную, — вздохнул дед.

Настя подавленно молчала. Текст гласил:

«*Немедленно возвращайте Анастасию Москву*».

— «Возвращайте!» Что я им, вещь? — возмутилась Настя.

— Первый самолет в восемь утра, — спокойно сообщил Николай Арсеньевич. Сеня молчал, выжидательно смотрел на Настю.

— Я никуда не поеду, — решительно сказала она.

— И что же вы будете делать? — спокойно спросил Сенин дед.

— Поженимся, — дернул плечом внук. — Завтра же заявление подадим.

А Настя с изумлением увидела: лицо Николая Арсеньевича исказила гримаса боли...

* * *

— Зря ты так, Ириша, — мягко сказал Егор Ильич.

Ирина Егоровна отшвырнула телефон. Аппарат проехался по полировке стола, жалобно звякнул.

— Зря? Ты говоришь — зря? А как мне ее еще называть?! Дрянь, вот ведь дрянь!

Она дрожащими руками подтянула телефон к себе, судорожно затыкала в клавиши.

— Куда ты звонишь? — спокойно спросил отец.

— В справочную Аэрофлота. Полечу туда. Первым же рейсом.

— Ира, успокойся. — Егор Ильич твердой рукой отобрал аппарат. Попросил жену: — Галя, принеси валерьянки.

Валерьянка оказалась наготове.

— Давайте, девочки, каждая по тридцать капелек, — велел Капитонов. — Вот так, умницы, а теперь — водички... И слезки утираем...

Жена и дочь послушно запивали капли, доставали носовые платки...

— Ну, полегчало? А теперь присядем и спокойно поговорим. Без истерик. И без оскорблений. И так уже дров наломали.

— Мы — наломали? — подняла бровь жена.

А дочь снова взвилась:

— Да о чем тут говорить? И зачем?! Не болтать надо, а туда лететь, забирать ее, пока не поздно!

Егор Ильич оставил реплику дочери без ответа. А Галина Борисовна внимательно посмотрела на супруга, мимолетно заметила:

— Ты вроде бы и не удивился...

— Честно сказать, не сильно, — признался Капитонов.

Дочь резко повернулась к нему:

— Ты... ты знал? И молчал?!

— Ира, — поморщился Егор Ильич. — Прошу тебя — прекрати истерику. Нет, конечно, ничего я не знал. Но догадывался, что у девчонки любовь. Она всю весну как на крыльях летала. Глаза горят, мордаха хитрая... Да и букеты эти огромные — вы верили, что они от бывших одноклассников?

— Настя никогда ничего не рассказывала, — задумчиво сказала Галина Борисовна.

— А ты ее разве спрашивала? — поинтересовался Егор Ильич. — Кого волновало, что у нее на душе? Девочка благополучная, не пьет, не курит, в институт — ходит, сессии — сдает, о чем еще беспокоиться?

— Можно подумать, ты у нее спрашивал, — огрызнулась супруга.

— И я не спрашивал, — примиряюще сказал Егор Ильич. — Честно говоря, не до того было... Вот и упустили девчонку.

— Ну и что теперь делать? — требовательно спросила Ирина Егоровна. Ей явно хотелось решительных действий — прямо сейчас, немедленно.

Реплика осталась без внимания. Галина Борисовна снова спросила мужа:

— И ты догадывался, что, м-мм... ее избранник — этот Арсений? Они же в десятом классе друг друга, кажется, едва терпели!

— Ну, не то чтобы «едва»... Они тогда просто конкурентами были. Боролись, считай, друг против друга. И Настя злилась, что Сеня способней ее. А сейчас им делить стало нечего. Да и перед глазами у нее Сеня теперь не маячит. Каждое утро ее чувство вспыхивает с новой силой.

— Как она только могла! — Ирину Егоровну аж передернуло. — Он такой отвратительный! Вечно голодный, вечно колючий, рубашки эти байковые... И это его «гэ» ужасное!

— Так пообтесался он, Ирочка, пообвык. Почти москвич стал — уже два года в столице живет.

— *Настоящего* москвича ей, конечно, найти было сложно, — ядовито произнесла Галина Борисовна.

Муж неожиданно согласился:

— Между прочим, и правда непросто. Я однажды к Насте на факультет заезжал и своими глазами видел, что там за парубки... Дохляки, очкарики, неврастеники. Как таких только на военной кафедре держат? А Сеня — парень крепкий. И не дурак. И байки травит смешные, а что еще девочкам надо?

— Кстати, пригласил его сюда *ты*, — напомнила жена.

Егор Ильич поморщился, но промолчал.

— Вот и получай. Ни одно доброе дело не остается безнаказанным, — не сдавалась Галина Борисовна. — Благотворитель ты наш!..

— Галя! Этот вопрос обсуждать мы не будем.

Жена закусила губу и отвернулась. Ирина Егоровна тоже не стала продолжать скользкую тему. Она воскликнула:

— А чем Женя-то ей не угодил? Он, что ли, не крепкий? Или дурак?!

— Могу объяснить, — кивнул Егор Ильич. — Твой Женя постоянно ее поучал. Наставлял. Образовывал. «Настоятельно рекомендую тебе почитать очерки Пескова!» — передразнил он. — А подростки такого тона не любят. Я, честно говоря, и не сомневался, что Настя взбрыкнет, и Эжен ваш останется с носом. Не ожидал только, что она *так* взбрыкнет...

— А по-моему, Женя просто поторопился, — высказала мнение Галина Борисовна. — Ухаживал за ней по-серьезному, по ресторанам таскал... Мала она еще для ресторанов! И для любви мала, и для замужества... Ведь говорила я ему: не торопи события, пусть девочка подрастет!

— Ну и что же мы будем делать? — Ирина Егоровна вернулась в практическое русло.

— Что предлагаешь? — взглянул на нее Егор Ильич.

— Я не допущу, чтобы она испортила себе жизнь. Хватит в семье одной дуры — меня: в семнадцать лет замуж, пеленки, бессонные ночи...

— А если без лирики? — уточнил Егор Ильич.

— Надо лететь туда. Устроить скандал старшим Челышевым. Забрать ее в Москву. Посадить под замок. И Эжену в ноги броситься. Чтобы простил и взял...

— Не думаю, что Женя ее простит, — вздохнула Галина Борисовна.

— А на Евгении свет клином не сошелся, — пожал плечами Егор Ильич. — Не простит — найдем ей другого. Только боюсь я, не полетит Настя в Москву. Тем более с такими унижениями... «Сказал, под замок...»

— Да куда она денется? — презрительно воскликнула Ирина Егоровна.

— А вот туда и денется — подадут они заявление в загс, и ничего мы сделать не сможем, — вздохнул Егор Ильич.

— Но ты же знаешь! Этого допускать нельзя! — Глаза Ирины Егоровны заметали молнии.

— Ира... Сейчас не Средние века, и Настя — не ребенок. Как ты не понимаешь — она уже выросла, и силой ее не возьмешь! Не отшлепаешь, в угол не поставишь...

— Ага, давай, пусть женятся. Пропишем гаденыша к нам, будем воспитывать их ублюдков!

Галина Борисовна и Егор Ильич тревожно переглянулись.

— Ирочка, — осторожно обратилась к дочери Галина Борисовна. — Пожалуйста, успокойся. Мы, безусловно, не допустим, чтобы они поженились. Только нужно решить, *как* это сделать, — она вопросительно посмотрела на мужа.

— По-моему, выход один, — вынес приговор Егор Ильич. — Пусть живут.

— Что-о? — Ирина Егоровна схватилась за сердце.

— Пожалуйста, дослушай. Пусть живут вместе. Так сказать, молодой семьей... Если хватит стипендий — снимают квартиру. Не хватит — пусть в общежитии живут. Помогать мы им не будем. Никак. Ни копейки не дадим. Какая у них там стипендия? Сто рублей на двоих? Снять квартиру, кажется, стоит дороже...

— Он ведь может и институт бросить. На работу пойдет, — предупредила Галина Борисовна. — Вот они и выкрутятся.

— Не бросит он МГУ, уверяю тебя. Не дурак. В армию загремит. Да и какую он работу найдет, без образования? Дворником? Грузчиком? Так что будут на свои две стипендии жить. И надолго их не хватит. Гарантирую.

— С милым рай и в шалаше, — вздохнула Галина Борисовна.

— Глупая поговорка, — отмахнулся Егор Ильич. — В шалаше неделю хорошо. Ну или месяц. Поначалу, конечно, им и кильки белорыбицей покажутся. Но скоро наша Настена затребует сервелата, театров, новых джинсов... Она у нас девочка избалованная. А им и на хлеб-то наскрести будет сложно. Так что вряд ли нашей капризули хватит надолго...

— И что? — подняла брови Галина Борисовна.

— И — уйдет она от него. Убежит. Умчится быстрее пули. Надо только уговорить их: пусть пока не расписываются. Пусть просто так живут, гражданским браком. Проверяют свои чувства. Я и Челышева-старшего на переговоры вызову. Скажу: чтобы дети жили вместе, мы не против. Только пусть с регистрацией не спешат.

— А если они... того?.. — требовательно взглянула на мужа Галина Борисовна. — Правнука нам заделают?

— Ну это уж, девочки, ваша епархия, — твердо сказал Егор Ильич. — Никаких правнуков. Поговорите с ней. Убедите. Расскажи ей, Ириш, как сама мучилась. Каково это — в семнадцать лет, без денег — да с грудным ребенком.

Дочь прикусила губу и отвернулась. Егор Ильич этого будто и не заметил:

— Пусть предохраняются. Научите ее, если сама еще не умеет. Ну а если вдруг что в этом смысле случится — ничего не попишешь. Будет аборт делать. И тут уж как миленькая к врачу побежит. Будем как скала стоять. Этого Арсения — временно — мы потерпим. А вот ребенок от него нам точно не нужен.

# Часть вторая

# ЧЕРНЫЙ ТАНЕЦ

## Глава 4

*Март 1985 года*

Все счастливые семьи счастливы по-своему. И одновременно несчастливы — тоже.

Так переиначил Арсений Челышев изречение Льва Толстого.

Ему казалось — переиначил со знанием дела. Потому что вот уже несколько месяцев они жили с Настей Капитоновой вместе. В незарегистрированном, гражданском браке. Своей семьей. Иногда, бывало, несчастливой, но чаще — счастливой.

Они сняли комнату в коммуналке в Измайлове, на Пятой Парковой. Сеню взяли работать в «Советскую промышленность» на полставки. Взяли охотно, и он там трудился — аж пар из ушей шел. «Надо же и заработать что-то — маленькая, а семья...» Вот он и зарабатывал. Выходило на круг у них с Настей рублей двести пятьдесят в месяц: его зарплата, да гонорары, плюс две стипендии... На взгляд Арсения — огромные деньги. На взгляд Насти — сущие гроши. Из-за денег, в основном из-за Настиного мотовства, в семье частенько происходили раздоры — заканчивались они, как правило, бурным примирением в постели.

Ни он, ни она и подумать не могли, что короткий период, проведенный ими вместе в сталинской съемной коммуналке, они оба будут вспоминать как самые светлые деньки в их жизни...

...В старый двор, занесенный снегом, въехала черная «Волга» с антеннами. Редкие прохожие провожали машину удивленными взглядами. Сюда, в Измайлово, на черных «Волгах» обычно не приезжали.

Первым вышел шофер. Он открыл пассажирскую дверь и помог приехавшему — широкоплечему старику — выбраться на скользкий тротуар. Затем достал из багажника здоровенную картонную коробку.

— Второй подъезд здесь, Егор Ильич, — угодливо сказал он хозяину.

— Спасибо, Илья, — царственно откликнулся старик.

Маленькая процессия вошла в дом. А вслед им зашелестело: «Кто такие? К кому?!»

...Насти дома не было. Отправилась по магазинам.

Но Сенька знал: магазинами дело не ограничится. Насте быстро надоест торчать в очередях за кефиром, маслом и вареной колбасой. Она махнет на Измайловский рынок — за вкусненьким. Притащит парного мяса, яркой зелени, мороженой хурмы, веселых мандаринов. Не успокоится, пока всю Сенькину зарплату не растратит. А когда явится, веселая, румяная, освеженная морозцем и покупками, протянет: «Посмотри, какой я тебе вку-уснятины накупи-ила!» — у него язык не повернется корить ее за безудержные траты. Что делать, привыкла Настька к «мажорству». Приучили ее жить на широкую ногу, и уж в чем, в чем, а в еде не знать отказа. И цены деньгам не знать. Поэтому ругать ее за транжирство — абсолютный бесполезняк. Только ссориться по пустякам. Лучше сесть и написать очередную бодягу для газеты. Бодягу, за которую заплатят рублей пятнадцать-двадцать гонорара. Вот и будет компенсация Настиной растраты.

Сеня заправил бумагу в портативную машинку «Эрика». «Эрика» была единственной вещью, которую Настька взяла с собой из родительского дома. Ну, не считая, конечно, платьев, джинсов и косметики.

Сеня закурил: с греховным удовольствием затянулся бешено дорогим «Кэмелом» (рубль пачка!). Неделю назад вернулся из командировки — был в страшной глуши, в Ульяновской области. Там в сельпо обнаружились залежи фирменных сигарет: еще, видать, из тех, что к Олимпиаде закупали. А курить пижонский «Кэмел» в далеком селе оказалось некому...

Вспомнил, что Настька ругается, если он курит в комнате, — схватил машинку и перебазировался на кухню. Поставил машинку на стол, со вкусом покурил...

«Главное — это яркое начало, или, как там Эженова мать нас учила, «лид». После классного «лида» читатель любую лажу схавает».

Налил из графина воды, попил, покружил по кухне. Ну вот — нормальный творческий уют: машинка, пепельница, водичка...

Сеня застучал по клавишам.

*«Вчера возвращаюсь с работы, навстречу — женщина с торжествующим лицом. На шее у нее — ожерелье из рулончиков туалетной бумаги. У хозяйственного магазина чернеет очередь, и продавщица в халате поверх телогрейки покрикивает: «Эй, крайние! Не занимайте! Туалетка кончается!»*

«Классно. «Лид», кажется, удался. А теперь плавно переходим к главной теме критической корреспонденции: на заводе в литовском городе Григишкес коммуниздят туалетную бумагу».

Тут грянул звонок в дверь.

Ни секунды не сомневаясь, что вернулась из магазинов Настька, Сеня бросился открывать дверь.

Распахнул.

На пороге стояли двое мужчин.

— Здравствуй, Сеня, — скупо проговорил первый, в пыжиковой шапке и добротном сером пальто. И скомандовал второму: — Давай, заноси.

Второй, одетый попроще — в кроличью шапку и габардиновую куртку на меху, — мимо Арсения вперся с огромной картонной коробкой в прихожую. Затем, не разувшись, потопал, безошибочно держа курс на кухню.

И только тут Арсений узнал визитеров. «Ф-фу, наваждение! Да это же Настькин дед, номенклатурщик Егор Ильич, вместе со своим шофером-ординарцем!»

— Дома Настя? — по-хозяйски спросил старик, без приглашения снимая свое богатое ратиновое пальто.

— В магазине. Проходите, Егор Ильич.

Черт знает почему, но Арсений был рад видеть деда Ильича. Тот лично ему ничего плохого не сделал. Даже слова не сказал, когда Настька убежала вместе с ним из родного дома.

Вернулся с кухни шофер, отрапортовал: «Все, Егор Ильич».

— Можешь быть свободен, Илья. Подхалтурь, если хочешь. Но через два часа чтоб был у подъезда, как штык. Ясно?

— Могу я воспользоваться уборной? — угодливо спросил шофер. Обращался он почему-то не к Сене, а к Егору Ильичу.

Капитонов вопросительно посмотрел на Сеню. Тот поспешно сказал:

— Туалет в конце коридора. А ванная рядом.

— Спасибо, Егор Ильич. — Водитель по-прежнему не обращал на Сеню ровно никакого внимания.

Вместе с Егором Ильичом в их квартиру вошло все то, от чего, как предполагал Арсений, бежала Настя. Бежала, да недоубежала.

Вместе со стариком к ним в дом явились три вещи. Это — безмерная уверенность в себе, бесцеремонность и снисходительность по отношению ко всем тем, «кто не из их круга». А престарелый шофер привнес еще и ауру чинопочитания, послушания, раболепия.

«Они только совместно могут существовать, — подумал Сеня. — Этот глыбастый самоуверенный Егор Капитонов и его шофер, типичный советский холуй».

И все же, все же... Арсению оказалось приятно видеть старика. Потому что от него исходили могучая сила и обаяние.

Егор Ильич наконец снял пальто. Но не повесил — держал в руках. А тут как раз и шофер вернулся, подсуетился. Принял у старика пальто, аккуратно расправил, повесил. «Сам он, значит, раздеваться не умеет!» — усмехнулся про себя Сеня.

Шофер спросил:

— Разрешите убыть?

— Давай, Илюха, — отмахнулся Капитонов.

Седой «Илюха» (постарше Капитонова будет!) бодрячком выпрыгнул из квартиры.

С Сеней он даже не попрощался.

— Ну, показывай, как вы здесь устроились, — снисходительно проговорил, проходя внутрь квартиры, Егор Ильич.

Зашел на кухню, цепко осмотрел десятиметровый жалкий уют. Кивнул на два холодильника, два кухонных стола, два чайника на плите:

— Коммуналка?

— Коммуналка, — кивнул Арсений. — Но соседка с матерью живет. Сюда редко наезжает.

— Я вам тут кое-каких харчишек подвез, — старик небрежно кивнул на огромную картонную коробку. Шофер не ошибся, поставил ее именно на их, а не на соседкин стол. Впрочем, мудрено не ошибиться: на столе пишмашинка, пепельница с окурком... Из коробки вызывающе, развратно выглядывал когтисто-зеленый хвост ананаса.

— Пускай Анастасия, как придет, в холодильник продукты уберет. Плохо, что холодильник у вас не в комнате. Искушать будет провизия посторонний глаз...

Ну, давай, Арсений, чай ставь. Похлебаем, пока Анастасии нет. Чай я тоже принес. Индийский, со слоном.

Мощной магии — *магии самоуверенности,* — которой обладал старик, невозможно было противиться. Сеня и не противился. Научился за время проживания в семье Капитоновых. Подчиняться этой *магии владычества* можно, но по мелочам. Главное, чтобы чужая самоуверенность внутрь тебя не проникала, ничего там не задевала и не разрушала.

— В комнату пошли, — коротко приказал Егор Ильич, когда Арсений поставил на конфорку чайник.

В комнате старик с порога мгновенно разглядел всю их жалкую обстановку. Разглядел и оценил: старый разобранный, разболтанный диван, старинный стол с зеленым сукном, зеленая лампа времен совнархозов, книжный шкаф. Дешевый коммунальный уют. Чужеродно выглядела здесь Настина косметика на тумбочке, духи в иностранных пузырьках. И пара книг, слепых переплетенных ксероксов, брошенных на диване. Без спроса старик, с запрограммированной брезгливостью, прочел названия ксероксных книг. («Слава богу, всего-то полная «посевовская» версия «Мастера и Маргариты» да «Один день Ивана Денисовича», ксерокс с «Роман-газеты». За это не сажают».) Старик гадливо отбросил произведения *антисоветчиков.*

И тут в дверь раздался мягкий стук. Колотили плечом — юным, девичьим.

— Кто?! — радостно прокричал Арсений, уже предчувствуя. Уже зная, кто пришел.

— Открывай, подлый трус!.. — раздался из-за двери веселый Настин голос.

Сеня бросился к двери, теряя тапки.

Ввалилась Настя — холодная, румяная, присыпанная снежком. В обеих руках по сумке, да еще — авоська с мандаринами, яблоками, хурмой.

— Держи давай, писатель, я все руки себе оттянула! — Всучила ему сумки. — Да сапоги мне сымай! —

И тут увидела показавшегося на пороге комнаты деда. Радостно выдохнула: — Дедка! — Бросилась к нему в объятия.

И старик не сумел удержать на лице вечное свое скалоподобное, хмурое выражение. Лицо его озарилось нежностью. Он осторожно принял в свои объятия внучку, а та цепко схватила его за плечи, прижалась на минуту к груди. А потом оторвалась и принялась целовать его в щеки, потом пегие волосы ему ерошить... Старик стоял с глуповатым видом: вечная его броня — закаленная, коммунистическая — от прикосновений внучки давала трещину.

Совсем лишним почувствовал себя Арсений. Его даже ревность слегка уколола. Он потащился, неприкаянный, с Настениными покупками на кухню.

А тут и чайник закипел, зашипел, заплевался.

Настена усадила деда на табуретку и принялась летать по кухне, сооружая чаепитие.

А потом они втроем запировали. Коньячок армянский, чай индийский со слоном, бутерброды с черной икрой, да с настоящей сырокопченой колбасой, да со «Швейцарским» сыром... Дед слегка размяк — никогда раньше Арсений его таким не видел. «Свиданию с внучкой так радуется? А может, стареет?»

Сам Сеня тоже поплыл от номенклатурного коньячка.

— Как там Устиныч? — осмелев, спросил он у старика, ткнув указательным пальцем в потолок.

Дед сразу понял, что имеет в виду Арсений: состояние здоровья генсека. Генеральный секретарь ЦК КПСС Константин Устинович Черненко, седой астматик, уже почти месяц не показывался на публике.

— Совсем плох, — одними губами произнес Егор Ильич.

— Во дела! — усмехнулась Настя. — Вся страна

живет в напряженном ожидании кончины своего руководителя.

— Молчи, девка! — прикрикнул на нее дед. — Язык твой — враг твой.

— А кто вместо него будет-то? — спросил Арсений.

— Ох, не знаю, — вздохнул-прошелестел старик. — Боюсь, что Горбачев.

— Чего ж тут бояться? — воскликнул Сеня. — Горбачев — человек молодой. Здоровый, активный!.. Может, при нем хоть что-то в стране изменится...

— Вот этого я и боюсь, — скорбно вздохнул дед и больше к разговорам о политике не возвращался.

О жизни на Бронной Егор Ильич тоже рассказывал неохотно. Из него чуть не клещами тянули. Кое-что все же вызнали. Бабушка, кажется, с уходом Насти почти смирилась. По крайней мере, Егор Ильич сказал:

— Привет тебе передавала. И просила узнать, как вы тут питаетесь.

А вот мама, по скупым словам деда, по-прежнему непреклонна.

Но, сказал Егор Ильич, «она свою точку зрения переменит. Это я вам гарантирую».

Впрочем, в детали вдаваться не стал. Перевел разговор в безопасную плоскость. И даже улыбнулся свежему анекдоту про престарелого генсека (его осмелилась рассказать Настя).

Когда дед ушел, Сеня сказал:

— Может ведь быть нормальным! Если захочет!

— Да он вообще классный! — горячо проговорила Настя.

Она не скрывала своей радости из-за дедова визита.

...Настя не подозревала, что в тот день видит его — деда, старика, Егора Ильича Капитонова, — последний раз в жизни.

*Прошло два дня. 11 марта 1985 года*

В тот день Арсений впервые в своей жизни ощутил: История на его глазах творится. Великие события происходят рядом, чуть не задевая его своим крылом.

Вряд ли многие его современники разделяли тогда, одиннадцатого марта тысяча девятьсот восемьдесят пятого года, это чувство. Но оно пришло к ним потом, позже. К каждому в разное время, но явилось оно в конце концов даже к самому нечувствительному: или в восемьдесят седьмом году, или девяносто первом, или девяносто третьем... Вскоре после того марта восемьдесят пятого *большие перемены* в России стали обыденными, словно смена времен года. Как листопад или слякоть за окнами. *Все россияне, всё время* стали ощущать: одновременно и параллельно с их жизнью, где-то неподалеку от них — делается История.

Делается, но без них. Без большинства из них...

Время ломается — и меняет свой ход. А самое правильное, что обычные люди могут сделать в эпоху перемен, это спрятаться от них. Или — не замечать их. Или, в крайнем случае, — приспособиться к ним. А можно, как это сделали немногие, но самые сильные или самые подлые, использовать перемены для того, чтобы возвыситься...

*Самая первая перемена*, тогда, в марте восемьдесят пятого, — вызывала у многих ощущение радостной сопричастности, вдохновения и надежды. Хотя источником вдохновения и надежды стала смерть.

Впрочем, у Арсения имелись еще две причины для того, чтобы запомнить тот день, одиннадцатого марта восемьдесят пятого года, надолго.

Навсегда запомнить.

...В то утро он приехал в редакцию как всегда: без чего-то десять. Рабочий день начинался в газете «Советская промышленность» в девять тридцать. Журналисты, отстаивая права на творческую независимость, обыкновенно опаздывали: не в НИИ же они работают!

Арсений вошел в редакционный коридор и удивился настороженной тишине. Ни единого человека. По пути в отдел глянули на него с доски почета «герои труда»: его юное лицо в том числе.

По привычке Арсений посмотрел на доску объявлений. Никаких новых приказов, только список дежурных по номерам. Он мимолетно пробежал список глазами — его в нем быть не должно. Но... Вот те здрасьте! Его имя вписано в число дежурных — так называемых «свежих голов». Как раз на сегодня! Арсений подивился: что же он обмишурился! Явился зачем-то в контору. Да еще так рано.

Работа дежурных вообще-то была халявой. Приезжать надо было не в редакцию на улицу Двадцать пятого Октября, а в типографию «Красной звезды» на Хорошевском шоссе. И не с утра, а к часу дня. А в пять, когда обыкновенно подписывали номер, — уже свободен. Да к тому же обязанности дежурного, «свежей головы», — не бей лежачего: просто читать готовые полосы с версткой номера.

Это дополнительная перестраховка. Ведь верстку в день выпуска читает множество людей. Два корректора. Плюс еще трое — заместитель ответственного секретаря, выпускающий (он же метранпаж) и дежурный редактор. Да невидимый и не ведомый никому представитель главлита, то есть цензор. И еще вот — обычный литсотрудник, «свежая голова».

Несмотря на огромное количество проверяльщиков, в газету так и норовили просочиться ошибки-опечатки. Да какие! В журналистском сообществе о них ходили легенды. Например, о первополосном заголовке аршинными буквами: О ПРЕБЫВАНИИ Л.И.БРЕЖНЕВА В ПОЛЬШЕ, в котором буква «*Р*» в слове «ПРЕБЫВАНИЕ» загадочным образом превратилась в «*О*». Читатели хохотали над номером до слез, а вся дежурная бригада была уволена с волчьими билетами. Редактора, говорят, даже из партии исключили. После этого из ЦК спустили директиву: «во избежание непреднамеренных ошибок слово ***пребывание*** в официальных материалах не использовать; заменять его термином ***визит*»**.

В «Советской промышленности» тоже имелись свои легенды. Рассказывали о заголовке, напечатанном на первой полосе, — он был посвящен началу весеннего сева: *«НА КУБАНИ УЖЕ САЖАЮТ»*.

Передавали из уст в уста историю о материале, где в фразе «Первый секретарь обкома показал на кучу» одна буква в наборе загадочным образом поменялась на другую — получилось: *«Первый секретарь обкома покакал на кучу»*.

Однако хитом ошибок стал первополосный снимок, опубликованный к двадцать третьему февраля. На переднем плане были изображены три березки, три белоствольные красавицы... На заднем плане просматривалась ракета из комплекса противовоздушной обороны С75. Подпись соответствовала моменту: *«На страже Отчизны»*.

Снимок утвердили на редколлегии. Цензор дотошно проверил: не засекречена ли ракета, разрешены ли съемки на территории данного ракетного дивизиона? Все оказалось в порядке, снимок поставили в номер... И только когда газета вышла, изумленные журналисты (а вместе с ними и сотни тысяч читателей) увидели, что на одной из берез на переднем плане — крупно, отчетливо вырезано слово из трех букв!..

Однако, несмотря на подвохи, работа дежурного по номеру считалась синекурой. А, главное, в день дежурства можно было отоспаться — раньше часа в типографии «свежим головам» делать нечего. А Арсений зачем-то в контору приехал...

И, только приглядевшись к списку «свежих голов», он заметил, что не обмишурился. Раньше его в списке действительно не было. Потом чью-то фамилию замазали белым штрих-кодом, а поверх впечатали его собственную. Рядом стояла виза главного редактора: «изменения утверждаю». Вот мерзавцы! Кто-то решил поменяться с ним дежурством. В принципе — это обычное дело. Но надо было сначала с ним, Арсением, договориться!

Арсений вошел в отдел. Здесь, в каморке с видом на помойку, царил смешанный запах курева, лежалых бумаг, портвейна и похмельного дыхания. В отделе уже сидели двое сотрудников — старшие товарищи, пятидесятилетние монстры, съевшие на ниве советской журналистики половину зубов: Вадим Ковалев, борода лопатой, и Юрий Черкасов — маленький, непричесанный, в криво висящих на носу очках. Оба курили «Беломор».

— Здравствуйте, товарищи, — поприветствовал старших коллег Арсений.

— Здравствуй, коль не шутишь, — зычным басом ответил редактор отдела Ковалев.

— Вообще-то это не я пришел. Это мое привидение. Меня, вы можете считать, сегодня здесь нет. И за кофе я не побегу. И отклики читателей править не буду. Я сегодня, оказывается, в типографии дежурю. Какая-то сволочь со мной поменялась — и даже мне ничего не сказала.

Ковалев с Черкасовым переглянулись.

— О, тебе повезло, — усмехнулся один.

— Эта твоя «какая-то сволочь» знала, когда дежурством меняться, — добавил второй.

— А что? — удивленно воззрился на старших товарищей Арсений.

— А ты догадайся! — сказал Ковалев.

— Не догадаешься, побежишь за кофе, — добавил Черкасов.

— Вообще-то лучше, — подхватил первый, — за

портвейном по такому случаю сбегать, но... Не догадался?

— Нет, — недоуменно проговорил Арсений.

— Тогда бежишь за кофе, а не за портвейном. А то пришьют еще партийное дело — почему отмечаем кончину дорогого и горячо любимого вождя. — И Ковалев заржал, запрокинув бороду.

— Что, помер?! — воскликнул Арсений и почувствовал, как его лицо помимо воли украшает радостно-идиотская улыбка. — Ну наконец-то!

— Слава богу, догадался, — снисходительно прокомментировал Ковалев, почесывая шею под своей бородой-лопатой и подмигивая товарищу.

— Да, Сеня, сидеть тебе сегодня в типографии, пока рак на горе не свистнет, — подхватил Черкасов.

— Теперь ты понял, — спросил Ковалев, — отчего с тобой дежурством поменялись?

— Да, — иронически поддержал коллегу Черкасов, — у того, кто с тобой поменялся, политическое чутье оказалось тоньше, чем у тебя, товарищ Челышев. Учись, студент, как надо выкручиваться из щекотливых ситуаций.

— Мы сами тебя научим, — заржал Ковалев. — Если ты захочешь. А за учебу — плата. Вон, бери деньги и беги за кофе. Добавишь тридцать копеек своих. — И он подвинул по столу в сторону Сени горку гривенников, пятиалтынных и двадцатикопеечных монет. Были в ней даже пятаки.

— Куда бежать, знаешь? — вопросил Черкасов.

Еще бы Сеня не знал, куда бежать! В Москве имелось только два места, где можно было купить свежий кофе в зернах: чайный домик на улице Кирова и ГУМ. До ГУМа было ближе. К тому же там практически никогда не было очереди (четыре-пять человек не в счет). В ГУМе продавщица безропотно молола свежекупленный кофе (в огромном агрегате, похожем на бетономешалку).

Рассовав горсти мелочи в карманы (сто граммов кофе стоили ровно два рубля) и надев тулуп, Сеня выкатился из кабинета. Настроение почему-то было чертовски радостным.

* * *

В то же самое время, как Арсений Челышев шел по улице Двадцать пятого Октября к ГУМу, менее чем в километре, на Старой площади, начинался внеочередной Пленум Центрального Комитета партии.

Егор Ильич Капитонов занял свое место — вдалеке от сцены, на одном из последних рядов. Он был лишь кандидатом в члены ЦК КПСС, и избрали его совсем недавно — года не прошло. Потому и место его в зале пленумов ЦК находилось чуть не на галерке. Сдержанно, сохраняя скорбное выражение на лице, Егор Ильич поздоровался с соседями по креслам. Обменялся кое с кем крепким партийным рукопожатием.

Легкий гул разносился по залу — гул от многих мужских голосов. Но, в отличие от театральной премьеры, он был не предвкушающий, радостный, а тяжелый, хмурый. Ни смешка, ни шутки, ни тени улыбки. Не положено. Люди обменивались рукопожатиями, хлопали сиденьями стульев, садились — и с каждой минутой звук становился все тише, тише, тише... И, наконец, замер совсем.

Егор Ильич сидел, откинувшись на спинку, полуприкрыв глаза. От волнения слегка посасывало под ложечкой. В коридорах, кулуарах носилось, что уже все решено. Имя *преемника* витало в воздухе (хотя при этом никем не произносилось вслух). Егор Ильич ставил на *другого и принадлежал к группировке другого.* И, кажется, не угадал... Однако он не спешил унывать. «Решили *они* вчера на Политбюро, но потом могли и *перерешить.* Сегодня же ночью. Или утром — прямо перед Пленумом. Мало ли у кого появятся *дополнительные аргументы.* Мало ли кто возьмет да и переметнется в последний момент. Один или, тем более, два голоса членов Политбюро могут все решить. Главное: кого поддержит армия и Комитет. Вроде бы Комитет за *молодого Горбачева,* а армия — за *старика Романова.* Так что... Мало ли... Как это Черчилль о кремлевских интригах говорил? «Схватка бульдогов под ковром». Под ковром оно и есть.... И никто ничего не узнает, пока из-под ковра не вылезет довольный победитель...»

В зале было тихо. Сейчас будет объявлено *решение,* за которое Пленуму останется только проголосовать.

Так кто же? До вчерашнего дня шансы считались равными. Кто? Неприлично молодой Горбачев, нервный ставрополец-провинциал?

Или — ленинградец Романов, твердый, непреклонный, тертый, по-сталински партийный?

Последние два года борьба за верховную власть в стране шла с переменным успехом. Вроде бы Андропов, умирая год назад, завещал свой трон молодому Горбачеву... Но тогда у власти вдруг оказался Черненко. Говорили, что он стал генсеком только потому, что силы Романова и Горбачева в феврале восемьдесят четвертого оказались равны. И Горбачев, когда понял, что ленинградца ему не одолеть, вдруг сам предложил в генсеки компромиссную фигуру Черненко. А его соперник Романов на смертельно больного Черненко согласился. Потому согласился, чтобы, пока тот помирает, успеть перетащить на свою сторону колеблющихся членов Политбюро. Но на то же самое рассчитывал и Горбачев...

Весь этот год «схватка бульдогов под ковром» шла с переменным успехом. Говорили, что если бы Черненко помер в сентябре восемьдесят четвертого — на трон взошел бы Горбачев. А если бы в декабре — первым человеком в стране стал бы Романов... А сейчас?

А, может, сейчас опять, как и год назад, в борьбе за власть случится ничья? Пат? Может, Горбачев с Романовым опять согласились на компромиссную фигуру? И лидером партии и страны станет, например, московский хозяин, маленький человек с лицом больного печеночника, — Гришин?

Гришин весь последний месяц с удовольствием примерял на себя роль генсека. Ездил в больницу к Черненко, и его снимки печатали рядом с фото умирающего властителя во всех газетах... Может, все-таки Гришин?

Или... Или — вдруг выскочит иная компромиссная фигура? Допустим, старейший член *ареопага*, министр иностранных дел — Андрей Андреич Громыко?

Все сейчас решится. Сейчас. Через минуту-другую.

Решится, каким на все ближайшее время станут Политбюро и ЦК.

И вся партия, и вся страна.

И весь мир.

Тишина в зале пленумов стала в буквальном и переносном смысле гробовой. И ровно в тот момент, когда молчание достигло крайней точки, из двери президиума стали выходить на сцену — быстро, но вместе с тем *горестно и сдержанно,* — члены Политбюро. Все они были одеты в черные костюмы. Все имели уныло-скорбный вид.

Но уже по тому порядку, в котором *они* выходили, по выражению их лиц (которое волей-неволей проступало сквозь обязательную скорбь), все стало ясно.

И Егор Ильич Капитонов сразу все понял. В выражении лица Горбачева, идущего первым, он нашел ответ на главный, волнующий его (и всю страну), вопрос: *«Кто?»*

# АРСЕНИЙ

Сеня попал в типографию только к пяти. На душе было гадостно: день прошел бездарно, неправильно, бестолково...

В животе плескался стакан крепчайшего кофе. А сверху — два стакана противнейшего портвейна «Агдам». И еще — коньяк. А потом, чтобы протрезветь, снова кофе.

Официально о *кончине* еще не объявляли. Однако «сарафанное радио» сработало безошибочно. Все вокруг уже знали, что генсек *помер.* Никому и в голову не приходило (как это было после недавней кончины Брежнева) даже *изображать* скорбь. Наоборот, царило радостное, немного возбужденное веселье. Тут же появился передаваемый из уст в уста анекдот:

— *От чего умер Черненко?*

— *В Кремлевскую больницу пробрался шпион и выстрелил в упор. Упор упал.*

Сене почему-то было не смешно.

В типографии, в комнатке выпускающей бригады, по стенам висели сверстанные газетные страницы. С первой полосы обведенный траурной рамкой скорбно взирал огромный портрет новопреставленного руководителя. Рядом напечатали информационное сообщение о кончине.

«Как быстро все сделали, — радостно мелькнуло в голове у Арсения. — Эдак я домой и к семи успею».

Он потянулся снять со стены полосу.

— Можешь не читать, — махнул зам ответственного секретаря, тихий встрепанный алкоголик Ермолаев. — Уже пришла «тассовка»: все переверстать. И эмбарго до семи вечера.

«Эмбарго до семи» означало, что раньше, чем в семь вечера, ни телевидение, ни радио передавать полученную информацию не могут. А газеты до того срока не должны подписывать в печать.

— А как будем переверстывать? — спросил Сеня.

— Портрет Черненко ужимаем в два раза: до трех колонок. А рядом точно такого же размера портрет Горбачева. А на месте извещения о смерти Черненко — сообщение, что Пленум избрал Горбачева. Чуешь разницу?

— Чую, — кивнул Сеня.

Еще не похороненный генсек стремительно уменьшался в размерах, а его преемник столь же быстро разрастался.

— Ну, я пошел в цех, — алкогольно-предвкущающе потер ручки Ермолаев. — Гляну, как они там переверстывают.

— С выпускающим много не пей.

— Ты что, как можно: в такой день! — фальшивым голосом воскликнул Ермолаев.

— А я пойду кофейку глотну, пока столовая не закрылась. — И Арсений вышел из комнаты и потопал по длинному издательскому коридору к лифту.

Он и представить себе не мог, что готовит ему судьба в этот день.

* * *

Милицию вызвала соседка.

Она увидела приоткрытую дверь в квартиру Капитоновых. Пару раз прокричала, сунув голову внутрь — никто не отозвался. Нажала дверной звонок — опять без толку. В квартире Капитоновых царила нехорошая, в буквальном смысле мертвая тишина...

«Раковая шейка» приехала через пять минут. Дом был не простой, «цэковский», и поэтому на редкие вызовы, поступающие отсюда, милиция реагировала исключительно быстро.

Дежурный наряд сторожко, вытащив пистолеты, вошел в квартиру Капитоновых.

Огромную темную прихожую осветила лампочка с лестничной площадки.

Хозяйка, Галина Борисовна Капитонова, лежала навзничь в коридоре. Под ней натекла кровавая лужа.

Галина Борисовна не подавала никаких признаков жизни.

— Сержант, вызывай опергруппу, — тихо сказал напарнику немолодой капитан. — И *соседям* звони.

*«Соседями»,* на милицейском жаргоне, звалось КГБ. А согласно инструкциям, о чрезвычайных происшествиях с людьми такого уровня, как Капитоновы, милиция должна была ставить в известность *комитет* немедленно.

— А «Скорую»?

— Боюсь, не понадобится. Впрочем, тоже, конечно, звони.

Капитан продвинулся в сторону кухни. Дверь туда была прикрыта. Сквозь полупрозрачное стекло видно: внутри горит свет.

Капитан толкнул дверь.

На громадной, пятнадцатиметровой кухне Капитоновых было непривычно тихо. На столе стояла недоеденная тарелка остывшего супа.

Хозяин квартиры, первый заместитель председателя Госстроя СССР, кандидат в члены ЦК КПСС Егор Ильич Капитонов лежал на полу. Лежал неловко, боком. Одет он был в деловую рубашку с черным полураспущенным галстуком.

На спине Егора Ильича расплывалось кровавое пятно.

Хозяин квартиры был мертв.

Рядом с трупом валялась перевернутая табуретка.

А подле нее на полу лежал нож, послуживший, видимо, орудием преступления.

Лезвие ножа было обагрено кровью.

* * *

Настя Капитонова *загуляла со своими «мажорами»* — это их так Сеня называл. Сам он от пьянок с богатыми однокурсниками старался воздерживаться. Но Насте не запрещал.

Ей было слегка стыдно. Но не от того, что компания вроде бы «отмечала» кончину генсека. А потому, что Сенька, бедняга, — работает и будет работать, судя по всему, до полуночи, а она развлекается и тратит скудные семейные деньги...

В кафе «Московское», куда отправились после занятий, компания не засиделась. Все из-за Тима, зануды: тот выловил из своего мороженого волос. Нет бы выкинуть его незаметно и промолчать — куда там: поднял писк, обличал официантку, требовал жалобную книгу. Нес очевидные глупости: «Да в Лондоне за такие дела кафе разорят, по судам затаскают!» Официантка вяло буркала: «Ну и катись себе в Лондон...»

Однокурсники во время скандальчика сидели молча. Кому хочется портить отношения в родном, считай, кафе?

Тима быстренько заткнули и, пока официантка окончательно не взвилась, покинули кафе. Перебрались в «Прагу». Компанию с факультета здесь знали, ласково поддразнивали «пижончиками», но обслуживали хорошо.

Время близилось к шести, официанты готовились к вечернему наплыву, обновляли скатерти, протирали влажной тряпкой листья у огромных пальм. Подошел метрдотель, предложил им комплексные обеды: «А то что-то вы отощали, студентики!»

От комплексных обедов решили не отказываться — в «Праге» их готовили вкусно. Никакого сравнения с университетской столовкой: настоящая ресторанная еда, да и не особо разорительно: всего-то трешка. Ну и на водку по рублю скинулись.

Настя уплетала комплексный обед за обе щеки: и яичко с шапочкой красной икры, и ушицу, и отбивную... Как же порой хотелось настоящей, «богатой» еды! Она временами подавляла искушение — забежать домой, на Бронную, налететь на холодильник и все подъесть: и сервелат, и икорочку, шоколадные конфетки... Но домой, увы, ходу ей не было. Не прогнали бы, конечно, накормили, но такую нудятину бы развели, что кусок в горло не полез...

Студенты резво, и под икру, и под суп, хлопали водочку: «за упокой Устин-Акимыча». Наливали и Насте — только она почти не пила. Не шло сегодня спиртное — и все тут. Она уже как могла изгалялась. И с нарзаном водку смешивала, и грибочком закусывала — все равно никак. После первого же глотка во рту становилось противно и кисло, как от старого кефира.

Однокурсники Настину трезвенность заметили, веселились, подкалывали: «Капитонова у нас на поминках не пьет! А за нового генсека будешь пить?» Настя отбивалась: «Чем вы недовольны?! Вам же больше достанется!»

Из «Праги» вышли сытые и веселые. Подвыпившая, беззаботная компания составляла приятный контраст с потоками хмурых прохожих. Расставаться не хотелось, и студенты намылились к Тиму «на вискарь»: Тимов отец только что вернулся из Штатов. Настя думала отказаться, но Тим обиделся, разливался соловьем, причитал: «Какая же компания без *капитонской* дочки?» И Настя решила: «Сенька все равно сегодня раньше двенадцати не придет... Чего я одна буду в дурацкой коммуналке сидеть?» И пошла вместе со всеми к Тиму: уничтожать папино виски. Куда угодно — только бы не сидеть одной...

Новое жилье ее раздражало. Хорошо, когда Сенька дома — тогда хоть на него внимание можно переключить. Взъерошишь волосы, ткнешься носом в плечо —

и так клево на душе... Но когда Сенька отсутствовал, Настя чувствовала чуть не физическую боль, глядя на проржавелые краны на кухне, на лохмы побелки, свисавшие с потолка, на облезлые подоконники...

— Да привыкнешь, — успокаивал ее Арсений, — полстраны, считай, так живет. А другая половина — еще хуже... А у меня в Южнороссийске?..

— Там у тебя лучше, — вздыхала Настя. — Там хотя бы все свое...

— Ну, Настюха, — хмыкал Сеня, — чем я тебе могу помочь? Только утешить...

Помочь им мог бы дед. Он, если б захотел, в два счета им бы жилье спроворил. Если бы они женаты были. И если бы их семью Капитоновы-старшие признали. Но — увы...

Настя иногда звонила домой — в бывший дом. Поздравляла родных с праздниками и днями рождения. Чаще всего к телефону подходила маман. Заслышав Настин голос, она просто бросала трубку. Старики оказались чуть лояльнее. У бабушка сухости в голосе в последнее время поубавилось. А Егор Ильич и вовсе начал оттаивать. Велел внучке звонить ему на работу, расспрашивал про учебу, про Сенину работу в «Совпромышленности». Даже вот в гости однажды заехал...

«Будем двигаться по шажочку, — радовалась Настя. — Сердцем чую: размякнет деду́ля, отойдет... Особенно если правнучка ему родить... Не допустит он, чтобы внучка с грудным ребенком ютилась в съемной коммуналке!»

Но покуда правнучка не было — приходилось терпеть. «Раз Сенька все равно в типографии торчит, одна я сидеть в коммуналке не буду!» И Настя согласилась ехать вместе со всеми на «вискарь». Пусть виски ей и не нужно — просто хочется посидеть в кремовых кожаных креслах, пощекотать пятки персидским ковром...

«Ну прости меня, Сенька! — быстро подумала она. — Ну скучно мне, ну противно — сидеть в нашем ободранном жилище!»

* * *

Арсений в комнате дежурной бригады держал в руках только что полученную «тассовку».

«Тассовка» гласила:

*МОЛНИЯ. ВСЕМ РЕДАКЦИЯМ. ПЕРЕВЕРСТ. ЭМБАРГО ДО 21.00 МВР.*

*Фотография Горбачева М.С. публикуется на 1-й полосе размером 4 колонки. Подпись под клише: «Генеральный секретарь ЦК КПСС М.С.Горбачев». Информационное сообщение о внеочередном Пленуме ЦК КПСС и избрании Генеральным секретарем ЦК КПСС Горбачева М.С. публикуется в шпигеле.*

*Фотография Черненко публикуется ниже, в траурной рамке. Размер фотографии — 2 колонки.*

— Покойника становится все меньше и меньше, а нового генсека — все больше и больше, — прокомментировал Сеня «тассовку», отдавая ее дежурному редактору.

Тут и замответсека Ермолаев подоспел. Он как раз накатил внизу в цехе очередной стакан портвейна.

— О! — возбужденно воскликнул он. — Опять переверстываемся! Я ж говорил, что этим не закончится!.. Кстати! У нас там на третьей и на четвертой полосах два материала идут. Твой, Сенька, про рулончики, и еще один. Там во врезках упоминается: *«как указал-приказал генеральный секретарь Ка-У-Черненко»*. Может, мы «Черненко» на «Горбачева» сразу заменим? *«Как указал-приказал генеральный секретарь Эм-Эс-Горбачев»*. Первыми будем! Прогне-емся! Раз пошла такая пьянка, а?

Дежурный редактор, замечательно остроумный грузин Гоги Мухранович, пару раз осторожно принюхался своим длинным носом к алкогольным парам, источаемым Ермолаевым, и вежливо покачал головой:

— Не надо, Слава. Зачем мы будем бежать впереди паровоза? Просто давайте снимем слова про «генерального секретаря Черненко». Что, разве не может быть материалов без «генеральных секретарей»?.. Займитесь этим, Сеня, — ласково кивнул он Арсению. — Тем более там и ваш материал идет. Кстати, блистательный материал, пример настоящей критической корреспонденции...

Арсений аж покраснел от радости. Комплимент от замглавного, да еще такого стилиста и мастера, как Гоги Мухранович, дорогого стоит!

— ...А мы с вами, Слава, давайте переверсткой займемся, — обернулся тот к Ермолаеву. — И, пожалуйста, Слава, не пейте вы больше с метранпажем портвейна. Вы-то к нему привычные, а вдруг солдатики-верстальщики придут в негодность? Мы сами, что ли, кассу будем складывать?

— Не-не, я все!! — горячо заверил начальника Ермолаев и убежал с «тассовкой» в цех.

* * *

В то же самое время в квартире Капитоновых на Большой Бронной собралось много народу — столько, сколько там, пожалуй, ни разу не бывало при жизни ее обитателей.

Здесь находилась оперативная бригада с Петровки: следователь, опер, эксперт, фотограф. Сюда вызвали понятых. Понятыми стали двое других обитателей «цэковского» дома: соседка-пенсионерка, вызвавшая милицию, и ее муж. Приехали двое из *комитета:* оба в одинаковых серых пальто, с одинаково не запоминающимися лицами и фамилиями. Один — постарше, другой — помоложе, вот и вся разница.

Вызвали с работы Ирину Егоровну, дочку погибших. Соседка ей позвонила — сказала, что отцу плохо с сердцем.

К тому времени, как Ирина Егоровна доехала из министерства домой, тела Егора Ильича и Галины Борисовны уже увезли. «Труповозку» подогнали к самому подъезду. Прикрыли ее со стороны улицы «рафиком» «Скорой помощи», чтобы ничего не разглядели случайные любопытствующие. Дюжие санитары вытащили — бегом, бегом! — носилки с телами, прикрытыми простынями: сперва Егора Ильича, а потом Галины Борисовны. «Труповозка» тут же отъехала.

В квартире остались нарисованные криминалистами силуэты тел и пятна крови. Когда Ирина Егоровна приехала и узнала о смерти отца и матери, с ней случился сердечный приступ. Врачу «Скорой помощи» пришлось отхаживать ее, делать укол. Вскоре, впрочем, Ирина Егоровна взяла себя в руки и принялась деятельно сотрудничать со следствием.

В ее лице не было ни кровинки, из глаз не пролилось ни слезинки.

Из ее показаний следователь милицейской опербригады (и неразлучный с ним молчаливый дежурный следователь с Лубянки) узнали, что из квартиры коечто похищено. Похищено самое ценное. Из тайника под баром исчезли все драгоценности — в том числе несколько бриллиантовых браслетов, колье и серег, принадлежавших Галине Борисовне и Ирине Егоровне. Из бельевого шкафа утащили четыре сберкнижки — с накоплениями на сумму более чем тридцать тысяч рублей. А из жестяной коробки из-под чая, стоявшей на кухне, убийцы похитили почти десять тысяч рублей наличными. При этом квартиру преступники не обыскивали. Вещи не были перебулгачены. Создавалось впечатление, что убийца (или убийцы) очень хорошо знал, где что находится в квартире Капитоновых. Значит, сам собой напрашивался вывод, преступники (или преступник) были в семействе своими людьми.

В пользу данной версии свидетельствовал и тот факт, что дверные замки оказались неповрежденными. Судя по всему, Галина Борисовна Капитонова спокойно впустила налетчика в квартиру. Значит, вероятнее всего, она хорошо его знала. Потому, кстати, что она тут же беззаботно повернулась к нему спиной. И тут ей нанесли удар ножом — удар, оказавшийся смертельным...

Далее события, видимо, развивались так.

Шум падающего тела встревожил Егора Ильича. Он как раз приехал после внеочередного Пленума ЦК домой — переодеться и пообедать. Он, по словам дочери, при любой возможности старался заехать поесть домой. Вероятно, эта деталь семейного уклада Капитоновых также была известна преступникам. Не успел Егор Ильич выбежать из кухни, как его сначала оглушили, ударив по голове тупым тяжелым предметом, а затем, уже потерявшего сознание, зарезали... После двойного убийства преступники (или преступник) принялись осматривать квартиру в поисках поживы. Они, видимо, хорошо знали, где что лежит — потому что никаких усилий им прикладывать не довелось. Убийцы без проблем отыскали все самое ценное в доме.

Словом, с облегчением подвел итог милицейский подполковник, начальник дежурной опербригады с Петровки, речь идет, скорее всего, об убийстве с целью ограбления. Никакой политикой здесь не пахнет.

Человек из КГБ, в стандартном польском костюмчике, в сером галстучке, с абсолютно серой внешностью (никто из опербригады даже не запомнил ни фамилии его, ни звания) резко оборвал подполковника:

— Когда убивают кандидата в члены ЦК партии, это всегда политика. Да еще — когда его убивают в день внеочередного Пленума ЦК.

Он внушительно посмотрел на милиционера, побуравил его глазками, прикинул, испугался ли тот. Понял, что тот испугался не очень, и оттого заявил излишне резко и безапелляционно:

— *Мы* забираем это дело.

«...Забираете именно потому, что раскрыть его никакого труда не составит», — добавил про себя милицейский подполковник, но вслух произносить этого, естественно, не стал.

* * *

Настя вернулась поздно. Вот уж дурацкий у них факультет: как пьянку начнут, не остановишь. И сама — не остановишься.

«Нашли ведь, что справлять, — с запоздалым раскаянием думала Настя, — поминки по генсеку, подумать только!»

За болтовней, картишками и игрой в «бутылочку» (пыталась отвертеться, да не удалось) время пролетело вихрем. Стали расползаться только в час ночи. Тим маслянил Настю пьяными глазками, уговаривал остаться: «Метро ведь уже закрылось, куда ты поедешь?»

Настя решительно пресекла домогательства и, смущаясь, стрельнула у девчонок пятерку на такси — с *карманными деньгами* у нее в последнее время была напряженка, даже стипендию приходится тащить в семью.

«Ну вот, опять я поиздержалась, — покаянно думала она, подремывая в тепле машины. — Зачем только пошла?!. Конечно, было вкусно, но в «Праге» оставила деньги, что мне выделил Сенька на обеды на неделю. И пятерку еще эту несчастную за такси отдавать...»

Нахальный водила набивался на чаевые, но Настя, охваченная приступом экономии, пожаловала ему только двадцать копеек.

«Тоже нашла статью расходов — в дурацкое Измайлово ездить, — сердито думала она, топая по ступенькам. — Как хорошо на Бронной было: отовсюду пешком можно дойти».

Но больше всего ее расстроило, что Сенька до сих пор где-то шляется: два часа ночи, а окна темные. Или бессовестно дрыхнет, не дождался? «Придушу, коли так...» — решила Настя.

Но Сени дома не оказалось.

«Бухают небось в типографии. Переверстывают полосы — и бухают. Газетчики хреновы...»

Дабы развеять одиночество и тоску, Настя повключала по всей квартире свет: ну и пусть нагорает, надоело ей каждую копейку высчитывать. Врубила любимых «Битлов» — увы, вполголоса. Соседи церемониться не будут, мигом в батарею застучат.

Она достала из холодильника полбутылочки «Апсны Абукет» — остатки Сенькиного подарка на Восьмое марта. Хорошее вино, дефицитное — где он его только достал? Сделала глоток, попыталась, как когда-то учил Женя, насладиться «букетом» — или «абукетом»?... И скривилась: ничего в нее сегодня не лезет — ни коктейль, ни виски, ни благородное вино. Что это с ней? Есть хочется, а запивать не хочется. Настя досадливо вернула бутылку в холодильник и достала трехлитровую банку с маринованными помидорами. Помидоры, конечно, ужасные — зато стоят копейки и аппетит хорошо перебивают.

Сна — ни в одном глазу. Да и не хочется ложиться без Сеньки... Интересно — где его носит?

Настя вдруг подумала о Милке Стрижовой. Своей, так сказать, верной подруге.

Милка оказалась единственной, кто одобрил Настино решение уйти из семьи. Уйти — к Сене. По крайней мере, она неоднократно об этом заявляла. И неоднократно заваливалась в гости (пижонки-однокурсницы — те ни разу не добрались в *«деревню, глушь, Измайлово»)*.

Милка сидела у них часами. Пила бесконечный кофе, болтала, совала нос во все их дела...

Сенька, кажется, не возражал. Он охотно беседовал с Милкой и даже, к ярости Насти, вворачивал довольно смелые комплименты в ее адрес (что только нашел в этой тощей дылде!).

«Да нет, — успокаивала себя Настя. — Глупости это все. Он Милку просто морально поддерживает. Потому как у той — старый, седой, противный муж, вечно в командировках».

А на душе все равно кошки скребут: «Вдруг Сенька не в типографии, а у коварной Милены? Продолжает, так сказать, свои утешения? Или у нее утешения ищет — на меня жалуется? За то, что я из семейного бюджета выбиваюсь?»

Настя еле удержалась от того, чтобы набрать подругин номер. Но искушение подавила...

От нечего делать она прошлась по квартире... И заметила: что-то здесь сегодня не так. Что-то неуловимо изменилось. Вроде и вещи все на своих местах, и запахов незнакомых нет — а есть ощущение, что кто-то наведывался. «Соседка, что ли, причапывала? Или Сенька днем забегал?»

Ну, насчет Сеньки — она установит в два счета.

Настя прошла в прихожую. Проверила, где Сенькины тапки. Сеня — раздолбай, вечно расшвыривает обувь по всей прихожей. А Настя с ним ругается. Ну а если нарушитель уже сбежал — аккуратно ставит его тапки на полку.

Да, тапки стоят на том самом месте, что и утром. Значит, Сеня сегодня не заходил. Может, и правда соседка объявлялась? Настя не поленилась: взяла настольную лампу с длинным шнуром, подошла к двери соседкиной комнаты. Полы мыла дня три назад, а нишу перед соседской дверью не трогала: чужая территория.

Она осветила придверный пятачок, убедилась: слой пыли (месячный, как минимум!) не нарушен.

Настя вернулась в кухню. Нет, что-то определенно не то.

Присела на табуретку, попыталась вспомнить, как выглядела квартира сегодня в пол-одиннадцатого утра, когда Настя выбегала из нее, спеша к третьей паре. Две немытые чашки в раковине, и хлеб на столе... И Сенькин свитер валялся на табуретке — Настя специально не убрала его, дабы по возвращении повоспитывать нерадивого друга на наглядном примере.

А это еще что такое?

У табуретки она разглядела кучку песка: явно с уличной обуви насыпался. Сначала, наверно, лужица была — а теперь высохла и превратилась в сероватую пыль. Ну ничего себе! Ходить по квартире в уличных ботинках! Да такого себе даже грязнуля Сенька не позволяет!

Ей отчего-то стало страшно. Кто? Кто мог быть здесь?

«Хозяин, — утешала она себя. — Наверняка он. Приходил, пока нас нет, — поглядеть: может, мы тут разнесли все по камушкам».

Утешение оказалось так себе. Настя знакома была с хозяином их квартиры, пожилым алкоголиком. Похоже, тому совершенно все равно, что происходит в его жилье. Лишь бы деньги платили.

«Ну, может, у него приступ бдительности случился... Или... или Сенька кому-то из приятелей ключи дал. Допустим, разрешил заехать и забрать какой-нибудь учебник-конспект... Тоже, конечно, вряд ли, но Сеньку я спрошу».

Настя аккуратно вытерла кучку песка. Заодно — убирать так убирать! — вымыла чашки и рюмку из-под вина. Мысли перекинулись на сегодняшнее странное неприятие спиртного. «Интересно, что это со мной? — лениво думала Настя. — Организм, наверно, за ум взялся. Решил: хватит тебе пить, а то станешь алкоголичкой на этом факультете! Ну и очень хорошо, здоровее буду — опять же экономия немалая... Тьфу, как меня эта «экономия» достала! Только о ней и думаю... М-да, а времени уже почти три ночи. Сенька совсем обнаглел. Позвоню завтра Гоги Мухранычу, спрошу между делом, — во сколько номер подписали. Вряд ли позже часа... Может, такси ему никак не поймать? Ну и сам виноват. Я ему не Кончита, а он не граф Резанов. До утра я у окошка торчать не буду. Да и спать уже хочется — сил нет!»

Настя с отвращением заглянула в ванную: вечерний душ в окружении треснутого кафеля всегда был для нее пыткой. Краем глаза подметила: Сенькино полотенце уже все в разводах, а он никак не поменяет... Настя сорвала грязное полотенце с крючка, кинула в таз... Надо, надо Сеньке завтра скандал устроить — за все хорошее. За тапочки посреди коридора, за уличную грязь в кухне, за полотенца в разводах — неужели сложно запомнить, что раз в неделю их нужно менять?! И за то, что шляется где-то ночами, она ему тоже вставит!

В прихожей грянул звонок. Настя автоматически взглянула на часы: явился примерный муж! Очень вовремя — почти четыре утра...

* * *

Для Арсения этот день закончился исключительно поздно. Дежурный «рафик» начал развозить дежурную бригаду по домам только в три ночи. Сначала — обеих корректорш на Ленинградский проспект, затем изрядно набравшегося Ермолаева в Марьину Рощу, а последнем, самого молодого Арсения, — в Измайлово. (Гоги Мухранович уехал домой на собственной новейшей, щегольской «восьмерке».)

Арсений выпрыгнул из «рафика» на Измайловском бульваре. Пошел дворами — темными, спящими, заснеженными дворами.

Голова, казалось, ничегошеньки не соображает. Легкий, нападавший за полночи снежок скрипит под ногами. Ни единого горящего окна в окрестных пятиэтажках.

То ли явь, то ли сон. Слишком много всего произошло сегодня.

До родного подъезда оставалось метров двадцать. Дверь в подъезд распахнута настежь, внутри бесцельно горит свет: привычная, никого не удивляющая советская бесхозяйственность.

Вдруг из подъезда навстречу Сене вышел человек — темная крепкая фигура. Арсений на всякий случай сжал кулаки в кармане тулупа, напряг мышцы плеч: мало ли что за хулиганы шляются ночами по Москве.

Мужчина-крепыш шел прямо на него.

Арсений оглянулся, чтобы разглядеть на всякий случай пути к отступлению. И увидел: сзади к нему неслышными шагами приближаются еще двое! Такие же, как и первый: мощные, плечистые.

А первый подошел уже совсем близко, преградил Арсению дорогу к подъезду.

— Челышев Арсений Игоревич? — вдруг спросил он.

— Да, — растерянно отвечал Сеня, остановившись.

— Вам придется пройти с нами.

И в ту же минуту двое, заходившие сзади, бережно, но цепко взяли Арсения за локти — каждый со своей стороны. Пара шагов — и вот они уже влекут его к черной «Волге». Машина, казавшаяся необитаемой, вдруг зажигает огни, и изнутри нее сама собой открывается дверца. Арсения мягко, но властно нагибают и заталкивают внутрь машины. Он садится, ошеломленный, не понимая в чем дело. Следом влезает один крепыш, за ним другой. Еще один плюхается на переднее сиденье. И тут же «Волга» резко рвет с места и, шелестя шинами по свежему снегу, несется к выезду со двора, на улицу...

## Глава 5

...Настя Капитонова превратилась в робота. Робот получился довольно совершенным: он умел ходить, одеваться и умываться, пить чай и даже тупо, не понимая смысла, записывать лекции.

Но ни единой эмоции, ни одной самостоятельной мысли у робота-Насти не было.

Она впала в оцепенение в тот самый момент, когда отомкнула входную дверь. В ту ночь на двенадцатое марта, в четыре утра... Настя была уверена, что отпирает — Сеньке. Даже нацепила на лицо укоризненную ухмылку: где это, мол, ты шляешься?

Она не стала спрашивать, кто там, — широко распахнула дверь и чуть не упала от напора двух сумрачных дяденек.

Настя вскрикнула.

— Милиция, Анастасия Андреевна, — небрежно успокоили они ее. — Вот и ваша соседка с нами, узнаете ее?

Настю оттеснили в глубь квартиры, захлопнули дверь.

А она удивилась, почему это соседка по лестничной клетке, вредная тетка-Машка, смотрит на нее чуть ли не ласково...

— В чем дело? — потребовала Настя объяснений у незваных гостей.

— Дела у вас, Настя, неважные, — ухмыльнулся первый мент.

А второй, с виду скучающий и безмерно усталый, нехотя объяснил ей, *в чем дело.*

— У ваших бабушки с дедушкой неприятности. Ну, то есть — их убили, а их квартиру на Большой Бронной — ограбили. И у нас есть сведения, что похищенное находится на вашей жилплощади... Понятые, готовы? Приступаем к обыску.

— Вы какую-то чушь несете! — обратилась к ним Настя.

Но они ее не слушали. Квартира заполнилась топотом, светом, голосами.

— Постойте! — громко крикнула Настя. — Вы не имеете права!

Первый лениво перебросил ей сероватую бумажку (слепой машинописный текст, крючковатая подпись, полустертая печать). «Ордер на обыск», — в ужасе прочла Настя.

— Но почему — здесь? Какая связь?! — Она пока не думала ни о бабушке, ни о дедуле. А просто — физически ощущала, что от пришельцев исходит угроза. Угроза даже более страшная, чем гибель близких.

— Будет вам, Анастасия Андреевна, и связь, — утешил ее второй. — Попрошу вас, в ванную комнату пройдите...

И Настя увидела: мамино серебряное ожерелье с пятнышками камней-ониксов... ее же колечко из белого золота с маленьким бриллиантом... сберкнижку, открытую на страничке *«Остаток 5034 рубля...».*

«Не может этого быть!» — думал робот.

«Я, наверное, сплю», — думала Настя.

— Почему — это здесь? — выдохнула она.

Первый безучастно спросил:

— А вы не догадываетесь?

И кровожадно улыбнулся.

— Нет, не догадываюсь, — твердо сказала Настя.

— А вы попробуйте сообразить, — усмехнулся он. — Вы, возможно, *это* сюда не приносили. Впрочем, следствие покажет... Правда, кроме вас, здесь проживает также ваш друг, Челышев Арсений Игоревич.

У Насти закружилась голова. Борясь со слабостью, она выдавила:

— Вы хотите сказать, что... что Сеня... Что они... Что это Сеня... Убил их?..

— Я ничего не хочу сказать, — оборвал ее он. — Но ценности, похищенные из квартиры Капитоновых, то есть ваших деда и бабки, обнаружены на вашей жилплощади.

...Квартира опустела только в семь утра.

Настя тупо смотрела на развороченные шкафы и жалкие обрывки бумаг на полу. А в голове билась мысль: «Соседкину комнату тоже разворошили. Что я ей скажу?..»

Она бессильно опустилась прямо на затоптанный пол. «Дед... бабка... Сеня... поплакать бы... Не могу!»

Настя добрела до кухни. Достала из холодильника «Апсны Абукет» — Сенин подарок. Сделала глоток прямо из горлышка. «Уж сейчас-то — напьюсь!..»

Но организм от спиртного снова отказался, и Настя долго стояла, склонившись над ненавистной, подклеенной изолентой раковиной... Поднять голову она смогла не скоро. Бунт в желудке прекратился, Настя увидела в зеркале собственное бледное лицо (глаза обведены траурными рамками) — и наконец зарыдала...

Утешать ее было некому.

...Мама — ей Настя позвонила на следующий день — сказала ей коротко: «Дрянь!» И раздались противные короткие гудочки.

Милка — Настя попросила подругу прийти — тоже встала на сторону врага. Виновато посмотрела на Капитонову, пропищала:

— Конечно, Сеньку можно понять... Он же хотел как лучше!

— Что?!. Что он хотел?!. — взорвалась Настя. — Обеспечить семью он хотел — этими побрякушками?!. Ты сама-то хоть понимаешь, что говоришь?!

Милка сникла:

— Ну, он, наверно, думал, что вы теперь на Бронную могли бы вернуться... Ты ж там прописана...

Настя прикрыла глаза и попросила:

— Уходи.

Милка облегченно вздохнула и поспешно покинула квартиру. Могла бы хоть сделать вид, что сострадает!

Но дело было не только в маме, и не только в Милке. В университете, куда Настя, чтобы хоть на время забыться, выбралась на следующий день, к ней подошел начальник курса.

— Анастасия, — строго сказал он. — От меня *потребуют,* чтобы характеристика на Челышева была *соответствующей.* Но я напишу то, что считаю нужным, и пусть меня за это хоть из партии исключают!

Начкурса выжидательно смотрел на Настю: видимо, ждал одобрения.

— Да пишите вы, что хотите! — воскликнула Настя. — Неужели вам не понятно — всем вам, идиотам, что Сеня не убивал?! Не мог он убить — вы, дуболомы!

И она снова плакала, и дала отвести себя в медпункт, и пила валерьянку, совершенно не чувствуя отвратного вкуса...

К встрече со следователем Настя подготовилась основательно. Она должна драться за Сеньку, должна убедить его, доказать, что ее *Арсенечка* не виноват! Но следователя Настин рассказ не впечатлил.

Она уверенно, как настоящий робот, перечислила все свои доводы: Сеня хорошо относился к деду... Сеня неплохо зарабатывал в своей газете, и на жизнь им вполне хватало... С Сеней они разговаривали в тот день по телефону — и его голос звучал абсолютно спокойно...

Следователь только кивал, и весь вид его демонстрировал: «Какую, девушка, вы несете чушь!»

Настя, волнуясь, выложила последний козырь:

— Я совершенно точно знаю: в нашу квартиру в этот день кто-то приходил. Кто-то чужой. Сто процентов — это был не Сеня... А еще мы ключ от квартиры потеряли... Давно, в декабре...

Следователь мимолетно оживился. Выслушал Настин рассказ. Усмехнулся:

— Кучка песка, говорите? На полу в кухне? А он сохранился этот след?

Настя потупилась:

— Я же тогда не знала... Даже представить себе не могла... Я вытерла пол тряпкой.

А следователь хладнокровно подытожил:

— Ну вот видите, гражданка... Следов нет, а на «нет» и суда нет... Впрочем, суда пока нет, а следствие есть. — Следователь захихикал, довольный собственным остроумием. — Вы не волнуйтесь, гражданочка. Следствие во всем разберется.

...«Пора смириться и решить наконец, что делать, — думала Настя-человек. — Тем более что у меня, кажется, — большие проблемы. *Личные проблемы*».

Но Настя-робот по-прежнему ни о чем думать не могла. Просто выполняла механические, никому не нужные действия. Зачем-то умывалась и причесывалась, драила квартиру и оплачивала телефонные счета — еще Сенькины! — за переговоры с Южнороссийском.

Унюхав жареное, заявился хозяин комнаты. Потребовал с Насти «деньги вперед или освобождайте жилплощадь». Денег не было, а переезжать к матери Настя не согласилась бы ни за какие коврижки. «Сеньку выпустят! Они во всем разберутся — и отпустят его!»

Настя отнесла в ломбард на Пушкинской гранатовые сережки — дедов подарок — и откупилась от настырного хозяина. А вечерами, когда меркли слабенькие весенние дни, она надевала любимую Сенькину кофту — голубую, с рукавами «летучая мышь», и садилась в кресло. Ей почему-то казалось, что Арсения отпустят именно на закате...

В один из вечеров в дверь действительно позвонили.

Настя не помнила, как летела по коридору, натыкаясь на одежный шкаф и тумбочку для обуви... Как мимолетно поправляла волосы перед зеркалом... Как открыла дверь, сияя улыбкой...

На пороге стоял Эжен. В его руках пахли весной мимозы.

Он прошелся по Насте быстрым, цепким взглядом. Усмехнулся:

— Кажется, ты ждала не меня...

Настя подавила искушение захлопнуть дверь перед его носом. Холодно спросила:

— Ты чего-то хотел?

— Для начала — войти.

Женя оттеснил ее в коридор, закрыл за собой дверь. Приказал:

— Цветами займись.

«Сенька ненавидел мимозы. Почему-то считал, что они пахнут гробами».

Настя послушно вынесла из комнаты вазу, наполнила ее водой, поставила цветы: «А ведь и правда — пахнут мертвым деревом». Эжен уже по-хозяйски расположился в комнате. Безошибочно выбрал Сенькино кресло, закинул ногу за ногу. На губах блуждала гаденькая ухмылка.

— Кофе угостишь? С коньячком, если есть.

Настя просьбу проигнорировала. Молча села в кресло напротив, сложила руки на коленях:

— Ну, говори: зачем пришел?

— О тебе беспокоится мать. Просит вернуться домой.

Настя пожала плечами:

— Мне она не говорила... что беспокоится. Если хочет, пусть звонит сама.

— Нехорошо, Настя, — покачал головой Женя. — У Ирины Егоровны такое горе...

Настя вспыхнула:

— Можно подумать, у *меня* — сплошная радость.

Женя будто не слышал:

— Это ее родители погибли... Ее мать и отец.

«Дед и мне был как отец. Даже лучше». На глаза навернулись слезы. А Эжен с нажимом продолжил:

— Она не может потерять еще и дочь. Пожалуйста, прости ее. И вернись к ней, домой...

Настя собралась с силами, выдохнула:

— Ты пришел только за этим?.. Я тебя поняла. Все, спасибо. Можешь идти.

Женя проговорил — будто в пространство:

— Я, кажется, просил кофе...

— Обойдешься, — сгрубила Настя. — Проваливай.

Эжен внимательно посмотрел ей в глаза:

— Слушай, цыпочка... Ты такая резкая... В твоей-то ситуации надо быть поскромней. Не боишься — пробросаться?

— Не боюсь, — отрезала Настя. — Вали отсюда! И цветы свои поганые забирай! Они гробами пахнут!

Слезы, давно собиравшиеся в глазах, не удержались — хлынули потоком. Ну вот, только этого не хватало — рыдать при противном Эжене! Настя бросилась в кресло, уткнулась носом в спинку. Она не может плакать при нем! Но остановиться тоже не может...

— Ух-ходи! — простонала она сквозь слезы.

Скрипнуло кресло: Женя встал. Настя заплакала еще горше. И почувствовала на своих плечах его сильные руки. Она дернулась, попыталась освободиться. Женя легко поднял ее — Настя молотила его руками и ногами — и, давя стальными объятиями, перенес на диван.

— Я уйду. Сейчас уйду, — успокаивающе приговаривал он. — Ты только реветь перестань... — И неожиданно добавил: — Бедная моя девочка... Сколько же на тебя навалилось...

От неожиданного участия Настя опешила. Зло выкрикнула сквозь слезы:

— Тебе-то что до меня?!

— Да вроде бы ничего, — усмехнулся он. — Жаль просто. Дед с бабкой — погибли, жениха — посадили, мать родная — последними словами клянет...

Перечисление прозвучало буднично — будто бы Женя читал скучный милицейский протокол. Настя, всхлипывая, спросила (она и не думала раньше, что это ее так волнует):

— А чего... чего мама говорит?

Эжен вздохнул:

— Догадаться нетрудно. Проклинает тот день, когда Егор Ильич пригласил в Москву этого Челышева. Она не сомневается, кто виновен. И твоего Сеню уже приговорила...

— А ты? — неожиданно спросила Настя.

Женя усмехнулся:

— Что — я? Что *я* об этом думаю? Да если честно, я бы твоего пусика тоже приговорил бы. Даже если убивал не он. Объяснить, почему? Может быть, вспомним, как я в Сочи к тебе прошлым летом приехал? В «Буревестник»?

— Не надо, — поспешно ответила Настя.

Слезы уже высохли, и она начала беспокоиться: пустая квартира, диван, и Женя — сидит на краешке, ласково поглаживает ее по голове. Руки у него — приятные: сильные и в то же время мягкие. И вообще приятно, когда рядом с тобой — *утешитель.* Хоть какой — утешитель. Только не могут же они так сидеть до утра?!

Настя осторожно высвободилась из-под Жениной руки:

— Спасибо, Жень... Я правда подумаю... Ну, насчет мамы подумаю...

«Ну все, пора бы ему и идти». Но уходить Эжен, кажется, не собирался. Он легко поднялся с дивана:

— Пойду кофе сварганю... Да ты лежи, лежи... Я все найду. Скажи мне только, где турка стоит.

Настя буркнула:

— Турка-то в шкафу. Только кофе нет. Кончился.

Женины брови насмешливо поползли вверх:

— Ай-ай-ай, студентка — и не держит дома кофе! И чай, наверно, у тебя грузинский... Какой нонсенс! Ладно, обойдемся...

— Да я вообще ничего не хочу, — торопливо произнесла Настя.

Женя обрубил:

— Зато я — хочу.

Он снова вернулся к дивану, склонился над ней — и вдруг впился в ее губы наглым, требовательным, жестким поцелуем.

В первые секунды Настя так опешила, что даже не сопротивлялась: будто это не всамделишный поцелуй, а картинка из телевизора. Но Женин язык пробивал ее губы, проникал в рот, извивался, душил... Настя уперлась руками в его грудь, попыталась оттолкнуть — бесполезно. Эжен навалился на нее еще пуще, повалил на диван, придавил своим весом. Настя, уже вполне овладевшая ситуацией, сопротивлялась, как могла: билась, царапалась, лягалась и видела, что Жене становится все сложнее ее удерживать. «Сейчас он опомнится — и уйдет».

Он и вправду на секунду оторвался от ее рта. Но только для того, чтобы сказать:

— Не рыпайся, крошка. Бесполезно!

Она извернулась и со всего маху влепила ему пощечину:

— Ах ты, мразь!

И тут же ее лицо будто плетью ожгло: Эжен вкатил ей ответную оплеуху. В ушах зашумело, Настя услышала, словно сквозь вату, бесстрастный вопрос:

— Еще? Или хватит?

— Я убью тебя! Негодяй!

Он снова влепил ей пощечину — еще крепче первой.

— Я сказал тебе — придержи язычок!

И принялся рвать любимую голубую кофточку, тискать ее грудь, снова давить ее своей тяжестью.

Настя больше не сопротивлялась.

А когда все было кончено и Эжен покровительственно сказал ей: «Вот и молодчинка, вот умная девочка!», Настя подумала: «Я могла бы! Могла бы — от него отбиться. Хоть лампой по башке ему ударить, хоть по яйцам со всей силы влупить... Или — пальцем в глаз!..»

Но тем не менее она не отбилась...

...Женя ушел — ни слова на прощанье. А Настя с трудом добрела до ванной и согнулась над мерзкой полуразбитой раковиной.

Наверно, она самая последняя сволочь в мире. Наверно, так поступают только самые гадкие стервы. Но когда тебя тошнит уже месяц подряд, даже к врачу идти не обязательно, и без того — все ясно... И в такой ситуации очень важно, как верно сказал Эжен, *не пробросаться*.

Женя, конечно, — редкостная сволочь, но он — никогда не оставит *своего сына*.

«Прости меня, Сеня...»

* * *

Примерно в то же самое время, когда Настя в съемной квартире в Измайлове выясняла отношения с Эженом, два человека беседовали в кабинете, выходящем окнами на площадь Дзержинского.

Первый собеседник, Иван Воскобойников, являлся следователем по делу об убийстве Егора Ильича Капитонова и его жены. Он сидел за полированным столом для совещаний. Его визави, хозяин кабинета, стоял лицом к окну и задумчиво глядел на суматошный московский пейзаж.

Вокруг памятника железному Феликсу катились автомобили. Народ колготился у входа в «Детский мир».

— Ты уверен, что убил — парнишка? — тихо спросил начальник, не поворачивая головы от окна. — Что убил этот Челышев?

Следователь скорее догадался, чем расслышал вопрос.

— Думаю, да, — ответил он.

— Какие против него факты? Улики? — обернулся от окна полковник госбезопасности.

— Улики — убойные. Убойней не бывает.

— А сам он — сознался?

— Да нет. Молчит, как партизан. — При воспоминании об упорстве подследственного Воскобойников поморщился.

Начальник прошелся по кабинету, остановился у стола под сенью двух портретов: старого, уже чуть тронутого желтизной, — Дзержинского, и совсем нового — Горбачева. Спросил:

— Что у тебя имеется против Арсения Челышева?

— Алиби у него нет — раз.

— А конкретней?

— Капитонова и его жену убили в промежутке времени от четырнадцати до пятнадцати часов. Мальчишку, этого Арсения, в последний раз коллеги видели в тринадцать часов, когда он уходил из редакции на улице Двадцать пятого Октября. А в типографию на Хорошевском шоссе Челышев приехал в семнадцать часов. Где он был с тринадцати до семнадцати — неизвестно. У него имелось достаточно времени, чтобы дойти или доехать до Большой Бронной, убить старика с женой и спрятать украденное. А потом спокойно отправиться в типографию.

— Сам-то он что говорит? Где в это время был? Что делал?

— Утверждает, что «просто гулял». Говорит, что около двух часов якобы заходил в кафетерий «Минутка» на углу улицы Жданова и Кузнецкого моста. Выпил водки и съел два бутерброда, с килькой и с сыром. Однако работницы кафетерия — ни буфетчица, ни уборщица — его не опознали.

— Значит, врет?

— Судя по его реакциям во время допросов — врет, как сивый мерин.

— Врет... — задумчиво протянул начальник. — Значит, врет... А почему же он правду не говорит? Почему не колется? — Хозяин кабинета впился взглядом в следователя.

— Упорный попался, — пожал плечами Воскобойников.

— Не он упорный, а ты недоработал. Раз не колется. У нас тут и не таких кололи. Ясно тебе?

— Улик против Челышева и без его признания хватает, — позволил себе поспорить следователь.

— Н-да? Улик, говоришь? А что там у тебя еще есть? — чуть повысил голос начальник. Он не терпел, когда ему перечили, даже в мелочах.

— Этого Арсения Челышева видели в день убийства в районе Большой Бронной, совсем рядом с домом Капитоновых. Как раз около четырнадцати часов. Его опознал швейцар кафе «Лира» на Пушкинской площади. Швейцар вышел на улицу покурить и увидел Челышева. Тот шел от метро «Пушкинская» в направлении дома, где проживали убитые. Парня опознала также пенсионерка из дома номер семнадцать по Большой Бронной. Она целыми днями в окно смотрит.

Воскобойников не сказал начальнику, что и швейцар, и пенсионерка являлись негласными сотрудниками *комитета* и регулярно снабжали *контору* информацией: о посетителях кафе, соседях, родственниках и бывших сослуживцах. Взамен каждый получал из секретных фондов по тридцать рублей ежемесячно. Кроме того, милиция закрывала глаза на то, что швейцар приторговывает водкой после закрытия магазинов и берет взятки за доступ в кафе. А внуку пенсионерки, редкостному балбесу, *комитетчики* помогли в прошлом году поступить в Плехановский. Ввиду давних связей с *комитетом* оба — и швейцар, и пенсионерка — считались вполне надежными свидетелями.

— А в доме на Бронной, где проживали Капитоновы, — там, кажется, привратник имеется. Он-то что говорит?

Следователь развел руками:

— Не было в тот день привратника. Заболел он. Животом маялся.

Начальник нахмурился:

— Безобразие. Допросили его?

— Допросили.

— Почему он замену себе не вызвал?

— Говорит: думал, оклемается. А сам с толчка полдня не слезал.

— Значит, целый день режимный дом был не прикрыт?

— Так получается. Вохровца этого уволили.

— Как-то он очень своевременно заболел — а, Воскобойников? Может, он с убийцей связан? С этим Челышевым?

— Никак нет, товарищ полковник. Мы проверяли. Тщательно проверяли.

— Может, этого дежурного отравили? Он с утра с кем-то покушал? А?.. Или косушку раздавил?

— Никак нет, товарищ полковник. Проверяли.

— «Проверяли — проверяли...» — передразнил начальник и брюзгливо оттопырил губу. Плюхнулся в свое кресло. Поморщился. — А все равно совпадение странное: привратник заболел точно в день убийства... Ну а какие еще улики против Челышева имеются?

— Улики — не подкопаешься. В частности: в квартире, которую он снимал вместе со своей сожительницей — кстати, внучкой убитых, — под ванной обнаружены драгоценности Капитоновых. Те, что были похищены при убийстве. Серебряное ожерелье. Кольцо золотое с бриллиантом. Две с половиной тысячи рублей наличных денег. Таких денег у Челышева сроду не бывало. И — сберкнижка на имя Галины Борисовны Капитоновой.

Начальник нахмурился:

— Челышева, по-моему, арестовали сразу же. В ночь после убийства. Когда он успел драгоценности и деньги спрятать? Под своей ванной-то?

— Времени у него имелось хоть отбавляй. В час дня его видели в редакции на Двадцать пятого Октября. Около двух часов свидетели заметили его в районе Пушкинской площади. Примерно в два пятнадцать — два тридцать он, значит, совершил убийство Капитоновых в их квартире на Большой Бронной... В доме Капитоновых Челышев был своим человеком. Прожил там почти год... Знал, где у них что лежит. Поэтому быстро и без труда нашел ценности, сберкнижки и деньги. В итоге в квартире убитых он мог провести четверть часа, не больше. Затем спокойно, никем не замеченный, вышел из подъезда, а в пятнадцать часов с минутами приехал к себе в съемную квартиру в Измайлово. Спрятал у себя дома драгоценности и деньги. А затем отправился на Хорошевку в типографию. И уже к пяти, с запасом, мог быть там.

— Сам-то Челышев как объясняет появление драгоценностей в своей квартире?

— Никак не объясняет, — пожал плечами следователь. — Говорит, что понятия не имеет. Подкинули, говорит.

— А сожительница его — Анастасия Капитонова, внучка убитых, — что по этому поводу показала?

— Тоже: ничего не знает, ничего не ведает. Подкинули. Чей-то она след якобы посторонний в тот день в квартире видела. Но, вот незадача, пол помыла...

— Она, эта Анастасия Капитонова, как думаешь, была с Челышевым в сговоре? Или, может, подталкивала его, чтоб он деда с бабкой убил? Подначивала?

— Нет, — твердо сказал Воскобойников. — Мы с ней работали. Ничего она про убийство не знала.

— А *после* убийства кто-нибудь Челышева в тот день, одиннадцатого марта, видел? В три часа дня, в четыре? Как он, например, выходил из дома на Бронной? Ехал в Измайлово, чтобы ценности прятать? Или, допустим, к себе в квартиру на Пятой Парковой входил?

— Никак нет. Никто, к сожалению, его не видел.

— И твои замечательные свидетели на Большой Бронной его не видели? Ни швейцар, ни пенсионерка?

— Нет, — покачал головой следователь. — Возможно, он после убийства из дома Капитоновых другим путем пошел. Не на Пушкинскую.

— Он пошел другим путем... — протянул со смешком начальник. — А куда он остальные деньги и драгоценности дел? Там ведь, у Капитоновых, много всего украдено было.

— Куда дел, неизвестно.

— Неизвестно?

— Возможно, спрятал в другом месте. В другой тайник.

— Спрятал в другой тайник? Где конкретно?

— Не могу знать, — развел руками следователь.

— А что мальчишка по этому поводу говорит?

— Молчит. Ни словечка. И его можно понять. Он-то, верно, думает: отсижу я, вернусь — а меня деньги и драгоценности на воле поджидают.

— Если он вернется, — хмуро заметил начальник. — Если ему «вышку» не дадут... То, что ты, Воскобойников, второй тайник убийцы не нашел, — явная недоработка. Недоработка и бесхозяйственность. Ясно тебе?

— Так точно. Виноват... Но он, гаденыш, молчит. Свидетелей его передвижений по Москве после четырнадцати часов нет. Может, он остальные деньги и драгоценности на Ваганьковском кладбище закопал.

— Почему именно на Ваганьковском? — быстро спросил начальник. Глаза его сузились. — Почему — на кладбище?

— Ну, я образно говорю, — смешался следователь, не выдержал змеиного взгляда начальника. — Просто так: Ваганьковское кладбище. Для примера. Потом — оно к его типографии близко... К тому месту, куда он в семнадцать часов приехал...

— А ты это кладбище проверял? — с напором спросил полковник. — Землю носом там рыл? Раз так «образно» говоришь?

— Никак нет, — опустил глаза Воскобойников.

Он укорил себя за то, что ненадлежащим образом настроился на беседу с начальником. Оказался прекраснодушным. Был уверен, что его улики против мальчишки — бронебойные, вот слегка и расслабился. Упустил из виду, что на их *службе* каждую минуту можно ожидать удара. Удара от кого угодно. А пуще всего — от коллег. Или тем более — от начальства.

— А ты связи мальчишки проверял? Друзей его? Коллег по работе? — настаивал начальник. — Может, у него сообщники были?

— Так точно. Проверял. Но с ними все чисто. Челышев убивал один.

— Уверен? — впился в его зрачки полковник, навис над столом.

— Так точно.

— Головой отвечаешь? — спросил начальник вроде бы со смешком, но угроза, послышавшаяся в голосе, прозвучала более чем серьезно.

Воскобойников вздохнул, но ответил твердо:

— Отвечаю.

Полковник выдержал паузу. Прошелся по кабинету и спросил, переменив тон, уже вполне миролюбиво:

— А что у тебя еще против этого Челышева имеется?

— Других улик против него тоже выше крыши.

— Например?

— Отпечатки пальцев на месте преступления.

Этот козырь, отпечатки, Воскобойников приберег, как самый сильный, на конец разговора.

— Так ведь Челышев проживал в квартире Капитоновых! — хмыкнул начальник. — Вот отпечатков там и наоставлял.

— Проживал, но давным-давно! — быстро парировал следователь. К этому возражению он подготовился. — Челышев проживал в квартире Капитоновых с октября восемьдесят второго года по июнь восемьдесят третьего. А с сентября восемьдесят четвертого он стал сожительствовать с внучкой Капитоновых, Анастасией. Поэтому находился со старшими Капитоновыми в неприязненных отношениях. И в доме у них с тех пор ни разу больше не бывал. А пальцевой отпечаток Челышева в квартире совсем свежий!..

Начальник никак не отреагировал. Подошел к окну. Майский день клонился к вечеру. Солнце уже нырнуло за громаду «Детского мира». Легковой и грузовой автотранспорт неустанно кружил вокруг памятника Дзержинскому. На пятачке в начале улицы Двадцать пятого Октября в цветочном киоске продавали государственные тюльпаны. А рядом притулилась бабка — частница, торговала сиренью.

«Гоняй этих бабок, не гоняй, а они все равно — тут как тут со своей сиренью, — подумал полковник. — Все двадцать лет, что я *в доме два*, стоят здесь эти бабки. Не одна, так другая... Что за инициативный у нас все-таки народ!.. — От одной бабки мысли хозяина кабинета перекинулись к более общим раздумьям. — Нет, давно пора уже в Союзе разрешить частника, — подумалось ему. — В разумных, конечно, пределах разрешить. В рамках развитого социализма. Пусть эти частники цветами торгуют, пирожки пекут, обувку чинят... Может, этот наш новый генеральный, Мишка Меченый, и решится дать ход частной инициативе? Как в некоторых странах народной демократии? В Венгрии, скажем?.. Вроде генсек — молодой, горячий. И наших поддерживает — *органы* то есть... Может, переменит хоть чего-то в загнивающей стране? Или слабó ему, Горбачеву?..»

Несмотря на посторонние, вольные мысли, начальник тем не менее не терял нити разговора с подчиненным. Задумчиво проговорил:

— Значит, в квартире Капитоновых имелись свежие пальцевые отпечатки Челышева... А на чем конкретно он оставил в квартире свои пальчики?

— На кухонном столе стоял стакан. Пустой. На нем.

— Только на стакане? И все? А где еще?

Полковник приблизился к гостевому столику, оперся на него, внимательно и строго поглядел сверху вниз на следователя.

— Нигде.

— То есть?

— Везде отпечатки затерты — на дверных рукоятках, косяках, ручках буфета, кранах в ванной (убийца мыл окровавленные руки). А стакан он, видно, забыл протереть.

Начальник отвернулся, задумчиво прошелся по кабинету.

— А нет ли у тебя, Воскобойников, ощущения, — задумчиво спросил он, — что парня кто-то старательно подставляет? А?!. Уж больно ловко все сходится: отсутствие алиби, свидетели... Драгоценности у него на квартире в тайнике обнаружили... И даже вот — отпечатки пальцев! На самом очевидном: на стакане! Везде — стер, а стакан вымыть забыл.

— Так ведь это же хорошо, — позволил себе усмехнуться Воскобойников, — когда все сходится. Хуже, когда не сходится, а следователь за уши притягивает.

— А ты? Ты не притягиваешь? — развернулся на каблуках полковник и испытующе глянул на собеседника.

— В чем-чем бывал грешен, — следователь выдержал начальничий взгляд, — да не в этом...

Полковник, очевидно, остался удовлетворен ответом, потому что сразу перевел разговор:

— А мотив?

— Мотив у этого Арсения мощный, — мгновенно среагировал Воскобойников. — В последнее время Арсений Челышев находился в крайне неприязненных отношениях со старшими Капитоновыми. Это было связано с тем, что он сожительствовал с их внучкой. Капитоновы-старшие, естественно, относились к данному факту весьма негативно. Челышев с внучкой хотели пожениться — старики категорически не позволили, даже выгнали ее из дома. Значит, мотив у Челышева имелся такой: юнец, во-первых, просто устранял причину, мешавшую ему жениться. Устранял, убив старших Капитоновых...

— А Капитонова Ирина Егоровна? — быстро спросил полковник, и следователь понял: тот изучил дело очень тщательно. — Дочка убитых? Мать этой самой Анастасии? Она, Ирина Егоровна, ведь живая осталась. Она что, не возражала? Была не против брака дочери с Челышевым?

— Ну, Капитонова Ирина Егоровна — женщина не слишком самостоятельная. Находилась она под сильным влиянием родителей — главным образом Егора Ильича. Возможно, Арсений Челышев надеялся, что если данное влияние устранить... Вместе с родителями устранить... — усмехнулся Воскобойников. — Тогда мать Анастасии, Ирина Егоровна, даст согласие на то, чтоб Настя вышла за него... К тому же у Челышева имелся второй серьезный мотив — деньги. Юнец вместе с внучкой Капитоновых весьма нуждались. Она привыкла к роскоши, любила жить на широкую ногу. А тут... По шестьдесят рублей стипендия, да еще около ста «рэ» Челышев получал в редакции, работал на полставки. А за одну только комнату они платили пятьдесят. К тому же посещали кафе и рестораны, принимали гостей, употребляли спиртные напитки... А Капитоновы-старшие своей внучке никакой материальной помощи не оказывали. Надеялись, что без их поддержки Анастасия быстро этого Челышева бросит и домой вернется.

— Так-так... — вздохнул полковник. — Значит, ты считаешь, что убийца Челышев... А ты уверен, кстати, что в данном преступлении нет политики? Все-таки в такой день стариков убили. Капитонов как раз с внеочередного Пленума вернулся. Да и сам он не простой человек. Зампред Госстроя. Кандидат в члены ЦК... Ты других, помимо Челышева, подозреваемых рассматривал?

Воскобойников хорошо понял, кого конкретно

имеет в виду полковник. Все-таки очень, очень тщательно начальник, оказывается, ознакомился с делом.

— Появлялся тут в Москве старинный приятель Капитонова, — ответил он. — Зовут его Иван Саввич Боровко. Они начиная с тысяча девятьсот сорок восьмого года с убитым Капитоновым вместе работали. В пятьдесят первом году этот Боровко был арестован, осужден по статье «пятьдесят восемь — десять» на двадцать пять лет. Затем, при Хрущеве, в пятьдесят шестом году освобожден, впоследствии реабилитирован... Сейчас Боровко проживает в городе Загорске. Пенсионер. Что важно — состоит на учете в ПНД. Диагноз — вялотекущая шизофрения. Бред величия, мания преследования. Сезонные обострения. Во время обострения — реформаторские идеи. Пишет письма в адрес ЦК КПСС, Совета Министров СССР, даже генерального секретаря ООН. Были отмечены его контакты с московской «хельсинкской группой»... Неоднократно принудительно госпитализировался.

— Встречались ли Боровко с Капитоновым в последнее время? — быстро спросил полковник.

— Боровко пару раз бывал у Капитоновых дома. Капитонов принимал его хорошо, радушно. Тридцать лет назад они как-никак были друзьями. Они выпивали, много разговаривали... Однако однажды Капитонов выгнал Боровко из дома и велел больше не появляться.

— Почему?

— Боровко обвинил Капитонова в том, что тот в пятьдесят первом году написал на него заявление в *органы*. Бросил, так сказать, ему в лицо обвинение, что именно Капитонов тогда явился инициатором его ареста и лишения свободы.

— А как было на самом деле? — быстро спросил полковник.

— Дело Боровко закрыто, — вздохнул следователь. — Оно находится в архиве.

— Писал Капитонов тогда, — настойчиво переспросил полковник, — в пятьдесят первом году, на Боровко заявление?

Оба, и полковник, и следователь, старательно избегали слова *«донос»*, пользовались эвфемизмом *«заявление»*.

— Я думаю, сейчас это никакого значения не имеет, — твердо ответил следователь.

Последние слова могли означать на языке, принятом в этих стенах, только одно: да, действительно, Капитонов (или, может, его супруга) в то, сталинское время написали на Боровко донос. Донос, из-за которого тот получил адский по суровости приговор, провел пять лет в ГУЛАГе, остался жив и вышел на свободу только благодаря чуду: наступившей хрущевской оттепели.

— Значит, — задумчиво сказал хозяин кабинета, — у Боровко все-таки имелся мотив для убийства... Месть. Месть за свои прошлые тяготы и лишения.

— Да, товарищ полковник. Мотив у него имелся... — неохотно согласился Воскобойников.

— Вы его допрашивали?

— Так точно. Он ни в чем не признается. Но, должен заметить, алиби на время убийства у него отсутствует.

— Вот как?

— Да. Однако если Капитонова Егора Ильича убил Боровко, причем с мотивом — отомстить за старые грехи, зачем тогда ему понадобилось убивать его жену? Зачем — грабить квартиру Капитоновых? И потом: Боровко никак не связан с Арсением Челышевым. Они даже не знакомы. И в этом случае невозможно объяснить тот факт, что драгоценности, похищенные у Капитоновых, появились у Челышева на съемной квартире... К тому же в день убийства никто, в том числе два моих весьма наблюдательных свидетеля, не видел Боровко в районе Большой Бронной... Словом, я полагаю, что улик против этого сумасшедшего недостаточно.

— Может, маловато вы с ним поработали? — прищурился полковник.

— А зачем нам с ним много работать? — напрямую рубанул следователь. Он сразу же испугался собственной прямоты, понял, что сказал лишнее, однако храбро продолжил: — Представьте, товарищ полковник: вывели мы этого Боровко на суд, обвинили по уголовной статье... Об этом бы сразу пронюхали диссиденты. Сообщили бы инокорреспондентам, а потом бы нас «вражьи голоса» каждый день полоскали. Правозащитника, мол, судят за убийство по уголовной статье!.. Так что я на всякий случай дал команду, чтобы этого Боровко госпитализировали — и все. Поколют его аминазинчиком с галоперидольчиком — хуже ему не будет. А суд над психом-диссидентом нам сейчас совсем не нужен.

— Значит, голосов вражьих боитесь... — недобро усмехнулся полковник. Воскобойников понял, что допустил промашку, и начальник не простит ему вольного, полузаговорщицкого тона, которым он высказывался о Боровко. И того, что он в открытую сказал о подлинных причинах: почему он не стал вплотную разрабатывать версию «загорского психа».

«Да ладно, пусть цепляется, — подумалось ему. — Пусть головомойку устраивает. Лишь бы дал команду дело закрыть. Лишь бы на доследование не отправил!..»

— Не надо бояться вражьих голосов, — отчетливо проговорил полковник. — И всяких диссидентов тоже. Пока что не они, а мы здесь хозяева, в нашей стране! — Произнес он внушительно. И добавил: — Вам ясно?

— Так точно, — опустив голову, пробормотал Воскобойников.

— Ладно. — Полковник постучал карандашиком по столу и спросил, оставаясь официальным: — Какие вы еще версии отрабатывали?

«Проглотил! — с ликованием подумал следователь. — Версию о непричастности Боровко — проглотил. Не станет, значит, настаивать, чтобы мы дальше над этим чокнутым работали! Значит, он совсем не собирается дело об убийстве Капитоновых раздувать в политическое. Похоже, полковник все взвесил и понял, что ему этого не надо. А мне не нужно тем более... Есть, есть у меня уже убийца. Это Челышев. И других нам не треба... Ну и слава богу».

— Нами рассматривалась также версия, — сказал Воскобойников, принимая сухой тон, — что убийцей могла являться Ирина Егоровна Капитонова, дочь погибших. В пользу этой версии говорило то обстоятельство, что она проживала в квартире Капитоновых. Поэтому она, естественно, знала, где родители хранят деньги и драгоценности. Значит, могла быстро изъять их из тайников. Кроме того, Ирина Егоровна находится в крайне неприязненных отношениях со своим несостоявшимся зятем, Арсением Челышевым — поэтому, возможно, готова была скомпрометировать его и подкинуть ценности на квартиру, где проживал Челышев вместе с ее дочкой. К тому же у нее, возможно, имелся другой мощный мотив — корыстный. Ирина Егоровна — единственная наследница Капитоновых. Когда она вступит в права наследования, получит пятикомнатную квартиру, дачу, личный автомобиль «Волга», не считая накоплений, драгоценностей, мебели... — Следователь сделал паузу, а затем возразил самому себе: — Но раз так, сразу возникает вопрос: а зачем ей понадобилось грабить собственных родителей? Вытаскивать из квартиры золото, деньги, драгоценности? Неужели она не могла подождать полгода и спокойно вступить в права наследования? Неужто она убила собственных родителей только ради того, чтобы подставить зятя?

Полковник, не перебивая, слушал Воскобойникова — кажется, отдавая должное его уму и логике.

— К тому же, — продолжил окрыленный следователь, — на время убийства у Ирины Егоровны имеется надежное алиби. Весь день она находилась на рабочем месте, в своем министерстве. Ее видели по меньшей мере человек пятнадцать, с десятком людей она разговаривала по телефону...

— Вы ее допрашивали?

— Естественно. Держится она спокойно, уверенно — хотя, конечно, потрясена случившимся... Кстати, она член партии, член парткома министерства, характеризуется исключительно положительно... Нет, без сомнения — она не убивала.

— В каких она находилась отношениях со старшими Капитоновыми?

— В ровных, спокойных. Ну, между ними имелись, конечно, определенные трения — да в каких семьях их нет!.. Тем более когда под одной крышей живут. Но мы опрашивали соседей, дежурных по подъезду, водителя Капитоновых — никогда между ними не было никаких скандалов. Нет, говорить о том, что Ирина Егоровна и родители находились в неприязненных отношениях, не приходится.

— Хорошо. Будем считать, что здесь ты меня убедил... Другие подозреваемые по этому делу рассматривались?

— Мы проверяли также Евгения Сологуба.

— Кто это?

— Ухажер Анастасии, внучки убитых. Он ее несостоявшийся жених. Сологуб в течение долгого времени ухаживал за внучкой Капитоновых. И, кажется, безрезультатно. В итоге Челышев наставил этому Сологубу рога...

— А зачем ему Капитоновых убивать?

Следователь пожал плечами:

— Евгений Сологуб также был своим человеком у Капитоновых. Часто бывал у них. Ему бы Капитоновы тоже открыли дверь в день убийства, впустили бы его безо всяких вопросов. Кроме того, Евгений Сологуб знал (или мог догадываться), где в квартире убитых хранятся ценности... Однако... — вздохнул Воскобойников. — Это одни только догадки... Гипотезы... Каков мог быть мотив у Сологуба? Непонятно. Корыстный? Но семья Сологубов сама прекрасно обеспечена... Может, он хотел подставить своего счастливого соперника, Арсения Челышева? Потому и драгоценности с деньгами к нему на съемную квартиру подкинул? Но, как вы правильно заметили (хотя начальник ничего не замечал, только поморщился), не слишком ли все сложно? Убивать ближайших родственников любимой девушки лишь ради того, чтобы скомпрометировать более удачливого соперника? Нет, вряд ли. Такое только в западных детективных романах бывает, да и то в плохих.

— А что? — вдруг возразил начальник. — По-моему, убийство Капитоновых для Сологуба — отличный план. Деньги украл, а драгоценности — сопернику подкинул. Тем самым Челышева устранил. И все для того, чтобы этой Анастасией завладеть. Она, кстати, хорошенькая?

— Более чем...

— Вот видишь.

— Но не в моем вкусе, — усмехнулся Воскобойников. — Гордая слишком. Однако, — несогласно дернул он плечом, — у Евгения Сологуба на одиннадцатого марта твердое алиби. Он работает в МИДе. Весь день был на рабочем месте. Его видело в здании на Смоленской площади множество народу. К тому же он...

Следователь запнулся, а потом придвинул к себе чистый лист бумаги, взял остро очиненный карандаш и быстро написал на листе два слова. Воскобойников знал, что нельзя всуе упоминать род занятий сотрудника, работающего под прикрытием. *Нельзя никогда никого из своих засвечивать.* Святое правило *комитета.* Кто знает, чьи посторонние уши слушают сейчас кабинет полковника. Береженого бог бережет.

Воскобойников перебросил листок начальнику, тот прочитал, поднял брови и немедленно смял бумажку. Затем бросил ее в мраморную пепельницу и поджег.

— ...К тому же, — словно продолжая свою оборванную на полуслове мысль, проговорил Воскобойников, — Евгений Сологуб исключительно положительно характеризуется по месту работы.

— Да, это важно... — пробормотал полковник, прежде всего, конечно, имея в виду информацию, которую следователь сообщил ему письменно: Сологуб — свой, он служит в ПГУ[1].

— В связи с данным делом мы, конечно же, опросили товарища Сологуба. Он вел себя так, что любые подозрения в его адрес я счел нужным отбросить. Хочу заметить, кстати, что Сологуб весьма нелицеприятно отзывается о задержанном Челышеве.

— Ну еще бы! — усмехнулся полковник. — Челышев-то его обскакал. Счастливый, можно сказать, соперник.

— Не в этом дело. Сологуб даже пытался защищать Челышева, однако не мог скрыть своего истинного к нему отношения. Он считает, что тот натуральный проходимец и провинциал-карьерист. И ради денег вполне мог пойти на убийство.

Полковник встал из-за стола, прошелся по кабинету. Вдруг спросил, резко меняя тему:

— Ты постановление о борьбе с пьянством читал?

— Читал, — осторожно ответил Воскобойников.

— Ну и как тебе?

— По-моему, очень своевременно, — дернул плечом следователь. — Народ с каждым годом пьет все больше. Нация спивается. На заводах уже к обеду трез-

[1] Первое Главное управление КГБ — внешняя разведка.

вого лица не увидишь. Одни пьяные рыла. Давно пора прижать алкоголиков.

Воскобойникову самому понравилось, как он высказался: с одной стороны, «в струю» партийных решений, а с другой — с резкой критичностью по отношению к порядкам в стране.

Резкая, провоцирующая простых людей критичность поощрялась в *комитете.* Должен же хоть кто-то в стране говорить правду.

И — выявлять заодно всяких неосторожных болтунов.

— Ох, не нравится мне это... — вздохнул в ответ полковник. — Боюсь я: опять не за то новый Генеральный секретарь хватается. Знаешь, как Горбачева уже из-за антиалкогольного постановления прозвали?.. «Товарищ Минеральный секретарь»...

А вот резкость оценок полковника уже находилась несколько за гранью дозволенного. Поэтому Воскобойников хрюкнул — так, чтоб непонятно было «слухачам», возможно, пишущим (из профилактических соображений) полковничий кабинет: то ли он смеется над шуткой начальника, то ли — осуждает его.

— Бьет новый Генеральный по верхам, да по флангам... — задумчиво продолжил начальник. — Теперь, того гляди, облавы в винных магазинах начнутся... А там и виноградники станут вырубать, водку продавать по талонам... У нас ведь без перегибов не могут. Скоро и на службе с товарищами по работе, пожалуй, не выпьешь, а, Воскобойников?

— Все потихоньку сойдет на «нет», — убежденно возразил следователь. — Разве мало на нашем веку было строгих постановлений?

— Твоими бы устами... — проворчал полковник. — Ну ладно, вернемся к трудам нашим скорбным... Что там еще у тебя по делу Капитоновых?

— Мы еще одну версию отрабатывали... Есть еще один человечек... Подозреваемый... Девушка.

— Кто?

— Некая Милена Стрижова. Двадцать лет. Работает методистом, третий год пытается поступать в Плехановский. Замужем. Эта Милена Стрижова — давняя, чуть не с детского сада, подружка Анастасии, внучки убитых.

— А она тут при чем?

— Она в доме Капитоновых тоже тысячу раз бывала. И считалась у них своим человеком. Могла разузнать, где у них ценности находятся. А убитые — они ее также могли запросто пустить в квартиру.

— А мотив у нее, этой Милены, имеется?

— Ну, допустим, мотив у нее тот же — корыстные цели. К тому же, по показаниям свидетелей, близких к семье Капитоновых, росла эта Милена в малообеспеченной семье и всю жизнь завидовала Капитоновым вообще, а в особенности их внучке, Анастасии. Вот она взяла и Капитоновым отомстила. И старикам отомстила, и своей подружке. Убила, ограбила, а потом подкинула ей под ванную драгоценности, чтобы замарать, что называется, по полной программе. У нее и возможности были. Она на квартире в Измайлове, у Челышева с младшей Капитоновой, бывала неоднократно. А убивая, она не только лишила бы подружку богатых деда с бабкой, но и, одним ударом, сожителя ее устранила бы, этого Арсения Челышева. Тем более что свидетели показывают: она сама неровно к нему дышала... К тому же алиби на время преступления у этой Милены нет. На допросах она показывает, что была, мол, в Ленинской библиотеке. Мы проверяли — ее там никто не видел. Книги по своему читательскому билету она в тот день не получала.

— Она, эта Милена Стрижова, говоришь, замужем?

— Так точно. Муж на двадцать лет ее старше, работает в Минздраве СССР, в экономическом управлении. Во время убийства он находился в длительной загранкомандировке.

— Ну, так значит она с любовником в тот день перепихивалась, — уверенно заявил полковник. — Потому у нее и алиби на время убийства нет.

— Вы думаете? — произнес Воскобойников. Он сделал вид, что столь просто объяснить отсутствие алиби у Милены Стрижовой он сам не догадался. Надо же порадовать начальство: какое оно, оказывается, сообразительное!

— Без сомнений, — безапелляционно произнес полковник. — Баралась она в это время с любовником. Или в кино с ним ходила.

— А мои свидетели ее тоже на Большой Бронной видели, — тишайше возразил Воскобойников. — Как раз в день убийства, около четырнадцати часов. Два человека ее видели. Тот же швейцар в «Лире», что Челышева приметил. И та же пенсионерка у окошка.

— А где она проживает, эта Стрижова?

— В Малом Пионерском переулке.

— Так она домой шла! — с удовольствием заключил полковник. — От Бронной дотуда рукой подать! А дома, ее, наверно, любовник ждал!

— Вы думаете, товарищ полковник?

— Еще бы! Не надо, Воскобойников, нагромождать подозрений сверх необходимости.

— Понял вас, товарищ полковник.

Воскобойников спрятал довольную улыбку. Он далеко не случайно оставил напоследок доклада Стрижову — как персонаж, вызывающий наименьшие подозрения. После столь сомнительного кандидата на роль убийцы, какой выглядела Милена, полковнику легче будет вернуться к мысли, что зарезал Капитоновых не кто иной, как Челышев. Да, Арсений Челышев. Все улики указывали именно на него, и, кажется, Воскобойникову удалось убедить начальника, что убил студент. Правда, имелись мелочи: Челышев путался во время следственного эксперимента. И неизвестно, куда он дел остальные похищенные, однако не обнаруженные у него на съемной квартире деньги и драгоценности. Кроме того, юнец в итоге ни в чем не сознался.

Ну да ладно. Ничто не может быть идеальным. Следствие и даже *комитет* — в том числе. У каждого — как говорится в американском фильме «В джазе только девушки» (снова выпущенном в прокат и как раз вчера пересмотренном Воскобойниковым) — свои недостатки. И недоделки бывают в любой работе. И не надо на них заострять внимание.

А в целом он, Воскобойников, поработал неплохо. Провел следствие в сжатые сроки. Практически полностью изобличил убийцу. Готов передать дело в суд.

— Ну, у тебя, Воскобойников, все? — обронил полковник.

— В целом да.

— Подведем черту?

— Да, товарищ полковник.

— Я удовлетворен проделанной вами работой, — проговорил, предварительно пожевав губами, полковник. В конце разговора он перешел на официальное «вы». — Вы собрали большую доказательную базу. Можете готовить обвинительное заключение. И побыстрей передавайте дело в суд.

Ни слова о том, что на скамью подсудимых должен сесть именно Арсений Челышев, полковник не сказал, хотя это следовало из всей логики разговора. И ни слова начальник не произнес о том — *против кого* готовить обвинительное заключение. В итоге — формально решение о том, кто виновен, должен принимать он, следователь Воскобойников. А его начальник вроде бы тут оказывался ни при чем. И если суд вдруг взбрыкнет и оправдает Челышева — например, за недостаточностью улик — эту ошибку начальник всегда сможет свалить на него, на следователя. И выйдет, что он, во-первых, неправильно и неполно информировал в ходе работы своего начальника, а, во-вторых, превратно понял его мудрые указания.

— Хорошо, товарищ полковник, — склонил голову с безупречным пробором Воскобойников. — Я полагаю, суд воздаст преступнику по заслугам.

## Глава 6

Мама позвонила Насте сама. Настя в первую секунду даже ее голоса не узнала: тон ледяной, угрожающий. Таким из библиотеки звонят — уведомить, что книги давно просрочены.

Ирина Егоровна не поздоровалась — сразу перешла к делу:

— Анастасия! Нам надо встретиться.

«Швырнуть, что ли, трубку — как она сама бросает?» Но Настя покорно ответила:

— Хорошо, мама. Давай. Давай встретимся. Где?

— Кажется, адрес ты знаешь, — отрезала Ирина Егоровна. — Приезжай сегодня, к семи часам.

Время встречи Настю не устраивало. На сегодня, на пять, она записалась в женскую консультацию. Но ей и в голову не пришло просить маму *принять ее* попозже. «Ладно — постараюсь успеть. А если в поликлинике будет очередь, придется канючить, чтоб пропустили. Приступ тошноты изображать».

Правда, ей ничего *изображать* и не нужно: чувствует она себя хуже некуда. «Вроде бы организм — молодой, здоровый, а беременность, как пишут в журнале «Здоровье», — не болезнь, а *состояние*. Только почему так тянет прилечь, закрыть глаза, ткнуться носом в подушку?»

Но не будешь же все время лежать! Однако когда Настя *не* лежала, ее постоянно преследовали всякие пакости: то голова кружилась, то перед глазами цветные медузы плавали... И тошнило — не только по утрам, как полагается, а постоянно.

...Очередь в женской консультации состояла из совсем взрослых тетенек. Тетеньки дружно прервали беседу. Оглядели бледную Настю, зашептались. Она расслышала:

— Первый ребенок... Токсикоз... Астения...

Она робко спросила:

— Извините, а вы меня не пропустите? Я к Евдокии Гавриловне, на пять.

— Мы все к ней. Кто на три, кто на три тридцать, — проворчала какая-то брюзга.

— Да пусть идет! — вступились за Настю остальные. — Еще грохнется в обморок... Не видите, что ли, — девушке плохо?

— Спасибо, — выдавила слабую улыбку Настя. Все-таки народ здесь, в центре (в консультацию пришлось идти по месту прописки), приветливей, чем в Измайлове.

Впрочем, врачиха, Евдокия Гавриловна, оказалась много суровей, чем тетки из очереди. Она бегло осмотрела Настю, вынесла ожидаемый вердикт: *беременность десять недель,* и тут же принялась стращать:

— Студентка? Ах МГУ, факультет журналистики?! Знаем мы ваш факультет! Выпиваешь небось? Покуриваешь? Что головой трясешь — у вас все там курят! А потом удивляются, что у них дети — трехногие.

Настя пискнула:

— Я вообще не курю. И спиртное — не пью. Не лезет... А почему вы сказали — «трехногие»? Вы... *Там* увидели?!

Докторша усмехнулась:

— *Там* пока таких деталей не видно... Да ладно, успокойся ты! Ишь, слезы выпустила! Не реви, говорю, — валерьянки у меня нет! Это я так сказала, для профилактики. Живешь с кем?

Настя на секунду замялась:

— С... с мужем.

Докторша стрельнула глазом на безымянный палец без кольца. Но спорить не стала.

— Скажи мужу, что беременность у тебя протекает тяжело. Организм истощен, давление — низкое. Пусть бережет тебя муж. Так и скажи ему: врач, мол, велела меня беречь. Особое питание пусть обеспечит. Каждый день — соки, натуральные, по литру. Фрукты. Парное мясо. Икорка... Ешь все, что хочется: аллергии у тебя нет. Но никаких консервов, никаких пакетных супов, поняла? И витамины тебе выписываю, заграничные. В аптеках их не бывает, надо доставать. И стоят недешево, но придется потратиться. Здоровье дороже.

Настя робко вклинилась в монолог врача:

— А нельзя сделать что-то... чтобы поменьше тошнило? Таблеток каких-то выписать? Может, хоть уголь попить, а то совсем сил уже нет...

Врачиха строго сказала:

— Какие таблетки? Тебе, подружка, никаких таблеток вообще нельзя. Ни угля, ни аспирина. А тошнота... Питайся правильно. И слушай свой организм. Просит он, скажем, гранатовый сок — покупай сок, немедленно. А лучше — свежие гранаты. И сразу станет полегче. Обещаю.

«Если бы у меня деньги были... на гранаты, — грустно думала Настя, шагая прочь из консультации. — Ну врачиха дает, ну наговорила... Рекомендации — абалдеть. Мужа, значит, порастрясти, чтоб обеспечивал... Вот это совет! Эй, Сенька, давай, выходи из своего Лефортова — и обеспечивай меня икрой и ананасами, ну, быстро!»

Настя остановилась у продуктового магазина, бегло осмотрела свое отражение в витринном стекле. Ну и видок у нее — даже в мутной витрине заметно, что глаза — запали, а румянцем и не пахнет. Мама, пожалуй, мигом поймет, что дело с ней нечисто.

«И ведь никому, никому не признаешься! Никого нет, кто бы выслушал и пожалел!»

А так хотелось, чтобы кто-нибудь ее пожалел...

Она с ужасом понимала, что злится на Сеню. Ведь это все в конечном счете из-за него! Из-за него — ее не принимает семья. Из-за него ее противно тошнит. Из-за него она одна-одинешенька...

«Сенька не виноват! — убеждала себя Настя. — Сеньку самого жалеть надо! Каково ему там приходится! Сидеть ни за что! За то, чего он не делал и не мог сделать!»

Но, как ни занимайся самогипнозом, ничего она поделать не могла. Жалеть самое себя получалось великолепно. А Сене сострадать выходило куда хуже. Как она может его жалеть, когда он ее, считай, бросил — в чужой коммуналке. Без копейки денег. Беременную...

Настя шла знакомыми переулками к родному дому на Бронной, занималась самоедством: «Думаю я как-то неправильно... Да что там неправильно: сволочно я думаю... По-хорошему, по-благородному — мне нужно остаться с Сеней. Сжечь все мосты. Не ходить к матери вообще. А если идти — только чтоб высказать, наконец, все, что я о ней думаю. И потом гордо уйти. И — справляться самой. Как-то выживать. Рожать ребенка. И делать все, чтобы вытащить Сеню. А не получится — просто ждать его, терпеливо и преданно. Интересно только: кто его в итоге дождется? Скелет? На какие деньги его ждать-то? Мне, конечно, дадут пособие в собесе — только сомневаюсь, что его хватит на гранатовый сок... И тем более на свежие гранаты...»

И она ласково сказала открывшей дверь Ирине Егоровне:

— Привет... А знаешь, я по тебе соскучилась...

По лицу матери пробежала тень: смесь недоверия и... и, кажется, радости. Но она холодно сказала:

— А тебя никто из дома не гнал. Сама ушла... Ладно, проходи.

Ирина Егоровна повела ее не на кухню, как втайне надеялась Настя, а в гостиную. На комоде стояли два портрета: дед и бабка, задрапированы черными лентами. Настя против воли всхлипнула. Мама перехватила ее взгляд, злобно сказала:

— Скажи спасибо своему Сене!

Настя была готова к такому выпаду. И тут же — сама бросилась в наступление:

— А ты — скажи спасибо своему Жене!

— Что? — опешила Ирина Егоровна. — При чем тут Женя, о чем ты?

— Кажется, это ты все кричала: «Ах, Эженчик! Ах, вот была бы тебе, Настя, достойная партия!» — нападала Настя. — А ты знаешь, что твой Женя наделал? Явился ко мне домой, изнасиловал и избил.

Она продемонстрировала маме уже едва заметный синяк на щеке.

Мать дернулась, изменилась в лице. Настя понаслаждалась ее ошарашенным видом.

— Такого не может быть, — неуверенно произнесла Ирина Егоровна. — Ты все врешь...

— А давай позвоним ему. И спросим. И пусть только попробует отпереться. Я вообще могу на него заявление написать! Сниму побои в травмопункте — и пойду в милицию!

Мама откинулась на стуле, прикрыла глаза. Настя терпеливо ждала: что она скажет теперь?

Ирина Егоровна думала долго. Наконец приняла решение. Произнесла:

— Что ж, если так... Тем лучше.

— Тем лучше? — вспыхнула Настя. — Лучше, чем что? — И жалобно добавила: — Тебе что? На меня совсем наплевать?

Вопрос остался без ответа. Настя дрожащим голосом продолжила:

— Он пришел — без звонка... Просто сидел, вроде как утешал... А потом набросился на меня! И я ничего, ничего не могла сделать!

— Настя, хватит ломать комедию, — строго сказала мама. — Помолчи — и послушай меня. Спокойно послушай. Я... Я — предлагаю тебе компромисс... Предлагаю договориться. Если хочешь — предлагаю сделку.

«Это просто кино какое-то! — не поверила Настя. — «Крестный отец-три»! Подумать только — она предлагает мне сделку!»

— Я готова помочь твоему Арсению, — неожиданно сказала мама. — Но и ты... И ты будешь мне кое-что должна...

— Что конкретно? — холодно спросила Настя.

Раз уж у них сделка, то все пункты нужно обсудить подробно.

— Я найду Арсению хорошего адвоката, — пояснила мать. — Лучшего в Москве. И заплачу ему гонорар. Деньги, уверяю тебя, немалые. Но хороший адвокат того стоит. Как ты понимаешь, назначенный защитник очень сильно отличается от лучшего юриста Москвы... И если найдется хоть какая-то зацепка, твоего Арсения оправдают и выпустят.

— Зачем тебе это нужно? — спросила Настя. — Женя сказал, ты не сомневаешься в том, что Сеня... Сеня убил их...

Ирина Егоровна пожала плечами:

— Не сомневаюсь. Но мне ведь нужно выполнить свою часть сделки.

Настя еле удержалась от презрительной усмешки. Но удержалась: играть так играть.

— Хорошо. Что требуется от меня? — таким же ледяным тоном спросила она.

— А от тебя, — повысила голос мама, — требуется только одно. Прекрати наконец трепать мне нервы!

— Что ты имеешь в виду? — холодно уточнила Настя.

— Ты немедленно вернешься домой. Ты никогда — слышишь, никогда! — больше не будешь упоминать имя Арсения. И ты немедленно — слышишь, немедленно! — выйдешь замуж за Эжена.

Она скривила в ухмылке губы и добавила:

— Тем более что вы с ним... уже познали друг друга.

* * *

На свадьбу Евгения Сологуба и Насти Капитоновой пригласили только родственников. Большого банкета Настя не захотела. В ресторане гостиницы «Москва» были только свои. Эжен по-буржуазному щеголял в шелковой бабочке. Настя ограничилась скромным кремовым платьем. Платье было просторным: она панически боялась, что кто-нибудь заметит ее беременность, хотя журнал «Здоровье» и утверждал, что до пятого месяца живот практически незаметен. Тошнота у нее прошла — докторша из консультации как в воду глядела. Едва Настя начала питаться не тем, что есть, а тем, чем хочется, как токсикоз отступил. «Что он, дурак, этот токсикоз — икру да ананасы отвергать?»

Женя вел себя идеально. Он ни словом не помянул ни Арсения, ни дикую сцену на съемной квартире в Измайлово. И, до самой свадьбы, даже целоваться не лез — только к ручке припадал и носил букеты из роз или тюльпанов. Сезон мимоз прошел.

От стандартного обручального кольца из ювелирного салона в Столешниках Эжен наотрез отказался. Привел Настю на дом к подпольному старичку-ювелиру. Они долго смотрели фотографии — образцы, и кольца, как ни странно, им понравились одинаковые: из белого золота, со «скромными» бриллиантами. «А я вроде думала, что у нас с Женей нет ничего общего».

— Хорошо, когда у супругов схожие вкусы, — растрогался пожилой ювелир. — Значит, долго вместе будете. А кольца вам я красивей, чем на любой заграничной картинке, сделаю.

Женя, от полноты чувств, заказал для Насти еще и серьги — в тон.

— Ты умеешь быть милым, — улыбнулась Настя, когда они вышли от ювелира.

Эжен осклабился:

— А я всегда милый... когда все по-моему. Будешь себя вести хорошо — и после свадьбы тебе мило будет... Да, кстати. Завтра в ЦУМ заскочим. Мне позвонили: у них завоз итальянских туфель. Выберем, что понравится, пока их в открытую продажу не пустили.

— Сколько пар можно брать? — оживилась Настя. Она почти год не покупала себе никакой обуви, донашивала старье.

— Да сколько хочешь, — беззаботно улыбнулся Женя. — С завсекцией я договорился — и скупай хоть все. На свадьбу, на второй день свадьбы, на медовый месяц... Ты же должна быть у меня самой красивой!

И Настя улыбалась в ответ, а сама думала: «Эх, сволочь я, гадина... Сенька в тюрьме, а я продаюсь Эжену. За кольцо и за туфли... Впрочем, — утешала она себя, — это же не по любви, это часть сделки...»

Утешение, впрочем, было довольно слабое.

Ирина Егоровна свое слово тоже сдержала. На следующий день после того, как Настя приняла предложение Эжена, ее представили лучшему адвокату Москвы. Адвокат ей понравился: лицо умное, взгляд цепкий, костюм дорогой.

— Я уже изучил его дело. Улики против него — очевидны, и это неоспоримый факт. Но есть и обратная сторона медали: слишком уж очевидны эти улики. Как по заказу. И это, признаюсь, меня настораживает...

— Тем более что их могли подбросить! — воскликнула Настя. И поведала адвокату про стойкое ощущение: в день убийства в их квартиру заходил кто-то посторонний. Рассказала про песок с уличной обуви: «Я понимаю, что это, конечно, не доказательство, но мы никогда дома в ботинках не ходили! И гостям не разрешали! И квартирный хозяин, я выяснила, в тот день не заезжал...»

— Эх, Настя, Настенька, — застонал адвокат. — Что ж вы этот песочек-то не сохранили? Не убирать надо было, а охранять его, как зеницу ока! Милиция к вам приходит, а вы их носом в этот песочек, носом! Пусть на экспертизу увозят!

Настя опустила глаза, робко сказала:

— Но ведь есть же и еще какие-то шансы... кроме песочка? Свидетелей, может быть, каких-то найти? Тех, кого милиция не опросила?

Адвокат закивал:

— Разумеется, девонька, разумеется... Всех на ноги поднимем! Вытащим вашего мальчонку, не сомневайтесь...

Слово «мальчонка» резануло ей ухо, но Настя промолчала. Похоже, у адвоката просто манера такая: она у него — «девонька», а Сеня — стало быть, «мальчонка».

— И когда мне ждать результатов? — спросила она.

— Суд ожидается в конце июня, — доверительно сообщил адвокат.

— Я ведь буду на нем присутствовать? — уточнила Настя.

Адвокат пожал плечами:

— Нет. Как свидетеля вас вызывать не будут. А просто поглазеть — извините, не получится. Слушание наверняка будет закрытым. Но мы, разумеется, постараемся до суда дело не доводить. Сначала — отправим дело на доследование, а потом и вовсе закроем: за недостаточностью улик. Но, увы, под подписку о невыезде его пока не отпустят...

— Но я хочу увидеть Сеню! — горячо сказала Настя.

И в ужасе подумала: «А ведь вру я, все вру! Не хочу я его видеть! И не хочу рассказывать ему — про себя и про Эжена!»

— Тоже не выйдет, — сочувственно сказал адвокат. — К нему никого не пускают. Разумеется, кроме меня. Так что ко мне обращайтесь, Настя. Письмо, к сожалению, передать не могу, но на словах — все, что угодно.

Она покраснела:

— Передайте ему, пожалуйста, что у меня все хорошо. И что я его очень жду.

— Что-нибудь еще? — прищурился адвокат.

«Кажется, мамаша ему уже напела — про мою грядущую свадьбу».

— Нет, больше ничего. Только... только добавьте еще, что я по-прежнему его люблю.

«Фигушки тебе, мамочка. Интригу ты, конечно, заплела неплохую. Я, значит, ей — свадьбу, а она мне — адвоката для Сеньки. Только есть один маленький нюанс... Свадьба — ладно, пусть будет свадьба. Но как только Сеньку отпустят, так сразу будет и развод! Не продаюсь я — за хорошее питание и за итальянские туфли! Точнее, продаюсь, но временно. А Сене я все объясню. Он поймет. И простит».

Точный день суда власти держали в секрете. Адвокат божился:

— Даже я не знаю, святой, как говорится, крест. А может, и не будет его, этого суда... Но очень скоро, Настя, я все узнаю. Очень скоро. Вы мне звоните, не забывайте.

И она звонила, каждый день. Сначала адвокат отвечал ей сам, потом, видно, утомился — и теперь с ней разговаривала тетенька: то ли жена, то ли секретарша, а, может, и одно, и другое вместе взятое. «По вашему делу пока никакой информации нет», — сообщала она.

Настя сказала маме:

— Не нравится мне твой адвокат. Ничего он, по-моему, не делает. И даже по телефону со мной не говорит.

Ирина Егоровна хохотнула:

— Эх, Настя, Настя. Святая ты простота! Разве не знаешь, что юристы никогда своей кухни не раскрывают? Это же у них такой конек, фирменный стиль: сначала все плохо-плохо, а потом звонят и говорят так небрежненько: «А дело-то мы — выиграли!» Расслабься, доченька. Нечего тебе в канун свадьбы о судах думать...

От «доченьки» Настя опешила так, что и правда о судах забыла. Спросила робко:

— Ты на меня... больше не сердишься?

— За что, Настя? — воскликнула мама. — За ошибки молодости? Думаешь, у меня их не было? — Она подмигнула дочке: — Да сколько угодно! Тоже родила в семнадцать лет. Практически неизвестно от кого...

Насте очень нравилось, что наконец-то они могут поговорить с мамой по душам. Но фраза насчет родов в семнадцать лет ее насторожила.

А мама между тем продолжала:

— Ты, конечно, сейчас начнешь отпираться... Так вот, чтобы силы не тратила — сразу скажу. Евдокия Гавриловна, — Настино сердце упало, — ну, та врач из женской консультации, — моя старая подруга. И ты ведь не будешь обвинять ее в том, что она нарушила клятву Гиппократа?

Настя растерянно молчала. Мама неожиданно взяла ее руку в свою, принялась поглаживать... Как приятно! И как необычно!

— Так она мне специально говорила — про гранатовый сок, про ананасы? Про дорогие витамины? — предположила Настя. — Она, значит, прочитала мою фамилию... поняла, что я — твоя дочка... А ты ей, наверно, до этого рассказывала, что я из дома ушла... Значит, она меня специально обрабатывала, чтобы я поскорее домой вернулась?

— Ну... она же правду сказала. Беременным действительно нужен особый уход... А витамины я тебе уже достала. Вот. Пей по инструкции, по три таблетки в день. Кстати, Женя знает?

— Нет. Скажу, как поженимся, — пожала плечами Настя. — Прецедент же у нас с ним был, так что должен поверить.

— А я, — подхватила мама, — с Евдокией Гавриловной договорюсь. Она тебе справку выдаст — с соответствующими сроками. Чтобы Женя уж окончательно успокоился. Только ты ее специально ему не демонстрируй — просто брось на столе, вроде как случайно...

«Ну и интриганка! — думала Настя о матери — теперь уже с восхищением. — Все предусматривает, все рассчитывает, всех заставляет плясать под свою дудку! Да с такими задатками она лет через десять министром станет!»

— А почему ты на свадьбу однокурсников звать не хочешь? — перевела разговор мама.

Настя потупилась, честно призналась:

— Боюсь...

— Что осуждать будут? — с ходу поняла маман.

— Да... Сеньку на факультете любили. И про роман наш знали. И тут вдруг, я так быстро...

— Понимаю. Принимаю, — поспешно согласилась мать. И снова улыбнулась: — Ну, нам же лучше. Банкет дешевле обойдется.

...Настя звонила адвокату до последнего. А в предсвадебный день поехала в его контору. Отмела уверения секретарши, что начальник сегодня не появится, и до восьми вечера сидела в приемной на жестком стуле... Но адвокат в контору так и не пришел, и Настя шла домой и повторяла про себя: «Сенька, ты простишь меня за эту свадьбу... Сенька, ты поймешь... Это ведь я не ради себя делаю. А ради сына твоего, чтобы он не в нищете рос!»

Свадьба прошла размытым калейдоскопом лиц, улыбок, букетов. Настя изображала счастливую невесту, а Женя, кажется, и вправду был счастлив. Настя подслушала, как он гордо сказал Ирине Егоровне:

— Укротил я твою... строптивую кобылку!

«Ладно-ладно, кобылку нашли, — злорадно думала Настя. — Вот отпустят Сеньку, тогда я вам так взбрыкну!»

Она оставила счастливых гостей веселиться и плясать под ресторанный ВИА и выскользнула в холл. Карманов в свадебном платье не было, двухкопеечную монетку для телефона пришлось просить у швейцара.

В этот раз адвокат ответил ей лично:

— О, Настенька, наконец-то вы мне позвонили...

Будто она не охотилась за ним который день кряду!

— Ну, что я вам могу сказать. Суд состоялся. Сегодня. И Арсения вашего мы отстояли.

— Ой... — Руки задрожали, едва удерживая тяжелую трубку.

— Прокурор, разумеется, просил высшую меру.

Судьи, кажется, были на его стороне. Но обошлось, обошлось, Настя!

— Что значит — обошлось? — дрожащим голосом спросила она. — Вы хотите сказать, что его отпустили?!

— Ну конечно же, нет, — раздраженно проговорил адвокат. — Я же сказал вам — прокурор высшую меру просил. Но, слава богу, удалось обойтись десяткой. И в общем режиме, Настя, в общем режиме, а это, я скажу вам, не сравнить со «строгачом» или «особым». А там — примерное поведение, амнистии, помилования. Лет через семь выйдет. Еще молодой, но уже закаленный...

...Настя не помнила, как дошла до банкетного зала. И потом, вспоминая тот день, поражалась: как же ей удалось? Ничем себя не выдать, улыбаться, и послушно выполнять команду «горько», и даже великосветски беседовать по-английски с будущей (то есть уже с настоящей) свекровью.

Мама смотрела на нее настороженно — кажется, она тоже знала о том, что суд уже состоялся. А Настя думала — в бессильной злобе, скрытой под маской счастливой невесты: «Ах ты, ехидна! Ненавижу! Обошла меня, обмишурила! Да ты с самого начала знала, что все будет именно так! Что Сеню — посадят, и посадят надолго. И этого адвокатишку специально нашла, и специально его проинструктировала! Да вы с ним просто надо мной издевались!»

Настя снова покинула банкетный зал.

В этот раз отправилась на второй этаж, в тот самый бар, где она когда-то так бесславно накачалась коктейлями. И откуда ее спас Сенька Челышев.

Бармен радостно приветствовал красавицу-невесту. «Устала от банкета? Пришла отдохнуть? Ну, отдыхай, я только рад!»

Он тут же спроворил ей «коктейль от заведения» —

тот самый «шампань-коблер». И Настя, вопреки запретам врачей, сделала пару глотков.

«Пью за тебя, Сеня. И обещаю тебе. Пусть я замужем за другим, но я тебя не забуду. И не отступлюсь от тебя, никогда! Я по всем инстанциям пойду, всех закидаю жалобами и апелляциями. В прокуратуру, в ЦК, в КГБ буду писать. Буду требовать пересмотра дела, буду настаивать на доследовании... Да я до самого Горбачева дойду! Лично!.. Слышишь меня, а, Сень? Веришь мне, любимый?»

# Часть третья

# РОК-Н-РОЛЛ НА РАССВЕТЕ

## Глава 7

Казалось, Настя никогда не привыкнет.

Не привыкнет к тому, что бабушки с дедом — больше нет. Не привыкнет к своему мужу, Эжену. К его утреннему халату и небрежному «Доброе утро, цыпочка». Не привыкнет к тому, что Эжен ласково-фамильярно зовет ее мать «тещенькой». Не привыкнет, что у нее теперь есть сын. Сын Арсения. И он называет Эжена «*папика*»...

И, главное, она не могла привыкнуть к тому, что рядом с ней больше нет Сени...

Новая Настина жизнь была, безусловно, комфортной. Она хорошо одевалась. Муж регулярно выводил ее в свет. (Так и говорил: «В этом месяце в Большом театре — опять премьера. Придется идти».)

Хозяйство и детские болезни не утомляли ее — помогали домработница и няня. Настя отлично выглядела — спасибо косметологу и парикмахерше из «Чародейки». Настя научилась вкусно готовить и легко находила общий язык с маленьким сыном. Словом, жена-картинка. Идеальная молодая мамаша из советской великосветской семьи. А то, что в душе у нее черным-черно, никто ведь не узнает!

В обществе Эжена и мамы Настя чувствовала себя ребенком. Любимым, желанным — но ребенком. Цыпочкой. Дочуркой. Дурочкой.

Дочурку красиво одевали, баловали и оберегали от хлопот. Взамен просили немного: быть милой и — забыть Сеню. Забыть навсегда. Будто и не было такого

Арсения Челышева, будто и не жил он в их квартире, и не учился с ней на одном факультете...

«Я не забуду его никогда», — думала Настя.

Но вслух имя Сени никогда не произносила.

«Может быть, он пишет мне письма».

Может быть. Только ей их никогда не покажут. Ей даже письмо от школьной подружки, уехавшей на Сахалин, отдали уже вскрытым...

И Насте просто повезло, что бабушка Арсения отправила ей послание заказным письмом. Обратный адрес: *«Южнороссийск, Челышева Татьяна Дмитриевна»...*

Почтальон пришел, когда дома осталась она одна. Мама была на работе, а муж находился в одной из своих загадочных командировок — поездок, из которых он привозил кучу заграничных подарков: шмоток, золота, ликеров, виски, сигар. После каждой такой поездки Евгений ударялся в трех-четырехдневный тяжелый запой, и на эти дни Настя оставляла его одного. Сбегала из квартиры на дачу (если жила в квартире), или с дачи на квартиру (когда проживали на даче).

Настя нервно разорвала конверт.

Чуть дрожащий старческий почерк с милыми старорежимными завитушками:

*Дорогая Настя!*

*Пишу вам оттого, что уверена: Вы, несмотря ни на что, были (и остаетесь!) настоящим другом для Арсения. И я ни на секунду не сомневаюсь, что Вы не оставили (и не оставите) его в беде. Излишне, наверное, говорить о том, что я, как и Вы, не верю в те нелепые, страшные обвинения, которые обрушили на него. Я уверена: он будет оправдан, рано или поздно. Он выйдет на свободу, — и Вы, Настя, снова встретитесь с ним и будете жить вместе долго и счастливо.*

*Боюсь только, что я не доживу до этого светлого времени. После смерти моего мужа, Николая Арсеньеви-*

*ча, здоровье мое пошатнулось. Давление скачет. Голова порой очень сильно кружится. На днях тут я даже упала в ванной и боялась, что сломала ногу, — да, слава богу, все обошлось.*

*Настенька! После того, как не стало Ваших дедушки и бабушки, после того, как умер мой Николай Арсеньевич, у меня не осталось никого в этом мире, кроме Сенечки и Вас. Если бы Вы знали, как мне хочется встретиться с Вами! Как хочется снова повидаться, поговорить! Ради этого я была бы даже готова приехать к Вам в Москву, но, боюсь, мое здоровье не позволит мне совершить такое долгое и утомительное путешествие. К тому же Ваша мама, Ирина Егоровна, как мне кажется, не слишком была бы рада мне. Поэтому я прошу Вас, Настенька: приезжайте ко мне в Южнороссийск. Приезжайте в любое удобное для Вас время, ваша комната (в которой Вы жили тем летом, помните?) Вас ждет.*

Далее следовали традиционные расспросы о сыне — маленьком Николеньке, о том, как обстоят Настины дела в университете. А затем, уже после прощания и подписи, бабушка Арсения, всегда сдержанная как в жизни, так и на бумаге, писала в постскриптуме:

*Настенька, пожалуйста, приезжайте!! Мне очень, очень надо с Вами поговорить!!!*

Слова «приезжайте», «поговорить» и «очень, очень надо» были подчеркнуты двумя чертами.

И эта приписка прозвучала из уст бабушки Арсения — по-старинному сдержанной, по-дворянски благородной — как отчаянный призыв, крик о помощи.

Настя со свойственным ей чутьем сразу поняла: старушка *действительно* нуждается в ней. И она *действительно* хочет сообщить ей нечто очень важное.

И тогда Настя, подчиняясь ее зову, в полчаса собралась, вызвала для Николеньки няньку, потом позвонила в аэропорт Внуково и через знакомого начальника смены забронировала себе билет на ближайший рейс.

Матери на работу звонить не стала, чтобы избежать тягостных расспросов и взрыва негодования. Легче оставить ей записку на столе в кухне:

*Срочно уехала на пару дней в командировку от «Московских новостей». Присмотри за Коленькой.*

Негодование матери на нее, конечно же, обрушится, — но потом, позже, по возвращении.

А через три часа Настя уже сидела в кресле «Ту- 154», вылетающего в Южнороссийск.

...Старушка встретила ее ласковей, чем если бы Настя приходилась ей родной внучкой. Во всяком случае, ни родная бабка Галина, ни дед Егор, ни тем более собственная ее мать никогда не окружали Настю такой любовью — и никогда никто не бывал ей так рад, как эта, в сущности, чужая старая женщина.

Настя с наслаждением прошлась по квартире. Постояла на любимом балконе Сеньки — с видом на море. Посидела на кровати — бывшей *своей* кровати (Сенька, как он говорил, *рисковал жизнью,* чтобы проведывать ее по ночам). Вдохнула запах старых ковров, послушала шорохи скрипучего пола...

В квартире Челышевых Настя чувствовала себя как дома. Нет — даже, пожалуй, комфортней и уютней, чем дома. Хотя здесь царила очевидная бедность — бедность ухоженная и опрятная. Табуретки и кухонный стол, сколоченные вручную, наверное, покойным дедом Николаем Арсеньевичем. Ситцевые занавесочки. Колонка для подогрева воды. Старые-престарые, сточенные от времени и мытья ложечки и чашки.

Но вместе с тем Настя остро ощутила, что это дом, где каждый из обитателей был окружен любовью и пониманием. И покойный дед Николай, и несчастный Арсений, и сама Татьяна Дмитриевна. И было видно, насколько не хватает бабушке ее «мальчиков» — главным образом оттого, что теперь ей некого холить, жалеть и не о ком заботиться. И потому ей стало незачем жить.

Всю свою ласку и нерастраченную любовь Татьяна Дмитриевна обратила на Настю. Казалось, она не знает, куда ее усадить, как угостить, чем порадовать.

И только когда все новости — о далеком бедном Арсении и о малыше Николеньке — были рассказаны, съедена «шарлотка» с яблоками и выпито по три чашки чаю, Татьяна Дмитриевна приступила к своему рассказу, к которому она, видимо, тщательно готовилась и ради которого вызвала Настю из Москвы.

## РАССКАЗ БАБУШКИ АРСЕНИЯ

История эта началась сорок лет назад, сразу после войны, в тысяча девятьсот сорок шестом году. Сюда, в Южнороссийск, меня, молодого врача, только что окончившего мединститут, направили по распределению. Если бы вы видели, Настя, что собой представлял тогда этот город!.. Одни руины! Разрушенные при бомбежке дома еще только начали понемногу сносить, и главная улица выглядела просто зловеще: развалины перемежались пустырями, на которых разворачивалось новое строительство. Все деревья погибли, купаться в море не разрешали: боялись холерного вибриона[1]. Но, слава богу, больница, где мне надлежало практиковать, была не в таком ужасающем состоянии. Теплые корпуса, практически не тронутые войной, современное (для той, конечно, эпохи) оборудование. Мне повезло. Мне, как врачу, молодому специалисту, сразу предоставили квартиру — большая редкость даже в куда более поздние времена, не говоря уже о послевоенной разрухе. Квартира располагалась в прибольничном

[1] Бактерии, имеющие форму коротких, в виде запятых, палочек. Вызывают холеру у человека.

флигельке. Хоромы, конечно, не бог весть какие. Маленькая комнатка, половину которой занимала громадная, нещадно дымившая русская печка. Мне приходилось самой топить ее дровами. Была также крошечная кухонька с керогазом. Удобства, разумеется, во дворе. Сразу после войны канализация не работала во всем городе.

Главный врач больницы немедленно по приезде поставил меня, неоперившегося молодого специалиста, заведовать фтизиатрическим отделением. Квалифицированных кадров не хватало. Я сразу пошла работать на две ставки. В городе свирепствовал туберкулез. Ни о каких антибиотиках речи тогда не шло. Пенициллин считался чудо-лекарством, его доставали и применяли только, если заболевал кто-то из власть имущих.

Столько горя я тогда повидала, Настенька, и трудностей — мне сейчас самой даже страшно вспомнить. Больные, смерти, больница. Кругом разрушенные дома, снабжение по карточкам, нехватка элементарных продуктов... Но все равно — по сравнению с тем, что мы пережили в войну, — это казалось счастьем. И еще у всех было гордое чувство: мы разгромили фашизм, мы — победители. И надежда: теперь, когда мы победили, Сталин, этот проклятый осетин, наконец-то поверит русскому народу, и репрессии, что обрушились на Россию перед войной, больше не повторятся...

У нас довольно быстро составился круг из интеллигенции, бывшей в городе, — впрочем, довольно узкий. В него входили врачи, несколько инженеров-строителей, пара учителей, кое-кто из работников горисполкома... В нашу компанию входил и Егор Ильич — ваш, Настенька, дед. Мы вместе встречали советские праздники, Новый год. Таз холодца, таз винегрета, мужчины пили разведенный спирт, женщинам покупали бутылку или две вина. Порой Егор Ильич добывал в горисполкоме машину — не подумайте, что легковую, — бортовой грузовик, и мы все ехали на природу, на пикник, по грибы.

Да, именно тогда, в сорок шестом году, мы, Настя, познакомились с Егором — вашим будущим дедушкой. Он в то время уже работал заместителем председателя горисполкома. Красивый, статный, Егор Ильич имел большой успех у женщин. Он знал это и пользовался своей внешностью и влиянием, чтобы добиться расположения слабого пола. Он и мне оказывал знаки внимания, однако я сразу же отвергла его ухаживания — тем более что к тому времени Егор Ильич уже был женат. Женат — на вашей, Настя, будущей бабушке, Галочке, Галине Борисовне.

Они, ваши дед и бабушка, познакомились еще в войну. Егор Ильич служил в политотделе дивизии, Галочка была санинструктором. Насколько я знаю, они в войну вместе прожили два года, а в сорок пятом году поженились.

Галочка высшего образования не имела и работала в нашей больнице медсестрой. Очень хорошенькая, стройненькая... Она безусловно ревновала Егорушку к его симпатиям. Я не была исключением — хотя, видит бог, подозревать меня в связи с Егором Ильичом у нее тогда не было никаких оснований.

И тут в больнице появился новый доктор. Фронтовик, майор, военврач, демобилизованный по контузии. Его сразу же поставили заведовать самым сложным, самым тяжелым отделением, — онкологическим. Это был мой будущий муж, дед нашего Арсенюшки, мой Николенька. До чего веселым, красивым, милым, остроумным он был тогда — да, в сущности, и оставался до самых последних дней своей жизни. Ходил он с палочкой, и еще у него после контузии довольно сильно подрагивала щека, но это его отнюдь не портило. Я, кажется, в него влюбилась сразу, как кошка. Но не могу сказать, чтобы Николенька тут же ответил мне взаимностью.

Он, разумеется, также вошел в наш круг — узкий круг южнороссийской интеллигенции. И если раньше своеобразным его центром был Егор Ильич Капитонов, то с появлением Николеньки у вашего деда появился соперник: такой же веселый, остроумный, галантный. Оба они, и Егор Ильич, и Николенька, — прекрасно играли на фортепьяно и гитаре, обладали красивыми голосами. Порой мы заставляли их петь дуэтом, а иногда они устраивали на наших вечеринках своего рода певческие турниры: один исполнял одну песню, следом вступал другой, потом инициативу снова перехватывал первый... Мы и смеялись до слез, и наслаждались их выступлениями.

При таком соперничестве нельзя сказать, чтобы Егор Ильич с моим Николенькой враждовали. Ничего подобного! Напротив, они относились друг к другу с очевидной симпатией. Оба примерно одного возраста, чуть за тридцать, оба — фронтовики, оба из простых семей, сами добившиеся всего, что называется сегодня: сделавшие карьеру.

Не буду скрывать: сначала мой Николенька проявлял явный интерес к Галочке — к вашей будущей бабушке, Настя, — Галине Борисовне. Тем более что они и работали вместе, в одном отделении. Нет, между ними ничего не было, но Николенька явно за ней ухаживал: галантно, по-старомодному.

Однажды я зашла зачем-то в кабинет Николая, а там она. На столе — кружки с разведенным спиртом и прекрасная по тем временам закуска — хлеб с салом. И оба они такие веселые, оживленные, раскрасневшиеся... Я тогда, помню, не сдержала своих чувств — все-таки я уже была влюблена в Николеньку. Ничего не сказала, фыркнула, выбежала из кабинета, хлопнула дверью...

Не слишком понравился намечавшийся роман между Николаем и собственной женой и вашему деду, Егору Ильичу. Когда мы встречались компанией, он все меньше шутил, все чаще хмурился, глядя на свою веселую супругу, которая с видимым удовольствием принимала ухаживания Николая.

А потом, в один прекрасный день, — как отрезало. Галя попросила перевести ее работать в поликлинику. А на наших вечеринках она и Николай больше не сидели рядом и даже, казалось, не смотрели друг на друга. Я гадала, что произошло: то ли Николенька зашел слишком далеко, и Галя дала ему от ворот поворот, то ли Егор Ильич поговорил с Николаем как мужчина с мужчиной. Зная характеры Гали — ветреной, кокетливой — и строгого, сурового Егора Ильича, я предполагала, что второе — откровенный мужской разговор — вернее... Впрочем, так никто никогда и не узнал, что же на самом деле между ними случилось...

А Николенька начал оказывать знаки внимания мне. Сначала я принимала их очень холодно. Я все никак не могла забыть той сцены в его кабинете, когда я вошла, не постучав, а они с Галиной сидят, раскрасневшиеся, очень близко друг от друга и смеются... «Что они там делали? — мучил меня вопрос. — Неужели даже целовались?» Я не хотела быть игрушкой в руках Николая, стать временной заменой ветреной Галке. Но Николенька вел себя со мною настолько осторожно и тактично... Он был таким галантным, остроумным... Я с каждым днем все больше убеждалась, какой это хороший, добрый, милый человек. И вместе с тем человек порядочный и сильный. Тем более что Николай нравился мне с самого начала, с первого дня своего появления в нашем городе. Словом, как я ни старалась выглядеть и быть неприступной, очень скоро мое сердце уже целиком принадлежало ему.

Но, конечно, время тогда было совсем другое, чем теперь, и я ему не позволяла ничего, никаких вольностей. А вскоре Николай объяснился мне в любви...

Хочу тут отметить, что мой Николай был очень, очень разносторонней личностью. Я уже говорила, что он прекрасно пел и играл на пианино. Он недурно рисовал — вон, видите, Настя, на стене морской пейзаж? — это его работа. Красиво, правда?.. И еще он очень увлекался ботаникой. Когда мы всем нашим коллективом выезжали на природу, он частенько уходил в лес. Сначала в одиночку, а потом и меня стал брать с собой. И все объяснял: эта трава хороша как противовоспалительное средство, а настой из этого растения — мочегонное, а эти вот почки в сочетании с этими корешками могут помочь даже против опухолевых новообразований... Бродил он обычно долго, до изнеможения, часа два-три — и возвращался к компании с охапкой трав, а потом увозил эти травы с собой домой. Помнится, однажды он на таком пикнике начал распространяться о целебных свойствах различных растений, а его на смех подняли. Как это ты, Николай, говорят, советский врач, дипломированный специалист, а пропагандируешь, словно старая неграмотная бабка, всякую реакционную чушь!.. После того случая Николай перестал афишировать свои увлечения травами но заниматься ими потихоньку — собирать, сушить, обрабатывать — продолжал.

Потом, когда мы с ним уже поженились, я узнала, что у него имеется тетрадь со старинными рецептами. В нее он записывал составы различных травяных настоев, отваров и даже заговоров — практически против всех болезней. Он эти приемы народной медицины начал записывать еще до войны, за своей бабкой. Он мне рассказал, что она была известной ведуньей и лечила до революции и в двадцатые-тридцатые годы жителей всех деревень в округе. К ней даже из городов приезжали интеллигентные люди — те, от которых врачи уже отступились. Бралась она не за каждого — но тех, кого начинала лечить, — непременно ставила на ноги, каким бы тяжелым заболеванием человек ни страдал — даже вроде бы раком. Слух о ней шел по всей губернии... Выздоровевшие люди потом и деньгами ее благодарили, и товары привозили, а уж насколько признательны ей были... Земные поклоны били — почти как святой... Бабка в коллективизацию, когда был жуткий голод, умерла, как и вся семья Николая... А его, моего Николеньку, — он тогда подростком был — взял к себе в город, в свою семью, один из тех, кого спасла бабка. Интеллигентный человек — врач. Он стал для Николая вторым отцом, выучил его. Это по его стопам Николай пошел именно в медицинский... Но я отвлеклась... О чем это я...

Ах да, о Николенькиной тетрадке... Сейчас, когда мода пошла сначала на мумиё, потом на экстрасенсов, на Джун всяких, можно, пожалуй, поверить, что бабкиными снадобьями можно что-то вылечить. А тогда... Тогда даже я над моим Николаем подшучивала: шаман ты, говорила, и мракобес. А он относился к своему травяному увлечению очень серьезно и чуть не каждое воскресенье уходил в горы, в лес. Возвращался с кучей трав, а потом весь день сортировал их, сушил...

И еще одно увлечение появилось у Николая: рыбалка. Удочки, самодуры, крючки, наживка... Причем охотился он не за всякой рыбой — бычками, ставридой, кефалью... (Кстати, рыбалка тогда была существенным подспорьем к скудному послевоенному рациону.) Нет, мой Николенька охотился на одних только акул.

Да, Настенька, не удивляйтесь: в Черном море тоже водятся акулы. Конечно, это не огромные людоеды, как в южных морях. Черноморские акулы по сравнению с ними — недоростки, маломерки. Самые большие экземпляры метр длиной, а чаще и того меньше — с полметра примерно. Акул здесь, на Черном море, называют *катранами.* И вот Николенька с каждой своей рыбалки всегда приносил исключительно только катранов. Всю прочую случайно пойманную рыбу он или выкидывал, или использовал как наживку для ловли этих своих любимцев. Ох и корила я тогда, помню, его за такую бесхозяйственность!..

Я только много позже поняла, зачем ему эти катраны нужны... Но я забежала вперед... Итак, Николенька сделал мне предложение... Я хоть и понимала, что очень уж он строптивый, гордый да самолюбивый человек — к тому же красавец! — но при этом отдавала себе отчет, что я его очень полюбила... Да что там! Я не могла даже представить себе жизни без него!.. Словом, мы расписались... И нас даже сразу в горисполкоме поставили на льготную очередь на получение благоустроенного жилья. Это ваш, Настя, дедушка Егор Ильич постарался — я уже говорила, что он в горисполкоме занимал ответственную должность.

Я упоминала, что Николенька мой был очень разносторонним, увлекающимся человеком. Но главным его увлечением и даже смыслом жизни являлась работа. И хотя онкология совсем не тот раздел медицины, по которому он специализировался в институте, да и в войну он был врачом-инфекционистом, Николай тем не менее с жаром взялся за новое для него дело. И очень скоро его отделение стало лучшим во всей нашей больнице. Оно занимало первые места в социалистическом соревновании, Николай Арсеньевич ездил в край и даже в Москву — делился передовым опытом. Делегации к нему приезжали. И действительно, было на что посмотреть. Чистота везде — идеальная (как он любил говорить — «морской порядок»). Врачи, сестры и даже санитарки все внимательные. Больные — опрятные. Но главное заключалось даже не в этом, а в том, что отделение под руководством Николая добилось исключительных успехов в излечении больных. Онкология, как вы понимаете, Настя, — очень тяжелое отделение, но вскоре после того, как Николай стал заведующим, процент смертности у него пошел на убыль. От него своими ногами уходили даже те, кто считался безнадежным. Он добивался стойкой ремиссии у пациентов с третьей, а то и с четвертой стадией канцера! И это, представляете, в те годы, когда химиотерапия злокачественных образований делала еще, по сути, первые шаги! А рентгенотерапия только начинала применяться! Поэтому неудивительно, что вскоре во всем городе стали говорить о Николае как о кудеснике. Даже по краю пошел слух о нем — и к нему, без всякого направления, стали приезжать люди из деревень, сел, станиц: как правило, те, кому другие врачи уже вынесли смертный приговор. И он, в нарушение инструкций, — всех брал. Только говорил больным: «Чуда не обещаю, но если будешь меня слушаться — может, поживешь еще...»

Так и прожили мы с Колей первые полгода после нашей женитьбы... И радовались, и смеялись, и ссорились... Новоселья ждали в исполкомовском доме... Уже и ордер получили и собирались переезжать. Но... Беда, говорят, всегда приходит с той стороны, откуда не ждешь. Так случилось и в тот раз.

Однажды вызывает меня главный врач нашей больницы, Ефрем Самуилович, — замечательный был мужчина, умный, хитрый и всегда перед любыми инспекциями за своих врачей и весь персонал стоял горой.

Что ж, прихожу я к нему.

«Садись, — говорит, — Татьяна». А сам, я вижу, мрачнее тучи. Спрашиваю его: «Что случилось?»

«Неприятность, — говорит, — случилась. Сигнал, — говорит, — поступил на твоего мужа».

«Что такое?»

«Пишут, — говорит Ефрем Самуилович, — что твой Николай — вредитель. Что он под видом лечения травит советских пациентов. Что он мракобес, шарлатан и убийца под личиной советского врача. Пишут, что он, Николай Челышев, заставляет пациентов принимать под видом лекарств всякие знахарские снадобья».

«Кто пишет?» — интересуюсь я.

«Аноним, как всегда, — усмехается Ефрем Самуилович. — Благодари судьбу, что доброжелатель пока, похоже, только одному мне, главврачу, написал, а не в горком партии или *туда*. (Под этим *туда*, конечно, имелось в виду НКВД или уже было КГБ?) Я, — продолжил главврач, — конечно, за твоего Николая горой, но сигнал есть сигнал. Я разобраться обязан. И тебя я раньше его вызвал потому, что Николай твой — человек взрывной, горячий. Так вот: передай ему, чтобы он свою гордость засунул... Ну, он сам знает, куда ее засунуть... И если будет разбирательство — пусть он все отрицает. Наотрез отрицает. Ничего неположенного он больным не давал. Никаких снадобий он не использует. Лечит строго по инструкции. Так ему и передай. Поняла?.. А сейчас зови его ко мне в кабинет...»

...Рассказ о последнем эпизоде дался старушке с трудом. Настя видела: Татьяна Дмитриевна сверх меры разволновалась. И Насте стало жаль ее — так жаль, что у нее даже сердце заболело...

Настя вскочила, подсела к Татьяне Дмитриевне — на подлокотник кресла. Нежно обняла старушку за плечо. Ласково сказала:

— Татьяна Дмитриевна! Не волнуйтесь. Все дело прошлое.

И предложила (а чем она еще могла ее утешить?):

— Давайте мы с вами немножко винца выпьем, а?

— Давай, — неожиданно разулыбалась Татьяна Дмитриевна и даже обратилась к Насте на «ты». — Только постой: у меня же ничего нет. Знаешь же, какие сейчас трудности со спиртными напитками...

— Зато у меня есть. Я с собой привезла.

Настя порылась в дорожной сумке и достала бутылку вина.

— Вот, «Улыбка». У мамы в заказе была. А я у нее стащила. Вы, наверное, такое любите?

На этикетке сладкого вина призывно улыбалась томная красотка в стиле пятидесятых годов.

— Да, миленькая, — прошептала бабушка Арсения и неожиданно поцеловала Настю. Слезы показались на ее глазах. Она прошептала: — И Николаша мой это самое вино любил!.. Вот спасибо тебе.

Татьяна Дмитриевна резво вскочила и пошла на кухню за бокалами. А Настя осталась рассматривать комнату. Все смотрела — и не могла насмотреться. Почему ж ей так хорошо здесь? Что здесь особенного, в этой-то комнатухе? Одна сплошная бедность. Черно-белый старый телевизор. Ветхий шкаф, забитый книгами. На стене — скромный коврик. Может быть, дело в фотографиях — пришпиленных иголками прямо к коврику? В фотографиях, сплошь посвященных двум мужчинам — двум главным мужчинам в жизни Татьяны Дмитриевны? Фотографиях, на которых ее любимые Николашенька и Арсений... Они, двое, тут везде. Всех возрастов, всех настроений. Вот Сенька — пузан, малыш-младенец. Арсений — пионер. Сеня взрослый на большой официальной карточке, ниже бумажка с бабушкиной надписью: «Арсений на Доске почета газеты «Советская промышленность». А вот снимок молодого деда Николая в обнимку с бабушкой Татьяной. Карточка вся выцвела, но видно, какие они здесь счастливые, молодые, веселые; дед в старой гимнастерке, бабушка в ситцевом платье; рука Николая Арсеньича вольно лежит на ее плече; за спинами плещется море... «Видно, фотография как раз из тех, послевоенных времен», — подумала Настя.

Бабушка принесла бокалы. Настя откупорила бутылку, разлила. Они сделали по глотку.

— Я все-таки расскажу тебе, Настя. Пока я совсем не запьянела.

И Татьяна Дмитриевна продолжила свой рассказ. Теперь он порой прерывался долгими паузами. Иногда на глазах старушки показывались слезы, и тогда Настя подсаживалась к ней, обнимала, переводила разговор на пустяки — и, только слегка успокоившись, Татьяна Дмитриевна продолжала рассказывать, порой от волнения перескакивая с пятого на десятое... И уже позже — ночью, перед тем, как заснуть, — Настя восстановила дальнейший ее рассказ в хронологическом порядке...

...Разбирательство по «сигналу», поступившему на Николая Челышева, пришлось сделать открытым. Созвали партийное собрание больницы. И хотя оба, Николай Арсеньевич и Татьяна Дмитриевна, были беспартийными, их пригласили присутствовать.

Планировалось, что сперва выступит парторг, затем слово дадут главврачу Ефрему Самуиловичу. Главврач поведает собравшимся об успехах возглавляемой им больницы, особо останавливаясь на достижениях, которых добилась гордость лечебного учреждения — отделение онкологии. Затем выступит заведующий отделением Николай Челышев. Расскажет о том, как он организует лечебный процесс (в свете указаний мудрого вождя, великого учителя Иосифа Виссарионовича Сталина), а потом гневно открестится от облыжных домыслов в том, что в его отделении якобы занимаются знахарством. Затем по очереди возьмут слово двое партийных из отделения: медсестра и врач. И оба подчеркнут, что своих успехов онкология добилась именно благодаря руководству замечательного врача и организатора лечебного процесса Николая Челышева.

Однако на открытом партсобрании все пошло наперекосяк... Сначала, впрочем, разбирательство происходило по намеченному сценарию. Сказал речь парторг, затем главврач. Наконец предоставили слово Николаю Челышеву.

Он встал. Глаза его были красными. В руках он держал стопку бумаг — как впоследствии выяснилось, подлинных историй болезни, куда он вносил, какие препараты и в какой дозировке в действительности прописывались больным.

— Дорогие товарищи, — глухо сказал Челышев. Голос его дрожал: — То, о чем написано в анонимном письме, правда.

По залу пронесся глухой недоуменный ропот.

— Нет, конечно, неправда, — быстро поправился Николай Арсеньевич, — что я умышленно травлю советских людей, что выписываю им под видом лекарств опасные для жизни препараты. Но правда состоит в том, что порой я лечу пациентов не по инструкции.

В зале снова раздался вздох недоумения, а затем все на местах разом заговорили. Донеслись возгласы: «Что он сказал?.. Лечит не по инструкции?!. Да он в своем уме?!»

Председательствующий призвал зал к порядку и велел Челышеву продолжать. С этого момента Николай Арсеньевич, видимо, перестал волноваться и заговорил бодро, резко, смело.

— Да, я нарушаю инструкции, — сказал он. — Нарушаю, когда нет иного выхода. Нарушаю, когда становится очевидно, что летальный исход неизбежен. Когда тот факт, что пациент умрет, не вызывает сомнений. Вот тогда — и только тогда! — я *действительно* начинаю применять в его лечении препарат, не утвержденный Минздравом.

В зале опять раздался ропот, но если после первых слов Челышева на него смотрели как на странного чудака, то теперь у собравшихся врачей, медсестер и нянечек не осталось никаких сомнений в том, что Николай Арсеньевич — опасный сумасшедший. Шутка ли! Человек, по сути, признается в незаконном врачевании! Во всеуслышание! На партийном собрании!.. Да он сам себе подписывает приговор!

Вокруг выступавшего мигом образовалось свободное место. Те, кто окружал его, мгновенно отодвинулись или пересели. Все, за исключением Татьяны Дмитриевны. Та сидела рядом с Николаем ни жива ни мертва, с нарастающим ледяным ужасом в груди. Она не знала, что делать. На ее глазах погибал любимый человек, но она не могла помочь ему!

А Челышев продолжал:

— Препарат, применяемый мною для лечения, изобрел и разработал я сам. Он прост в приготовлении. Он дешев, потому что основан на природных компонентах. Настой из трав, кореньев и вытяжка из плавников черноморской акулы — катрана. И все! Могучей отечественной индустрии не составит труда наладить его промышленное производство. Но главное — главное, товарищи! — заключается в том, что он, этот мой препарат, — излечивает. Да, он — исцеляет, товарищи!

Гул в зале стал громче. С мест раздались выкрики мгновенно сориентировавшихся товарищей: «Знахарь!.. Мракобес!..»

Растерянный председатель по привычке призвал собравшихся к тишине и попросил Челышева продолжить. (Впоследствии это припомнят и председателю.)

— Возьмем, к примеру, историю болезни пациента Сорокина, — Николай Арсеньевич старался быть спокойным и академичным, словно выступал на врачебной конференции, но гул в зале сбивал его, и он говорил быстрее, чем нужно, почти лихорадочно. — Поступил в отделение двадцать третьего февраля. Диагноз — рак двенадцатиперстной кишки. Четвертая стадия. Неоперабелен. Первого марта Сорокин начал получать препарат, три дозы ежедневно. Уже к двадцатому марта отмечена ремиссия. Размеры опухоли уменьшились. Кровь близка к норме. Четвертого апреля Сорокин выписан из стационара. Состояние удовлетворительное. Новообразование не пальпируется, кровь в норме... Вот еще один случай. — Николай Арсеньевич развернул другую медкарту. — Пациент Картунин...

— Челышев! — резко оборвал его главврач. — Кто

дал вам право ставить эксперименты на людях?! Кто позволял вам нарушать инструкции?! С кем вы согласовывали свои действия?!

— Свои действия я ни с кем не согласовывал, — спокойно ответил Николай Арсеньевич. — Поступал я так на свой страх и риск. И риск оказался, на мой взгляд, оправданным. Из пятнадцати пациентов, получавших «препарат Челышева», у двенадцати отмечено стойкое улучшение. Сообщение о своем препарате я уже послал в Москву, в Минздрав. Я предлагаю провести исследования и апробацию препарата здесь, на базе нашей больницы, моего отделения. Я уверен, что он будет признан и послужит укреплению здоровья всех советских людей...

— Сядьте, Челышев!! — рявкнул главврач. — Хватит!! Я лишаю вас слова! Прекратите вашу идеалистическую, поповскую агитацию!..

Татьяна Дмитриевна потянула Николая Арсеньевича за рукав. Она понимала, что произошла катастрофа, что вряд ли ее молодой муж выберется из этой переделки, не пострадав, — и ей было странно, отчего *он* не понимал этого...

Далее собрание пошло совсем иначе, чем планировалось. Коллектив вынужден был отреагировать на странный демарш доктора Челышева. Выступили многие — человек десять или двенадцать: санитарки, медсестры, врачи. И все они оказались, конечно же, единодушны. «Челышев злостно нарушил кодекс советского врача». «Челышев занимается незаконным врачеванием». «Челышев нарушает инструкции, и потому заслуживает самого сурового наказания». Это были самые мягкие высказывания. «Шарлатан, идеалист, отравитель, вредитель, убийца в белом халате», — так говорили те, кто лучше других держал нос по ветру. В тот вечер в конференц-зале больницы отчетливо запахло кровью...

В итоге собрание закончилось принятием резолюции: «Гневно осудить врача Челышева Н.А. за незаконное врачевание, шарлатанство, отрыв от коллектива, высокомерие и политическую близорукость». Весь коллектив проголосовал «за». Двое — воздержались: сам Николай Арсеньевич и Татьяна Дмитриевна.

Когда расходились, от Челышева и от его молодой жены все шарахались, как от зачумленных. Никто не смел не то что приблизиться — даже посмотреть в их сторону.

А когда Челышевы вернулись домой (они жили теперь в больничном флигельке, в квартирке Татьяны Дмитриевны), с ней случилась истерика.

«Дурак! Донкихот!.. — кричала она, вся в слезах, на своего Николая. — Да ты понимаешь, что ты наделал?! Ведь тебя *возьмут*, ведь ты сам себе приговор подписал! Зачем, ну зачем ты метал перед ними бисер?! Кого и зачем хотел переспорить?!»

А Челышев только улыбался виноватой улыбкой и приговаривал:

— Ничего... Все будет хорошо, Танечка... *Там* разберутся... *Там* назначат комиссию и во всем разберутся...

Потом Татьяна Дмитриевна бросилась ничком на кровать и выплакала буквально все глаза — она оплакивала и Челышева, и свою молодость, и их любовь, и такую короткую жизнь вместе... И, незаметно для себя, заснула. Проснулась она ночью от скрипа половиц и постукивания кочерги. Челышев сидел перед печкой. Огонь озарял его грустное лицо. Николай Арсеньевич бросал в печь подлинные истории болезни — те, в которых он упоминал о препарате. Помешивал золу кочергой.

Во сне Татьяне Дмитриевне приснилось решение. Оно было таким ясным, таким соблазнительным... Она порывисто вскочила с кровати и бросилась к мужу. Обняла его, прижалась к нему...

— Коленька, давай уедем! — прошептала, прокричала, прорыдала она. — Уедем! Вместе. Сейчас же. Соберем вещи — и на вокзал. Уедем! Куда угодно. Куда глаза глядят. На Урал, в Сибирь, в Приморье. Страна большая. Устроимся работать не по специальности. На завод, в шахту, на лесозаготовки. Нас не найдут. Нас и искать не будут. Мы спасемся и будем вместе, Коленька!..

— ...И знаете ли, Настя, — отступила в этом месте от своего рассказа Татьяна Дмитриевна, — когда в пятидесятые годы стало известно о масштабах репрессий, выяснилось, что подобным образом, как я предлагала в ту ночь Николаю, можно было спастись. Я знаю одного человека из Ленинграда. Он работал в научном институте, и когда в тридцать восьмом году там начались аресты, он взял и просто уехал. Сел в поезд, отправился куда глаза глядят... Попал на Донбасс, устроился работать на шахту, причем даже под своим именем — и его никто не тронул. Он спасся!.. Спасся... — повторила она. — Да только мало оказалось тогда в стране таких решительных людей... Все сидели на своих насиженных местах и покорно ждали, и даже когда было понятно, что человек обречен, он думал, что все обойдется, во всем разберутся, и его минует чаша сия...

— Так же, как и Николенька в ту ночь, — продолжила Татьяна Дмитриевна. — Он тогда меня обнял и стал шептать, что все будет хорошо, во всем разберутся, из Минздрава пришлют комиссию и его даже наградят... Он убаюкал меня, а на следующее утро получилось, что он вроде бы прав!..

...Татьяна Дмитриевна спокойно отправилась на работу. Ничего, казалось, не переменилось. Она ловила на себе испытующие взгляды и слышала за спиной шепотки, однако вслух никто из медперсонала даже словом не обмолвился о том, что произошло вчера на собрании. Работали как раньше, как всегда.

Николай Арсеньевич выхлопотал себе отпуск по семейным обстоятельствам — в связи с переездом на новую квартиру. Главврач подписал ему заявление и, хоть выглядел он мрачнее тучи, ничего не сказал.

Так прошло два дня. Татьяна Дмитриевна по-прежнему работала, Николай паковал для переезда вещи.

В воскресенье Егор Ильич Капитонов, как и обещал, дал Челышевым грузовик. Они благополучно перебрались на новую квартиру — в эту, где впоследствии родился Игорь, отец Арсения (а потом и сам Арсений). В эту самую, где они сидят и сейчас... Николай Арсеньевич и Татьяна Дмитриевна даже отметили, скромно, вдвоем, новоселье. Выпили разведенного спирта, закусили сушеной рыбой...

«Вот видишь, все обошлось...» — прошептал ей тогда, засыпая, Николенька. И сама Татьяна Дмитриевна подумала: «В самом деле, может быть, все обошлось? *Там* не обратили внимания на выходку Николая? Иначе зачем *они* дали возможность нам переехать?»

А в ночь после новоселья, с воскресенья на понедельник, Николая Арсеньевича *взяли*...

Как оказалось впоследствии, в то же утро арестовали и главврача Ефрема Самуиловича, и парторга больницы.

Татьяна Дмитриевна замолчала — казалось, надолго. Ее лицо застыло.

— Что я могу еще тебе рассказать, Настенька? — наконец вздохнула она. — Николай Арсеньевич вернулся из лагерей в пятьдесят пятом, через восемь лет... Через восемь очень долгих лет. Весь худущий, весил сорок пять килограммов. И с туберкулезом. Но, слава богу, что вернулся живым... Ефрем Самуилович, главврач, не вернулся вовсе... И парторг больницы — тоже... А как мы жили те восемь лет без него... Как *я* жила... Это совсем другая, отдельная история... И как жил — точнее, существовал — *там*, в лагерях, Николай Арсеньевич — тоже... Хотя, конечно, даже мне Николенька о том, что творилось *там*, никогда не рассказывал правды. *Всей* правды... Как не расскажет тебе всей правды наш Арсений, когда вернется...

— А что мои старики? Егор Ильич и Галина Борисовна? Они помогали тогда вам? — спросила Настя.

Татьяна Дмитриевна вздохнула:

— Сам Егор Ильич никогда не распространялся, но... Я точно знала, что Егор пытался спасти арестованных — или хотя бы как-то облегчить их участь. Особенно Николая Арсеньевича... Он, Егорушка, рисковал. В те годы даже это божеское дело — заступиться за ближнего — было смертельно опасным. Может быть, его хлопоты помогли, и поэтому не арестовали меня. Может, благодаря его заступничеству врачей не расстреляли, а дали по двадцать пять лет лагерей...

— Всего лишь... — горько усмехнулась Настя.

— Да, всего лишь... Тогда ведь за пару неосторожных слов сажали. Брали вообще *ни за что,* по бредовым доносам. А тут... Если взглянуть на дело глазами следователей и подходить к нему по меркам того времени — налицо была самая настоящая *диверсия*. Шутка ли: врач, дипломированный специалист поит больных каким-то бабкиным снадобьем. И хуже того: в открытую признается в этом на партийном собрании!.. Самая настоящая контрреволюционная агитация...

— Какое счастье, что он вернулся... — вздохнула Настя, имея в виду Николая Арсеньевича. Но подумала она о своем — об Арсении. И о том, когда вернется он. И вернется ли?!

— Ах, какое счастье, что сдохла эта сволочь, этот Сталин проклятый! — с чувством произнесла старушка. Настя никогда не слыхала от Татьяны Дмитриевны столь крепких выражений. — Иначе и Николенька бы мой погиб, как другие... Ну, а твои родные... Вскоре у Галочки появилась Ирка, то есть твоя, Настя, мама, — Ирина Егоровна... А в сорок восьмом или сорок девятом году Егора Ильича перевели на другую ответственную работу — сначала в край, а потом вскоре в Москву... Скучно мне после их отъезда стало...

— А вы уже беременны тогда были? — вдруг спросила Настя.

Татьяна Дмитриевна как-то странно посмотрела на нее.

— Ну да, — проговорила она. — Была беременна Игорьком. Игоречком, царствие ему небесное, папой твоего Арсенечки. Ох и тяжело, помню, мне с Игоречком было... Отпуск по родам — три месяца. Работу не бросишь — жить на что-то надо, да и не было тогда принято, чтоб не работали... Бабушек-тетушек нет. В яслях Игорек болел. С няньками тоже болел. Двадцать семь нянек, я посчитала, у него было!.. Можешь себе представить, Настя: двадцать семь!..

Желая подбодрить бабулю, девушка сказала с легкой улыбкой:

— Зато Николай Арсеньевич вернулся, а у него здесь уже готовый сын.

Татьяна Дмитриевна снова глянула на нее с непонятным выражением лица. Настя продолжала, имея в виду свои собственные заботы, страхи и переживания:

— Сколько лет Игорьку вашему было, когда отец вернулся? Семь, восемь?

— В школу он уже пошел.

— И как он отца встретил? Не испугался?

— О, нет, признал сразу же! — с воодушевлением воскликнула Татьяна Дмитриевна.

Эти расспросы про сына, ждущего и признающего (или *не* признающего) отца, что вела сейчас Настя, на самом деле имели больше отношения к ней самой, нежели к судьбе Татьяны Дмитриевны. Ей хотелось представить встречу юного Николеньки — и Арсения. Как это случится? Какими они оба будут, как это произойдет? И *когда*, черт побери, *когда* это произойдет?

«Хотя, впрочем, — прервала она себя, — у маленького Николеньки уже *есть* отец. Хороший ли, плохой, а есть. И Арсений тут совершенно ни при чем».

Однако для Татьяны Дмитриевны разговор о собственном сыне имел еще некий тайный, подспудный смысл — это Настя поняла по огоньку, зажегшемуся в ее глазах. Словно неосторожное слово, признание вот-вот готовы сорваться с ее уст...

Настя решила не торопить ее — если человек в чем-то хочет признаться, все равно признается. Только он должен сделать это обдуманно, чтобы не жалел потом о случайно сорвавшемся слове. И не возненавидел бы того, кому признался.

И Настя увела разговор в сторону:

— А что же исследования Николая Арсеньевича? Его препарат?

Татьяна Дмитриевна, казалось, была рада перевести разговор со своего непутевого сыночка, Игорька, на любимого мужа, которым она очевидно гордилась:

— После того как Николай *вернулся,* он не желал даже слышать о своих научных изысканиях. Я несколько раз заводила с ним разговор на эту тему. Николенька отвечал твердо: «Нет, с этим покончено. Раз и навсегда». Николай Арсеньевич пошел работать детским участковым врачом. Как раз имелось место, да и слава богу, что хоть на эту должность его, репрессированного, тогда взяли. Так он и остался на всю жизнь доктором Айболитом... Это Николай Арсеньич сам себя в шутку так называл. И дети-пациенты, и родители очень, очень его любили... Хотя потом, когда Николеньку наконец реабилитировали, ему несколько раз предлагали разные ответственные должности — и в больнице нашей, и даже в горздравотделе. Врач-то он был от бога... И я его уговаривала... Даже упрекала: «Что ж ты, Коленька, ни к чему не стремишься!.. Ведь у тебя такие способности!..» А он мне однажды ответил... «Знаешь, — говорит, — какое присловье есть в лагерях? «Не верь, не бойся, не проси». В ней, — сказал, — в этой поговорке, заключается весь кодекс тамошней жизни. Если будешь ей следовать, может быть, выживешь. Вот и у меня, — говорит, — на воле есть свой кодекс жизни. Тоже — очень короткая заповедь. Всего три слова: «Не завидуй. Не жди. Не стремись...» И он, мой Николенька, по этой заповеди все тридцать лет после лагеря и прожил... Никуда он не стремился, ничего не ждал и никому не завидовал...

— Ох... — вздохнула Настя. — Сильно Николаю Арсеньевичу заключение крылья-то обожгло... — прошептала она, а сама невольно подумала о своем: «Каким Арсенюшка-то станет, когда *оттуда* вернется?»

— Но вот перед самой смертью... — задумчиво проговорила Татьяна Дмитриевна, и Настя поняла, что та вновь погружается в воспоминания. — Перед кончиной, после того, как у Николеньки уже второй инсульт случился, он лежит — и вдруг мне шепчет: «Вентиляция... Вентиляция...» Я сначала думала, что он бредит, а он опять настойчиво так: «Вентиляция!..» И пальцем тычет... Тогда взяла я стул, отвертку... Залезла на стул — оглянулась на него, а он кивает благодарно: мол, все правильно делаешь. Развинтила я решетку, а там тетрадь. Старая, ветхая, пыльная, листы желтые. Николенька разулыбался: мол, правильно. Потом меня к себе подзывает. Шепчет: передай, — говорит, — ее Арсенюшке нашему. А на следующее утро он умер...

Татьяна Дмитриевна утерла слезу. Потом преодолела себя и сказала преувеличенно бодрым голосом:

— А давай, Настя, еще с тобой вина тяпнем!

Пока Настя разливала по бокалам «Улыбку», бабуля достала из прикроватной тумбочки завернутый в газету сверток. Развернула. Под газетой была тетрадь — похоже, та самая тетрадь Николая Арсеньевича: старая, ветхая, желтая...

— Давай, за помин души Николеньки, не чокаясь... — провозгласила Татьяна Дмитриевна.

А когда они выпили, сказала:

— Николенька эту тетрадь Арсению завещал, да думаю, большой беды не будет, если я ее тебе, Настя, передам. Кто знает, сколько мне еще осталось. Вдруг я и не дождусь Арсения.

Она протянула тетрадку Насте. Та машинально перелистала ее. Желтые листы исписаны мелким, но разборчивым почерком. Мелькает кое-где латынь.

— Насколько я поняла, — продолжила Татьяна Дмитриевна, — здесь собраны все его рецепты. Есть ли тот самый, антираковый, из катрана, — не знаю. Не смотрела. Не могу на это смотреть. Погляди, Настенька, сама. Авось вам с Арсением пригодится.

Настя машинально взяла тетрадь. А старушка продолжала:

— Может, я все думаю: тогда, в сорок шестом году, мой муж в самом деле великое открытие совершил?.. Только поспешил он! Слишком прямодушным оказался, настоящим донкихотом! Может, если б он перед тем, как выступать на собрании, доверился — я бы его уберегла? Смогла бы его убедить не лезть на рожон на том собрании, проявить дипломатию, хитрость... Может, я бы его не только от лагерей избавила — но и помогла бы ту работу завершить? Работу, ради которой его, может, бог в этот мир призвал?

— Ох, не корите себя, миленькая Татьяна Дмитриевна, — вздохнула Настя. — А то я тоже начну себя ругать — за Сенюшку... За то, что я чего-то для него не сделала. Или что-то сделала не так... И плакать буду...

— А давай поплачем, — ровным голосом (будто предлагала еще вина выпить) произнесла Татьяна Дмитриевна. — Как врач говорю: помогает.

И Настя вскочила со стула, бросилась к ней в объятия и зарыдала.

...Настя провела в Южнороссийске два дня. Они с Татьяной Дмитриевной подолгу гуляли по набережной у моря. Смотрели на свинцовые осенние волны, дышали воздухом — влажным, осенним, но все-таки теплым (в сравнении с московским)...

Они много разговаривали. Бабушка Арсения, казалось, всю свою жизнь торопилась рассказать Насте. И молодость свою, студенческую, военную; и короткое послевоенное счастье с обожаемым Николенькой; и долгие годы ожидания, когда неизвестно, дождешься ли любимого человека... И про спокойное счастье последних лет, про их тихую и ладную жизнь с Николаем Арсеньичем... Рассказывала и про сына их непутевого Игорька (отца Сени), и про его нескладную жизнь и очень недолгое счастье...

Настя тоже много о чем поведала бабуле: о себе, Арсении, матери, бабушке с дедом... О крохе Николеньке, о неудачной жизни с нелюбимым мужем... Она ловила себя на мысли, что ни с кем из московских подруг — ни тем более с матерью — она не была (и не могла быть) настолько откровенной, как с этой пожилой, ставшей ей такой близкой женщиной.

Когда Настя уже уезжала в аэропорт — таксист ждал, вещи были погружены в багажник, — Татьяна Дмитриевна обняла ее во дворе, крепко-крепко, словно прощаясь навеки, прижалась, а потом отстранила Настю и протянула ей большой желтый конверт.

На конверте было написано нетвердым, старческим почерком: *Только для Арсения и Насти. Вскрыть после моей смерти*.

Когда самолет «Ту-154», уносивший Настю в Москву, едва оторвался от взлетной полосы, она полезла в сумочку.

Достала конверт, переданный ей напоследок Татьяной Дмитриевной.

В ряду она сидела одна: соседей никого, через плечо никто заглядывать не будет.

«Прости, бабуленька, — прошептала она. — Не буду я ждать твоей смерти. Я — любопытная».

Настя вскрыла конверт. В нем оказались два письма — старых, выцветших. Написаны они были хорошо знакомым ей почерком.

Содержание писем оказалось настолько ошеломляющим, что Настя до самой Москвы просидела в своем кресле, свернувшись в клубочек, как в детстве. Сидела не шевелясь, уставив невидящий взгляд в иллюминатор, за которым неслись клубы серых зимних облаков.

## АРСЕНИЙ

*Пермская область,*
*город Соликамск, декабрь 1988-го*

Воля. Воля!

Вот что потрясло его больше всего.

Свобода. Он мог идти *куда хотел*. Смотреть на что хотел. И делать что хотел.

До отхода пассажирского поезда Соликамск — Москва оставалось еще два часа, и Арсений отправился просто бродить по городу. То, что он мог без цели, без смысла идти, куда глаза глядят, доставляло ему неизъяснимое наслаждение.

Его занесло в район, застроенный одноэтажными частными домами. Он шел по сугробистой улице, заглядывая мимоходом в окошки. И его все удивляло и умиляло.

Занавесочки на окне. А за окном — комнатный цветок. И чайник. А между рамами лежат вата и яблоки. На подоконнике стоит гриб: коричнево-бурая жижа в трехлитровой банке.

Видеть это все — и занавесочки, и чайник, и комнатные цветы — было удивительно. Он настолько, оказывается, соскучился по этим милым мелочам, символизирующим дом, семью, уют! А ведь в лагере он даже забыл про их существование. Вычеркнул их из памяти!..

И теперь даже домашний гриб на подоконнике — страшный, лохматый, ранее Арсению ненавистный — казался настолько родным, что он готов был расцеловать банку.

На веревке висело закаменевшее белье — простыни и подштанники.

И оно, это белье, свободно покачивающееся от ветра, тоже было символом воли.

Снег скрипел под кирзачами. Морозное дыхание столбом, как дым, поднималось вверх. Ноздри индевели от холода.

Откуда-то донеслась музыка. Арсений остановился. Мелодия была странная, никогда им не слышанная. Пели на русском языке, но непривычным, ломким, каким-то *несоветским* голосом.

Певец делал странные ударения на словах, и голос его звучал (неожиданно для песни, исполняемой на русском языке) со сдержанной страстью. «*Я!* — выкрикивал певец. — *Хочу быть с тобой! Я так! Хочу быть с тобой!*»

А потом низким, яростным голосом: «*И я — буду с тобой...*»

Песня, доносившаяся из чьей-то открытой форточки, из какого-то домика, зацепила Арсения. Заставила его остановиться, замереть.

И он, мгновенно взбудораженный песней, против желания, вспомнил *ее. Настю.* Вспомнил ту, чей образ — взгляд, улыбку, дыхание — он старательно избегал вспоминать все эти долгие годы. Ту, о которой он заставлял себя не думать все эти тысячу с лишним дней — и тысячу с лишним ночей...

...Ее письмо настигло его уже в лагере. Оно пришло только через полгода после того, как было отправлено.

Все это время он старательно пытался выкинуть ее из головы. Ее — как и весь остальной, *вольный* мир. Но Настю в первую очередь. Он старался смириться с тем, что ни ее, ни свободную жизнь он больше не увидит. Десять лет слишком долгий срок.

Арсению удавалось забывать о Насте днем. И это оказалось нетрудно. Слишком много враждебности было вокруг, слишком хотелось есть. Слишком много сил приходилось прилагать, чтобы сохранить собственное достоинство.

Но ночью Настя часто приходила к нему. Приходила во сне. И никогда она не упрекала его, не плакала, не грустила. Она смеялась, они сидели где-то в ресторане, она брала его за руку, они гуляли по Нескучному саду... Она приближала свое лицо к нему и целовала. Просто целовала — и никогда ничего больше.

А потом пришло письмо.

*«Милый, дорогой, любимый Арсений!* — начиналось оно. — *Сенюшка!*

*Наверно, я тебе доставлю много горя этим письмом, но знай прежде всего другого, о чем мне придется тебе рассказать: я любила тебя, люблю и, наверное, всегда буду любить. Что бы со мной ни случилось и где бы я ни оказалась. И я сделаю все, чтобы освободить тебя. Все! Излишне говорить, что я не верю и никогда ни на секунду не поверю в то, что ты виновен. Ты не мог этого сделать. Не мог. Я знаю это. Произошла чудовищная ошибка. И я добьюсь, чтобы эту ошибку исправили. Ты вернешься. Я сделаю все, что в моих силах — и даже больше. И когда ты вернешься, мы будем вместе...»*

А дальше она писала о том, что у нее скоро родится сын. Наверное — сын. *Их* сын. И еще о том, что она устала жить одна, вдали от семьи. И устала сопротивляться своей матери и бороться с ее железной волей. И о том, что она пошла у нее на поводу. И решила выйти замуж. За *другого.* За Евгения. За ненавистного Эжена.

*«Да, я, наверное, слабая, несамостоятельная, подлая. Я не декабристка. Не некрасовская женщина. Но поче-*

*му-то я думаю, что так, будучи замужем за ним, я вернее смогу спасти тебя. И ты скорее вернешься. И тогда мы будем вместе. Обещаю тебе — будем вместе. Потому что я любила тебя, и люблю, и всегда буду любить...»*

Он порвал это письмо. Немедленно по прочтении.

А следующие два письма порвал прямо в конвертах, не читая.

Однако письма продолжали приходить с удивительной для лагеря регулярностью — раз в два месяца. И новое письмо Арсений не выдержал и вскрыл. Но читал он его уже отстраненно, холодно, как если бы его написала совершенно чужая женщина. Как если бы оно пришло из Америки, с Марса, с Луны. Настолько ее жизнь, дела и заботы были бесконечно далеки от него.

Он смирился с тем, что ее больше нет в его жизни.

И вот теперь... Теперь, кажется, чувство к Насте снова настигло его. Неожиданно. Прямо посреди морозной улицы. Под звуки песни, доносящейся из чьей-то чужой форточки.

Впервые за тысячу дней он расслабился, и любовь к ней снова поразила его.

Или скорее — эта любовь никуда не уходила, она была старательно похоронена в нем, а вот теперь снова ожила.

А певец пел:

> В комнате с белым потолком
> С правом на надежду.
> В комнате с видом на огни
> С верою в любовь...

* * *

Европейская Прага находилась от Москвы примерно на том же расстоянии, что и уральский Соликамск, но не к востоку от советской столицы, а к западу.

И в то же самое время, когда Арсений стоял в телогрейке и кирзачах посреди заснеженной соликамской улицы, Эжен Сологуб остановил такси на Малостранской набережной, немного не доезжая до моста Легионеров.

Их с Арсением Челышевым разделяли в ту минуту не только огромное расстояние, но и немыслимая социальная пропасть. Вчерашний зэк — и успешный дипломат. Невыездной беспаспортный бродяга, радующийся при виде белья, развешенного на веревочке, — и человек с несколькими паспортами и открытыми визами во многие европейские страны.

Трудно представить себе кого-либо из советских людей, более далеких друг от друга.

В Праге было прохладно — прохладно, разумеется, не по соликамским, а по пражским меркам: всего плюс пять, влажный воздух, изморось, сырость.

Эжен не спеша пошел по Вшедровой улице. Выглядел он как настоящий чех: ботиночки фирмы «Цебо», плащ восточногерманского производства, в руке здоровенный румынский «дипломат». Впрочем, оценить его способности к мимикрии, кажется, было некому. Ни единого человека не было на улице. Он проверился: никто не следовал за ним.

На стене дома он издалека увидел линию, прочерченную розовым мелком. Агент подтверждал: встреча состоится. Через пять минут Эжен входил в «Гостиницу», забегаловку на улице Уезд.

Забегаловка плавала в клубах сизого дыма. Все пять столиков были заняты. Чехи по-европейски рано обедали.

Эжен с порога поздоровался с барменом и заказал «малый праздрой».

У окна, один за столиком, сидел грустный чех с унылыми усами. Он допивал пиво и доедал гуляш. Эжен попросил разрешения присоединиться к нему. Тот равнодушно кивнул.

Сологуб поставил свой «дипломат» под столик.

Как всегда во время *передачи*, чувства были обострены до предела. Не имело никакого значения, что он сейчас находится в братской социалистической стране. Это не делало операцию менее опасной. В данном случае даже наоборот.

Он мазнул взглядом по бармену и посетителям за столиками: может быть, это как раз те люди, которые будут его брать? За одним столиком — четыре мужика, по виду строительные рабочие. За другим — две подружки лет сорока. За третьим — мрачный одинокий тип в кепке, глубоко надвинутой на лоб... Еще — настороженно оглядывающаяся парочка: может, скрывающиеся любовники, а может, туристы. А может... Как всегда, ничего определенного о людях вокруг сказать было нельзя. Они могли быть *просто* посетителями. А могли быть агентами местной *«беспеки»*.

Сердце от этого стучало чаще обычного.

Чех с унылыми усами печально доел гуляш, допил пиво. Подозвал бармена, рассчитался. Встал, взял из-под стола «дипломат», вышел из забегаловки.

Только профессионал мог заметить, что взял он из-под стола кейс Эжена.

Эжен не спеша допил пиво. В «дипломате», оставленном чехом под столиком, точь-в-точь таком же, как у него, лежали восемьсот тысяч долларов наличными, обработанные бриллианты и изумруды. Если Эжена будут брать — *они* сделают это как раз в тот момент, когда он прикоснется к ручке кейса. Пока еще чужого кейса.

Эжен подошел к стойке, отдал три кроны за пиво, сказал, что сдачи не надо. «Дипломат» с сокровищами на минуту остался под столом без присмотра. Любой человек вел бы себя так же, если бы в кейсе, как пять минут назад в Женином, помещались мало нужные документы.

«Ну, с богом!» — сказал он сам себе. В последнее

время он почему-то все чаще стал обращаться к создателю.

Взялся за ручку «дипломата» с сокровищами. Медленно, словно задумчиво подошел к дверям, ведущим из забегаловки.

Ничего не произошло.

Он вышел на улицу.

Накрапывал дождь.

Мимо проехало такси.

Несмотря на то, что в ЧССР и не пахло, в отличие от Советского Союза, никакой гласностью и перестройкой, чешские товарищи, настоящие патриоты, решили подстраховаться. И они начали вывозить ценности, принадлежащие КПЧ[1], за границу. Ничего удивительного, что они прибегли к помощи более опытных *советских товарищей*. Да и контроль за перемещением ценностей осуществляли советские братья... Но Эжен знал: *другие* чешские товарищи (видимо, уже продавшиеся оппозиционерам) очень хотели бы помешать передаче наличных. И, кажется, опоздали.

Впрочем, не говори «гоп»...

В перспективе улицы показалось еще одно такси. Эжен поднял руку.

Такси остановилось.

Эжен сел на заднее сиденье и небрежно бросил чемоданчик рядом с собой. «Конгресс-центр, просимо», — сказал он шоферу.

Машина свернула налево и въехала на мост Легионеров. Слева показались пороги Влтавы, скульптуры Карлова моста. Готические Градчаны царили над городом. Шофер включил «дворники». Мощный выброс адреналина в кровь в момент передачи «дипломата» сменился глубоким успокоением. Древний, не *русский*

---

[1] КПЧ — Коммунистическая партия Чехословакии.

городской пейзаж и погода настраивали на лирический лад.

«Горбачев стремительно распродает Родину американцам. И НАТО. Горбачев — предатель, и окружил себя предателями. Один Яковлев чего стоит!.. Если все будет идти в том же направлении и с той же скоростью, как сейчас, через пару-тройку лет от великой советской империи, раскинувшейся от Японского моря до Бранденбургских ворот, останутся рожки да ножки».

Они, кучка офицеров, спасали Союз. И спасали друзей из социалистического лагеря. И готовились к самому худшему — к работе в оппозиции. Или даже — в условиях подполья.

Чешские товарищи, равно как и они, мыслящие офицеры в советских органах, понимали, что для работы в подполье нужны деньги. Много денег. И их нужно запасать сейчас, немедленно, пока не станет слишком поздно. Пока не ввалились в правительственные кабинеты разные крикуны — оппозиционеры, все эти Сахаровы-Цукерманы, Солженицкисы, Гавелы и прочие «Хартии 77»...

Такси проехало мимо «барочного» здания театра и по правой стороне Влтавы понеслось по направлению к Вышеграду.

В гостинице пражского Конгресс-центра Эжену предстояло сменить свой облик *простого чеха* на вид преуспевающего западного бизнесмена: костюм от «Бриони», туфли от «Гуччи» — и ни единой восточноевропейской, тем более русской, этикетки на одежде.

Через два часа ему передадут паспорт.

Через семь часов чехословацкие товарищи откроют «окно» на австрийской границе.

Через девять часов он должен быть в Вене.

А завтра утром в Цюрихе.

Не существует пока банков более надежных, чем швейцарские.

* * *

В то же самое время, когда Эжен Сологуб подъезжал в такси с чемоданчиком, стоящим полтора миллиона долларов, к гостинице пражского Конгресс-центра, вчерашний зэк Арсений Челышев садился в плацкартный вагон пассажирского поезда Соликамск — Москва.

А Настя Капитонова, возлюбленная Арсения Челышева и жена Евгения Сологуба, стояла на кухне своей квартиры в Москве на Большой Бронной и бесцельно смотрела в окно на серую, заснеженную улицу.

Ее томило радостное предчувствие. Ей казалось, что скоро что-то произойдет.

Что-то очень, очень приятное.

## Глава 8

## АРСЕНИЙ

Трубка леденила ухо и руку. Шумел Ярославский вокзал. Из репродуктора хрипело: «Прибытие поезда номер один Владивосток — Москва ожидается в...» Вокруг Арсения сновали вольные люди — много людей.

А в трубке — длинные гудки. Долгие, безнадежные.

И вдруг — двухкопеечная монета упала в прорезь автомата. Арсений услышал запыхавшийся голос. *Ее* голос. Милое, протяжное «алле-е?».

И вмиг улетели все заготовленные слова.

«Привет, Настя... Я в Москве проездом... Я хотел бы увидеть сына... Хотя бы издалека...»

— Алло? Что вы молчите? — нетерпеливо сказала она в трубку.

Она. Настя.

Арсений все равно молчал. А Настя — она непонятно как догадалась. И выкрикнула вдруг:

— Сеня, это ты? Ты вернулся?

И ему ничего не оставалось делать, кроме как сказать:

— Да, это я.

Язык вдруг стал шершавым, как наждак. Голос не слушался.

— Сеня, Сенечка, где ты?!

Пауза. Он не мог произнести ни слова.

— Сеня, ну говори!

— Я на вокзале. Ярославском, — удалось ему выдавить из себя.

— Будь там, — немедленно сказала она. — Будь там. На месте. Никуда не уходи. Никуда! Будь там, где стоишь. У автоматов. Я сейчас приеду. Подожди меня. Подожди.

Он молчал. Слишком много на него обрушилось: воля, Москва, суета, свобода... И — Настя.

— Ты слышишь меня, Сеня? — Из трубки лился взволнованный, торопливый, радостный голос. — Ты понял меня?

— Да, я понял, — с трудом проговорил он и бросил трубку на рычаг.

...Она появилась гораздо быстрее, чем он ожидал. В лисьей шапке, лисьем полушубке.

Настя стала еще красивее, чем раньше. Намного красивее, чем он представлял себе.

Она подбежала к нему. Хотела, кажется, броситься на шею, но он стоял как истукан, даже рук к ней не протянул. И она словно осеклась. Остановилась в двух шагах. Ее глаза наполнились слезами.

Пассажиры электричек и скорых поездов на бегу с любопытством смотрели на эту сцену: кажется, свидание — но какое! Во-первых, с утра, а во-вторых, что за странные люди встретились! Она — красотка, явно из высшего общества, одета богато и во все импортное. А он — то ли колхозник из глубинки, то ли бывший зэк: ушанка, ватник, сапожищи. Стоят, застыв друг напротив друга, и девушка почему-то плачет.

— Поедем, — сказала она сквозь слезы и взяла его за руку. Его ладонь оказалась совсем не той, что была ей знакома: громадная, шершавая, мозолистая.

— Поедем ко мне, — повторила Настя. — Никого нет дома.

— А где Николенька?

— На даче. С мамой. А муж в командировке. Я одна.

Она потянула его за руку, и Арсений позволил ей себя повести.

— Я только проездом, — процедил он наконец заранее заготовленную фразу. — На денек. Вечером в Южнороссийск.

Она удивленно глянула на него, но ничего не сказала.

Они вышли на Комсомольскую площадь. Площадь опять поразила Арсения — обилием людей, толкотней и новыми зданиями.

Настя вела его за ручку, как маленького.

— Метро же там, — уперся он, вдруг демонстрируя забытые навыки столичного жителя.

— А мы не на метро поедем, — весело сказала Настя. Настроение ее неожиданно переменилось, она стала радостной и деловитой.

Она подвела его к белой машине. Ключом открыла перед Арсением дверь. Усадила его на пассажирское кресло. Обошла авто, заняла водительское место.

В автомобиле пахло чем-то необыкновенным, головокружительным — наверное, ее духами.

— Плохо, что белая машина, — озабоченно сказала Настя. — Зимой очень пачкается. Но других не было. В Союзе надо лопать, что дают.

«У нее совсем другая жизнь, — подумал Арсений. — И мне в ней нет места».

— Ты умеешь водить? — спросил он.

— Уже умею, — засмеялась она.

Достала из-под сиденья радиоприемник, вставила его в гнездо. Включила. Откуда-то сзади донеслась мелодия. Арсений вздрогнул. Песня оказалась точно та самая, что он слышал посреди заснеженной улицы в Соликамске:

...В комнате с белым потолком
С правом на надежду...

В этом совпадении заключался, возможно, какой-то знак. Какой-то символ.

Чтобы не зацикливаться на этой мысли, Сеня спросил:

— Кто это поет?

— «Наутилус Помпилиус».

— Кто? — не понял он.

— «Наутилус Помпилиус». Новая группа. Кажется, из Свердловска. Или из Ленинграда. А ты никогда ее не слышал?

— Да нет, слышал, — мотнул головой Арсений. — Но только один раз.

Она запустила движок и лихо вклинилась в дорожное движение. Количество машин вокруг них поразило Арсения.

Из радиоприемника донеслась новая песня:

Ален Делон, Ален Делон
Не пьет одеколон.
Ален Делон, Ален Делон
пьет двойной бурбон.

Москва казалась сейчас Арсению — после пермских лесов, колонии, Соликамска — столицей мира. На него наплывали громадные здания. Вокруг суетились машины. Когда авто тормозило на светофорах, водители-соседи непременно оглядывали через окошко Настю, многие шоферы улыбались или делали приветственные жесты.

— Женщина за рулем — в Москве это чудо, — пояснила, нахмурясь, Настя. — Не то что в Лондоне или Париже.

— А ты была в Париже?

— Нет, мне... — Она осеклась. Поправилась: — Мне рассказывали.

Арсений понял, *что* она первоначально хотела сказать: «Мне Эжен рассказывал».

Они сидели рядом, были наконец вместе, но изо всех сил избегали говорить о главном. Потому что слишком многое для них сейчас было *главным:* их общий сын, и Настин муж, и Сенины бабушка с дедушкой, и чудесное освобождение Арсения, и его дальнейшая судьба...

Впрочем, ехали они недолго. Пронеслись по бульварам, пересекли улицу Горького — и вот Настя уже паркуется у хорошо знакомой кирпичной многоэтажки на Большой Бронной.

Охранник в подъезде проводил их любопытным взглядом.

— Он на тебя настучит, — сказал в лифте Арсений, уставя глаза в пол. Никуда больше смотреть ему не хотелось. Рядом ослепительная, словно небожительница, Настя, а кругом зеркала. Они отражали красивую женщину и небритого заскорузлого хмыря в телогрейке.

— Не имеет значения — настучит или не настучит, — строго сказала Настя. — Женька... и мама... они... они слишком долго заставляли, меня молчать! А теперь — все. Хватит.

Она отворила замок и впустила его в квартиру.

— Давай, бросай свой сидор. Снимай телогрейку, сапожищи, — проговорила Настя. Она решила взять с ним теперь юмористически командный тон. — И топай в ванну.

— Я ненадолго, — пробормотал Арсений. — Вечером в Южнороссийск поеду.

— Да-да, — рассеянно согласилась Настя. Если б он в этот момент смотрел на нее, то увидел бы, что она закусила губу и глаза ее стали грустно-растерянными.

Арсений прошлепал по давно знакомому коридору в ванную. Она показалась ему образцом роскоши и комфорта: зеркала, мягкие полотенца, пузырьки с иноземными надписями.

— Вот станок, шампунь, крем для бритья, полотенце, халат, — распорядилась Настя. — Я удаляюсь.

...Он вышел через полтора часа — в халате, розовый, благостный.

— Садись есть, — без затей пригласила она его. На секунду ему показалось, что не было более трех с половиной лет разлуки. Все выглядело, будто бы они по-прежнему жили вместе в Измайлове: он пришел с работы, а она усаживает его ужинать. Но это ощущение быстро прошло — от мысли, что у нее есть муж. И у них с Настей — есть сын. Сын, которого Арсений ни разу не видел.

Настя сидела напротив и внимательно его разглядывала: коротко стриженные волосы. Две жесткие складки у рта. Сильно раздавшиеся плечи. Мощные руки.

— Мне надо быстрее все закончить в Москве, — проговорил он, погружая ложку в огненно-красный борщ. — Уеду в Южнороссийск.

На глазах у нее выступили слезы.

— Тебе нечего делать в Южнороссийске.

Он непонимающе глянул на нее. Настя выдохнула и решительно продолжила:

— Татьяны Дмитриевны больше нет. Твоя бабушка скончалась.

Он уронил ложку:

— Умерла? Она умерла? Когда?

— Семь месяцев назад.

— Почему же ты мне не написала?!

Она растерянно пожала плечами:

— Не знаю. Я не хотела... Не хотела тебя расстраивать.

— Расстраивать! — фыркнул он. Покачал головой. Спросил: — Что с ней было?

— Инсульт. Она не мучилась. Смерть, говорят, была мгновенной.

— Ты ездила на похороны?

— Нет. Я не смогла. У Николеньки ветрянка была... Я ездила к Татьяне Дмитриевне раньше. За полгода до ее смерти. Я всегда хорошо к ней относилась. Ну, ты помнишь. А в этот раз мы с ней просто подружились... Ешь давай, остынет.

Он по-лагерному быстро подчинился команде: взял ложку и машинально, не замечая вкуса, принялся хлебать борщ.

— Мне написала о ее смерти ее подруга. Такая же старушка, как она. И о похоронах написала. Все прошло нормально. И место на кладбище у Татьяны Дмитриевны хорошее. Рядом с дедом, Николаем Арсеньевичем. Море оттуда видно во все стороны. Они ведь оба любили море...

Арсений как автомат продолжал есть. Он не чувствовал вкуса пищи. И не чувствовал даже горечи утраты. Кажется, годы, проведенные в лагере, отбили в нем способность испытывать обычные человеческие чувства: горе, сострадание, жалость. Остались только грубые инстинкты: голод, жажда, страх.

— Мне очень жаль, Сеня, — сказала Настя.

На щеках Арсения заходили желваки. Он доел борщ, отставил тарелку, произнес:

— Значит, все старики умерли. И твои, и мои.

Нет, он никак не мог осознать всю тяжесть утраты.

Арсений глухо добавил:

— И я, наверное, виноват в их смерти. В смерти их

всех. — Голос звучал бесстрастно. — Но видит бог, я этого не хотел.

Она навалила ему в тарелку жареного мяса с картошкой — это блюдо он любил больше всего. Она как чувствовала, что он вернется именно сегодня.

Придвинула ему тарелку. Опять села напротив, подперла лицо рукой: ни дать ни взять любящая жена, встречающая мужа после работы. Женщина, которой — как всякой любящей женщине — нравится смотреть, как *ее мужчина* ест. Только... Только она была не жена ему.

— Я знаю, что ты не виноват, — проговорила Настя. — Я всегда знала, что ты ни в чем не виноват. Я в этом ни секунды не сомневалась. А теперь в этом не сомневается никто.

— Что ж, — безучастно произнес Арсений. — Я хотел поскорей повидаться с бабушкой. А придется ехать на могилу...

— Боюсь, — сказала Настя, — у тебя еще есть проблемы. Там, в Южнороссийске. Мне соседка Татьяны Дмитриевны написала. Вроде бы квартиру твоих бабули и дедули отобрали. В пользу государства. Ведь ты там не прописан. И никто теперь не прописан.

— А где я был прописан? — Арсений наморщил лоб, мучительно вспоминая. Он многое забыл о вольной жизни. И о такой бюрократической тонкости, как прописка, — тоже.

— Ты был временно прописан в Москве, в общежитии. Только тебя и оттуда, естественно, выписали.

— Где же мне жить? — растерянно, словно ребенок, спросил Арсений.

— Здесь, в Москве, — решительно проговорила Настя. Кажется, она все продумала о его дальнейшей жизни. — Я помогу тебе снять квартиру. Будем пробовать восстановиться в университете. Пойдешь работать.

— Почему меня выпустили? — вдруг спросил он. Он доел все до крошки. Облизал вилку. Надо же, он ел вилкой! Больше трех лет он обходился алюминиевыми ложками.

Настя дернула плечом:

— Тебя выпустили за отсутствием состава преступления. В связи с вновь открывшимися обстоятельствами. Дело об убийстве моих стариков возобновлено, отправлено на доследование.

— А какие *новые обстоятельства* открылись?

— А ты не догадываешься? — пристально посмотрела она на него.

Арсений уткнулся в тарелку, глухо ответил:

— Нет.

— Расскажи мне, что ты делал в тот день, одиннадцатого марта, когда убили деда и бабку. Пожалуйста, расскажи.

Тон ее был строгим, чужим. Арсений посмотрел на нее через стол. Напротив него сидела почти незнакомая и совсем не такая уж любимая женщина.

Совсем не та, что являлась ему во сне в лагере. Не та, о которой он думал и которую вспоминал позавчера на заснеженной улице Соликамска, когда из чьей-то форточки разносилась странная песня.

«Все, что она делает, — акт милосердия, — подумал Арсений. — Жалеет арестантика. Вполне в духе российских традиций... Она давно уже не моя любимая. Она — мужняя жена. *Чужая* жена. И мне нужно исчезнуть из ее жизни. Чем скорей, тем лучше. Чтобы не мешать ей жить. К тому же я терпеть не могу, когда меня жалеют... А сын... Ну что ж. Сыном, как говорится, больше — сыном меньше... Будут, бог даст, у меня и другие дети. А этот... Пусть он остается *их* сыном. Ее и Эжена».

— Хорошо, — он пожал плечами. — Слушай. Тем более что об этом уже всем известно. Я уже многим рассказывал. Ко мне в колонию полгода назад следователь из Москвы приезжал. Говорил, что *она* все рассказала... Вот как все тогда было...

...В тот день, одиннадцатого марта тысяча девятьсот восемьдесят пятого, когда Арсений около часа дня вышел из редакции, ему неожиданно встретилась *она*. Милена. Старинная подружка Насти — Милена Стрижова. Милка.

Она всегда нравилась ему. Нравилась как женщина. Попросту говоря, он хотел ее.

Прозвучало несколько ничего не значащих фраз. «Как дела? Как ты? Как жизнь?» — однако она и в этот раз, как всегда, бросала на него такие горячие, призывные взгляды, что Арсений почувствовал, как в нем помимо воли нарастает желание.

— Что собираешься сейчас делать? — спросил он — кажется, не без умысла.

— Не знаю, — пожала она плечами. — С работы меня отпустили. Думала в ГУМ зайти. Может, там чего-нибудь выбросили.

— И у меня «окно», — усмехнулся он. — Я сегодня дежурю по номеру, а в типографию еще ехать рано.

— Тогда, — вдруг твердо сказала она, — пойдем ко мне, — и взяла его под руку.

Арсений понимал, что этого делать нельзя, но не нашел в себе сил сопротивляться. К тому же и портвейн плескался в нем, затуманивая голову. Хмель делал его податливым, безвольным и — одновременно — обострял желание.

Тем более никуда не надо ехать. Может, если бы пришлось ехать, он бы передумал. Но они просто пошли пешком — вверх по Горького. Потом она попросила его: «Купи коньяку», приблизила губы к его уху и горячо зашептала свой адрес и потом фразу: «Я тебя жду...» И он словно загипнотизированный пошел к ней домой...

...Она ждала его. На плите булькал чайник. Столик в гостиной был сервирован: лимон, сыр, яблоки...

— Садись, — Милена указала ему на кресло. — Давай коньячку выпьем.

— Мне еще дежурить, — слабо запротестовал Арсений.

— Совсем немного. Для храбрости.

— Я и так храбрый, — усмехнулся он.

— *Мне* для храбрости, — со значением произнесла она.

Милена сама открыла бутылку, изрядно плеснула коньяку в большие фужеры.

— Давай выпьем за любовь, — сказала, глядя ему прямо в глаза.

Арсений понимал, что ему надо откланяться. Уйти, сбежать. Он знал, что совсем не любит ее, Милену. Он любит — Настю. Однако хмель, а пуще всего — молодое необоримое желание — приковывали его к креслу. И делали его немым. Хотя он хорошо понимал уже тогда: все, что происходит, — неправильно. Правильно было сказать ей решительно: «Я не люблю тебя». Отставить бокал, встать и уйти. Но вместо этого он чокнулся с ней. «До дна», — предупредила она и лихо выпила. Арсений тоже хлебнул.

На журнальном столике стояла фотография. На снимке — Милена в объятиях немолодого, но самоуверенного мужчины. Оба улыбаются в объектив: он — самодовольно, она — кисловато.

— Кто это? — Арсений кивнул на фотографию.

— Муж, — пренебрежительно ответила она.

— Ах, да, ведь ты замужем?

— А ты что, забыл? И что — я не могу быть замужем? — засмеялась она. — Только вы с Настькой — можете?.. Впрочем, вы-то как раз по-настоящему и не женаты. Так, живете вместе. *Сожители,* — снисходительно произнесла она.

— Я люблю ее, — заявил Арсений, словно защищаясь. Защищая их с Настей любовь, их никем не утвержденный и не признанный брак.

Но здесь, в чужой квартире, рядом с чужой и привлекательной женщиной, эти слова о любви к Насте прозвучали неубедительно, словно он и сам в них не верил.

— Знаю-знаю, что любишь, — засмеялась она.

Лицо ее разрумянилось, глаза затуманились. Она смотрела прямо на него вызывающим взором — и от ее взгляда, и от хмеля ему казалось, что Настя далеко-далеко и о ней можно забыть.

— Давай я тебе погадаю, — сказала Милена. И не успел Арсений отказаться, как она уселась на подлокотник его кресла и взяла его левую руку. Ее ладони оказались теплыми и мягкими. Ее тело прикоснулось к нему. От Милки пахло коньяком и терпкими духами, от ее близости закружилась голова, а желание стало еще сильнее.

— Линия жизни длинная, но извилистая, — сказала она, не выпуская его руку. — Ты будешь жить долго, но не всегда счастливо. И тебе суждены большие испытания. Я вижу дальнюю дорогу — очень дальнюю и долгую. И, представь себе, казенный дом... И еще — у тебя будет много женщин. И все они будут тебя любить... А с нынешней своей любовью, то бишь Настей, ты расстанешься. А потом... Потом, через много лет, ты... Ты, кажется, снова обретешь ее. А, может, и нет... И еще... — Она нахмурилась, поворачивая его руку. — У тебя будет сын, но он станет не твоим сыном...

— Как это? — хрипло спросил он. Из-за сильного желания, казалось, у него перехватило дыхание.

— Не знаю, — прошептала Милена и соскользнула с подлокотника прямо к нему на колени. А потом наклонилась и поцеловала его прямо в губы. Он ответил на поцелуй. В сущности, она не оставила ему выбора. Он обнял ее плечи.

Она выскользнула из его объятий и быстро сняла свитер через голову. Потом, также через голову, стащила лифчик. Прямо перед его лицом ощутились ее белые плоские груди с темными, почти черными сосками.

— А где твой муж? — хрипло спросил он.

— Муж объелся груш, — засмеялась она. — Не бойся, он не придет. Он в командировке. В *загран*командировке, — добавила Милка со значением.

К ее ногам упала юбка.

Потом она опустилась перед ним на колени и стала расстегивать его брюки...

...— Ладно. Я поняла, — прервала Настя рассказ Арсения. — Все то же самое мне рассказала и *она*. Она, Милка Стрижова. Это я заставила ее пойти к следователю... Вот таким образом у тебя появилось алиби. И вот почему, я думаю, тебя выпустили.

— А отчего Милка вдруг решила все рассказать? Только сейчас?

Настя дернула плечом. Теперь она уж точно выглядела как совсем чужая женщина. Абсолютно посторонняя.

— У нее с мужем нелады. Она любовников меняет как перчатки. Не волнуйся, она быстро нашла *тебе* замену. *Много* замен.

— Мне она безразлична, — глухо сказал Арсений. — Можешь верить, можешь нет. И *тогда* была безразлична. Это был просто... Просто несчастный случай. Я другого не понимаю: почему Милка не рассказала обо всем *тогда?* Когда меня посадили? На следствии? Ведь ее же вызывали, наверно, к следователю?..

— Не понимаешь?! — Глаза Насти сузились. — Правда не понимаешь?! Ну, ты дурак, Челышев, прости меня господи!.. Да ведь она мстила!.. *Мне* мстила. Мстила — за то, что у меня богатые предки. За то, что у меня шмоток полно. За то, что я себе парня хорошего нашла — тебя, дурака, то есть... И она... Она добилась своего. Отомстила мне, и даже с лихвой. Она тогда, в тот день, одиннадцатого марта, думала *просто* с тобой переспать — и этим меня уесть... Мужика отбить!.. Да что может быть для *подружки* сладостней!.. А она, видишь, совсем мне жизнь поломала. И тебе заодно тоже.

Настя отвернулась. Потом снова глянула прямо в глаза Арсению — и опять ее взгляд был чужим, недобрым.

— Я вот другого не понимаю: а почему *ты* тогда, на следствии молчал? Почему *ты* ничего не рассказывал? Ведь этот *перепихон,* — она презрительно скривила рот, — был твоим алиби!.. Ты-то что молчал?!

— Ну, я, во-первых... — пробормотал он, глядя в сторону. — Во-первых, я не хотел ее компрометировать. Она все-таки была замужем...

— Боже, какой благородный! — язвительно бросила Настя. — Настоящий джентльмен! И ты, ради спасения *чести прекрасной дамы* — этой Милки несчастной! — такую муку решил принять?! В лагеря пошел?! На десять лет сам себя посадил?! Нет, ну ты, Челышев, и впрямь дурачок. Юродивый!..

Она фыркнула и отвернулась.

Арсений, по-прежнему глядя в сторону и мучительно подбирая слова, сказал:

— Но, понимаешь, мой адвокат... Которого ты наняла... Кстати, спасибо тебе за это... Я очень тебе признателен... Он, наверное, правда классный адвокат... Так вот он говорил, что и без этой истории, без моего алиби, он вполне обойдется. И справится. И что все у меня образуется. Что никаких улик у следователей на самом деле нет. И что не надо никому рассказывать, что я в тот день, одиннадцатого марта, и как раз в то время, когда твоих... твоих убивали, был с Милкой... Потому что тогда мне придется говорить об этом — на суде. И, разумеется, об этом случае узнают все. И судьи, и прокурор... И ты... И этот случай сыграет как раз совсем не в мою пользу... Моральный облик и все такое.

— Вот как? — удивленно подняла брови Настя. — Значит, адвокат *сам просил тебя* ничего не говорить на следствии о встрече с Милкой? Не подтверждать твое алиби? И именно поэтому ты ничего не сказал?!

— Да, — сосредоточенно кивнул Арсений.

Настя задумалась, а потом глухо произнесла:

— Вот так адвокатишка... Настоящий профессионал... Ну, маманя, ты мне и удружила...

— О чем ты?

— Не я нанимала адвоката! — яростно выпалила Настя. — Не я. Не я платила ему. Откуда у меня тогда были деньги!.. Нанимала его и платила ему — мама. Я только просила ее, чтобы адвокат был самый лучший.

— Значит, он оказался *не самым* лучшим, — спокойно заявил Арсений.

— А я... а я... — пробормотала Настя. — А я поверила ей! — И закончила уж совсем непонятно: — Я честно выполнила свою часть сделки!

— Какая сделка? О чем ты? — потребовал Арсений.

— Ни о чем, — отрезала она. И резко перевела разговор: — Положить тебе еще? Добавки?

— Да! — решительно сказал он. — Да!

Насте показалось, что пища волнует его в данный момент куда больше, чем следствие, вина, Милка, адвокат... Она вскочила, стала греть ему порцию, прибереженную для себя. Она и не думала, что у него окажется такой аппетит.

— А как ты? — вдруг спохватившись, вяло спросил Арсений. — Учишься, работаешь?

— Я на дипломе, — ответила она, не оборачиваясь. Помешивала шкворчащую картошку с мясом. — Потеряла год, когда Николенька родился. Уходила в академку. Ну, и работаю одновременно. Корреспондентом, в «Московских новостях». Это сейчас самая лучшая газета. За ней у киосков очереди с шести утра стоят.

— Да, здорово я от тебя отстал, — безучастно произнес он.

— Ничего, нагонишь. Ты талантливый.

Она поставила перед ним тарелку с едой.

— Будешь писать мемуары. Для «Московских новостей» и «Огонька». Лагерная тема сейчас в моде.

Он передернулся.

— Что, не хочешь вспоминать? — Она поняла его жест.

— Не хочу, — резко отрубил он.

— Тогда поможешь мне раскрыть, кто убил моих деда с бабкой.

— Раскрыть?

— Ну да. Тебе же нужно оправдаться. Следователи, мне кажется, не очень-то будут землю рыть из-за убийства четырехлетней давности. А ты никогда не отмоешься добела, пока не найдешь настоящего убийцу. А мне... Мне это тоже надо. Отомстить.

Лицо Арсения вдруг выразило такую растерянность, что Настя пожалела, что сказала об этом. «Похоже, пока он не адаптировался, с ним нужно обращаться как с маленьким, — подумала она. — Не ставить перед ним никаких задач. И говорить только о самых простых вещах».

— Ладно, — решительно заявила она. — Сейчас поешь — и баиньки. Твоя комната тебя ждет.

— Знаешь, — задумчиво сказал он, на миг отрываясь от сосредоточенного поглощения пищи, — я почти четыре года не спал на настоящих простынях. И... — Он сделал паузу, нахмурился, покраснел, но все-таки выдавил из себя: — И женщины у меня все это время не было.

— Ну, простыни — это пожалуйста, — усмехнулась она. — А вот на меня ты как на женщину можешь не рассчитывать. Все давно прошло, Сеня. Очень давно. Мы теперь с тобой друзья. — Она чуть не ляпнула: «Даже гораздо больше, чем друзья», — но удержалась, продолжила: — Хорошие и давние друзья. И я сделаю для тебя все, что смогу. Все, что в моих силах... Но я...

Она мучительно подбирала слова, но ей хотелось, как бы это ни было сложно, объясниться с ним прямо сейчас. Объясниться — раз и навсегда.

— Я замужем за другим. Понимаешь? И я ему верна. И я... Я больше не люблю тебя, Арсений.

## Глава 9

Семью Арсению обрести не удалось. Но жизнь его наладилась неожиданно быстро.

Настя дала ему триста рублей — взаймы. На эти деньги он снял однокомнатную квартиру в Марьино (от метро «Текстильщики» полчаса на автобусе).

Купил в ЦУМе очень приличный гэдээровский костюм (пришлось отстоять два часа в очереди). Настя отдала ему его же старые рубахи — сберегла с восемьдесят пятого года на даче — плюс две пары вполне еще приличных ботинок и старую осеннюю куртку.

Арсений съездил на родину, в Южнороссийск. К счастью, его бабушка Татьяна Дмитриевна и дед Николай Арсеньевич оставили о себе в городе добрую память. Три четверти Южнороссийска либо лечились у них, либо лечили своих детей. Партийные и советские бонзы не составили исключения. Поэтому Арсению довольно быстро (по советским меркам) сделали паспорт и, самое главное, вернули ему стариковскую квартиру на берегу моря и заново прописали его в ней.

Арсений впервые в жизни побывал на городском кладбище. Бабушка успела поставить деду простенький памятник. Рядом возвышался холмик с воткнутой в землю табличкой: *Татьяна Дмитриевна Челышева.* Погост размещался на самой высокой горе над городом. Со всех сторон, далеко-далеко, было видно море. Деду это бы понравилось.

Десятки пароходов, маленькие, как спичечные коробки, стояли на рейде. Ждали своей очереди на разгрузку — канадцы своей пшеницей спасали голодающие Советы.

Арсений возложил на могилки стариков два букетика роз.

Он не плакал. Ему казалось, что после всех испытаний он никогда больше не сможет плакать.

На минуту ему захотелось остаться в родном городе навсегда. Зажить здесь простой и спокойной жизнью. Устроиться на работу, ходить на рыбалку, а со временем завести семью и детей. Он на минуту представил себе такую перспективу — и понял, что нет: он не сможет. Не сможет оставаться здесь, в провинциальном покое. Его неудержимо, словно мощным магнитом, притягивала к себе Москва. И — Настя. Теперь, когда она стала с ним по-дружески холодна, когда она принадлежала другому, он снова хотел добиться ее. Добиться ее любви. Чтобы она всегда была рядом с ним.

В Москве у него были и другие дела. Он хотел разобраться: кто и зачем убил стариков Капитоновых. Найти убийцу (или убийц). Однако не для того, чтобы мстить (как того хотела Настя). Им двигало другое. Настя верно сказала: пока подлинного преступника не найдут, его, Арсения, до конца не оправдают. И слишком многие будут считать, что виноват он. И ему до самой смерти придется таскать за собой шлейф из шепотков: «А, это тот самый, что убил родственников своей жены...»

И Арсений поручил присматривать за своей квартирой бабульке-соседке, подружке Татьяны Дмитриевны, а сам вечерним рейсом вылетел в Москву.

...Когда после самолета, двух автобусов, метро Арсений поднимался по лестнице своей хрущевки в Марьино, где он снял квартиру, с подоконника навстречу ему спрыгнула хрупкая фигурка.

— Настя? Ты? — Арсений остолбенел.

— Не видишь, что ли? — проворчала она.

Даже в полутемном подъезде он заметил, что Настя грустна и растерянна.

— Пойдем.

Он распахнул перед ней дверь своего временного обиталища, однокомнатной малогабаритки.

Настя впервые очутилась у него дома. С порога было видно, что это жилище холостяка: неуютное, прокуренное. Пол истерт, истоптан. Рядом с телефоном оторван лист обоев. На голой стене чернильным карандашом записаны номера телефонов. В доме даже не пахнет женщиной.

— Проходи, садись, — пригласил Арсений. — Разуваться, естественно, не нужно.

Единственная комната даже не отделялась от коридора дверьми. Настя скинула шубу, уселась на продавленный диван.

— Ты голодна? — Арсений казался невозмутимым.

— А если даже и голодна? — съязвила она. — Неужели у тебя есть какая-то еда?

Казалось, она вымещает на нем свою злость на кого-то.

— Чего-нибудь найдем, — пожал он плечами. Арсений был ровен, спокоен и не демонстрировал ни радости от ее появления, ни удивления.

Арсений видел Настю третий раз после возвращения из лагеря. Впервые они встретились, когда он сошел с поезда на Ярославском вокзале. Во второй раз — она пригласила его на дачу. Муж, Эжен, был тогда в очередной командировке; у мамани, Ирины Егоровны, нашлась срочная работа в министерстве. На огромной, запущенной даче, стоявшей посреди громадного участка, заросшего соснами, они в тот день впервые оказались втроем: Настя, Арсений — и их сын Николенька. Однако сын Арсения не признавал. Куксился, капризничал, бесился. Настя казалась высокомерной, холодной и раздраженной. Арсений пробыл на даче пару часов, забрал свои старые вещи и уехал на электричке.

И вот теперь Настя сама пришла к нему. Она знала, что он уехал в родной город, но как вычислила, что он вернется именно сегодня?

Арсений быстренько сварганил из чего бог послал королевский (на его взгляд) ужин: вареная картошка и кильки в томате. Нашел даже полбутылки холодной водки.

Настя залпом выпила водку. Тарелку с едой отодвинула. Арсений пожал плечами, начал есть. Настя вдруг вскрикнула:

— Прекрати!

Он едва не поперхнулся.

— В чем дело?!

— Прекрати! Ведешь себя так, будто ничего не случилось!

Арсений покорно отодвинул тарелку:

— Хорошо, прекратил. Только разве что-то случилось?

Хотя видел, конечно: случилось. Настя никогда еще не выглядела так жалко. А на ее лице Арсений заметил свежий кровоподтек. Повинуясь приступу любви и жалости, он протянул руку через стол, погладил ее по щеке. Она на секунду прислонилась к его руке, а потом вдруг зло оттолкнула ее.

— Так что все-таки стряслось, Настя? — участливо спросил он.

Она вдруг уткнулась лицом в ладони. Однако плакать не плакала. Оторвала руки от лица, сказала глухим, ненавидящим голосом:

— У него есть любовница. Я давно это знала.

— У Эжена?

Настя смерила Арсения презрительным взглядом:

— У кого ж еще!

— Тебя это трогает?

— Да! Меня это трогает! — с вызовом выкрикнула Настя. — Потому что он — мой муж! Он!!! А не ты!

— Сейчас у всех есть любовницы, — со спокойненькой усмешкой произнес Арсений.

— Да уж. По твоему поведению я это поняла.

Арсений оставил ее выпад без ответа. Он понимал: Насте надо выплеснуть эмоции.

И ее рассказ не заставил себя ждать:

— Мы с ним были дома. На Бронной. Мама с Николенькой на даче. И, знаешь, кто-то повадился звонить по телефону. Звонит — я беру трубку: алло, алло — не отвечают. И это не сбой на линии. Слышно, как кто-то дышит, а однажды даже хмыкнул презрительно. И вроде бы женский голос. И так раза три подряд. Я говорю Эжену: снимай сам трубку, пожалуйста. И в следующий раз звонок он ответил. И с ним заговорили. Я слов не слышала, но по всему: по тону его, по усмешкам — поняла: звонит женщина. Поговорили они, и Эжен сразу засобирался: белую рубашечку надел, галстучек. А сам веселый, насвистывает...

«Кажется, Настя перевела меня в разряд своих «подружек», — подумал Арсений. — Подружек, которых у нее нет. И не было. Ну, кроме Милки... Она решила, что теперь со мной можно обсуждать свои семейные дела и жаловаться на проходимца-мужа. Ну что ж: если это шаг для того, чтобы снова покорить ее, я согласен. Согласен слушать».

— ...Я спрашиваю Эжена: ты куда? Он говорит: по работе. «Что за работа в воскресенье?» А он только хмыкнул и ушел. А я... Я решила за ним проследить... Тем более что машина в сервисе, он на метро собрался ехать... Ну, я оделась — и быстро за ним... Нагнала. Он в метро спустился — на «Пушкинскую», я за ним. Он едет — я в соседнем вагоне. Он ничего вроде бы не замечает, газетку читает... Ну, доехали мы так с ним до «Юго-Западной»...

— Слушай, — прервал ее Арсений, — а ты с Фетисовым играть в хоккей не пробовала? Или там петь дуэтом с Пугачевой?

— Ты к чему это? — уставилась она на него подозрительным взглядом.

— Да ни к чему. Проехали. Продолжай, пожалуйста.

Настя секунду помолчала, словно колебалась: обидеться на Арсения или продолжать. Решила все-таки сделать вид, что не поняла его выпада, и продолжила:

— В общем, довела я его до самого дома. Здоровенная такая девятиэтажка, длинная, серая. Он совсем уже собрался было в подъезд зайти, а потом вдруг разворачивается и быстро ко мне идет. Я не то что убежать, даже подумать ни о чем не успела. Так и замерла на месте. Он подходит вплотную. Рот оскален: ах ты, — говорит и добавляет по-матерному, — следить за мной вздумала? Домашней полицией себя вообразила? Я тебе покажу полицию! И бьет! Прямо в лицо! Кулаком!..

Губы у Насти задрожали, на глаза навернулись слезы. Однако она справилась с собой и закончила:

— Я упала, а он, ни слова не говоря, спокойненько развернулся и пошел своей дорогой!.. Даже подняться мне не помог!

— Бьет — значит любит, — ровным тоном резюмировал Арсений. Против воли он почувствовал злорадство. «Вот ты и получила, Настя, что хотела. Любящий муж, здоровая советская семья, и дом полная чаша».

Настя посмотрела на него взглядом, полным обиды, и тихо сказала:

— Напрасно я, наверное, к тебе пришла... Но, понимаешь, Сеня, мне просто некуда больше идти...

— А мама? Мамочка твоя, Ирина Егоровна?

— А мама — она всегда за *него!* Что бы у нас с ним ни произошло, она считает: я во всем виновата. Она всегда за него заступается. Всегда! Как будто не я ее дочка, а он ее сыночек! Любименький сыночек! Она бы и сейчас сказала: чего полезла? По заслугам получила! Зачем, мол, унижаешь человека недоверием?! Ох, Сенька, я не знаю, что мне делать...

— Остаться у меня, — сказал он, твердо глядя на нее. — И жить со мной.

В ее глазах мелькнул испуг:

— А мама? Эжен?.. И Николенька?

Арсений пожал плечами — насколько мог равнодушно. Уговаривать, дескать, не стану: мама и Эжен — это твои проблемы.

— Ну, расскажи, как ты съездил? — переменила она тему.

Арсений отделался несколькими словами: получил паспорт, сохранил квартиру, прописался, побывал у стариков на кладбище...

— Мне так жаль твоих...— В глазах у Насти блеснули слезы. — Мы так подружились тогда, год назад, с твоей бабушкой, Татьяной Дмитриевной... Она мне столько всего рассказала...

— О чем?

Настя пожала плечами:

— О молодости. О том, как она с твоим дедом, Николаем Арсеньевичем, познакомилась. О том, как они с моими стариками дружили.

— Расскажи.

— А ты не знаешь?

— Нет. Со мной они избегали вести разговоры на эти темы. Да и я, честно говоря, не особо интересовался.

Чтобы отрешиться от собственных проблем, Настя начала пересказывать то, что узнала год назад в Южнороссийске от Татьяны Дмитриевны. О молодости стариков, о любви Татьяны Дмитриевны и Николая Арсеньевича, о компании, куда входили они вчетвером — Челышевы и Капитоновы... Она поведала Арсению о том, как работали молодые врачи, и о тайных изысканиях его деда... Когда разговор зашел об исследованиях деда Николая, глаза Арсения удивленно округлились:

— Я ничего об этом не знал. Они не говорили об этом никогда. Пожалуйста, расскажи подробней.

— Насколько я поняла, — сказала Настя, — твой дед изобрел что-то вроде лекарства против рака. И, как мне рассказала Татьяна Дмитриевна, его опыты оказались довольно успешны. Для своей панацеи он использовал настои из трав, вытяжку из плавников акул... Ну, не акул — а этих ваших, катранов. Он даже лечил пациентов этим лекарством, и многие даже выздоравливали... Но потом, после того, как отсидел, твой дед дал зарок: никогда больше не экспериментировать. Забросил свое детище... Тем более что посадили его во многом из-за него... А рецепт лекарства, что он изобрел, кажется, даже сохранился — он так и пролежал все сорок лет в их квартире, спрятанный в вентиляции...

— Поразительно... — прошептал Арсений. — Поразительно...

Из глубин памяти всплыла ярчайшая картинка из далекого детства.

...Ему лет восемь. Кажется, он уже учится во втором классе. А мама... Мамы нет. Наверно, она уже умерла. Во всяком случае, ее нет рядом, а присутствующие если упоминают о ней, то с грустью и в прошедшем времени.

Они все втроем — Сеня, дед, бабуля — находятся в кухне в их квартире в Южнороссийске. Кажется, они обедают. Или только что пообедали — и ждут десерта. Дед вроде сидит за обеденным столом. Он на вид спокоен, хотя маленький Арсений чувствует, что дедушка раздосадован, рассержен. Бабушка тоже сидит за столом — на своем месте у плиты. И она, похоже, тоже взволнована и даже с трудом сдерживает слезы. Ее руки мнут льняную салфетку. Арсений впервые видит, как взрослые — а не дети — испытывают столь сильные чувства: раздражение, гнев. И особенно неприятно Арсению, что эти чувства вызывает у деда с бабушкой не кто иной, как его собственный отец — Игорь Николаевич Челышев.

Отец стоит у притолоки. Он в брюках и синей майке. Глаза у него неприятные, красные, бешеные. И еще от него пахнет. Пахнет резким, противным запахом. Перегаром. Отец кричит на деда. Речь у него какая-то бессвязная и непонятная:

— Ты!.. — кричит он. — Это ты не помог ей!.. Ты не захотел!.. Ты побоялся, струсил!.. Ты не дал ей шанс!.. Ты мог бы, мог бы спасти ее! Ты! Ее! Погубил!..

И тут маленький Сеня отчего-то понимает, что речь идет о его маме. О маме, недавно куда-то исчезнувшей. И он понимает, что его отец обвиняет деда Николая в том, что тот виноват в ее исчезновении. Или, что одно и то же, в ее смерти. И тогда маленький Сеня заливается слезами, а бабушка велит отцу звенящим от гнева голосом: «Игорь!! Не смей говорить в таком тоне! Немедленно прекрати и выйди!! Ты пугаешь Сеню!!»

Еще Сеня помнил из того дня, что громко шандарахнула входная дверь — это убежал из квартиры отец, и как бабушка капала деду валерьянку из пузырька: руки ее тряслись, а валерьянка сильно воняла...

— ...А ведь моя мама умерла от рака, — задумчиво произнес Сеня. Он выплыл из воспоминания-картинки и снова находился здесь и сейчас — в марте восемьдесят девятого года, на кухне съемной квартиры в Марьине.

— Что? — осеклась Настя.

— Моя мама умерла от рака. И, наверное, мой дед ничего не сделал, чтобы ее спасти... А может быть, он мог бы ее спасти этим чудо-средством?

— Почему ты решил?

— Ты же сама говоришь: бабушка рассказала, что дед зарекся применять свое лекарство. И рецепт был спрятан в вентиляции...

— Татьяна Дмитриевна ничего мне не рассказывала про... про твою мать.

— Мне они тоже никогда ничего о ней не рассказывали. Даже когда я просил.

— Твоя бабушка отдала мне целую тетрадь рецептов, всяких медицинских записей. Для того чтобы я передала ее тебе.

— По-моему, бабушка с дедом лет на двадцать опоздали... Мама-то моя уже умерла...

— Ох, не винил бы ты своего деда, Сеня. Он слишком многое перенес, чтобы тогда, после лагеря, начинать все сначала. Всю ту работу, за которую он пострадал.

— Я понимаю.

— И еще... Знаешь, мне Татьяна Дмитриевна рассказала еще одну вещь... Она не была в этом уверена, но она так считала... И так всю жизнь думал твой дед... Словом, они — и он, и Татьяна Дмитриевна — были уверены: тогда, в сорок седьмом году, донос на твоего деда написала моя бабка, Галина Борисовна...

— Что-о?

— А ты ни разу не слышал об этом?

— Нет. Никогда.

— Твоя бабушка говорила, что тогда городская интеллигенция шепотком друг другу передавала: в аресте Николая Арсеньевича виновата она, моя бабка.

— Но зачем?! Зачем ей это понадобилось?!

— Говорили, что она сделала это, потому что завидовала твоей бабушке, Татьяне Дмитриевне. И ревновала к ней мужа — моего деда, Егора Ильича Капитонова... И еще она возненавидела твоего деда, Николая Арсеньевича. Возненавидела за то, что он отверг ее любовь. И предпочел Татьяну Дмитриевну... Вот так-то...

— Боже, как все переплелось... — пробормотал Арсений.

— Прости... — тихо проговорила Настя и подумала: «Нет, я все-таки не смогу рассказать ему *все.* Рассказать *еще одну* семейную тайну. Во всяком случае, сейчас — не смогу».

— Так что у тебя, Сенечка, на самом-то деле был мотив, чтобы убить моих стариков, — через силу вымолвила Настя. — Ты мстил за своего деда.

— И ты веришь, что я мог это сделать? — криво усмехнулся Арсений.

— Нет, конечно. Нет. Не верю.

Настя вдруг заплакала. Сказалось все напряжение сегодняшнего дня: горе, унижение, бегство, ожидание под дверью, непростой разговор, затеянный с Арсением... Настя плакала горько, как девочка.

— Пойдем, — твердо сказал Арсений и взял ее ладонь.

Он повел ее в комнату, держа за руку — примерно так же, как три месяца назад она вела его на Ярославском вокзале. Настя доверчиво шла за ним.

Не выпуская ее руки, Арсений достал из серванта подушку и плед. Заботливо уложил на диван Настю. Накрыл сверху пледом. Сел рядом, на краешек. Взял ее за руку.

— Спи, дорогая, — нежно прошептал он. — Моя бабушка всегда говорила: горе нужно *заспать*. Завтра ты проснешься как новенькая. Утро вечера всегда мудренее.

Он спросил себя: хочет ли Настя, чтобы он сейчас проявлял к ней интерес как к женщине? Хочет, чтобы он попытался восстановить утраченные четыре года назад отношения? Он спросил — и ответил себе, что наверняка он не знает, и потому не стал трогать и возбуждать Настю. Кроме того, он очень боялся в очередной раз услышать от нее резкое «нет» — как тогда, три месяца назад, в первый же вечер после возвращения. И он поцеловал ее по-братски в висок и ушел на кухню.

А когда заглянул в комнату десять минут спустя, она уже крепко спала.

* * *

Утром Арсения разбудил телефонный звонок.

Он спал в кухне на раскладушке. Раскладушка едва поместилась, стол пришлось вынести в коридор.

Арсений вскочил, побежал к телефону. Схватил трубку старинного эбонитового аппарата.

Звонил следователь КГБ по фамилии Воскобойников.

«Откуда они в КГБ узнали мой адрес? — пронеслось в голове спросонья. — Следили за мной после выхода из лагеря? Надеялись, что я выдам себя? Что я приведу их к тайнику с деньгами, украденными у Капитоновых?»

*«А откуда, собственно, Настя узнала мой адрес?»*

Арсений тряхнул головой.

«Подозревать ее — это чистая паранойя. Телефон-то она мой здешний знала. Я сам ей сказал. А узнать по номеру телефона домашний адрес — пара пустяков. Никаким кагэбэшником для этого быть не надо».

Арсений зашел в комнату — одеться. Настя испуганно вскочила на постели.

— Что случилось? Кто звонил? — ломким от страха голосом спросила она.

— Спи. Это мне звонят, по работе.

— Это не Эжен? Правда не Эжен?

«Она действительно его боится, — подумал Арсений с отвращением. — А раз боится, получается, что он для нее что-то значит. Значит, она по-своему любит его».

— Нет, нет, не Эжен, — досадливо ответил он. — Спи давай, еще рано.

Пятью минутами ранее его «крестный», следователь Воскобойников, тоном, не терпящим возражений, назначил Арсению встречу. Причем не на площади Дзержинского и не в ином официальном здании КГБ, а почему-то в обычной квартире. Следователь продиктовал адрес: проспект Вернадского, сто двадцать, квартира двести семьдесят. Просил подъехать ровно к двенадцати. Чтобы поспеть, следовало выйти через десять минут.

...Арсений доехал до метро «Юго-Западная» — и вспомнил, что вчера это название фигурировало в рассказе Насти. К тому же дом, в котором ему назначил встречу кагэбэшник, оказался точь-в-точь таким, как Арсений представлял себе многоэтажку, где вчера разыгралась драма между Настей и Эженом: серое девятиэтажное чудище.

«Это совпадение, — утихомирил Арсений вдруг застучавшее сердце. — Просто глупое совпадение».

В конспиративной квартире (а это жилье не могло быть ничем иным) по всем признакам никто не жил, однако она оказалась оснащена всем необходимым: посуда в серванте, кресла, журнальный столик, бар.

Воскобойников уже ждал Арсения. Вместе с ним в квартире присутствовал еще один человек — молодой, тусклый, невзрачный. Не кем иным, как кагэбэшником, он быть не мог.

Воскобойников встретил Арсения как родного — словно и не было четыре года назад многочасовых допросов, когда следователь вил из него веревки: угрожал, провоцировал, обнадеживал, обещал, пугал... Спасибо, что хоть не бил...

— Снимай бушлат, дорогой Арсений, присаживайся, — пророкотал он. Второго *человека из органов* он Сене не представил. — Хочешь выпить чего-нибудь? Коньячку? Водочки?

— До двух не пью, — шутливо огрызнулся Челышев. — Политика партии не позволяет.

— Ох-хо-хо-хо, — неискренне засмеялся Воскобойников. Второй, тусклый, не проронил ни слова и не счел нужным даже улыбнуться. — А ты все такой же шутник, Челышев. Ну, садись. Раз не пьешь, тогда мы нарзанчику тебе нальем.

Арсений уселся в кресло у журнального стола. Воскобойников плюхнул ему в бокал минеральной воды. Себе и тусклому щедро налил коньячку.

— Ну, будем. — Мгновенно выпил, зажевал лимончиком. Потряс головой и продолжил в шутейной вроде бы манере — в той манере, от которой у Арсения по старой памяти мурашки по коже пробегали.

— А зря тебя так рано выпустили, Челышев. Ох, зря. Сидеть бы тебе еще да сидеть... Была б лично моя воля, топтал бы ты зону и дальше, да на всю катушку... Сколько тебе годков дали? Десять? Вот десять лет бы и сидел. Да и то маловато. Вот раньше давали так давали... «Четвертной» в зубы — и по рогам... Это сегодняшние наши начальнички, из Политбюро в основном, взяли такую моду... Всех миловать, всех выпускать. Всех диссидентов, отщепенцев всяких. И ты под эту политику попал, даром, что сидел с политическими... Ну, и сожительнице своей спасибо скажи. Анастасии этой Капитоновой. Даром что внучка потерпевших, а за тебя горой. Всех письмами закидала. Что ни месяц, то новая цидуля от нее приходит: то в Политбюро, то на имя Генерального секретаря, то на имя председателя КГБ... Ну, и сжалились над тобой органы, сжалились... Помиловали...

— Чем я сейчас привлек ваше внимание? — спросил Арсений.

Подколки Воскобойникова слишком ярко воскресили в его памяти то время, когда советское правосудие вершило над ним следствие и суд. Арсений чувствовал, как внутри постепенно поднималась холодная ярость. После лагеря он уже ничего не боялся, этих мышиных — тем более. «Сейчас первого, этого Воскобойникова, — бутылкой по черепу, второго, тусклого, — «розочкой» в лицо... Вряд ли у них есть оружие... Заберу деньги, документы — и на вокзал... И — ищи меня свищи...»

— Ты не кипятись, Челышев, — мгновенно переменив тон на миролюбивый, произнес следователь. — Мы помочь тебе хотим.

— Вы мне уже помогли, — усмехнулся Арсений. — На десять лет помогли.

— Ну ладно, ладно... Будем считать, что тогда ошибочка вышла. Что ж делать?.. Конь о четырех ногах — и тот спотыкается. Но мы перед тобой извиняемся, Челышев. От имени органов... Хотя согласись, улики против тебя были бронебойные.

— Да неужели?

— Да-да, — скорбно-шутейно покивал головой Воскобойников. — Ты обвинительное заключение читал?.. Помнишь? На кухне Капитоновых стакан стоял с отпечаточками твоих пальчиков — свеженькими отпечаточками. Это раз. Золото-брильянты под твоей ванной в съемной квартире нашли. Это два... Ну, и алиби у тебя никакого не имелось. Молчал ты как партизан, что имел во время убийства половое сношение с гражданкой Миленой Стрижовой. Молчал, а зачем, спрашивается, молчал?.. Я к чему, Челышев, клоню: ведь если у тебя теперь алиби появилось — тогда ты, предположим, *сам* не убивал. Но!.. Куда мы в таком разе украшения под твоей ванной денем? И стаканчик — куда? С твоими свеженькими отпечатками, у Капитоновых на кухне?..

«Какого дьявола я вообще на эту встречу поперся? — злясь на себя, подумал Арсений. — Послал бы этого Воскобойникова куда подальше. Послал — и что бы они стали делать? Опять арестовали меня, что ли?..»

— Значит, если ты не убивал, — продолжал в дурашливой манере следователь, — тебя кто-то, Челышев, хотел подставить? Кто-то, кто имел к твоей квартире доступ. Он, этот «кто-то», значит, и стаканчик с твоими пальчиками на месте убийства оставил, и золотишко тебе под ванну подложил...

— Разливай, Геннадий! — вдруг, обрывая себя, скомандовал Воскобойников тусклому.

И опять повторилась процедура: кагэбэшники выпили почти по полному фужеру коньяку. Казалось, им и пить не хочется вовсе, но они исполняют необходимый ритуал — или просто казенного коньяку не жалеют: на халяву, известное дело, и уксус сладкий.

— Ох, крепка советская власть! — передернулся следователь, лимоном заел и продолжил, обращаясь к Арсению: — Так что получается, уважаемый гражданин Челышев, что на сегодняшний день перед органами и тобой стоят, как ни странно, одинаковые задачи. А именно. И нам, и тебе необходимо, чтоб мы настоящего убийцу нашли. А ведь он, настоящий убийца, скорее всего, — тот человек, что подставить тебя, Челышев, хотел... Так что придется нам с тобой теперь действовать вместе. В одной связке.

Арсений ушам своим не мог поверить: следователь, который четыре года назад спал и видел подвести его под «вышку», — теперь предлагает сотрудничество! Воистину у наших чекистов чистые руки и холодная голова — с кем угодно готовы скооперироваться, лишь бы добиться своего!

— И я, Челышев, — продолжил следователь, — ради того, чтобы найти убивца, готов даже на должностное преступление пойти. И рассказать тебе все, что я знаю по делу об убийстве Капитоновых. Чего ты не знаешь, а я вот знаю.

— Зачем это вам? — спросил Арсений.

— А затем, дорогой мой Арсений, чтобы ты тоже мозгами раскинул. И поработал бы над делом *изнутри*. За Капитоновыми бы, к примеру, понаблюдал. Ты ведь возобновил отношения с Настей, не правда ли? Она и ночует у тебя...

— Не ваше дело, — сгрубил Арсений.

— Не мое, — охотно согласился Воскобойников. — Но ты бы мог помочь следствию. Над другими фигурантами потихонечку, исподволь поработать. Ты же мальчик сообразительный. И понимаешь: пока мы настоящего убийцу не найдем, ты все равно будешь под подозрением. И до конца тебя не оправдают.

— Давайте, выкладывайте, — хрипло предложил Арсений. — Что вы там хотели мне рассказать?

— Не спеши, — хохотнул следователь. — Не так все просто... Геннадий! — скомандовал он тусклому.

Тот послушно взял «дипломат», стоящий у кресла. Раскрыл его на коленях, вытащил оттуда бумагу, протянул через столик Арсению.

— Что это?

— А ты почитай, — вкрадчиво сказал Воскобойников.

Арсений пробежал листок глазами. Бумага, отпечатанная на машинке, гласила:

*Я, нижеподписавшийся, Челышев Арсений Игоревич, русский, 1965 г.р., являюсь негласным сотрудником Комитета Государственной Безопасности СССР. На все сведения, полученные мною от сотрудников КГБ, а также на сам факт моего сотрудничества с Комитетом Государственной Безопасности распространяется Закон о неразглашении государственной тайны. Я предупрежден о том, что в случае разглашения любых сведений, полученных мною от работников КГБ, я подлежу преследованию в уголовном порядке.*

А ниже — оставлено место для даты и подписи.

— Да вы что, — с веселым удивлением спросил Арсений, — вербуете меня, что ли? Меня в лагере «кум» стукачом не смог сделать, а уж вы-то!..

Он отбросил бумагу, и она, планируя, опустилась на журнальный столик.

— Так ведь услуга за услугу, дорогой Арсений Игоревич, — осклабясь, проговорил Воскобойников. Он отчего-то вдруг перескочил на «вы». — Кви про кво. Ты — мне, я — тебе... С чего я вам, Арсений Игоревич, вдруг буду рассказывать о материалах следствия? Они, между прочим, проходят под грифом «секретно». Я же должен быть уверен, что вы не побежите с ними в газетку. В «Москоу ньюс» какую-нибудь, в еврейский журнал «Огонек», к Коротичам всяким!..

— И поэтому вам надо, чтобы я стал сексотом.

— «Сексот» — это «секретный сотрудник» в сокращении. А какой из вас, Арсений Игоревич, секретный сотрудник! — рассмеялся следователь, кажется, искренне. — Да какие-такие вы *секреты* знаете?!. Что три недели назад, на двадцать третье февраля, ответственный секретарь газеты «Советская промышленность» Гоги-как-его-там рассказал анекдот про Горбачева?.. Будто вся страна про генсека анекдоты не рассказывает!.. Скажу вам честно: эта бумажонка, — Воскобойников потряс листком в воздухе, — просто для отчета. У нас, точнее, вот у него, Геннадия, — он кивнул на тусклого, — тоже, представь себе, есть план. И ему тоже нужно отчитываться о проделанной работе. Так что давай уж вместе порадеем за Геннадия как родного человечка.

Гена осклабился — впервые за все время проявил человеческое чувство.

— А если я не подпишу?

— Ну и не подписывай. Что я, руки тогда, что ли, тебе выкручивать буду? — вроде бы даже обиделся следователь. — Значит, поговорили мы сегодня — и разошлись. И даст бог не увидимся больше никогда.

— Давайте вы сначала расскажете, а потом я подпишу, — усмехнувшись, предложил Арсений. — А то, может, вы и не расскажете ничего.

Тусклоликий Геннадий метнул озабоченный взгляд на Воскобойникова. Тот гримаской вроде бы успокоил его и откинулся в кресле.

— Ну ладно. Раз ты нам так не веришь. Хотя ты меня обидел. Право слово, обидел... Ну, давай, Арсений, спрашивай. Что тебя интересует? — Он опять перешел на «ты».

— Меня многое интересует. Есть, например, такой товарищ... Эжен... Евгений Сологуб. Муж моей... — Арсений сбился, потом поправился: — Нынешний супруг Анастасии Капитоновой... Что он, интересно, делал в день убийства? У него есть на то время алиби?

Воскобойников понимающе усмехнулся.

— Закопать хочешь соперника? Думаешь, это он, Эжен, стариков зарезал? И тебя попутно подставил?.. Что ж, закопать конкурента — похвальное стремление... Но вынужден тебя огорчить. У Евгения Сологуба на время убийства имеется стопроцентное алиби. Весь тот день, одиннадцатого марта восемьдесят пятого года, он находился на рабочем месте, в Министерстве иностранных дел. Его видела куча народу. Увы.

— А привратника внизу в подъезде вы допрашивали? Почему он-то не видел убийцу?

— А охранник, что сидел в подъезде на Бронной,

как раз в тот день животом сильно маялся. Блевал, извини за выражение... Поэтому пост свой он покинул и домой побежал. Он поблизости живет... А когда вернулся, у крыльца уже ментовозки стоят, «Скорые»...

— А почему он настолько скоропостижно заболел? Может, его кто-то накормил чем несвежим?

— Лихо спрашивает, а, Геннадий? — мотнул головой в сторону бессловесного коллеги Воскобойников. — Его бы на наше место посадить, а? — Геннадий бледно улыбнулся. — Допрашивали мы охранника, — махнул рукой следователь, поворачиваясь к Челышеву. — Пищу он в тот день принимал дома. В кругу семьи. И в день убийства с утра дома кушал, и в предыдущий день вечером... Жена его это подтвердила. И ничего перекусить он на работу с собой не брал...

— А как его звать, этого вохровца? Где он проживает?

— Он пенсионер. Полковник в отставке. Зовут его... —Воскобойников достал из внутреннего кармана пиджака видавший виды блокнот, раскрыл: — ...Гавриил Иннокентьевич Сивоглотов. Проживает на улице Малая Бронная, дом семьдесят три, квартира два.

Арсений тоже достал блокнотик, потянулся записывать.

— Э, нет, — остановил его следователь. — Давай-ка ты, дружок, запоминай. Записи запрещены. Дело секретное.

— Хорошо, — согласился Арсений. — Я запомнил. Малая Бронная, семьдесят три, два. Гавриил Иннокентьевич Сивоглотов. Хорошая фамилия. Для охранника в самый раз... Он до сих пор живой?

— Представления не имею. Но мужчина был крепкий. Наверно, до сих пор еще скрипит. На Тверском бульваре в шахматы играет.

— Почему на Тверском? — нахмурился Арсений. — Почему в шахматы?

— Было у него такое хобби, — с ленивой любезностью пояснил Воскобойников. — В шахматы на бульварчике играть. Там его и поищи...

— Понял... А вот персональный шофер Капитонова? Он же всегда старика — ну, Капитонова-деда — до дома подвозил. А потом обычно поджидал его у подъезда... Неужели он в тот день настоящего убийцу не видел?

— Не всегда он Капитонова ждал, — покачал головой Воскобойников. — Шофера мы тоже допрашивали... Порой его Капитонов на время обеда, на пару часов, отпускал. Шофер говорил ему: я, мол, тоже обедать поеду, но на самом деле просто калымил на государственной «Волге»... Калымил не калымил, это дело, правда, не наше, а ОБХСС... Вот и в тот день, судьбоносный, одиннадцатого марта... Пленум ЦК закончился в половине первого. Примерно к часу дня водитель привез Капитонова со Старой площади домой, на Большую Бронную. Капитонов сказал шоферу: свободен до пятнадцати часов. Ну, водитель и уехал... А когда снова прибыл на Бронную, там в квартире уже мусора и врачи были...

— А что водитель эти два часа делал?

— Сначала он врал нам, что тоже дома обедал — он близко проживает, в начале проспекта Мира, недалеко от Сухаревки. В пятнадцати минутах езды от Бронной... Но потом мы его потрясли и раскололи. На самом деле левачил он на своей «волжанке»...

— Может, вы и пассажиров его тогдашних нашли? — быстро спросил Арсений. — Тех, кого он в тот день возил?

— Глубоко копает, а, Геннадий!.. — фальшиво восхитился следователь, кивнув в сторону Арсения. — Нет, признаюсь тебе, так глубоко под шофера мы не рыли... У нас ведь хороший обвиняемый был — ты. А у тебя и мотив наличествовал, и улики. И алиби у тебя не имелось. Разве сравнишь с каким-то шофером!..

— Скажите, а вы знаете, наверно, где он, этот шоферюга, живет, работает?

Воскобойников усмехнулся и перелистнул пару страниц в блокнотике.

— Запоминай. Водителя звать Валентинов Илья Валерьевич. Адрес его на то время, на восемьдесят пятый год, был такой: проспект Мира, двенадцать, корпус два, квартира двенадцать.

— Двенадцать, два, двенадцать, — повторил Арсений. — Проспект Мира, Валентинов Илья Валерьевич.

— Ну, может, хватит тебе на первый раз? — насмешливо спросил следователь. — А то растрясешь по дороге все данные? До дома не довезешь.

— Ничего, у меня память хорошая... Неужели вы больше никого тогда не подозревали?

— Мы подозревали всех. Всю капитоновскую семью в первую очередь. И маманю — тещу твою несостоявшуюся — Ирину Егоровну, и Евгения Сологуба держали в уме, и даже сожительницу твою Анастасию. И другую сожительницу твою, случайную, — Милену Стрижову... Но ни у кого из них не имелось отчетливых мотивов для того, чтобы совершить столь изощренное преступление. Ни против одного из них не было никаких улик. А практически у всех имелось алиби... У Милены, как и у тебя, впрочем, алиби тоже не было. А вот теперь выяснилось, что и у нее тоже — имеется... Так что мое мнение такое: или ты Капитоновых убил, или — кто-то посторонний. А если не ты, то кто-то чужой. Не Стрижова, не Сологуб, не Капитонова Ирина Егоровна и не Капитонова Анастасия...

— Я понял.

— Понял? Хорошо. Ну ладно, будем считать, что на сегодня ты наш с Геннадием допрос закончил. — Следователь опять делано рассмеялся: — Ну, давай, бумажонку-то подписывай.

Воскобойников протянул Арсению бумагу — «договор с нечистой силой», как тот успел окрестить ее про себя. Протянул и ручку — простую шариковую, за тридцать копеек. Весь вид Воскобойникова (а также вид вроде бы равнодушно отвернувшегося Геннадия) говорил, что не происходит ничего особенного: так, пустая формальность. «А, может, и в самом деле пустая формальность?»

И Арсений положил лист на журнальный столик, среди фужеров и лимона, и подписал.

— Чудненько, — проговорил следователь, немедленно выхватил бумажку и передал равнодушному Геннадию. Его выдавала только некоторая поспешность в движениях. Геннадий немедленно спрятал расписку в «дипломат».

— Если что — как мне вам звонить? — спросил Арсений.

— А нам не надо звонить, — ответствовал Воскобойников. — Если понадобишься, мы сами тебя найдем. Я найду или Геннадий. Коньячку махнешь на посошок?

— Нет, благодарствуйте.

— Ну а мы еще посидим, выпьем. Приятно было снова повидаться в менее официальной, чем четыре года назад, обстановке.

Следователь выглядел повеселевшим. То ли его грела мысль, что сейчас они с Геннадием спокойно, без помех уберут остаток коньяка, то ли он радовался, что *комитет* в своей отчетности обрел в лице Арсения новую единицу в графе *«негласные сотрудники»*.

Однако Арсений не знал и предположить не мог, что Воскобойников радуется и потому, что у него есть еще один подозреваемый, и самый серьезный — Иван

Саввич Боровко. А он о нем даже ни словом в разговоре с Челышевым не упомянул.

Ивана Саввича Боровко, когда-то работавшего вместе с Капитоновыми, отсидевшего по навету последнего в сталинских лагерях, на всякий случай продержали в восемьдесят пятом полгодика на принудительном лечении. Теперь Боровко проживал себе спокойно на пенсии в подмосковном городе Загорске. И еще вдобавок поддерживал контакты со всякой швалью — с Межрегиональной группой, с академиком Сахаровым и женой его Боннэр, с «хельсинкской группой»...

«Да, Боровко, — подумал следователь. — Вот кто *реально* мог зарезать тогда, четыре года назад, кандидата в члены ЦК Егора Ильича Капитонова и его супругу. И как полезно было б, когда бы именно этот Боровко их зарезал!.. Какая при этом интересная выстраивалась бы комбинация: сумасшедший убийца — в компании с демократами всех мастей!..»

Но ни о чем об этом Воскобойников Арсению не сказал. Он сдал парню, в обмен на подписку о сотрудничестве, пустышку: никому не нужного охранника-пенсионера с дикой фамилией Сивоглотов да давно забытого всеми шофера Валентинова... Кому они, право, нужны — отработанный материал, ложные следы!..

...Арсений вернулся домой около четырех. Накупил по пути продуктов.

Дома у него было пусто, прибрано, чисто. Раскладушка собрана. Белье лежит аккуратной стопкой. Стол снова переехал на место, на кухню. Посуда вымыта и составлена в шкафчик. Но в квартире никого нет. А на кухонном столе лежит короткая записка: *Я не могу быть с тобой. Вернулась к мужу. Прости, Сеня.*

Чего-то подобного он ожидал. Но, черт возьми, так просто он сдаваться не собирался.

## Глава 10

Следить за Настей оказалось легко.

Ровно в восемь утра Николенька вывел маму во двор. Именно — он, и именно — вывел. Настя шла не спеша, задумчиво, а малыш тянул ее за руку, торопил, теребил, сыпал тысячей детских вопросов:

— Мам, а почему самолет, когда летит, крылышками не машет? Птицы вон как машут, — Николенька тыкал пальчиком в ленивую ворону.

— Не показывай пальцем! — сердилась Настя. — У него внутри — мотор, потому и летит.

— Но у птицы — тоже мотор, раз у нее сердце есть, — сердился мальчик. — Ты сама говорила, что сердце — это вечный двигатель.

Сеня (он шел за ними в пяти шагах) не удержался от улыбки. Ну и морока с неразумными чадами! Как вот ему объяснить? Интересно, что Настя придумает...

Но той сегодня было явно не до объяснений.

— Николай, не шуми. Я тебе дома в детской энциклопедии про самолет прочитаю.

— Ага, не знаешь, — констатировал мальчик. — А еще в университете учишься!

— Коля, прошу тебя, помолчи, — взмолилась Настя. — У меня голова болит...

— Это от коньяка, — со знанием дела заключил ребенок. — Я видел, как ты вчера коньяк пила.

А Сеня снова улыбнулся: молодец, Николенька, — зубастый парень. Весь в отца...

Продолжение диалога он решил не слушать: и так подошел слишком близко. Как бы Настя случайно не обернулась или шустроглазый сынок его не приметил.

Сеня замедлил шаг и теперь наблюдал за Настей издали. Видел, как она провела мальчика через калитку детского садика... как минут через десять вышла обратно, но не одна, а в компании толстой тетки.

«Только тебя мне не хватало!» — пробурчал Сеня.

Тетка, кажется, куда-то Настю звала. Жестикулировала, махала рукой в сторону ряда магазинов. Но Настя — повезло ему! — отрицательно покачала головой, распрощалась с родительницей и направилась в сторону дома.

Тут Сеня ее и подстерег. Подкрался сзади, взял под локоток:

— Одну минутку, гражданочка...

«Гражданочка» резко обернулась:

— Опять ты! Что за глупые шутки!

Голос звенел от гнева. Но в глазах — и тут Сеня не ошибался — пряталась *радость.*

«Вот дуры бабы, — подумалось ему. — Она же рада мне, как пить дать рада! Но никогда в этом не признается...» Он покорно сказал:

— Извини, если напугал... Нам надо поговорить. Ты сейчас свободна?

— Нет, — отрезала Настя. — И говорить нам тоже не о чем. Я все тебе написала. Вчера.

«Ну, поуговаривай меня еще», — перевел Сеня то, что она *на самом деле* имела в виду.

— Слушай, а я тоже не знаю, почему самолет крыльями не машет.

— Подслушивал! — вспыхнула Настя.

— А что мне еще оставалось? Как иначе сына-то видеть?! В гости ты меня не зовешь. А из моего дома убегаешь...

— Слушай, Сеня: что тебе надо?

— Тебя, — нагло ответил он. — Тебя — вместе с Колькой.

Настя отвела взгляд, пробормотала:

— Ну, этого тебе не видать.

Он будто не расслышал. Сказал задумчиво:

— А знаешь, Настя, я ведь тебе там, в лагере, каждый вечер спокойной ночи желал. Думать о тебе не хотел, письма твои рвал. Но когда засыпал — в том состоянии, когда уже мысли плывут, — каждый раз говорил про себя: «Спокойной ночи, Настенька».

Она закусила губу, промолчала.

— И видел тебя во сне. Чаще всего знаешь где? В том местечке — под лестницей, на факультете. Ну помнишь, конечно: куда мы на переменах целоваться ходили.

Сеня выдержал паузу. Настя терла кончик носа и, кажется, приготовилась реветь. Он продолжил:

— Ты сидела там — одна. И плакала...

Настя торопливо смахнула слезинку и сказала презрительно:

— Сентиментальщина какая-то... Я туда, под лестницу, вообще больше ни разу не ходила.

Сеня взглянул ей в глаза:

— Значит, не вещие у меня сны? Жаль... Ну ладно, Анастасия. Пойдем, правда, где-нибудь посидим. Нужно кое-что обсудить.

* * *

«Ничего у меня с ним не будет, — думала Настя. — Только сделаю, что он попросил, и — гуд бай, май лав, гуд бай».

От мысли, что она *никогда больше* не увидит Сеньку, внутри все холодело.

«Ладно, — давала себе поблажку Настя. — Выполню его поручение, а там посмотрим. Хотя все равно ничего не будет. Нельзя. Исключено».

Но выполнить Сенино поручение она обязана.

Арсений попросил ее разобраться с вохровцем — тем самым, что должен был в тот роковой мартовский день охранять вход в их подъезд.

«Разговори его, Настя. Пожалуйста, разговори. Ты же с ним знакома... Пусть вспомнит тот день. Подробно, по минутам. Надо выяснить, почему ему вдруг стало плохо — так некстати, когда в подъезд заходил убийца. Попробуешь?.. Понимаешь, я и сам бы мог с ним поговорить. Но, боюсь, он все знает. Знает, что меня обвинили и посадили. И не захочет общаться... с государственным преступником».

Настя холодно кивнула:

— Хорошо... я попробую. Это все, что ты хотел?

— Все, — кивнул Сеня. — Узнай мне про этого охранника — и больше я тебя не побеспокою.

«Так я тебе и поверила!»

— Еще раз извини, что испугал. А караулил тебя просто потому, что звонить не хотелось. Не знал, кто трубку возьмет...

«С тех пор, как ты вернулся, я к телефону всегда сама бросаюсь. Эжен даже с кресла подняться не успевает».

Насте и самой было интересно «потрясти» вохровца. Во-первых, конечно, из-за Сеньки. А во-вторых — за вредность. Их дом вообще-то охраняли четверо (работали сутки через трое), но консьерж Сивоглотов был из всех самым противным.

Гавриил Иннокентьевич Сивоглотов сторожил их подъезд, кажется, вечно. Перед взрослыми — лебезил, к особо важным, на его взгляд, жильцам (Егор Ильич входил в их число) мчался: вдруг подадут руку. Зато детей шпынял безбожно. Вроде и претензий ему не выскажешь: ругается — за дело, и родителям постукивает — тоже за реальные прегрешения, но сколько у маленькой Насти было из-за него неприятностей!

Когда она училась в третьем классе, дети разбили окно в квартире на первом этаже. И вохровец явился к Капитоновым — докладывать, что их внучка тоже поучаствовала в хулиганстве. А именно: самолично слепила снежок, который мальчишки потом запулили в стекло...

В седьмом классе охранник-шпион (не поленился ведь!) прокрался на детскую площадку и выследил, что подростки учатся курить, пуская по кругу единственную на всех «мальборину». Тоже заложил, и снова случился вселенский скандал дома.

А в старших классах мерзкий Сивоглотов постоянно сообщал Капитоновой-старшей, что «внучку снова провожал этот длинный».

— И, Егор Ильич, я видел, *как они шли!* В обнимку!

«М-да, ну и вредный мужик был! — нахмурилась от воспоминаний Настя. — Все он вынюхивал, все замечал, а главного, во всей своей жизни, — не увидел. Пропустил, как убийца заходит в подъезд. Ну ничего, мы ему память-то освежим».

Она вернулась домой. Выпила для бодрости крепчайшего кофе. Тщательно продумала наряд: этот Сивоглотов — пустышка. Его надо поражать золотом, блеском, мехами. Брюки с люрексом, лаковые сапоги, норковая шуба, на пальцах — весь золотой запас, и даже в волосах — заколка с сияющими псевдобриллиантами. И еще: надменное, брезгливое выражение лица — его Настя минут пятнадцать тренировала перед зеркалом.

«Жаль, что Сеня телефона этого Сивоглотова не знает. Ладно, будем надеяться, что он дома сидит. Похмеляется».

От консьержа, помнила Настя, всегда попахивало спиртным. Он постоянно обрывал росшую во дворе елочку, зажевывал хвоей водочный запах. Вряд ли сейчас, окончательно выйдя на пенсию, Сивоглотов изменил своим привычкам.

Гавриил Иннокентьевич оставил работу четыре года назад, сразу после убийства Капитоновых. Сам он сообщил (Ирина Егоровна сказала), что банально уходит на пенсию. Но в доме говорили, что Сивоглотова *выперли.* За то, что просмотрел, как преступник заходит в подъезд.

С тех пор Настя его ни разу не видела. И удивилась, когда Сенька сказал ей, что Сивоглотов, оказывается, живет совсем рядом, на Малой Бронной. «Странно, что мы с ним ни разу нигде не пересеклись. Ни в магазине, ни в поликлинике, ни в аптеке... Наверно, его только в винном и можно застать, только я туда не хожу».

Настя открыла шкафчик бара, выбрала из многоцветья бутылок самую яркую: джин. «Кажется, его Женя всегда тоником разбавляет. Ну, где я тоник Сивоглотову найду! И так схавает».

Она швырнула джин в пестрый пакет с лейблом «дьюти фри». Изъяла из холодильника батон сырокопченой колбасы, икорную банку, пяток апельсинов.

«Неплохая закуска, а, господин Сивоглотов? Надеюсь, что ты ее — *отработаешь*».

* * *

Охранник ее не узнал.

Однако норковая шуба произвела впечатление. Сивоглотов затоптался на пороге, загундел:

— Сударыня? Чем обязан?

«Ишь, нахватался модных словечек! Сударыня, понимаешь ли!»

Настя выпятила грудь, надменно процедила:

— Гавриил Иннокентьевич! Мы что, так и будем стоять на пороге? — Она сделала шаг вперед, удушая консьержа запахом «Пуазона». Сивоглотову пришлось отступить в недра квартиры. Настя сама захлопнула дверь. Царственно произнесла:

— Здравствуйте. Я — Анастасия Капитонова. Не узнаете?

— Ой... Настюша! — расплылся консьерж. — Какая взрослая стала, красивая!

Кажется, он вправду обрадовался. Или играл?

«Вот двуличная тварь!»

— Вижу, вы меня помните, — снисходительно улыбнулась она.

— Помню, девочка, память еще не отшибло. Счастлив видеть, проходи, пообщаемся!

«Век бы тебя не видеть! Стукач старый...»

Она протянула вохровцу пакет с продуктами. Перечислила:

— Там джин, икра, колбаса, апельсины. Так что пойдемте на кухню. Отметим встречу.

С «отмечанием встречи» она не ошиблась — Сивоглотов источал характерный запах: застарелое спиртное, наложенное на утреннюю опохмелку. «Похоже, придется мне с ним выпивать», — огорчилась Настя.

На кухне оказалось не прибрано. В раковине кисла посуда, в одном углу стояли пустые бутылки, в другом — банки. Сивоглотов суетливо вытер для нее табуретку:

— Садись, Настенька. Какая ты солидная стала, статная!

— Вы тоже... совсем не постарели, — великодушно откликнулась Настя.

Охранник и вправду не изменился: как был старикашка, так и остался. И глазки по-прежнему бегают. Хочешь взгляд перехватить, да не получается.

Сивоглотов ловко раскупорил джин, разлил спиртное по мутным стаканам. Колбасу нарезать не стал. Немедленно потянулся чокаться:

— Ну, за встречу?

И махом опрокинул стакан — граммов сто в себя влил, не меньше. Настя тоже сделала глоток джина.

— Ух, ядр-реный, — оценил Гавриил Иннокентьевич.

Перочинным ножом откромсал добрый ломоть сырокопченой, впился зубами. Быстро прожевал и сказал светски:

— Ну-с... Приступим к беседе? Спрашивай, Настюша, что хотела. Ты же не просто так мне джин принесла?

«Во дает Сивоглот! — удивилась Настя. — Сразу быка за рога... А впрочем, мне же лучше».

— Вы слышали, Гавриил Иннокентьевич, что Челышева оправдали? — спросила она.

— Не оправдали, — поправил охранник. — А *освободили* — за недостаточностью улик.

На длинном слове «*недостаточность*» Сивоглотов слегка запнулся.

— Ну и как прикажете это понимать? — воскликнула Настя. — Дедулю моего с бабулей — убили, квартиру ограбили. А убийца, этот мой Челышев несчастный, — пару лет в тюрьме просидел и уже на свободе.

— Не пару лет, а почти четыре года он просидел, — снова поправил ее вохровец. Он внимательно наблюдал за Настей: не притворяется ли? Не играет ли?

«Надо постараться не переиграть».

— Я уже ходила к Воскобойникову. Ну, тому следователю, что дело вел. Спрашивала его, как это понимать. А он — ни бе, ни ме, говорит, дело отправили на доследование...

— А ты разве не рада? Не рада, что Сеню выпустили? — вдруг спросил Сивоглотов и впился в Настю цепкими глазками.

Она не стала поднимать перчатку.

— Я всегда хорошо относилась к Сене, — кивнула она. — И, врать не буду, очень переживала, когда его посадили. И никогда до конца не верила, что убивал он. Но следователь тогда мне сказал: улики неопровержимы. Возмездие — справедливо. И я... Я в общем-то смирилась. Поверила... Хотя с Сенькой, вы же знаете, мы... мы дружили. И... И даже какое-то время жили вместе...

«Врать ему — бессмысленно. Чтобы такой шпион, в душе и по роду службы, как Сивоглотов, не знал, что мы с Сенькой *сожительствовали*? Никогда не поверю».

— А теперь, — продолжила она, — получается, что убивал не он?

— Он, — отмахнулся Сивоглотов и снова налил себе джину.

— А почему вы так думаете? — насторожилась Настя. — Вы что, его в тот день — видели?

— Кабы видел, он бы вообще вышака словил, — мечтательно произнес Сивоглотов.

Настя еле удержалась, чтоб не выплеснуть свой джин ему в рожу. Но удержалась. Нацепила дежурную улыбку, потянулась чокаться...

— За тебя, Настенька, — предложил тост Гавриил Иннокентьевич. — За твою красоту неземную.

Кажется, его слегка повело. Ну и отлично. Лишь бы лапы свои волосатые, седым подшерстком покрытые, распускать не начал.

— Значит, Арсений в тот день в наш подъезд не заходил, — спокойно сказала Настя. — Ну а кто-нибудь еще? Кто-нибудь посторонний?

— Ща, подожди, — велел Сивоглотов. — Я тебе документ один покажу.

Он удалился в комнату. Явился через минуту. В руках — исцарапанная, ветхая шкатулка. Вохровец открыл ее, долго копался в пожелтелых бумагах. Наконец вытащил одну, прочитал вслух:

— Вот. Видишь, что мне выдали? *«11 марта 1985 года. Осмотр терапевта. Жалобы: общее недомогание, тошнота, рвота, частый жидкий стул»*. Понос, то бишь, — перевел для Насти Сивоглотов. *«Объективно: кожные покровы бледные, артериальная гипотония, то-*

*ны сердца глухие, язык сухой, обложен у корня, живот вздут, болезнен в подложечной области. Диагноз: пищевая токсикоинфекция»*. Отравился, говоря по-человечески. Два дня из сортира не выходил.

— Сочувствую, — автоматически ответила Настя.

— Да я сам себе сочувствую, — буркнул Сивоглотов. — Кабы не эта дрянь, он бы от меня не ушел!

— Кто не ушел? — Насте удалось наконец поймать его взгляд.

— Преступник, — плотоядно улыбнулся охранник.

— А когда... когда эта токсикоинфекция у вас началась? Прямо с утра? — не сдавалась Настя.

— Не, с утра я как огурец был. Заступил в семь, а брюхо начало крутить только к обеду. Ну я... — вохровец слегка смутился, — сначала к Мининым, с первого, в туалет попросился, потом чувствую — совсем худо, не идти же снова в чужой сортир, ну я и побег домой...

— А что вы в тот день ели? — потребовала Настя.

Сивоглотов скривился:

— Да приставал уже ко мне следователь, что я ел, всю душу из меня вытряс. Вечером — картошку с тушенкой жрали, жена приготовила, царствие ей небесное. А с утра она спала, а я сосисок себе наварил, четыре штуки. Воскобойников эти сосиски у меня из морозильника изъял, даже на экспертизу отправил. Потом позвонил: нормальные, говорит. Не вернул, правда, зараза... А на работе, на посту, я не ем. Некогда мне кушать. Чаю я только попил.

— Во сколько? — уточнила Настя.

— В десять. Ровно. Я почему помню — «Маяк» пикал. И Абакумова-младшая как раз в подъезд заходила. С новым хахалем. Я его еще пускать не хотел. Просил паспорт с пропиской предъявить. — Сивоглотов хищно улыбнулся.

— Ну и, допустим, вы говорите с этим хахалем... а в это время кто-то заходит в вашу будку и...

— Никто туда не заходил! — отрезал Сивоглотов. — Я же рядом стоял, а что, у меня глаз, что ли, нет?

— Хорошо, — вздохнула Настя. — А вы можете перечислить, кто в тот день заходил в подъезд? Ну, до того момента, как у вас живот схватило?

— Я могу все, — важно отвечал Сивоглотов. Прикрыл глаза и начал перечислять: — Чигашкова с третьего... Валенский с восьмого...

Настя слушала знакомые фамилии вполуха. В голову пришла неожиданная мысль:

— А Женя Сологуб не заходил?

Сивоглотов не стал притворяться, что не знает, кто такой Женя Сологуб.

— Нет, Настя. Никого из твоих я вообще не видел. А, только мама забегала. У нее еще большая коробка была. С сапогами — кажется, «Саламандра».

— И во сколько же это было?

— *После десяти,* — со значением сказал Сивоглотов. — И свой чай — я уже выпил.

— Так все-таки во сколько? — не отставала Настя.

— Ну, не помню точно... Часов в двенадцать, наверно.

Настя задумчиво сказала:

— А день-то будний. Мама, по идее, должна была на работе быть...

Сивоглотов простодушно сказал:

— А я и спросил ее: что, мол, Ирина Егоровна, службу прогуливаете? А она мне: не болтай, говорит, Гаврилка, лучше помоги коробки до лифта донести.

— Что, тяжелая была коробка?

— Не тяжелая, но — объемная. В руках держать неудобно.

— И что, донесли вы коробку?

— Донес, — гордо отрапортовал вохровец. — Прямо до квартиры донес! А Ирина Егоровна и говорит мне — так, шутейно: мерси, мол, мой галантный месье консьерж. И руку для поцелуя протягивает.

Сивоглотов слегка смутился, закончил:

— Ну, я и поцеловал... У мамы твоей руки, как у царевны. Нежные, мягкие.

А Настя тем временем заготовила новый удар:

— Вот вы говорите, что маму прямо до квартиры провели. А будка-то в это время была без присмотра! И вполне вам могли чего-нибудь подсыпать — прямо в чайник.

— Обижаешь, — нахмурился Сивоглотов. — У меня закалка старая. Если по какой надобности выхожу, тут же дверь на замок. Мало ли что. Да говорю я — после десяти ничего не ел, не пил.

— А ключ от вашей будки?

— Ключ всегда при себе. Да ты, Анастасия, зря силы не трать. С ключом этим Воскобойников, следователь, меня уже терзал. И у сменщиков моих тоже интересовался. Никто из нас ключи не терял, никому не передавал, без присмотра не оставлял... Как можно? Дом-то у вас непростой, цэковский. Тут особая бдительность нужна.

— Кстати, о бдительности. Вы в тот день на пост уже не вернулись? — уточнила Настя.

— Сначала дома сидел, с унитазом в обнимку. Потом все ж таки побежал... А там уже «Скорая», милиция... Ну, я поглядел, поглядел, а крутит меня!.. Ну, я и побёг в поликлинику.

— Испугался, значит? — насмешливо спросила Настя.

Сивоглотов потупился.

— Испугался... — И тут же ринулся оправдываться: — Но я сменщику-то позвонил. В полтретьего. Так и так, говорю, подмени, потом рассчитаемся. А он и рад бы помочь — только раньше пяти никак, ему внуков подкинули. Ну ладно, говорю, хотя бы в пять приходи. Он в пять и пришел, а там уже милиция...

— А что вам в поликлинике сказали? О причинах этой... токсикоинфекции?

— Да пес его знает, сказали. Бактерия, наверно, в пищу подмешалась. Они, говорят, эти бактерии, где угодно могут жить — хоть в чае, хоть в хлебе, если его продавщица грязными лапами подает.

«Или на твоих грязных лапах», — Настя метнула взгляд на Сивоглотовские руки — явно давно не мытые.

— Но все-таки — странное совпадение, — подвела итог Настя.

— Странное, — согласился вохровец. — Я и сам думал: может, преступник меня отравил, чтоб в подъезд незаметно пролезть? Только не жрал я ни с кем из посторонних, понимаешь? И в будку свою никого чужих не запускал. Говорю ж я: у нас тут бдительность!

— Хороша у вас бдительность! — с сарказмом протянула Настя. — С кем я и когда домой иду, всегда деду с бабкой закладывал, а их убийцу — пропустил.

— Виноват, Настя, — опустил мутные глазки Сивоглотов. — Кругом виноват. Прости уж меня, старика...

## Глава 11

Настя позвонила Арсению сама. Разговаривала сухо:

— Я вчера виделась с Сивоглотовым. Если хочешь, могу рассказать.

— Хочу! Конечно, хочу! — горячо откликнулся Сеня. Энтузиазм его казался неподдельным.

Настин голос сразу потеплел.

— Ну, раз так... — протянула она, — тогда давай встретимся.

— Когда, где?

— Где... — задумалась она.

— Давай в «Московском». Помнишь такое?

— Еще бы! — хмыкнула Настя. — Мы до сих пор там обедаем. Мороженым.

И против воли вспомнила: как они с однокурсниками ходили в кафе в тот день... В тот самый день — одиннадцатого марта восемьдесят пятого года.

— Вот и мы с тобой — пообедаем. Днем, — решил Арсений. — Тем более что ты вечерами и не можешь.

В его тоне Насте послышалась насмешка. Она тихо сказала:

— Отчего ж не могу? Можно и вечером встретиться.

— А ночью?

— Не хами, — попросила Настя.

И назначила ему свидание на девятнадцать ноль-ноль.

Эжен снова отбыл в командировку. А Николеньку можно оставить с приходящей няней. Тем более что и предлог есть: затянувшаяся консультация по диплому.

Настя тщательно готовилась к *деловой встрече:* суммировала в уме все, что говорил ей Сивоглотов. Продумала свои выводы. Прикинула план дальнейших действий.

Но еще тщательнее она готовилась к *свиданию:* прическа, маникюр, лучший из костюмов... «Ну что, что ты прихорашиваешься? — спрашивала она себя, крутясь перед зеркалом. — Ты не имеешь права его соблазнять, не имеешь!»

Но ничего с собой поделать Настя, увы, не могла. Как ни внушай себе, что она просто расскажет Сене о беседе с Сивоглотовым и уйдет, а в душе что-то все равно играет, как пузырьки в шампанском. И сердце разрывается от сладких предвкушений... Перед *деловой* встречей такого не бывает.

«Ох, не кончится наше свидание одним *делом*, ох, не кончится!»

Кажется, так считал и Арсений.

Он выглядел радостным, веселым — даже наглым. Никакого сравнения с тем поникшим узником, которого Настя встречала несколько месяцев назад на Ярославском вокзале.

Едва они сели за столик, Настя начала:

— Короче, слушай. Краткий конспект нашей беседы...

Сеня перебил:

— Не гони, Настя! В хороших домах о делах до ужина не говорят. Давай сначала перекусим.

Он подозвал официанта. Заказал самое дорогое мороженое и бутылку какого-то иностранного красного вина. Сразу потянулся наливать.

— Нет, — остановила его Настя. — Это ты — не гони. Давай сначала все обсудим, а пить... пить я вообще не буду.

Сеня отставил бутылку. Ухмыльнулся — почти такой же беззаботной ухмылкой, как на счастливых каникулах после первого курса.

— Ну тогда докладывай, прекрасная юнга!

Настя взглянула в его юные, озорные глаза — даже тюремные морщинки вокруг них сегодня исчезли! — и поняла, что заготовленный доклад из памяти исчез. Растворился, стерся. Вот Сенька — это важно, а какой-то Сивоглотов...

Она буркнула:

— В общем, ничего интересного. Ни с кем этот *вохра* ни ел, ни с кем не пил. В будку свою никого не пускал. Посторонних не видел.

— Не врет? — уточнил Сеня.

— Кажется, нет, — пожала плечами Настя. — Он прямо кипит весь: как, говорит, не повезло мне: такое дело пропустил!

— Как-то, значит, пропустил, — вздохнул Сеня. Помолчал, подумал. И снова улыбнулся: — Ну и черт с ним, с этим Сивоглотовым. У нас в заначке еще кое-что имеется!

— Что же?

Сеня скривился:

— Слушай, ну давай все-таки — как в хороших домах, а? Сначала поедим, а потом и о деле. А то мороженое тает. Жалко.

— Много ты знаешь о хороших домах! — пробурчала Настя. Но за мороженое — все-таки взялась.

Сеня небрежно перешвырнул через стол конверт.

— Это что? — удивилась Настя.

— Мой тебе долг, — горделиво ответил Арсений. — Возвращаю. С благодарностью. Спасибо.

Настя заглянула внутрь: в конверте лежали три благородные кремовые бумаги с Кремлем — сотенные купюры.

Она не знала, что Сеня специально ходил в бухгалтерию: просил обменять деньги на самые крупные банкноты.

Она удивилась:

— О, так быстро! Где достал?

— Меня взяли обратно в «Советскую промышленность», — пожал плечами Сенька. — Ну, правда, не совсем взяли, не в штат, — поправился он, разливая по бокалам вино. — Прописки у меня московской нет. Да и, — он понизил голос и скорчил гримасу, — судимость... Но сказали: будут печатать без всяких ограничений. Правда, под псевдонимом... Вот и печатают... Ну, давай, за встречу. — Он потянулся к ней бокалом. — Чертовски рад тебя видеть.

— Я за рулем, — слабо запротестовала Настя.

— Брось! Оставишь тачку здесь. Тебе отсюда до дома пешком два шага. Я тебя провожу. Да что там провожу! На руках донесу.

— И о чем ты пишешь? — спросила она, поднимая бокал. В самом деле, почему бы не оставить машину во дворике у факультета? Там спокойно, на ночь калитку, ведущую с проспекта Маркса во двор, запирают...

— Пишу я...— проговорил Сеня и жадно выпил. — Обо всем на свете пишу. По пять заметок в неделю сдаю. Третьего дня у Бориса Николаевича интервью взял.

— У Ельцина? И напечатают?

— Пей, пей, до дна!.. Уже напечатали! Я умно к нему подошел: о политике — ни слова, все интервью только о программе «Каждой семье отдельную квартиру к двухтысячному году». Он же все-таки, Ельцин наш, в Госстрое работает... Ну, он мне и наговорил. И о том, что программа эта не выполняется, и не выполнится никогда. Во всяком случае, пока коммунисты у власти... Ну, про коммунистов в газете пришлось смягчить... Вот, Борис Николаич мне свою визитку оставил. С прямым телефоном, между прочим. Очень я ему понравился.

Арсений достал из кожаного портмоне визитку, показал издалека Насте. Она обратила внимание, что в кошельке у Сеньки приличная стопочка денег, да все в основном сиреневые (двадцатипятирублевые) купюры.

— А как у тебя дела? — небрежно поинтересовался он.

Настя не могла не признать, что таким — веселым, наглым, *борзым* — Сеня нравится ей куда больше. Он был точь-в-точь как тот нахальный матрос, что умыкнул ее шесть лет назад из собственного дома. А может, даже лучше, потому что стал взрослее и мудрее.

— Только не говори мне, — она не ответила на его вопрос, — что тебе в «Советской промышленности» платят огромные гонорары.

— Платят. И не только там, — покивал Арсений, снова разливая вино. Настя и не заметила, как выпила свой бокал. — Знаешь, меня тут один парень нашел — я его еще по той, прошлой жизни знаю. В «Смене» он работает. Андрюхой зовут. Красавчик, между прочим, редкостный. И умница. Так он мне из своего кармана башляет за некоторые матерьяльчики, что я в газету делаю. За интервью со всякими знаменитостями, звездами эстрадными. Только, тсс, это строго между нами. За беседу с Игорем Николаевым три сотни вот заплатил. За интервью с Корнелюком — двести. С Кузьминым — тоже двести...

— Ты берешь деньги за публикации?

— А что тут такого? Тебе что, Кузьмин не нравится?

Его, похоже, слегка забрало вино. Как, впрочем, и Настю.

— «Две звезды, две светлых повести...» — напел Сенька. — По-моему, это про нас с тобой.

— А как же этика журналистская? — вяло запротестовала она.

— А я, в отличие от некоторых, факультетов журналистики не заканчиваю. Кстати, меня там у вас даже восстановить отказались. Ясен Николаич головой покивал и говорит: «Очень жаль, Арсений, но я не имею права. Давайте подождем еще пару лет. Возможно, ситуация изменится...» Так что я для факультета — социально чуждый элемент. И мы о *журналистической* этике — или как ее там? — *без понятиев.*

Выпитое вино ударило ей в голову. Арсений тоже, кажется, захмелел, потому что вдруг начал разливаться соловьем:

— Ты что, Настька, не видишь?.. Сейчас самое переломное время. Кремль качается, по швам трещит. Митинги. Всюду орут: «Долой шестую статью[1]!» А подразумевают: «Долой КПСС! Долой Горбачева! Долой привилегии!» Скоро и провинция ударит! Шахтеры, металлурги!.. Так что кончается время всяких там ап-

[1] Имеется в виду шестая статья Конституции СССР, провозглашавшая в государстве ведущую роль Коммунистической партии.

паратчиков. — Арсений презрительно оттопырил губу. — Таких, как твой муж — службистов, гэбэшников, мидовцев!.. Конец придет всей этой шатии, что в распределителях отоваривается, по загранкам ездит, в спецполиклиниках лечится, в спецбуфетах жрет! Они герои вчерашних дней!..

— Ну а чье время начинается? — с усмешкой спросила она. — Твое, что ли?

— А хотя бы даже и мое! И, может быть, — твое! Время для молодых, умных, незашоренных, пробивных!.. Ты посмотри, что вокруг-то делается! Кругом кооперативные кафе, совместные предприятия открываются... Я тут с одним мужиком познакомился — с натуральным миллионером. Он сколотил бабки на гипсовых масках. И на женских трусах... Я сам видел: стоят на кухне две коробки из-под итальянских сапог. А в них — миллион рублей!.. И это ж ведь — кафе кооперативные — только начало!..

Настя не могла не признать правоту Арсения, но из духа противоречия сказала с усмешкой:

— Откуда ты знаешь?.. Может, герои *вчерашних* дней станут героями *завтрашних* дней? Они — эти, как ты говоришь, аппаратчики и кагэбэшники. У них — связи, власть, сила. И мой муженек — откуда ты знаешь? — может, он при любом строе на коне будет. С его-то знакомствами, связями и личными качествами!..

Арсений зло сощурил глаза:

— Ну насчет его личных качеств — тебе видней. Этот вопрос ты можешь решить для себя сама. Смотря кто тебе люб.

Настя посмотрела в сторону и таинственно улыбнулась. Приветственно подняла бокал. Решила больше не провоцировать Арсения, не портить ему (и себе) вечер.

...Потом они каким-то образом, она уже не помнила как (выпито было немало), очутились в ресторане «Центральный». В памяти остались вздымающиеся под высоченный потолок колонны, черная икра в розетке на льду, водка в ледяном графинчике, ансамбль, голосящий: «*Глеб Жеглов и Володя Шарапов за столом засиделись не зря...*» И еще: рука Арсения на ее талии, его лицо совсем близко, пахнет вкусным одеколоном, и он уверенно ведет ее в танце...

«*...Глеб Жеглов и Володя Шарапов ловят банду и главаря...*»

...А потом они ехали в такси, сидели рядом на заднем сиденье (как когда-то, давным-давно, после новогоднего карнавала) — и неотрывно целовались.

Куда ехать — вопроса не возникло. Шофер доставил их в Марьино. К Сене.

У подъезда счастливый Сенька подхватил Настю на руки:

— Донесу, как обещал! Как невесту, донесу до квартиры!

И Настя воскресала в его объятиях. Но в виске билась мысль: «Осталось пять минут. Три, две, одна... И наше счастье кончится».

Когда Сеня поставил ее перед дверью квартиры и полез в карман за ключом, она сказала:

— Сеня. Отпусти меня. Не трогай. Я хочу, чтобы ты прочитал... м-мм... один документ.

Он распахнул перед ней дверь в квартиру:

— Прошу, прекрасный Гаврош!

Затащил ее в коридор и тут же набросился с поцелуями. Она отстранила его, хотя каждая клеточка рвалась, билась ему навстречу. Твердо повторила:

— Сеня. Пожалуйста, сначала прочти.

Он досадливо ослабил объятия.

— Господи, Настя, ну о чем ты говоришь?! Да какие сейчас документы?!

Настя и сама *видела*, что ему совсем не до документов. Читать-то сможет ли в таком взволнованном состоянии?! Но тем не менее достала из сумочки пожелтелый конверт. Протянула Сене. Тот отмахнулся:

— Я не читаю чужие письма!

Но адрес все-таки прочел. Вслух:

— *«Южнороссийск, ул. Набережная, дом 2, квартира 47. Челышевой Татьяне Дмитриевне»*.

Удивленно взглянул на нее:

— Откуда у тебя это?

— Твоя бабушка отдала. Год назад. Когда я ездила к ней.

В Сениных глазах сверкнуло любопытство:

— Хорошо, я прочитаю. Обязательно. Потом. После.

Он снова обнял ее — крепко, до потери дыхания. И Настя не сдержалась — тоже обвила его руками, уткнулась в мускулистую шею. Письмо упало на пол.

«Нет. Я не могу!»

Нечеловеческим усилием Настя вырвалась из объятий. Присела, подняла письмо. Твердо сказала:

— Нет, Сеня. Сначала ты все-таки прочитаешь.

Он вздохнул:

— Еще упрямей стала... Ладно. Давай свое письмецо в конверте. Это что — анонимка? Обратного адреса нет...

— Не анонимка, — вздохнула Настя. — Но ты читай, читай. Там сразу понятно — *от кого* оно.

Сеня вытащил ветхий листок:

*«Дорогая Танечка!*

*Известно ли тебе, что ты — самая красивая, самая лучшая и самая порядочная в мире женщина?»*

Он удивленно воскликнул:

— А почерк-то не деда! Не Николай Арсеньича!

И продолжил:

— *«Впрочем, если бы я сомневался в твоей порядочности, этого письма бы и не было. Не было — никогда. А теперь к делу. Не могу сказать, что я одобряю твой выбор. Извини Но тем не менее — это* **твой** *выбор, и я постараюсь сделать так, чтобы ты о нем не пожалела...»*

Настя стояла ни жива, ни мертва. Сейчас Сеня дойдет до *дела.* До обещаний... И до просьб — эти просьбы, впрочем, сильно отдавали угрозами...

Но Арсений дальше читать не стал. Аккуратно сложил письмо, вернул его в конверт. Сказал тихо:

— Настя, я понял.

— Что ты понял? — с вызовом спросила она.

— От кого — письмо. И о чем оно.

Сеня снова обнял ее — в этот раз без страсти, а тепло и крепко. Прошептал:

— Только, видишь ли, Настя... Я это понял — давным-давно.

Она опешила:

— Давно? Это когда же — *давно*?! Еще — *до*?!!

Сеня кивнул:

— Задолго «до». Если быть точным, в десятом классе. Когда я у вас жил. Однажды подслушал, как твой дед с Шапокля... с твоей бабкой ругался. И она крикнула... могу процитировать дословно: *«Я не потерплю твоих выродков в этой квартире!»* Ну, тогда я и понял. Все понял. Почему Егор Ильич меня позвал в Москву. Почему платил за мои уроки. И почему твоя бабка — ну, Галина Борисовна — так меня не любила...

— Значит, ты знал... — тихо сказала Настя. — Знал и раньше! Но тогда, — ее голос налился гневом, — тогда как же ты мог?!. Неужели же не понятно, что нам... нам — нельзя?!

Сеня выслушал ее монолог. И — улыбнулся. Улыбнулся — весело и нахально.

— А почему, собственно, нельзя? Я узнавал: да, сводный брат на своей сестре жениться не может. Запрещено. И законом, и церковью... Равно как и, конечно, брат — на сестре. А про *сводных внуков* — никаких правил нет. И статейку я одну прочитал, про генетику. Близкородственные браки заключать и правда нельзя. А *дальнеродственные* — пожалуйста. А мы с тобой — как раз дальнеродственные. Мы кузен и кузина, понимаешь? Двоюродные брат и сестра. И то — всего по одной, по дедушкиной линии... У нас один-единственный общий родственник. Твой дед. Всего-то...

— Нет. Нет, — она покачала головой.

— Ученые даже считают, — он погладил ее по руке, — что такие браки очень перспективны. Во-первых, у супругов — генетическое сходство характеров. Меньше ругаться будут. А во-вторых — на потомстве такое родство не отражается. Вероятность генетических дефектов, как и в обычном браке. А вероятность, что ребенок будет талантливым, — даже выше, чем в обычном. И для примера — там как раз про похожий случай рассказывали. Про то, как именно в браке между кузиной и кузеном родился настоящий гений.

Настя хотела перебить его. Хотела выкрикнуть что-то гневное. Заорать: «Да врешь ты все! Не читал ты никакой статьи!» Хотела развернуться и уйти из квартиры... Но вместо этого тихо произнесла:

— А Николенька... наш Николенька — никакой и не гений. Обычный ребенок.

— Значит, его талант проявится позже, — безапелляционно заявил Сеня. И снова набросился на нее с поцелуями.

* * *

Арсений проснулся оттого, что она приглушенно говорила в трубку:

— Нет, я не приеду... Поздно уже... Да, мама, я у подруги. Ты ее не знаешь... Нет, у нее нет телефона... Ах, мама, думай что хочешь!.. — Голос ее раздраженно повысился: — И говори *ему* что хочешь!..

Она в сердцах бросила старинную трубку на рычаг.

Он открыл глаза, посмотрел на нее.

Такая же стройненькая, как прежде. Роды не испортили ее фигуру.

— Чего подсматриваешь? — улыбнулась она, увидев, что он открыл глаза.

— Нравишься ты мне.

— Да неужто?

— Иди ко мне.

— И не подумаю. Соблазнил бедную девушку.

Однако на диван она присела.

Он метнулся, схватил ее за руку, потянул к себе.

— Какой ты неуемный...

— Я тебя четыре года ждал.

— И что? Ты ни с кем, ни с кем?..

— Естественно.

— Ох, врешь...

Он снова стал ее целовать, приговаривая:

— Оставайся со мной... Здесь... Навсегда... Забирай Николеньку... Мы будем вместе... Я тебя никуда не отпущу, и ни к кому... Я люблю тебя, правда...

...Часа в три ночи им дико захотелось есть. В холодильнике нашлись яйца, «Крестьянское» масло и майонез.

— Вот дураки, икру в ресторане оставили. Надо было стащить.

— Ага, завернуть в салфеточку.

— И белую рыбу оставили. И цыпленка табака.

— Замолчи, так есть хочется! Я сейчас тебя съем!

Она зажарила на обычной, никакой не антипригарной сковородке яичницу из семи яиц. Арсений вытащил откуда-то целую кучу обычных стеариновых свечей.

— Зачем ты свечей-то столько накупил?

Он пожал плечами.

— Не знаю. Запасся. На случай всяких катаклизмов.

— Вдруг случится революция и света не будет?

— Ага.

Арсений рассовал свечки по майонезным баночкам да по пустым бутылкам.

Получилась дивная картина: шестиметровая кухонька, гроздья свечей повсюду, она босая, в его рубашке... Свечи бросают длинные, мятущиеся тени на стол, по-студенчески сервированный яичницей, за которым они жадно едят...

Что ж, ночь — самое время для еды. Самое время, чтобы уничтожить глазунью из семи яиц с одной тарелки, запить свежезаваренным чаем «Бодрость»...

И еще ночь — время для задушевных разговоров.

— Я еще раз повторяю. Заявляю, в здравом уме и трезвой памяти: давай начнем все сначала. Снова — с нуля. Забирай нашего Николеньку, переезжай сюда, ко мне. У нас все получится. Будет как прежде. Лучше, чем прежде.

— Ох, Сенечка, не гони картину. Не спеши. Дай мне подумать. Осмотреться.

— Мы созданы для того, чтобы быть вдвоем. Жить вместе... Долгие, долгие годы, покуда смерть не разлучит нас.

— Я знаю. И я... Я с тобой согласна. Но... Но — подожди.

— А ты... Знаешь... Я хочу тебе признаться... У меня тогда... У меня в тот день... В тот ужасный день... Одиннадцатого марта восемьдесят пятого... Когда убили твоих стариков и меня арестовали... У меня тогда с ней, с этой Милкой, — ничего не было.

— Как?! — Она обомлела. — Но ты же сам рассказывал!.. Мне — сам рассказывал!..

— Да, рассказывал. И я действительно пришел к

ней, и мы коньяк пили, а она потом кофточку сняла... Но я не рассказал тебе, что было потом.

— И?.. Что было — *потом?*

— Ну, она, в общем-то, в тот день соблазняла меня, и довольно успешно... А потом... — Он усмехнулся. — Можешь считать, что я смирил свою плоть. Когда она поцеловала меня, я понял, что это все настолько... Настолько неправильно... И некрасиво по отношению к тебе... В общем, я встал с кресла, сказал «извини» — и ушел. По-моему, она рыдала... Но это уже ее проблемы... В общем, ничего у нас с Милкой не было. Не трахал я ее.

— Так когда же ты мне врал, чертов Казанова?! Тогда, в декабре, когда вернулся? Ты ж говорил, что с ней был? Или ты сейчас мне врешь?

— Я никогда тебе не врал. Просто я не все тебе рассказывал. С купюрами рассказывал. С цензурой. Цензуру же в Советском Союзе пока никто не отменял, правда?

...А еще ночь — время для того, чтобы строить планы. И обсуждать текущие дела.

Часам к четырем дошла очередь и до охранника Сивоглотова.

Настя опять, теперь почти дословно, пересказала Сене свой разговор с ним.

— Похоже, пустышка, — вздохнул Арсений.

— Похоже, что так... — согласилась она.

— Ладно, — решил Сеня. — Пока отложим. А завтра я к Валентинову пойду. К вашему бывшему шоферу. Тоже, конечно, шансов мало, но все-таки...

* * *

В то самое время, утром, когда Арсений и Настя спали как убитые на чужом диване в чужой квартире в Марьине, в кабинет следователя Воскобойникова входил посетитель.

Воскобойников вызвал его повесткой — с нарочным милиционером под роспись. Вызвал на девять утра. Так рано, чтобы тот не выспался, встал затемно, добирался из своего Загорска первой электричкой. А может, и всю ночь не спал: ворочался, волновался... Воскобойников знал по своему многолетнему опыту: невыспавшиеся подследственные и свидетели — податливей. Они менее осмотрительны. Им с бо́льшим трудом дается вранье.

Вот и теперь — тактика его подействовала: в кабинет к следователю входил бледный седой старик с красными глазами.

— Проходите. Присаживайтесь, — сухо предложил Воскобойников.

— По какому вопросу вы меня вызвали? — нервно спросил человек, не успев усесться.

Не отвечая, Воскобойников склонился к бланку протокола.

— Фамилия, имя, отчество? — выстрелил он вопросом.

Гражданину ничего не оставалось, как послушно отвечать:

— Боровко. Иван Саввич.

— Год рождения?

— Тысяча девятьсот двадцатый.

— Место рождения?

— Город Конотоп. Сумской области. Украинской ССР.

— Род занятий? Пенсионер?

— Пенсионер, — вздохнул Боровко.

— Вы, гражданин Боровко, — строго и быстро провозгласил следователь, — вызваны на допрос по делу о двойном убийстве, совершенном с особой жестокостью, — убийстве супругов Капитоновых, Егора Ильича и Галины Борисовны. Вызваны как свидетель. *Пока* как свидетель, — многозначительно добавил он. — Вполне возможно, что скоро станете обвиняемым.

В лице Боровко дернулась какая-то жилка.

Воскобойников намеренно взял с ним с самого начала строгий, жесткий тон. Он намеревался расколоть пенсионера сразу — сегодня же.

— Если вы будете со мной искренни, — продолжил следователь, — тогда я отпущу вас. Возможно, под подписку о невыезде. Вернетесь спокойненько сегодня в свой Загорск, в свой домик... Если встанете на путь противодействия следствию, на путь лжи и обмана — можете пенять на себя. Оформлю задержание — пойдете в камеру. Охота вам в камеру? К насильникам? Убийцам?.. Или вы, может, по спецбольнице соскучились, а, Боровко?

— В связи с чем меня вдруг допрашивают по этому делу? — хрипло спросил посетитель.

Он уже, по всему его виду стало ясно, был надломлен, однако не сломлен до конца. Пытался еще ерепениться, гордые вопросы задавать...

— Ведь дело об убийстве Капитоновых, кажется, закрыто... — продолжил тянуть свое Боровко.

— Его возобновили, — отрывисто пояснил Воскобойников. — В связи со вновь открывшимися обстоятельствами... А они, эти вновь возникшие обстоятельства, позволяют следствию прийти к мысли: четыре года назад Капитоновых убили именно вы, Боровко.

В лице допрашиваемого снова что-то дернулось.

— Да, именно вы, Иван Саввич. Ну что — признаетесь сразу? Оформим явку с повинной. Суд учтет ваше чистосердечное раскаяние. Да и потом: вас ведь в тюрьму, Иван Саввич, не посадят. — Тон Воскобойникова стал задушевным. — Отправят вас снова в больничку. На принудительное лечение. А там подлечат и через годик выпустят. Ну, максимум, через пару лет... И будете опять огурцы выращивать. А, Иван Саввич? Давайте, рассказывайте. Чего нам зря время терять...

Боровко судорожно сглотнул и размеренно, по слогам, произнес:

— Я не у-би-вал.

— Да бросьте! — по-свойски махнул рукой Воскобойников. — Давайте я оформлю ваше чистосердечное... Расскажете быстренько, как дело было. Хотите, я вам даже подиктую... А?..

Боровко молчал.

— Начнем с того, — уверенно сказал следователь, — что вы давно, еще с пятьдесят первого года, питали неприязненные чувства к Егору Капитонову, потому что полагали, что он явился причиной вашего репрессирования... Это соответствует действительности?

— Соответствует, — хмуро согласился Боровко.

— Запишем. — Воскобойников потер руки.

— Но я не убивал! — вдруг выкрикнул старик.

— Хорошо-хорошо... Давайте будем последовательными... Ладно? Итак, прошло время... И в восемьдесят втором году вы вдруг стали инициатором того, чтобы восстановить с Егором Ильичом Капитоновым дружеские отношения. Это соответствует?

— Соответствует, — мрачно проговорил старик.

Воскобойников сделал пометку — не в «чистовом» протоколе, а на обычном листе бумаги.

— ...И вы, Иван Саввич, в восемьдесят втором и восемьдесят третьем годах неоднократно бывали в гостях у Капитоновых в их квартире в Москве на Большой Бронной улице. Правильно?

— Не «неоднократно» я там бывал, а раза три-четыре, — хмуро заметил старик.

— Ну, три-четыре раза — это и есть неоднократно, — лучезарно улыбнулся Воскобойников. — Неодно-кратно — значит, более одного «крата», то есть одного раза. Так ведь? Правильно я понимаю русский язык?.. Впрочем, не будем спорить... Итак, на протяжении восемьдесят второго — восемьдесят третьего года вы три или четыре раза бывали в квартире Капитоновых. И вас там принимали весьма любезно. Согласны?

Боровко, набычась, кивнул.

Следователь сделал пометку в своей «рабочей» бумажке.

— В один из визитов к Капитоновым, — продолжил он, — между вами и Егором Ильичом возникла ссора. Вы совместно распивали с ним спиртные напитки, а затем, будучи в нетрезвом состоянии, начали обвинять хозяина в том, что он тридцать лет назад явился причиной вашего репрессирования... Было такое?

— Ну, было, — выдавил из себя Боровко.

— Далее... Между вами в тот день возник спор, после чего гражданин Капитонов в весьма грубой форме выставил вас из своей квартиры... Я все правильно рассказываю?

Боровко не ответил. С каждой минутой он мрачнел все больше и больше. Расценив молчание свидетеля как знак согласия, следователь сделал очередную пометку на листке.

— Таким образом, — продолжил он, — между вами и Капитоновым установились неприязненные отношения...

— Не было между нами никаких отношений! — напряженным шепотом вдруг выкрикнул Боровко. — Не было! Ни приязненных, ни неприязненных! Никаких!..

— Хорошо, — согласно кивнул Воскобойников. — Запишем: более никаких отношений я с гражданином Капитоновым не поддерживал...

Следователь черкнул пару слов.

— Обратимся теперь к восемьдесят пятому году... Где вы, уважаемый Иван Саввич, были одиннадцатого марта восемьдесят пятого года? Что делали?

— Об этом я уже рассказывал, — хмуро и грубо ответил обвиняемый. — Четыре года назад. Вам рассказывал — или еще кому-то.

— Ну, раз однажды вы уже рассказывали, значит, и теперь сможете припомнить, — любезно произнес Воскобойников. — Или не сможете? — Он лукаво прищурился.

— Отчего ж нет, — буркнул Боровко. — Смогу.

— Давайте.

— Я в Москве в тот день был. Продукты покупал.

— В каких конкретно магазинах, помните?

— В универмаге «Московский» был. В «Колбасах» на Солянке. Еще где-то...

Следователь кивнул: мол, знаю, а затем любезно спросил:

— С кем-нибудь в тот день встречались?

Глаза Боровко метнулись. На лбу вдруг выступил пот.

— Нет, — решительно ответил он.

— Значит, никто ваше алиби подтвердить не может? — ласково заметил Воскобойников.

— Значит, не может, — угрюмо подтвердил Боровко.

— А еще что вы в тот день делали?

— На «Щелковской» был, в универмаге. Рубашку племяннику хотел купить... И еще... В кино ходил.

— В какой кинотеатр, не припомните?

— В «Первомайский».

— Это на Первомайской улице, да? Недалеко от Пятой Парковой улицы, правильно?

— Ну да. Кажется.

Боровко вдруг пошел бурыми пятнами. По его лбу заструилась полоска пота.

Следователь, казалось, не заметил этого и продолжал ласково атаковать контрагента:

— А что вы в кино смотрели?

— «В джазе только девушки».

— Правда? — делано изумился следователь. — Хм. А ведь в тот день «В джазе только девушки» в «Первомайском» не шли. Вот у меня и справочка есть... — Жестом фокусника он выудил из бумажной стопки и подтолкнул по столу к допрашиваемому клочок с печатью. — Как же так, Боровко? А?

— Значит, другой был фильм, — угрюмо сказал тот. — Разве вспомнишь. Столько лет прошло.

— А вы ведь, — усмехнулся следователь, — и в прошлый раз, четыре года назад, утверждали то же самое. Был, мол, в «Первомайском» и смотрел «В джазе только девушки»... Так и запишем? Вы по-прежнему настаиваете? И ничего не желаете, Иван Саввич, изменить в своих показаниях?

Боровко промолчал, и Воскобойников сделал вид, что оставляет в своей бумаженции очередную запись.

— А ведь там, в «Первомайском», — вздохнул он, — совсем другой тогда фильм шел. Тоже американский. «Тутси». Очень хороший... Жаль, что мы в прошлый раз, четыре года назад, вас как следует не проверили... И так называемое алиби ваше... Очень жаль. Может, вы б тогда уже не здесь сидели, а...

Следователь сделал многозначительную паузу.

Боровко молчал, угрюмо потупясь.

— Ладно, — вздохнул кагэбэшник. — Поехали дальше... Вы, Боровко, знакомы с Арсением Челышевым?

Услышав фамилию, обвиняемый вздрогнул, однако поспешно сказал:

— Нет. — И быстро добавил: — А кто это?

— А это, — усмехнулся Воскобойников, — тоже фигурант по делу об убийстве Капитоновых. Да мало того, что фигурант. Он отсидел почти четыре года за это убийство. По вашей милости, кстати, отсидел... Молодой совсем парень... Хорошо, что я его, этого Арсения Челышева, в лагерь с политическими устроил, а то он с урками и не выжил бы, поди... Ну что, вспомнили его? Челышева-то?

— Нет, — тяжело дыша, произнес пенсионер.

— Да? Короткая у вас память. Ведь вы знакомы с ним...

Воскобойников пододвинул к себе какую-то отпечатанную на машинке бумагу и, заглядывая в нее, начал повествовать:

— За три месяца до убийства Капитоновых, в декабре тысяча девятьсот восемьдесят четвертого года, двадцатого числа, вы, Иван Саввич, приехали из своего Загорска в Москву и посетили редакцию газеты «Советская промышленность», что расположена по адресу: улица Двадцать пятого Октября, дом семнадцать. Припоминаете?

Боровко упрямо мотнул головой. Пот по его лицу прямо-таки струился.

— Ну как же!.. — усмехнулся следователь. — Вы явились тогда в редакцию с жалобой на председателя Загорского горсовета, который, по вашему мнению, якобы в обход жилищной комиссии, давал отдельные квартиры собственной родне. Вот и письмо ваше. — Воскобойников похлопал по ксерокопии рукописной бумажонки. — Кстати сказать, пришли на вашу цидулю и ответы: из Мособлсовета, из областного комитета партийного контроля. Факты, пишут оттуда, не подтвердились. Выдумали вы все, Боровко. Большой фантазер вы... А зарегистрировано ваше письмо в редакции «Советской промышленности», честь по чести, как раз двадцатого декабря восемьдесят четвертого года. Припоминаете?

Боровко угрюмо молчал.

— Затем, в тот самый день, двадцатого декабря, — усмехнувшись, продолжил Воскобойников, — вы в редакции встретились с корреспондентом отдела промышленности Арсением Челышевым. Вы рассказали ему о ситуации, которая вас на тот момент волновала.

Предложили Челышеву выпить — вы принесли с собой в редакцию бутылку коньяка «Плиска». В отделе никого больше не было, и Челышев распить с вами коньяк согласился. Довольно скоро вы оба изрядно захмелели, и Арсений, добрая душа, чтобы вам не тащиться в нетрезвом состоянии одному на электричке в Загорск, предложил вам поехать к нему домой...

— Ах, этот... — вдруг выдавил из себя Боровко. — Мальчонка... Сенька...

— А-а, вспомнили! — с ироническим торжеством протянул Воскобойников. — Наконец-то вспомнили! Проснулась-таки у вас память! Ну что — дальше сами расскажете?..

— Давно это было... — глядя в сторону, проговорил старик.

— Ну, я расскажу за вас, — миролюбиво произнес следователь. — Далее в тот день вы с этим, как вы говорите, «мальчонкой», отправились к нему домой, на съемную квартиру, на улицу Пятая Парковая. Там вы с Арсением Челышевым продолжили распитие спиртных напитков. Затем он оставил вас спать в своей квартире... Теперь вопрос: вы с Анастасией Капитоновой знакомы?

— Нет, — быстро ответил старик.

— Врете! — хлопнул ладонью по столу следователь. — Опять вы врете, Боровко! Анастасия Капитонова — внучка вашего старого друга-недруга Егора Ильича Капитонова. И, одновременно, на тот период сожительница Арсения Челышева. И вы видели ее в тот вечер в их квартире на Пятой Парковой. Видели, Боровко!..

— Да я не помню... — неубедительно прошептал пенсионер, отводя глаза. — Пьяный был...

— Пьяный!.. — усмехнулся Воскобойников. — А вот она, Настя, вас прекрасно помнит. — Он похлопал ладонью по исписанным линованным листам. — Помнит, и как постель вам стелила, и как баиньки укладывала. И не такой уж вы пьяный были... Более того: на следующее утро вы, Боровко, трезвым в квартире у Челышева проснулись — разве что голова у вас болела с похмелья... И наутро вы снова виделись с Настей Капитоновой. Двадцать первое декабря — как раз суббота была, поэтому она дома находилась. И вы все втроем — вы, Арсений Челышев и Анастасия Капитонова — по утрянке кофе пили. А потом уже от них вы на вокзал поехали — и домой к себе в Загорск... Правильно, Боровко?

Старик молчал, уронив голову на грудь.

— Теперь вопрос, Боровко: вы тогда, в тот день в декабре восемьдесят четвертого*, специально* вышли на Челышева? Вышли на него, зная, что он сожительствует с Настей — внучкой вашего старинного неприятеля? Вы *специально* хотели с ними подружиться, втереться в доверие и прочее? Или это все вышло *случайно?*

— Ничего я не делал специального... — через силу пробормотал старик.

Воскобойникову на секунду показалось, что тот готов хлопнуться в обморок или забиться в падучей.

Однако следователь не предложил ему помощи — поколебался и все ж таки решил продолжать допрос, дожимать почти поверженного противника.

— Значит, встретились вы с Челышевым и Капитоновой-младшей случайно... — усмехнулся следователь и добавил иронически: — Ну, да, Москва — город маленький... Почти деревня. Вроде Загорска... А что, скажите: вы ключ от съемной квартиры Челышева тоже *случайно* похитили?

Боровко вздрогнул и ничего не ответил.

— Зачем вам ключ-то от их квартиры нужен был? — настаивал следователь.

— Не знаю я ничего, — глухо проговорил Боровко.

— Для того чтобы Настю подставить, а?.. Чтобы драгоценности, украденные из квартиры ее бабки с дедом, ей в квартиру подложить? Чтобы совсем семью Капитоновых уничтожить?.. Под корень?

— Я случайно ключ взял, — выдавил из себя старик. Облизал губы и добавил: — Я сам не знаю, как получилось...

— Ах, ты не знаешь... — усмехнулся следователь, впервые именуя пенсионера на «ты». — Ведь ты собой не владеешь... Ты клептоман, да? Больной человек... Ладно, хватит, Боровко, — устало подытожил он. — Давай рассказывай. Итак, в тот день, одиннадцатого марта восемьдесят пятого года, ты поехал на Большую Бронную, в гости к Капитоновым. Ты и до той поры питал к старому другу неприязненные отношения. Ты ненавидел его за то, что он якобы помог тебя посадить — тогда, в пятьдесят первом году. И за то, что Капитонов не покаялся и ничем тебе не помог, когда ты снова пытался с ним задружиться. Не помог, а, наоборот, выставил тебя из своей квартиры... Итак, одиннадцатого марта дверь в квартиру Капитоновых открыла его жена... А ты... Ты — несколькими ударами ножа убил ее. Сразу, с ходу... Затем прошел на кухню и зарезал Егора Ильича... Потом отыскал в квартире место, где супруги хранили деньги, сберкнижки и драгоценности. Ты забрал все это. Покинул дом Капитоновых. Сел на метро и поехал на Пятую Парковую. Примерно в пятнадцать тридцать ты вошел в квартиру, что снимали Капитонова-младшая и ее гражданский супруг Челышев. Дверь ты открыл ключом, похищенным в этой квартире в декабре. Часть драгоценностей и денег ты, чтобы бросить подозрения на Капитонову-внучку и ее сожителя, спрятал у ребят под ванной. Затем закрыл дверь в квартиру — и был таков... Так?..

Боровко мучительно молчал. По его красному лицу струился пот.

— Куда ты дел остальное награбленное добро? — резко спросил Воскобойников, как хлыстом ударил. — Ну, деньги, украденные у Капитоновых, ты, положим, уже все потихоньку истратил... — продолжал следователь. — Сберегательные книжки выбросил... Ты не дурак, чтобы по ним пытаться получить наличку... А вот где драгоценности? — Воскобойников сменил ритм допроса — казалось, он размышлял вслух. — В ломбардах, в комиссионках они не появлялись. Иначе нам бы сообщили... Что ты их выкинул — не поверю... Там целое богатство. Десятками тысяч рублей пахнет... Так куда ты их дел?.. Где тайник?! Ну?!.

— Нет у меня ничего, — с трудом выговорил Боровко. — И не убивал я Капитоновых.

Губы его побелели, он накренился на стуле — казалось, вот-вот рухнет на пол.

«Ну, еще не хватало, чтобы он тут, у меня в кабинете, коньки отбросил, — встревоженно подумал следователь. — Загребешься потом оправдываться».

— Вам плохо, Боровко? — спросил он. — Позвать врача?

— Нет-нет. Спасибо. Не надо, — пробормотал старик.

Выудил из кармана пиджачка тюбик с нитроглицерином, засунул таблетку в рот, пососал. Прикрыл глаза, прислушиваясь к действию лекарства.

— Боровко, — мягко продолжил Воскобойников, — вас видели в тот день, в день убийства, на станции метро «Горьковская» — а значит, в двух минутах ходьбы от дома Капитоновых...

Пенсионер молчал.

— ...И еще вас видели тогда же, одиннадцатого марта восемьдесят пятого, в районе Пятой Парковой улицы...

— Я вспомнил. Я в тот день в «Елисеевский» еще ходил, — равнодушным, словно стеклянным голосом сказал Боровко. — А в кино в «Первомайском» я был. Это недалеко от Пятой Парковой. Я же говорил вам!..

— Вы все упрямитесь, Боровко, — мягко посетовал следователь. — И что это вас так по Москве носило?

«Черт, надо сворачивать допрос, — подумал он, — а то, не дай бог, загнется он тут у меня». Он придвинул к себе бланк протокола и стал быстро его заполнять, а сам одновременно думал: «Жалко, что сегодня придется его отпустить. Отпустить ни с чем. Ведь я его почти додавил... Плохо, что против него нет ни одной улики. Ну ни единой. Все доказательства — косвенные... Видели его на «Горьковской», видели в Измайлове... Ключ от съемной квартиры Челышева и Капитоновой он украл... Зачем украл?.. Неужели действительно, чтобы Челышева этого подставить?.. Вот если бы он мне показал тайник, куда он спрятал украденные у Капитоновых драгоценности... Вот если б он в убийстве признался... Да еще на следственном эксперименте показал, как он Капитоновых убивал... Показал ясно, четко, не путаясь — не то что Челышев... Ну да ничего... Челышев тогда, четыре года назад, вообще ничего показать не мог — все равно посадили, как миленького... А вот теперь выпускать пришлось... И все-таки: прямых улик против этого Боровко нет. Но... Ох, многое нечисто в этом Иване Саввиче... И тогда, одиннадцатого марта восемьдесят пятого, он не в кино ходил, и не по магазинам рыскал... Врет он, Боровко этот. По глазам его вижу, по его мимическим реакциям отслеживаю... А что он тогда делал? — задал сам себе вопрос Воскобойников. — Что?.. Капитоновых убивал?.. Очень даже возможно... А почему он сейчас одновременно и напряжен, и равнодушен? — спросил себя следователь. — Видимо, это связано с особенностями его, Боровко, психики. Даже невооруженным взглядом видно, что психика у него не совсем здоровая... Тем больше, кстати, шансов, что убил именно он... Застревающая личность, застревание происходит на почве сверхценной идеи: вины Капитонова и всей его семьи...»

— Вот, Боровко, — Воскобойников протянул через стол заполненный бланк протокола. — Прочтите и, если все правильно, напишите внизу: «С моих слов записано верно», — и распишитесь.

Боровко стал читать. От его недавнего недомогания вдруг не осталось и следа. Лицо приобрело нормальный оттенок. Побелевшие было губы снова порозовели. Он очевидно повеселел и приободрился.

«Да ведь он симулировал! — ахнул про себя Воскобойников. — Просто изображал, что он, несчастный старикашка, вот-вот грохнется с сердечным припадком! Ну Боровко — ну жук!..»

— Все верно, — улыбнулся Боровко. Улыбнулся впервые за время допроса. И весело, лихо поставил подпись-закорючку.

— Ах, верно!.. — злым шепотом передразнил его следователь. И добавил угрожающе: — Вот что я тебе скажу, Боровко... Я — все равно — тебя — посажу, — произнес Воскобойников раздельно. — И знаешь, почему?.. Ты меня однажды уже вокруг пальца обвел. И я благодаря тебе не того в тюрьму отправил... Хорошего молодого парня, знакомого твоего, Челышева, посадил. И я тебе этого никогда не прощу... И посажу тебя, Боровко. Ты понял?!

Воскобойников не стал говорить о другой причине, почему ему хотелось, чтобы виновным оказался именно Боровко.

«Он сейчас тесно связан с демократами. Выйти на них Боровко помогло его дурацкое прошлое — якобы он безвинно осужденный... Страдалец... Борец с режимом... Сейчас весь этот сброд в стаи собирается... Вот и Боровко этот якшается с «Демократической Россией». И с Сахаровым знаком, и с Афанасьевым, и с Поповым, и с прочим диссидентским отребьем... Ох, как хорошо было бы, если б именно такой человек оказался замешан в банальной уголовщине. Ох, какой удар был бы по всем этим крикунам, бузотерам, так называемым демократам — они, оказывается, водят дружбу с натуральным уголовником!.. Правда, доказательства против Боровко нужны — чтоб никто не подкопался. Чтоб комар носа не подточил... Чтоб никакой вражина не поставил приговор суда под сомнение...»

— Я могу идти? — спросил изрядно повеселевший Боровко.

— Идите, — хмуро сказал следователь, но, когда тот встал, остановил его: — Пара слов не для протокола. — И добавил внушительно: — Мы, Боровко, знаем, где вы драгоценности из квартиры Капитоновых спрятали. Знаем примерно, где ваш тайник находится. И очень скоро его найдем. Смотрите, чтобы на золотишке ваших отпечатков пальцев не обнаружилось.

Последние слова Воскобойникова были явным блефом. Но изобличить психа-убийцу другого способа, кажется, не было.

«Надо устроить у пенсионера дома обыск. И установить за ним круглосуточное наблюдение. Дрогнет старикашка. Должен дрогнуть. Полезет в тайничок, а тут-то мы его и возьмем...»

— Нет никакого тайника, — внушительно произнес заметно приободрившийся Боровко. — И не убивал я никого.

— Ну, смотрите, Боровко, — усмехнулся Воскобойников на прощание. — Я давал вам шанс. Сегодня давал. Могли бы во всем признаться, и гора с плеч. Вы этим шансом не воспользовались. Или, может, все-таки передумаете?..

Боровко с выражением ужаса покачал головой.

— Ну нет так нет... — усмехнулся следователь. — Вы со мной по-плохому, теперь и я с вами не буду по-хорошему. И теперь я лично позабочусь, чтоб вас судили. И не в спецбольничку отправили, а впаяли бы вам «особый режим» на полную катушку. А может, и исключительную меру наказания... Ладно, идите, Боровко, — устало махнул рукой следователь.

* * *

Примерно в то самое время, когда приободрившийся Боровко покидал кабинет следователя Воскобойникова, Арсений выходил из метро «Колхозная».

Дом, в котором проживал бывший шофер Капитонова, находился, судя по адресу, неподалеку. Арсений перешел Садовое кольцо, зашагал по проспекту Мира. Сверяясь по номерам домов, отыскал пятиэтажку во дворах, неподалеку от Склифа.

По пути он думал о своей легенде. Особо придумывать ему не пришлось. В конце концов, они с водителем Капитонова были знакомы. Видались... Ну, и ничего удивительного, что Сенька, отсидев, решил приехать и поболтать «за жизнь». Вспомнить Егора Ильича — погибшего благодетеля их обоих. Бывшие зэки — они сентиментальные...

Пятиэтажка, где жил шофер, оказалась хрущевкой улучшенной планировки — не из панелей, а из кирпичей. Кажется, такие строили на рубеже семидесятых, во время короткого всплеска, когда осуждали архитектурный «волюнтаризм».

Сеня не спеша поднялся на третий этаж. Вот и квартира двенадцать. Слегка облупленная дверь с глазком.

Арсений прислушался. Изнутри не доносилось ни звука. Мертвая тишина царила в квартире.

Сеня позвонил. Звонок резко протрещал внутри, но открывать никто не думал. Ни единого шевеления не донеслось из-за двери.

Арсений нажал на кнопку еще и еще раз. И опять никакого результата.

Обидно. Никого нет дома. Придется приезжать еще раз. С досады он забарабанил в дверь кулаком.

— Зря стучишь, — раздался голос с лестницы.

Арсений обернулся. Перед ним стояла старушонка — из тех, что звались «народными мстительницами»: оккупантка лавочек, домашняя шпионка, вечно ушки на макушке. В руках старушенция держала сетку, где болтались два пакета молока и две «чебурашки»: водки, разлитой в бутылочки из-под пепси-колы.

— А почему это зря? — дружелюбно спросил Арсений.

Он понимал, что со старухой подобного рода надобно вести себя максимально доброжелательно. Такие бабули многое знают и бывают полезны доморощенным сыщикам вроде него.

— Нету их, — прошелестела старуха.

— А что, переехали Валентиновы?

— А ты кто им будешь?

Арсений знал, что такие пенсионерки — шпионки по призванию. Они обожают собирать информацию. Любую. Они прямо-таки питаются ею. Хорошо бы выдать бабке какую-нибудь качественную сплетню — тему для информационного сообщения на приподъездном коллоквиуме. Тогда она в знак благодарности, может, и взамен чего-нибудь расскажет. Например, всю жизнь и судьбу шофера Ильи Валентинова.

— Я кто? — на секунду помедлил Арсений. — Та я родственник их с Тимашевска, — выдал он на ходу придуманную версию. Для правдоподобности вернул в речь почти забытый южный акцент. — Троюродный племянник их.

— Чей племянник? — прищурилась старуха. — Анфисы али Ильи?

— Ильи Валерьевича.

— А чего ты к ним? В гости приехал?

Допрос продолжался. Старуха так и буравила Арсения глазками.

— Та я на пару дней. Перекрутиться, переночевать.

— А где ж вещи-то твои?

«Вот ведь дотошная бабка, — подумал Сеня. — Ей

бы в следователи, моему Воскобойникову в помощники».

— Та я на вокзале их оставил, на Курском, в камере хранения. На Север я завербовался, на нефтянку. В поселок Радужный... Ну, и вся бригада-то моя, что с Тимашевска, улетела туда, а я пневмонией заболел... Вот теперь ребят нагоняю... Та билетов на самолет нет, местов в гостинице тоже нет, я и думал у Ильи Валерьевича перекантоваться...

— А ты кто, парень, по специальности-то будешь? — лукаво прищурилась бабуся. — Шóфер? Или буровик?

«Э-э, бабка, — усмехнулся про себя Челышев, — меня на такой понт не возьмешь. Какой из меня шофер или буровик — ручки-то за полгода в Москве снова беленькими стали, чистенькими...»

— Техникум я окончил. Мастером меня на Север взяли.

Кажется, бабка удовлетворилась допросом. Челышев дал ей материал не просто для выступления перед подругами, а для расширенной информации. Приезжал, мол, к Валентиновым парень, из Тимашевска, на Север он мастером едет на нефтяную вышку — приехал-то он к ним, да не знал, что... В расспросах бабули явственен был вот этот самый подтекст: приехал бедолага в гости к дядюшке, а тут... А что, собственно, тут? Пора бы бабке и своими сведениями поделиться. Кви про кво, как говаривал следователь Воскобойников.

— А ты давно дяде-то не писал? — с подвохом спросила старуха.

— Изрядно, — вздохнул Арсений. — Лет уж пять.

— Да, нехорошо... — протянула бабка и торжествующе возгласила: — Нету тут твоего дяди.

— Что: переехали они? — простодушно спросил Арсений, хотя в сообщении бабки явственно слышалось нечто иное, зловещее.

— Пропал он, — шепотом известила старуха.

— Как пропал?

— А вот так. На рыбалку пошел — и исчез.

Глазами-бусинками старушенция настороженно отслеживала реакцию Сени: чтоб ничего не упустить, чтоб обо всем рассказать сегодня же товаркам по информационному агентству ОБС — «одна бабка сказала».

— Да что вы?! Давно? — Арсению и разыгрывать удивление не пришлось: он был поражен сверх меры.

— Да года четыре тому как, — торжествующе известила старуха.

— Четыре?!

— Да! В восемьдесят пятом годе это было. А ты, чего ж, племяш, и не знал ничего?

— Та нет... Не переписывались они с моим отцом-то... Адрес вот только друг дружки знали... Как же пропал-то?! Не могу поверить...

— А пошел он однажды с утра на рыбалку... — завела свой рассказ старуха. Удивление Арсения она восприняла как прямой вопрос.

Рассказывала бабка сочно, со смаком. Видно было, что чужие неприятности, а тем паче смерть доставляют ей несказанное удовольствие.

— ...На рыбалку на подледную он поехал. На Московское аж на море. В декабре восемьдесят пятого дело было... Анфиса, супруга, тетка твоя, еще с вечера ему говорит: не ходи, мол, Валерьич — сыро, оттепель будет. А он мужик-то строптивый, чего решил, сделает обязательно. И утром, затемно еще, ушел. Как положено: в валенках, в тулупе, со штопором своим ледовым... А вечером — нету его. День нет, два нет... Анфиса — ко мне. Плачет. Что, мол, Егоровна, делать?! Я — ей: в милицию иди... Ну, она и побежала... Стали искать его. Милиция, рыбоохрана... День искали, два... Так и не нашли...

— Не нашли?! И тела не нашли?

— Ты слушай. Анфиска уж его отплакала и сильно убивалась, что даже похоронить некого — и могилки, значит, тоже не будет, некуда поплакать сходить... А уже в апреле, в восемьдесят шестом, нашли на море на том утопленника. Страшный весь, раздутый... Предъявили Анфисе, тетке твоей... На узнавание предъявили... Она в обморок два раза падала, нашатырем ее откачивали... Лица-то у мужика нет, один кисель!.. Да потом она его все ж таки опознала. По кольцу да по обрывкам одежды... Ну, и похоронили мужика, дядю-то твоего... В закрытом гробе хоронили-то, не проститься, не облобызать... Но мне Анфиска, то есть тетка твоя, все равно говорила: не верю я, что он это. Умом понимаю, говорит, — а верить не верю!.. Во как! — с торжеством заключила старушенция.

— Дела... — протянул Арсений. — Ну дела... И где же дядю моего похоронили?

— На Котляковском... А ты что, навестить могилку хочешь?

— Да можно было бы... — неуверенно пробормотал Арсений.

— Да ты сам не найдешь. А я, грешная, и места-то его не знаю. Раз только, на похоронах, и была.

— А как же Анфиса, м-мм... Тетка моя?

— А она здесь не живет.

— Что, обменялась? Переехала?

— Не. Квартира-то за ней. Только она в деревне живет. И даже не бывает здесь. И пенсию свою туда перевела... Я ей говорю: Анфиса, что ты себя хоронишь? Ведь там, в деревне у тебя, полтора деда живут, и все. И снабжения никакого!.. Ты еще, говорю, женщина молодая, еще и жизнь свою личную наладишь... А она: нет, мол. Чего я буду в городе-то сидеть, газы нюхать... Нанюхалась за жизнь, говорит... И уехала... А квартиру за собой оставила... Два раза в год, может, приедет: посмотреть, что тут да как, да, может, чего из промтоваров прикупить... Словно как другие лимитчики...

— Вот это да... — протянул Сеня. — А вы не знаете, в какой деревне она сейчас проживает?.. Далеко ли?..

— А ты что — поехать к ней хочешь? — навострилась старуха.

— Да может быть... — не слишком заинтересованно ответствовал Арсений.

— А у тебя самолет-то когда, в твой Радужный-то?

— Через три дня.

— Ну и поехай к Анфисе-то, — разрешила старуха. Она, видимо, прониклась к Арсению определенной симпатией. — Жить-то тебе где-то надо. Не в гостинице же.

— А что, у вас, бабуль, адрес ее, тети Анфисы, имеется?

— Я тебе не «бабуль», ты мне не внучек, — выпалила старуха и той же скороговоркой добавила: — А адрес ея у меня имеется. Она мне наказала, чтоб я ей почту пересылала. Если вдруг ей письмо какое придет.

— Дадите адрес-то? — с надеждой спросил Челышев.

Таинственное исчезновение шофера да еще, если верить рассказу старухи, последовавшее в декабре восемьдесят пятого — всего через девять месяцев после убийства Капитоновых — взволновало его. Сердце забилось. «Что-то здесь неспроста... — подумалось ему. — Какое-то совсем не случайное совпадение... Надо бы мне тетку мою новоявленную, Анфису эту, навестить... Порасспросить о, так сказать, дядюшке Илье Валерьиче...»

— А он с собой у меня, ее адрес-то...— по-простому призналась старуха. — Ты что, прям сейчас к ей поедешь?

— Поеду, — твердо сказал Арсений.

— Ну, гостинцев-то я ей тогда не успею собрать, — с облегчением молвила старушонка, — а на словах ты ей, Анфисе-то, любовь мою передай. Мол, помнит тебя Егоровна, любит и в гости ждет... А адрес найду я тебе...

Старуха достала из внутреннего кармана своего ветхого шушуна внушительный сверток, завернутый в грязноватый платок. Отвернулась на всякий случай от Арсения, принялась разворачивать, шуршать бумажками. Наконец повернулась с клочком тетрадной страницы. Вгляделась в него зоркими своими глазками.

— Запишешь, что ли?

Челышев выудил из кармана блокнот.

— Запишу.

— Московская область, Ступинский район, деревня Богородское. Ну, индекс тебе без надобности.

— А дом какой?

— Какой там дом? — с презрением молвила старушенция. — Избы одни. Спросишь там Анфису Валентинову.

— А ехать как, не знаете?

— Сама я не бывала... Очень она, Анфиса, меня в гости звала. Очень. Да некогда мне. И сил уже нету. Старая я... Но вот, как ехать, она мне записала. Соберешься, говорит, Егоровна, — милости просим, как говорится, и добро пожаловать... Ехать, написано, электричкой до Ступино, с Павелецкого вокзала... Знаешь, где вокзал-то?

— Найду.

— А потом прямо с вокзала автобус на Малино. Раз в час ходит примерно. На четвертой остановке выходишь, Богородское называется. А потом еще по дороге вбок километра два на одиннадцатом номере... Пешком то есть, если не подвезет никто. Записал?

— Записал. Спасибо вам, бабушка.

— Говорю тебе: ты мне не внучек, — строго сказала старуха. — Для тебя я — Василиса Егоровна.

— Спасибо, Василиса Егоровна, — с чувством проговорил Арсений. — Вы мне очень помогли.

## Глава 12

Ночь Настя опять провела у него.

Эжен должен был вернуться только через неделю, мать — тоже. Николенька оставался под присмотром няни. Удивительная свобода. Ей даже не перед кем было отчитываться. И некому врать.

Утром Арсений ушел первым — как когда-то, в прошлой жизни, пять лет назад уходил, пока она еще спала, из их съемной квартиры в Измайлове на работу. Уже одевшись, поглядел с порога, как она сладко спит на диване: разрумянившаяся, умиротворенная. Появилось дикое искушение остаться: разбудить, позавтракать вместе... Однако... Однако сильнее этого желания его влекла *тайна*. И новоявленная «тетушка», Анфиса Валентинова, вдова шофера, возможно, обладала ключом к этой тайне.

Поэтому Арсений вздохнул, оставил для Насти запасные ключи от квартиры на кухонном столе и вышел.

После ночи, проведенной вместе с Настей, дома и люди вокруг казались Арсению освеженными, какими-то радостными. Его настроения не испортила ни толчея в автобусе, ни давка в метро, ни суматоха на бестолковом, вечно ремонтируемом Павелецком вокзале. Он успел на последнюю электричку перед перерывом, в десять тридцать пять.

Народу в вагоне было немного, и он сел на лавку у окна. Смотрел через заляпанное стекло на задворки Москвы: бетонные заборы, гаражи, измусоренную полосу отчуждения. Прикрывал глаза — и перед его мысленным взором вспыхивала Настина улыбка, возникали ее руки, ее улыбающееся лицо... Потом Арсений уснул... Колеса убаюкивали, нашептывали сквозь сон: все будет хорошо, все будет хорошо...

* * *

В то же самое время Евгений Сологуб — Эжен — подлетал к Москве. Он возвращался в столицу из Парижа. Возвращался на неделю раньше срока.

Обстоятельства и легенда прикрытия позволили ему лететь компанией «Эр Франс».

В магазине беспошлинной торговли аэропорта Шарль де Голль он купил себе в полет литровую бутылку вискаря «Чивас Ригал». Страшненькая, но обаятельная, как все француженки, кассирша в «дьюти фри» одарила его улыбкой и пропела: «Мерси, месье!.. Бон вояж!..»

Эжен начал прикладываться к виски еще в аэропорту. А в самолете бортпроводница принесла ему орешков, льда — и к посадке практически все содержимое бутылки перекочевало в желудок Эжена. А вместе с ним внутри появилось восхитительное ощущение расслабухи, спокойствия и пофигизма. Он уже хорошо знал за собой: расслабиться он может, только когда выпьет. Крепко выпьет. Что делать, такая работа.

И — такая семья. С этой Настей тоже, почти как на службе — ни на секунду нельзя расслабиться. Неизвестно, что она еще выкинет.

К моменту посадки в Шереметьево-два бутылка виски была пуста.

* * *

Примерно в тот самый момент, когда самолет из Парижа прибыл в Шереметьево, Арсений Челышев подъезжал на электричке к подмосковному Ступину.

Он вышел из вагона, спустился по кособокой лестнице с платформы. На привокзальной площади торчал киоск «Союзпечати». Бабка торговала семечками.

Нужный Арсению автобус отходил через пятнадцать минут. Он шел полупустым. Дачный сезон еще не наступил. В кабину древнего «ЛиАЗа» набились подростки со школьными сумками. Лузгали семечки. Необъятная, как русская печь, кондукторша рявкнула на них: «Хоть одну семечку на полу увижу — языком мне салон будете вылизывать!» Пацаны ответили ржанием. Ни кондукторша, ни подростки, ни вонючий автобус не могли испортить радужного настроения Арсения. Его любовь перекрывала все глупости и несуразицы окружающего мира — и прощала их.

Автобус вразвалку отправился по дороге районного значения. Потянулся лес — бесприютный, голый, с языками снега среди черной грязищи. Мысли Арсения обратились к цели его путешествия. «Не может быть, чтобы смерть водителя, произошедшая почти через десять месяцев после убийства Капитонова, — простое совпадение... Или — все-таки совпадение?.. Почему он вдруг пропал — скоропостижно умер или был убит? Неужели это случайность?.. И что же случилось тогда, одиннадцатого марта?..»

Возможно, сегодня Арсений узнает ответ на этот вопрос...

Около часу дня Арсений вышел на остановке «Богородское». Автобус покатил дальше по пустынной дороге. Ни души вокруг. Голый лес. Вдали пустынный железнодорожный переезд, а за ним — поле.

Лишь вороны кричат. И где-то там, за переездом, угадывается деревушка.

Арсений направился в сторону жилья.

...Деревушка — три десятка домиков — выглядела нежилой. Ни единого человека ни на улице, ни в огородах. Ближние избы оказались заколоченными — видать, здесь жили москвичи, лишь летом использовали их как дачи. Только над парой домиков курился дымок. «Уж не разыграла ли меня проклятая старуха в подъезде Валентиновых? — мелькнула мысль. — Может, здесь и нет никакой шоферской жены? Может, подшутила надо мной шпионка с проспекта Мира? Или напутала?»

Арсений направился в глубь деревухи. Сапоги с чавканьем погружались в грязь, с чмоканьем вылезали из нее. Заборы, закрытые ставни, замки — полное запустение.

Наконец на задах одного из домиков он углядел шевеление. Подошел ближе. Тетенька с лицом и руками скотницы, бросив свое занятие, с неотрывным любопытством глядела на Арсения. Он подошел на то расстояние, с какого было прилично разговаривать, и крикнул через забор:

— Здравствуйте! А где Анфиса Валентинова живет?

— Сергевна-то?.. А вон в том дому с драной крышей. Са-амый крайний, у околицы. А ты кто ей будешь-то?

«Дед Пихто», — пробурчал про себя Арсений, досадуя на чрезмерную любознательность сельских тетенек, а вслух сказал:

— Знакомый я ей.

— Надо же. Вот не видала я у ней никогда знакомых.

— Значит, я первый буду... — весело ответил Арсений. — Дома-то она, Сергевна?

— Да дома. Где ж ей быть... Так ты увидишь ее сёдни?

— Надеюсь.

— Значит, скажи: Семеновна, мол, просила передать: хлеба в лабаз сегодня не подвезут. Завтра пусть идет. Не забудешь?

— Хорошо.

Арсений развернулся, почапал по грязи и чувствовал, что женщина еще смотрит ему вслед.

...Участок Анфисы Валентиновой — Анфисы, как выяснилось, *Сергеевны* — выглядел нежилым. Ни шевеленья ни в доме, ни на огороде. Одно из окон, выходящих на улицу, забрано ставнями. На другом, правда, ставни открыты.

— Хозяйка! — крикнул от забора Арсений.

Нет ответа. Калитка оказалась не заперта. Арсений прошел внутрь двора. Откуда-то с задов дома вдруг разнеслись отчаянные крики поросенка. Арсений поднялся на крыльцо. Оно было двусторонним. Ступеньки вели с одной стороны к калитке, а с другой в огород. Крыльцо, как и дом, производило впечатление полузаброшенного, не знающего мужской руки. Выглядело оно прохудившимся, изломанным. Ступенька прогнила. Поверх прибит кое-как кусок фанерки — похоже, неумелой женской рукой.

Арсений дернул дверь дома. Заперто. Он постучал, крикнул: «Хозяйка!»

Опять тишина.

И вдруг — дверь распахнулась. В проеме показалась сухонькая, седая, растрепанная настороженная женщина.

— Чего стучишь? — весьма нелюбезно спросила она. — Чего тебе надо?

* * *

В то же самое время Эжен выходил из «свободной зоны» главного московского аэропорта.

Хорошо одетый и сильно нетрезвый. Мечта шереметьевских таксистов. Шоферы-идиоты, кажется, принимали его за иностранца. Вились вокруг, шептали в ухо с дурным акцентом:

— Mister! To center! Fifty dollars!

— Fuck you, — надменно отвечал Эжен.

Раз уж пытаетесь спикать по-английски — извольте понимать и ругательства.

Он решительно, будто в поисках личной «Волги», прошел сквозь стоянку.

Ни в одном городе мира поездка от международного аэропорта до центра не стоит полста долларов. Двадцать, максимум тридцать баксов. А немытая Россия с ее раздолбанными тачками и дорогами — требует пятьдесят. И за твой же полтинник в пути могут ласково попросить бумажник. А если не ограбят, то шулера по дороге подсадят... Эжен быстрым шагом дошел до выезда из аэропорта. Идти легко — кожаный портфель багажом не считается. Голоснул первую же «копейку», выезжавшую со стороны зала прилета. Дедуля в кепке — не бомбила, провожающий — согласился везти его домой за пять долларов. Еще и просиял...

За окном замельтешили унылые сараюшки и обшарпанные бензоколонки. На автобусных остановках ждали транспорта красивые женщины — в уродливых платках, в разбитой обуви... Родина, мать ее. Надо выпить за возвращение.

В портфеле звенели бутылочки «ноль однушки», сувенир от смазливенькой стюардессы. Сунула на прощание. Угостила опивками от настоящих буржуев, летевших в Союз первым классом. Чего они, спрашивается, здесь забыли?..

— Возьмите, месье! — шепнула стюардесса. — Выпьете за мое здоровье! — То ли понравился он ей, то ли пожалела она его, потому что он в Россию летит.

Эх, за здоровье такой цыпочки нужно выпить виски.

Эжен свернул бутылке-малютке горлышко, сделал добрый глоток... Водила уважительно принюхался, пробормотал:

— Водка так не пахнет.

— Возьми. — Эжен щедро сыпанул на торпеду остальные бутылочки.

— Это что ж такое за мелочовка-то? — удивился дедок.

— В самолете бесплатно дают. — Эжен не стал уточнять, что дают бутылочки только пассажирам первого класса. А советские люди первым классом не летают. — Джин, «Кюрасао», «Амаретто» — небрежно перечислил он. — Приедешь домой — попробуешь.

— Спасибо, — растрогался дедок. — Я тебе тогда скидку дам.

Эжен едва не рассмеялся.

— Ладно уж. Вези без скидок. Только ямы не собирай. Укачивает.

...У подъезда Эжен увидел Николеньку. Малыш стоял в грязной луже — вода по щиколотку. Упоенно топал ногами, изображал ураган. Няня в стороне светски смолит коричневую сигаретку «More». На ребенка ноль внимания. Чешет языком с дворничихой. Сигарету опять из бара уперла, наверно. Или Настька разбазаривает, раздаривает тут всяким...

— Сем-мья, чтоб ее, — прошипел Эжен.

Он швырнул водителю обещанные пять долларов и рывком выбрался из машины.

— Николай!

Сынуля его окрика не ожидал. От неожиданности плюхнулся в лужу — задницей в новых джинсах. Няня отшвырнула недокуренную сигаретку, бросилась к хозяину:

— Ой, Евгений Николаевич! А мы вас не ждали!

— Я вижу, — буркнул Эжен.

— Папа, папка! — прокричал Николенька. — Видишь, у меня тут — водная катастрофа!

— Чудесно, — хмуро кивнул Женя и пообещал сыну: — Джинсы сам стирать будешь.

Николенька выбрался наконец из лужи. Из белых кроссовок выливались потоки воды.

— Где мама? — хмуро спросил Эжен. Обе хороши!.. Тоже мне, няньку наняла: мальчик по колени в воде, а та стоит, покуривает.

— Мама? — удивленно переспросил Николенька.

— Анастасия Андреевна? — фальшиво удивилась няня.

— Она уехала к тете подруге! Уже два дня! — доложил сын. — Или двадцать два.

— К какой именно «тете подруге»? — ледяным тоном уточнил Евгений.

— Она... она не сказала, — опустила голову няня. — Обещала, что сама нам звонить будет.

— Ну и как? — скривился Эжен. — Звонит?

Няня потупилась.

— Ладно, все. Домой, — велел Эжен. В голове вертелось ехидное начало миллиона анекдотов: «*Вернулся муж из командировки...*» А на душе... Женя сам не ожидал, что в Москве на душе у него будет так омерзительно. Или, может, просто начинается похмелье?

* * *

В то же самое время в подмосковной деревне Богородское по-колхозному одетая женщина с недоверчивостью смотрела на городского парня, появившегося откуда ни возьмись у нее на крыльце.

— Здравствуйте! — просиял Арсений. Он прямо-таки лучился доброжелательностью. — Я с автобазы, из комитета комсомола.

За долгий путь до Богородского он тщательнейшим образом продумал свою легенду.

— С какой еще автобазы? — подозрительно спросила женщина.

— А где муж ваш покойный работал, — со всей открытостью пояснил Сеня. — Илья Валерьевич.

Что-то дернулось в лице женщины. Она вышла к Арсению на крыльцо и плотно притворила за собой дверь в дом.

— И чего тебе надо? — весьма нелюбезно спросила она.

— Дело в том, — с комсомольским задором начал Арсений, — что супруг ваш, Илья Валерьевич Валентинов, был представлен к медали в честь сорокалетия Победы. И медаль эта на автобазу пришла, да только Илья Валерьевич к тому времени уже у нас в коллективе не работал...

— Да он и не воевал вообще... — с хмурой подозрительностью проговорила тетенька.

— Ну, значит, он был тружеником тыла, — лучисто пояснил Арсений. — И не только медаль Илье Валерьевичу положена. Еще ему дали в честь Победы премию, двести рублей. Поэтому меня послали сказать вам, чтоб вы, Анфиса Сергеевна, эту медаль и премию за своего покойного супруга получили.

— Где ж ты, комса, был столько лет? — прищурилась хозяйка. Подозрительность ее после упоминания о двухстах рублях несколько уменьшилась, однако полностью на нет не сошла. — Где мы, а где Победа!.. Четыре уж года прошло.

— Бюрократия, — бесхитростно развел руками Арсений. — Затерялась медаль, да и приказ о премии потерялся. Никто и не вспомнил. А я тут порядок в архивах наводил, вот и нашел. Ну, и дай, думаю, к вам съезжу. Награда нашла героя и все такое.

— Ну, раз так... — Женщина на секунду задумалась и облизнулась. Арсений понимал ее замешательство. Двести рублей в самом деле деньги немалые и в любом хозяйстве нелишние. — Ну... Давай, что ли, деньги свои. И медальку.

Арсений был готов к такому повороту.

— Не могу прямо сейчас вручить их вам, дорогая Анфисочка Сергеевна. Вам самой надо на автобазу приехать. В бухгалтерию и партком. Расписаться и получить. В торжественной обстановке. Я только, так сказать, вестник. Вроде курьера... Может, Анфиса Сергеевна, вы в дом меня пригласите? Дорога дальняя, в горле все пересохло. Пить хочется...

— Нет, — твердо сказала тетенька. — В дом мы не пойдем. — Ее подозрительность, вроде было угасшая, вспыхнула с новой силой.

— Ну и ладно, — добродушно согласился Арсений. — Тогда вы мне, прямо здесь, кое-что расскажите. Для отчетности. Вы ж понимаете, меня проверять будут — правда ли я к вам ездил или, может, пиво пил. Рабочий день все-таки. Мне за сегодняшнюю поездку отгул обещали...

«Плохо, что тетка такая зашуганная, — мелькнуло у Арсения. — Воров она, что ли, боится? Чего она так охраняет? Поросенка своего?.. Ну, ладно — попробую разговорить ее прямо здесь, на крылечке...»

— Скажите вот мне, пожалуйста, — продолжил он, — когда Илья Валерьевич скончался?

Тетка смерила юношу неприветливым взглядом, но все-таки выдавила из себя:

— Двадцать третьего декабря.

— Восемьдесят пятого года?

— Да, восемьдесят пятого.

— А где он похоронен? На каком кладбище?

— На Котляковском.

— Номер участочка не помните?

— А зачем это тебе? — хмурость хозяйки нарастала.

— Ну как же! — заискрился Арсений. — Цветы возложить. Может, оградку, если надо, поправить.

Продемонстрировал военно-патриотическое воспитание.

— Участок его я не помню, — твердо заявила тетенька.

— Может, у вас номер его записан?

— Нет. И не записан, — отрубила хозяйка.

Арсению вдруг почудилось какое-то шевеление в доме. Скрип половицы, что ли.

— Сама я, — проговорила Анфиса Сергеевна, — когда там, на Котляковском-то, бываю, место Ильи Валерьевича глазами нахожу. А тебе рассказать, где он лежит, нет, не сумею.

Голос тетеньки (показалось Арсению) зазвучал чуть громче, чем раньше. Может, она тоже заслышала шум в доме и захотела заглушить его? Или Арсению показалось?

— А Илья Валерьевич ведь в результате несчастного случая погиб? — продолжил выспрашивать Сеня, прилежно играя роль комсомольского пустоголового балбеса.

— Да. Утонул он. На рыбалке, — нехотя процедила хозяйка.

«Что за пакостная тетка! — выругался про себя Арсений. — Клещами из нее все приходится тянуть!»

— И он работал последние годы персональным водителем у товарища Капитонова?

— Ну, работал, — хмуро согласилась тетенька.

— А товарища Капитонова, кажется, убили? И с женой даже вместе?

— Ну, убили. Дальше что? Чего это ты все выспрашиваешь?

Арсений видел, что Анфиса явно не расположена отвечать, однако не мог придумать другого способа разговорить ее, кроме как переть напролом. В дом она не приглашает, от расспросов цепенеет... Что ему еще оставалось делать? Только импровизировать на ходу.

— Я ведь почему спрашиваю... Понимаете, — быстро-быстро заговорил Арсений, — у нас на автобазе имеется музей, а в нем есть уголок, посвященный видным деятелям партии и правительства, которых обслуживал наш коллектив. И в нем, в музее, имеется стенд, посвященный Егору Ильичу Капитонову, — он продолжал нести ахинею, — поэтому я, от лица комсомольской организации, был бы вам очень благодарен, уважаемая Анфиса Сергеевна, за любую информацию об этом замечательном человеке — Капитонове, то есть... Вот я и интересуюсь: рассказывал ли вам что покойный супруг о нем? В частности, о том, как тот скончался? Ваш супруг с ним, считайте, практически рядом был — до самой кончины?

В доме, за закрытой дверью, Арсению опять послышался какой-то шум: вроде бы чье-то сдерживаемое дыхание... А потом звяканье... Или это у него от деревенской тишины в ушах звенит?

— Да что ты тут все вынюхиваешь! — взорвалась хозяйка. А потом вдруг потребовала безапелляционно: — Документы свои покажи.

К такому повороту событий Челышев был не готов.

«Эх, не убедил я тетку, — с досадой подумал он. — Не разговорил».

— А-анфисочка Серге-евна, — протянул он, разводя руками, будто глубоко обиженный ее недоверием.

Медленно полез в карман за паспортом, а что ему еще оставалось делать? Протянул ей документ. Тетка взяла его краснокожую паспортину, раскрыла. Прочитала, беззвучно шевеля губами, фамилию — имя — отчество. Вдруг лицо ее исказилось недоверием, недоумением, страхом. Она перевела взгляд на Арсения. Вид у нее был такой, будто она узрела восставшего из гроба. Губы ее тряслись.

— Ч-че-лы-шев... — прошептала она. Арсению показалась, что она вот-вот грохнется в обморок. Вдруг дверь дома с шумом распахнулась. *Распахнулась изнутри.*

— Шепчетесь!! — заорал кто-то бешеным голосом. — Сговариваетесь!!

На пороге возник небритый человек. Лицо его было искажено одновременно и злобой, и страхом. Глаза вылезли из орбит. Челышев отшатнулся и увидел, что мужик — бледный, опухший, в одной майке — держит в руках двустволку.

— Продать меня решила! Шепчется!.. Продать, гадина, решила! — заорал мужик и вдруг, даже не вскидывая ружье, пальнул из одного ствола в сторону Анфисы Сергеевны. Дернулась двустволка, из дула вылетел вихрик раскаленных газов, но за секунду до этого Анфиса кубарем покатилась вниз. Она полетела по ступеням сквозного крыльца в сторону огорода.

Звук выстрела громко ударил по ушам, далеко разнесся по опустевшей деревне.

Откуда-то снизу, с земли, на одной отчаянно-испуганной ноте закричала хозяйка: «А-аа-аа!»

Мужик повернул ружье в сторону Челышева. Держал он его от бедра, как в боевике. Дуло уставилось прямо в живот Арсению. До него была пара метров. Если мужик выстрелит — это верная смерть. А бешеные, безумные глаза его не оставляли никаких сомнений в том, что через секунду он выстрелит.

Арсений не раздумывал. Тело его, натренированное лагерными драками, само решило, что делать. И выбрало единственный возможный в ту секунду вариант, хотя никогда еще Арсению не доводилось стоять под дулом ружья. Перед лезвием ножа — да, приходилось, а вот перед пулей в первый раз.

Арсений быстро оперся обеими руками сзади на перила крыльца. Затем подпрыгнул — и ногами ударил мужика в грудь. Это движение заняло секунду.

Тело нападавшего от удара дернулось назад. Ружье пошло вверх. И в этот же миг раздался выстрел. Удар, вспышка на секунду обездвижили Арсения. А еще через секунду он понял, что невредим. Пуля ушла вверх.

И Арсений вдруг с необыкновенной, ослепительной ясностью (которая бывает только в моменты крайнего напряжения и опасности) увидел, что творится вокруг него.

Мужик в майке упал. Он ворочается на крыльце у его ног. Баба, сверзившаяся с крыльца, сидит на земле, прислонясь к дому. Она продолжает орать на одной ноте: «А-аа-аа!» — однако на ней нет следов крови и, кажется, она не ранена, не задета.

Ружье, выбитое из рук мужика, валяется рядом с ним на крыльце. Мужик лежа перебирает руками, вслепую ищет ствол, пытается подняться.

А над деревней, отразившись от леса, разносится эхо выстрела. И кричат, носятся над полем вспугнутые вороны.

...Тут для Арсения кончился «стоп-кадр», и он, повинуясь лагерному инстинкту: добивать поверженного противника, — сделал три шага в сторону мужика — и ударил его ногой прямо в голову. Раз, потом другой и третий.

Сильная, цепкая рука мужика попыталась было схватить его за ногу, но ослабла, упала.

Мужик хрипел и стонал. И — замер у ног Арсения.

Сеня тяжело дышал.

«У-убили-и!..» — голосит бабка внизу, на земле.

Арсений всмотрелся в лицо поверженного. Глаза его закрыты. Но он безусловно не мертв. Дышит. Небритое, изжелта-бледное лицо показалось Арсению знакомым. Где-то он его видел... Но где? Неужели? Не может быть!

И только спустя минуту он понял, что это — постаревший лет на двадцать, измученный, изболевшийся Илья Валерьевич Валентинов. Водитель Егора Ильича Капитонова.

Якобы погибший, утонувший четыре года назад.

## Глава 13

Настя объявилась в половине четвертого. Щелкнул замок, из прихожей раздалось радостное: «А где мой зайчик?»

Зайчик, Николенька, с шумом понесся из детской ей навстречу. Эжен плеснул в тяжелый стакан новую порцию виски.

Пока ждал жену, он провел небольшое расследование. Пара телефонных звонков пресловутой Милке Стрижовой и еще одной жениной подруге. Нет, сочувственно сообщили ему женщины, Настя к ним не заезжала и не звонила.

Да, о серьезной легенде прикрытия супруга не позаботилась. А чего зря трепыхаться, если муж обещал вернуться только через неделю?

Эжен брезгливо заглянул в Настин одежный шкаф. Пристально изучил ящичек, где жена хранила белье. Он прекрасно знал, что в обыденной жизни она предпочитает носить скучный хлопок. Любит, чтобы тело дышало. Но сейчас все трусишки нашлись на месте. Отсутствовал единственный комплект белья: ярко-алые стринги и такой же бюстгальтер. Последний подарок из Парижа. *Его* подарок.

«Кто?» — задался вопросом Женя.

И сам же себе ответил: «Больше некому».

По прямому телефону он позвонил следователю Воскобойникову. Пройдоха ответил мгновенно.

— Челышев что, на свободе? — спросил требовательно Эжен.

— Да, его выпустили. А что, дама уже пропала? — Следователь заржал.

Эжен не стал швырять трубку. Вместо этого он разгрохал телефон о стену. С минуту сидел молча, налаживал дыхание. Потом пантерой пробежал по квартире. Изъял из сейфа всю наличность. Из спальни забрал

Настину шкатулку с золотыми побрякушками. В шкафу под бельем нашел ее же сберегательную книжку — на каждый день рождения он клал на ее имя по пятьсот рублей. Перенес трофеи в свой письменный стол, запер его на ключ. Вернулся в гостиную и снова налил себе виски. Теперь оставалось только дождаться, пока жена решится войти и поздороваться. А что ей сказать — он уже решил.

...Настя догадалась: изображать радость — бесполезно. Она молча вошла в гостиную, молча села в кресло напротив. Его взгляда — холодного, изучающего — не выдержала, опустила глаза. Так и сидели — молча. Слушали, как за окном нещадно газует грузовик. Настя тщетно ждала, что муж начнет разговор первым. Наконец не выдержала:

— Почему ты не позвонил, что приедешь раньше?

— Зачем? — усмехнулся Женя. — Ты хотела испечь к моему приезду тортик?

— Могла бы и испечь! — Она с вызовом взглянула ему в глаза.

— Да, я забыл, — кивнул Эжен. — Шлюхи, как правило, — отличные кулинарши.

Отпираться она не стала:

— Пусть я — шлюха. А ты... ты — кобель!

Женя рассмеялся:

— Видишь ли, милочка... Слово «кобель» по отношению к мужчине — это почти комплимент. А вот шлюха — она только шлюха и есть.

Каждый раз, когда он произносил резкое слово, Настя морщилась.

— Что, режет слух? — фальшиво посочувствовал Женя. — А почему ты не рассказываешь мне, как шикарно провела время у Милены?

Настя вздохнула:

— Потому что догадываюсь: ты ей уже позвонил. А она меня прикрыть не догадалась.

— Ой, какие мы знаем слова: при-кры-ыть! А скажи мне, Анастасия: с какой стати Милене тебя прикрывать? Ты что, считаешь, что ты ей — подруга? — с издевкой произнес Женя.

Настя молчала. Он снова плеснул себе виски, продолжил:

— Да, в чем-то вы, безусловно, схожи. Обе — распоследние шлюхи. Только у Милочки ранг повыше. Эта кошечка куда как умелее. С фантазией работает, со страстью. Не сравнить с тобою. Полено!..

В Настиных глазах промелькнуло смятение. «Она что, не догадывалась, что я сплю с Милкой?» — удивился Женя. Но Настя быстро взяла себя в руки:

— Полено, говоришь... А зачем же тогда женился? Я, что ли, тебя об этом просила?

— Да на твои просьбы мне начхать, — презрительно отвечал Эжен. — А вот Ирине Егоровне я отказать не мог. Трудно устоять, когда твоя любовница ползает перед тобой на коленях.

— Что-о? — выдержка Насте наконец изменила.

— Что слышала. — Женя очень похоже сымитировал мамины интонации: — Эженчик, миленький, ну тебе же все равно жениться надо. А Настя девочка красивая. А то, что пустоголовая, — так это тебе даже лучше...

— Ты все врешь! — прошептала Настя.

— Что — вру? О том, что на тебе из милости женился?

— Да плевать мне, почему ты женился! — заорала Настя. — Про мать мою ты все врешь!

Женя откинулся в кресле, сказал мечтательно:

— Ах, какая у нее родинка под правой грудью! Как почечка весной, как бутончик... А шрамик на бедре? Знаешь, ее почему-то очень возбуждало, когда я его целовал...

— Прекрати! Немедленно прекрати!

Но Жене было плевать, что Настя бледна и что под глазами у нее залегли черные тени. Он продолжал — неспешно, со смаком:

— Мы с ней первый раз переспали, когда ты в восьмом классе училась. Я был молодой, горячий... Мне нужна была баба. Не обязательно твоя мать. Просто баба. Умелая и всегда готовая. И мамашка твоя на эту роль идеально подошла. Ну а дальше... дальше я от нее просто отвязаться не мог... И — на всю жизнь... Очень, очень она в меня влюбилась... Бальзаковский возраст... Бабы как кошки.

Эжен умело отклонился от Настиной пощечины. Перехватил ее руку, сжал стальными пальцами.

— Цыпочка! Даже не пытайся.

Настя брезгливо стряхнула его руку со своей. Отошла на безопасное расстояние. Выкрикнула: «Сволочь!»

И выскочила из комнаты, грохнув дверью.

* * *

В то же самое время километрах в семидесяти от Москвы Арсений обратился к жене водителя:

— Ну чего ты причитаешь?

После схватки с неожиданно воскресшим водителем он чувствовал себя усталым, опустошенным и, несмотря на свои двадцать четыре года, безнадежно старым.

— Давай милицию, что ли, вызывай. Телефон-то в деревне есть?

— Ты убил его? — с испугом (однако и с некоторой затаенной надеждой) спросила жена Валентинова.

— Живой он. В отключке.

— Ох, лучше б убил...

Анфиса обессиленно опустилась на ступеньку крыльца спиной к Арсению.

— Ведь четыре года... — со слезой в голосе выдохнула она. — Четыре года... Мучил... Мучил он меня... Из дому-то не выходил... Ставни не открывал...Чуть что — в подполе прятался... Пил только и жрал... Ночью не спал, вокруг кровати газеты раскладывал... Чтобы шаги врагов расслышать...

— Чего он боялся-то? — спросил Арсений, уже предчувствуя, какой услышит ответ.

— Так ведь это он... Он Егора Ильича убил... Он...

— Что ж: от милиции ваш муж прятался? — усмехнулся Арсений.

— Не только от милиции... — выдохнула она. — Не только... Хотя и милиции тоже, конечно, боялся... Людей ведь погубил, ирод окаянный... И тебя, парень, погубил, на тебя вину всю направил... Как живой ты еще остался, мальчик мой, Челышев Арсений!..

— Случайно, — нехотя улыбнулся Челышев. — Случайно я живой остался.

— Я ведь сколько раз ему говорила-то: сдайся, Илюха, послабление тебе выйдет за покаяние твое. Не мучь ты себя и меня!.. А он: молчи, говорит, убью! «Я дочку, — говорит, — нашу до конца дней ее обеспечил!.. Как сыр в масле она теперь катается!..» И пьяный все время... А последние года совсем разумом тронулся... Ночью... ночью только выходил, по участку шастал, как сыч... Света белого не видел, от людей прятался... За ставнями...

Поверженный убийца застонал, заворочался на крыльце, не открывая глаз.

Арсений выдернул свой брючный ремень. Перевернул мужика на живот. Илья был тяжелый, тучный, а мышцы дряблые, как кисель, и кожа белая-белая, словно у мертвеца. От него сильно пахло спиртным. Челышев завернул ему руки за спину, накрепко связал их ремнем.

— Может, без милиции обойдемся? — вдруг с надеждой спросила Анфиса. — Прикончишь ты его? Р-раз по башке, да и в пруд? Все равно по документам он мертвый. А?..

— Не умею я людей убивать, бабушка, — усмехнулся Арсений.

— Да... — протянула Валентинова. А потом воскликнула: — Вот и я!.. Вот и я! — со слезой в голосе протянула она. — Сколько уж раз говорила себе: да лучше б я убила его, чем так мучиться-то... Все равно с ним хуже, чем с мертвым... А нет, не поднимается рука... Это только он, душегуб, умел...

— Зачем он Капитоновых-то убил? — выдохнул Арсений, морщась. — Из-за денег?

— Не только, парень, — покачала она головой. — А скажи: если милиция приедет, они меня заберут? Посадят?.. За то, что пособничала? Не донесла?

— Вряд ли, — вздохнул Арсений. — Не думаю. Скажете милиционерам: принуждал он вас. Заставлял. К тому же муж он вам. А закон... По закону разрешается: на своих близких родственников можно не доносить.

— Правда? — Анфиса наконец повернула к Арсению свое исплаканное лицо, и оно осветилось надеждой. — Не врешь ты?

— Зачем мне врать? Я не прокурор.

— Слушай, ты занеси его в дом, а? Ведь холодно ему...

Арсений только успел отрицательно покачать головой, как с улицы, от забора, раздался посторонний боязливый голос:

— Сергевна? Что тут у тебя? Стреляли, что ль?

Арсений оглянулся.

На расстоянии метров десяти от калитки, прячась за почерневшим столбом, выглядывала давешняя соседка с обветренным лицом скотницы.

— Стреляли! — крикнул Арсений. — Случайно! Несчастный случай!

— Сергевна! — снова заполошно выкрикнула женщина-соседка. — А ты теперь ответь! Ты-то живая? Голос подай!..

— Живая я! — дрожащим голосом ответила Валентинова. — Правду парень говорит. Несчастный случай.

— Тетенька, милицию надо вызвать, — прокричал в сторону соседки Арсений. — Бегите в город звонить.

— Правда, Анфиса Сергевна? — выкрикнула краснолицая «скотница» из-за столба.

— Нет, Семеновна! — вдруг изо всей мочи заорала жена шофера. — Нет! Не надо милиции! Мы сами! Сами разобрались.

Арсений прикинул: вряд ли соседка видит лежащее на крыльце тело Валентинова.

— Правда не надо милиции? — прокричала «скотница».

— Святой истинный крест! — заорала в ответ жена шофера.

«Что ж они тут, в деревне все, криком-то разговаривают, — внутренне поморщился Арсений. — Так и оглохнуть недолго».

— А что было-то? — проорала соседка.

— Случайно! Случайно я стрельнула. По ошибке. Я ворон... Ворон я пугала. Не надо ничего. Никакой милиции.

— Точно?

— Точно-точно. Ступай, Семеновна.

Та сторожко вышла из-за укрывавшего ее столба и, пару раз опасливо оглянувшись на дом Валентиновых, поспешила по улице прочь.

— Холодно, — безучастно сказала Валентинова. — Пойдем, парень, в дом.

...Они вдвоем перетащили бесчувственное тело шофера внутрь дома. Уложили его на продавленную панцирную кровать. От Ильи разило потом и перегаром. Дышал Валентинов ровно. На лбу выступила испарина.

— Может, ему врача? — боязливо спросила его жена. — «Скорую»?

— Он просто отключился. Спит. Пьяный же. — Арсений пощупал пульс на могучей шее. Пульс был спокойным, полным. — Да и к кому вы «Скорую» вызовете? К мертвому четыре года человеку? Объяснять ведь придется.

— И правда, парень, — согласилась Анфиса Сергеевна. — Эх, да и ничего ему не сделается, душегубу проклятому. Ничто его не возьмет.

— Вы уж мне-то водички дайте... — попросил Арсений. — Раз в дом я все-таки вошел.

— Сейчас, сынок. Я чайничек тебе поставлю. Чай-то пить будешь?

Арсений кивнул.

Хозяйка захлопотала на кухоньке-терраске. Поставила железный чайник на газовую плиту.

Арсений огляделся. Кругом царила чистенькая бедность. Старая мебелишка, с бору по сосенке. По стенам развешаны репродукции из «Огонька»: «Грачи прилетели», «Дети, убегающие от грозы», «Медведи в лесу»...

Анфиса налила Арсению жидкого чаю в щербатую чашку. Механически положила в две розеточки варенья, клубничного да смородинового. Мысли ее, казалось, были далеко.

— Как же вам, Анфиса Сергеевна, удалось его четыре года-то прятать? — спросил Сеня, подсаживаясь к столу.

— Ох, парень, сама не понимаю... — вздохнула она, усевшись напротив. По всему было видно, что настроилась на долгий рассказ. На то, чтобы излить душу человеку, который, как и супруги Капитоновы, стал жертвой ее мужа. — Он ведь сразу после убийства другим стал... Чуть что не по нему, или поперек скажешь — кричит, руки распускает... Пришел тогда, четыре года назад, в марте — лица на нем нет. Вот, говорит, хозяев моих убили... Он Капитоновых-то в шутку «хозяевами» называл... Я заахала, а он водку пить. Пьет — и не веселится, а только мрачнее делается... И так каждый день. С работы приходит мрачный, водки выпил, поел — и спать. А во сне — мечется, кричит... Я и знать не знала, что с ним... Это уж только потом, осенью, мне все открылось... А в том июне он дочке вдруг денег на кооперативную квартиру дал... На первый взнос, на трехкомнатную... Дочка ведь с зятем тогда с нами жили... Я к нему — с расспросами: откуда, мол, деньги? А он мрачнеет, ругается: не твое, мол, мать, дело... И если пьяный, так кулаком двинуть и норовит... Я испугалась, помню, тогда: думаю, его на автобазе в нехорошие дела вовлекли. Оттуда и деньги... Решила, в шайку расхитителей он попал, а они там налево запчасти пускают или бензин казенный... Ночи не спала... А он, вона, оказывается, что учудил... Еще страшнее...

Герой рассказа Анфисы Сергеевны в это время спал на кровати со связанными руками. Покряхтывал во сне, постанывал... «Что за напасть на наших русских женщин — в виде наших же мужиков... — подумал мельком Арсений. — Они их, засранцев, и водкой поят, и спать укладывают, сапоги с них снимают... А иные, как эта, — и от милиции прячут... Что ж русские женщины до такой степени сами себя не любят? Почему они мазохистки такие?..»

— Потом на пенсию Илью проводили... — продолжала Анфиса Сергеевна. — Электробритву ему новую вручили, «Харьков»... Все культурно прошло, чинно... А дома он стал сидеть — и вовсе такое началось... Пьет целый день да радиоточку слушает. И не выходит никуда. И — ко мне придирается. И — дочку с зятем гоняет. Они аж не выдержали с ним жить, и пока ихний кооператив строился, ушли от нас. Квартиру стали снимать. Илья опять им на это денег дал. А потом...

Потом как-то — в декабре того года, восемьдесят пятого, это было — вдруг объявляет: я, мать, завтра на рыбалку поеду. На Московское море поеду. Один... Я, дура, грешным делом порадовалась: выздоравливать стал мужик... Ну, взял он удочки, вещмешок — уехал. Сказал, что на два дня... А ночевать там у кого-то на квартире будет. Угол, мол, снимет... Но на второй день его нет. Я особо не волновалась: ну задержался мужик — клев, значит, хороший... Нет и на третий день... Тут я маленько нервничать начала... А на четвертый день вдруг звонок. Он. Трезвый. «Это, — говорит мол, — я... Из телефона-автомата звоню... Но ты, — говорит, — никому не сообщай, что я, мол, звонил. Говори, будто не вернулся с рыбалки. А сама давай приезжай на дачу в Богородское — сюда то есть. Я, говорит, здесь буду. Но ты про меня никому ни слова. А пикнешь, говорит, кому — убью. Изобью, мол, до смерти...» Ну, я схватилась — и сюда поехала...

Она тяжело, с присвистом, вздохнула. Арсений понимал: сейчас ее не нужно прерывать, задавать наводящие вопросы или поторапливать. Она и без того готова рассказать ему все. Ему, первому ее *настоящему* собеседнику за все эти годы.

— Приехала я сюда той зимой... — выдохнула жена шофера, жена убийцы. — Дом тихий стоит. Ставни закрыты. Печка не топится. А внутри — он. Пьяный. В чужой одежде. Я — ему: что, мол, случилось? Ну, тут он мне и открылся. Все рассказал. И про Капитоновых, и про деньги... А потом и говорит: «Я, мол, теперь здесь жить буду. Втайне. Ты мне, говорит, сюда продукты привози. А всем говори, что я на рыбалке пропал. Утонул, наверно... А если, говорит, вдруг тело чье-то утопленное на Московском море найдут и тебя опознавать позовут — посмотришь и скажешь, что да, меня узнала. По одеже, мол, узнала. Он это, скажешь, Илья Валентинов...» Я — ему: «Так ты что, еще один грех на себя взял?! Еще одну душу погубил?!» А он — смеется. Так смеется, что мурашки по коже. «Этот, — говорит, — мужик, в чьей я одежде, не живая душа была, а бродяга, забулдыга, человек все равно конченый...»

Анфиса Сергеевна вздохнула, поникла головой.

— Значит, — констатировал Арсений, — он еще одного человека убил. Там, на Московском море... В свою одежду его нарядил — и утопил в полынье...

Анфиса мелко и часто закивала головой, с робостью и страхом глядя на Арсения.

— И вы его потом, этого человека, как своего мужа опознали... — продолжил Сеня. — И похоронили — под его, мужниным, именем... И ничего никому не сказали...

— Все так было, парень... — горестно вздохнула она. — Капитоновых этот ирод погубил. И бродягу этого безвестного. И... И тебя тоже в тюрьму вот отправил... Прости меня, мальчик...

На глазах у Анфисы Сергеевны выступили слезы.

— Я-то что... — ухмыльнулся Арсений. — Я-то живой...

— А он, считай, и не живой... — жалостливо вздохнула жена, кивнув на лежащее на кровати связанное бесчувственное тело убийцы. — И я — тоже не живая все эти годы была...

— И он все время здесь, на даче, прожил? Так тихо прожил, что его никто не видел? И не заподозрил?

Анфиса снова мелко-мелко и часто закивала головой. По щекам ее струились слезы, которые она, казалось, не замечала.

— Чего ж он боялся-то? — спросил Арсений с оттенком презрения и злобы. Все-таки эта парочка, Валентиновы, Анфиса и Илья, была повинна в том, что он провел в тюрьмах и лагерях почти четыре года — те годы, что обещали стать самыми лучшими в его жизни. — Что его обвинят, боялся? Так ведь меня к той зиме уже посадили... Тюрьмы он боялся?

— Не только, — вздохнула женщина и покачала головой. — Ох, не только тюрьмы.

* * *

Настя в тысячный раз спрашивала себя: «Неужели я это сделала? Неужели ушла от него? Ушла не просто, не на время, чтоб попугать, а навсегда, безвозвратно?!»

Но разве у нее были иные варианты? После того, что наговорил ей Эжен, оставалось только уйти. Молча, как королеве. С высоко поднятой головой.

«Хороша королева. Без копейки в кармане».

Она выскочила из дому в чем была. С собой — только паспорт и монетки в кармане пальто. Николенька тоже был в домашнем: старых джинсах и вытянутом свитере. Только любимую «бибику» в карман курточки положил.

Мелочи Насте хватило на метро да на автобус. Хорошо, Николенька мороженого не просил. Мальчик вел себя тихо. Не плакал, вопросов не задавал. Только держал Настю за руку — крепко-крепко, как будто боялся потерять и ее.

Но ведь завтра он чего-нибудь у нее попросит! И мороженого, и новую машинку, и «баданку» («баранку»). И начнет спрашивать: «А когда мы пойдем домой?»

Что она ответит сыну — она не знала. Она сидела в Сениной съемной квартире — ключ он сразу сделал — и вспоминала.

Настя снова и снова прокручивала в голове отвратительный скандал. Припоминала каждую фразу Эжена — острую, словно нож золингеновской стали. Каждую его ухмылку — масляную и мерзкую.

«Я жила с незнакомцем! Я, дура, думала, что знаю

его как облупленного. Да, вальяжный. Да, хамоватый. Но никогда я не предполагала, что он может быть садистом. Он ведь не просто ранил меня. Он *радовался,* что причиняет мне боль! Какое счастье, что в Николеньке нет его крови. И его характера!»

Настя вбежала в комнату, где в беспокойном сне забылся сынуля. На щечках — высохшие дорожки слез, губки — обиженно выпячены... И брови — лохматые, как у взрослого. И подбородок — квадратненький, как у шерифов в американских фильмах. Как он все же похож на Сеньку!

На Сеньку... Да, на Сеньку... Но как он, этот самый Сенька, воспримет их неожиданное вторжение в его жизнь? Готов ли Арсений к тому, чтобы быть ему отцом? Готов ли к ответственности, и заботе о ребенке, и неизбежным денежным тратам?

Сеня, наверно, даже не знает, что детские брючки рвутся по паре в месяц. И что обуви растущему сынуле хватает только на полгода, а потом ботинки становятся малы. И бесконечные машинки Николенька постоянно требует. И конструкторы. И еще он любит «миноград» («виноград»), «малинку» и дыни — все с рынка.

Настина ярость по отношению к Эжену понемногу утихла.

«Женя, конечно, сволочь, — вяло думала она. — Но семью он содержал. И блатом, и деньгами, и связями».

И Настя, и Николенька были приписаны к мидовской поликлинике, сынуля ходил в ведомственный садик. Женя постоянно привозил из-за границы маечки с Микки Маусом и даже конструкторы «Лего»...

«Какая-то продажная тварь я получаюсь, — терзала себя Настя. — Вроде как за деньги что угодно вытерпеть готова. И подлые выходки. И даже то, что он с маман спит».

Да только правда ли это? Не ляпнул ли Женя — в

запале, сгоряча, желая уколоть ее побольнее? Конечно, для Эжена не было секретом, что Настя слегка ревнует его к собственной матери. Что ей не нравится, когда зять и теща порой попивают вместе кофе и улыбаются друг другу.

— Вы прямо как голубки... Воркуете! — однажды укорила их Настя.

Мама на ее реплику не отреагировала. Холодно попросила:

— Передай, пожалуйста, сахар.

А Женя широко улыбнулся:

— Мы, Настенька, не голубки. Мы — орлы.

Тогда у Насти и зародилось подозрение... только она его отмела. «Какая чушь! Женька — на четырнадцать лет ее моложе. Да маме просто приятно, что ей оказывает внимание молодой да красивый!»

Но, значит, дело в том, что это не просто — внимание?

«А вот мы сейчас и выясним...» Она вышла в крохотную Сенину прихожую и достала из кармана пальто кошелек.

Затем вынула из пустого кошелька трамвайный билетик. На оборотной стороне она записала мамин телефон, ее номер в Питере, где та находилась в командировке.

Связь установилась мгновенно. Мамин голос звучал так отчетливо, словно она находилась в соседней комнате. Настя ясно расслышала недовольные нотки:

— Настя. Я уже сплю, ты меня разбудила... Что там у вас еще?

— У нас все шикарно, — ледяным тоном сказала Настя. — Просто у меня к тебе один вопрос появился.

— А что, *вопрос* не может потерпеть до утра? — не менее холодно поинтересовалась мама.

«Ну и семейка у меня!» — мелькнуло у Насти.

— Нет, не может, — отрезала она. — Скажи, пожалуйста, давно ли ты спишь с Эженом?

Мать вскрикнула так громко, что Настя отвела трубку от уха.

— Что-о?!

— Что слышала. Эжен мне сегодня похвастался, что давно. А начали, сказал, когда я еще в восьмом классе училась.

Мать молчала.

— Ну, что же ты, мамуля? — поторопила ее Настя.

— Он много выпил? — вдруг спросила Ирина Егоровна. — Он опять вернулся из командировки — и начал пить?

— Нет уж, мамуль, ты от вопроса не уходи! — настаивала Настя.

Та ее будто не слышала:

— Я вернусь через два дня. А врачу... наркологу я позвоню прямо завтра, с утра. Похоже, что твой Женя допился... до белой горячки.

— До белой, значит, горячки... — протянула Настя. — Но ты знаешь, он так уверенно говорил...

— Анастасия. Я не желаю тебя слушать.

— Он мне рассказывал, что у тебя восхитительная родинка под правой грудью. И что он обожает ее целовать.

— Настя! Я даже слушать не желаю этот бред!

«Если бы не желала, давно бы бросила трубку. Сама».

— А шрамик на бедре? Откуда Женя знает про твой шрамик?

— Настя... Я клянусь тебе, Настя!

«Если ты *права,* ты никогда не стала бы *клясться!*»

И Настя тихо положила трубку.

«Но, может быть, Женька все-таки пошутил?! А про родинку и про шрам — да мало ли откуда он знает?! Может, подглядывал, когда она душ принимала... А мама... Да, она растерялась. Но и я бы растерялась, если бы дочь кинулась на меня с такими обвинениями... Но если Эжен пошутил, эта шутка ему с рук не сойдет. На коленях передо мной будет ползать, прощение вымаливать».

Перед глазами снова промелькнуло отвратительное, пьяное лицо. «Нет. Никакого прощения. Я останусь с Сеней. При любом раскладе — спал Эжен с матерью или не спал. И завтра же объясню Николеньке, что его папа на самом деле другой... Ох, да легко ли это будет?!.»

А Сеня? Он этому обрадуется? Пожалуй... Пожалуй, скорее да. Но справится ли с новой ролью отца? Главы семьи? Ответственного за них обоих? Хватит ли ему терпения, сил, умения *пробиваться?*

Настя скептически оглядывала Сенину убогую квартирку.

Déjà vu. То же, что было когда-то в Измайлове. Грязные обои, потрескавшийся потолок. Съемная бесприютность.

«Впрочем, прогресс — налицо. Квартира уже — отдельная. Все лучше, чем комната. Но интересно, где же это Сенька шляется?»

Настя взглянула на часы: половина первого. Через полчаса закроется метро. А автобуса в марьинскую глушь и днем не сыскать с огнем.

«Днем — не сыскать с огнем, — повторила она глупую рифму. — А может быть, он вообще сюда не приедет? Он ведь не знает, что я здесь! И почему бы ему не провести ночь по собственной программе?»

Настя представила: комната в эмгэушном общежитии. Восторженные девки по кроватям. А в центре композиции — Сеня. Бренчит на гитаре и завывает: «Йа! Ха-ачу быть с та-абой!»

«А что, вполне возможно. Наши факультетские девки от него будут в восторге. Романтический герой. Благородный каторжник со светлой головой».

Она отогнала видение. Насчет общежитских девок — это, конечно, чушь. Сеня любит ее и будет счастлив, если она останется с ним. Но хочет ли этого — она сама?

Наверняка Настя не знала.

«Он умный. И смелый. И — благородный».

«Диплома о высшем образовании ему уже никогда не видать. Ни в один институт не возьмут с такой-то биографией. И по-английски он всегда будет говорить со своим ужасным южным акцентом, никакие стажировки за границей ему не помогут. Да и не позволит ему никто, с неснятой судимостью, стажироваться за границей. И деньги, что он зарабатывает сейчас, — подспорье ненадежное. Сегодня он продает свое перо, а завтра не сможет».

На минуту она поразилась ситуации: хорошо же Настя Капитонова-Сологуб выстроила свою жизнь! Ночь. Чужая съемная квартира. Ни копейки денег в кармане. А на чужой кровати — спит ее сын, которому уже в восемь утра захочется чего-нибудь вкусненького...

«Ну, допустим, на завтрак я сварю ему макароны. Найдутся же у Сеньки макароны? Но дальше-то что, дальше?»

...Час ночи. Метро закрылось. Под окнами промчался последний автобус. В свете фонаря Настя разглядела: шофер прилепил на стекло долгожданную табличку: «В ПАРК».

«А такси до Марьина фиг поймаешь. Только за двойную плату — и то, если очень повезет. Но что же его задержало? Подумаешь, доехать до Ступина и часок поболтать с вдовой шофера...»

И тут Настя вспомнила. Март восемьдесят пятого. Такая же стылая, бесприютная ночь. И такая же чужая, неприветливая квартира. И она тоже ждет Сеньку — он задерживается в типографии. Она, как и сейчас, стоит у окна. И, как и сейчас, злится: «Знаем мы эти дежурства по номеру! Всей выпускающей бригадой, всей кодлой небось керосинят...»

Ей вдруг стало страшно. Так страшно, как единственный раз в жизни — когда в дверь грянул звонок и, вместо долгожданного Сени, на пороге выросли сосредоточенные дядьки в костюмах: «Милиция, Анастасия Андреевна...»

«Ну при чем здесь милиция? Сейчас? — уговаривала она себя. — Мало ли что могло его задержать. Вдова шофера попросила наколоть дров... Или автобус до станции сломался... Или последнюю электричку отменили».

Нет. Ерунда. С ним что-то случилось. Снова что-то случилось!

Настя инстинктивно метнулась в комнату, где беспокойным сном спал Николенька. Присела рядом с ним на кровать. Осторожно спрятала под одеяло его маленькие грозные кулачки. Смотрела на кустики его — *Сениных!* — бровей и шептала — не спящему сыну, себе:

— Он придет, Коленька. Папа обязательно придет!

* * *

В это самое время в огромной, в большинстве своем спящей Москве еще светились там и сям окна. И как правило — тоже окна кухонь. Именно там, на кухнях, люди играли в карты, спорили о политике, признавались в любви... Но большею частью пили. И уж одновременно с питием спорили о политике или признавались в любви.

А вот в старорежимном доме, в старой барской квартире на Страстном бульваре не было заведено такого, чтобы принимать гостей на кухне. Здесь визитеров принимали где положено — в гостиной. И сейчас, в столь поздний час, свет в этой квартире горел именно там — над массивным столом с остатками скромного ужина на несколько персон.

За столом оставались двое. Один из них был хорошо известен советским гэбэшникам по делу об убийстве супругов Капитоновых. То был не кто иной, как пенсионер из Загорска Иван Саввич Боровко.

Второй — крошечный, седой, ладно скроенный, да дурно одетый, хозяин квартиры, получил среди диссидентов (и их куда более многочисленных и организованных врагов из КГБ) известность неизмеримо большую, чем скромный Иван Саввич.

То был сам Александр Рафаэлович Григорян — борец за освобождение своей родины от советского ига и, одновременно, страстный борец против коммунистического ига вообще. Григорян выступал за право наций, насильно согнанных в СССР, на самоопределение, а также за свободу слова, свободную эмиграцию, неподцензурную печать, освобождение политзаключенных, то есть являлся непреклонным противником партийных порядков. Он был любимчиком инокорреспондентов — дважды судимый, трижды сосланный, намотавший по лагерям и ссылкам девять лет, оставивший там все зубы и три четверти желудка...

Иван Саввич Боровко втайне завидовал Григоряну — хотя, казалось, чему там завидовать? А вот поди ж ты!.. Завидовал он прежде всего цельности григоряновской натуры. Боровко всю жизнь метался: порой пытался примириться с советской властью и даже, худо-бедно, сделать при ней карьеру. То показывал ей кукиш в кармане, то открыто выступал против нее... А Григорян как решил в свои двадцать пять лет, после Двадцатого съезда партии, что режим КПСС, КГБ и Советов — преступен, так и не отступал от этого пункта в любых обстоятельствах жизни, как бы она ни складывалась.

Вот и сейчас, возвращенный горбачевской *гласностью* из многолетней ссылки, он стал принимать самое активное участие в политической борьбе против советского режима. И сегодня гости Григоряна предавались не абстрактной хуле на Советскую власть (как в миллионах других квартир), а разработке конкретных планов борьбы против нее.

Гостей Григоряна, правда, немного смущало присутствие мало знакомого всем Боровко — седого, дурно одетого, в ботинках, не чищенных со времен «пражской весны»... Этот Боровко буквально набился в гости, а теперь, когда компания частью разъехалась, а частью улеглась на раскладушках и диванчиках в гостеприимной квартире Григорянов, — все сидел и сидел за столом.

Хозяин догадывался, что Боровко хочет ему что-то сообщить. Что-то, не предназначенное для ушей многих, но вот что? И зачем было тянуть так долго? Почему не выбрать время пораньше, не улучить момент, чтобы перемолвиться с хозяином тет-а-тет?

— Ну, рассказывайте, — наконец впрямую обратился Григорян к Боровко, когда под утро они остались за столом совсем одни.

— Меня в КГБ вызывали, — глупо улыбаясь, немедленно выпалил Боровко. — Посадить хотят.

— Повод? — отрывисто спросил Григорян, удивленно подняв брови.

— За убийство.

— Вот как?!

— Да. Якобы я еще в восемьдесят пятом году двух человек убил. Одного партийного бонзу — Капитонова Егора Ильича и его жену в придачу.

— А вы, я надеюсь, их не убивали? — побарабанил пальцами по столу Григорян.

— Не убивал, — внушительно ответил Боровко. — Но... Но я вот что думаю... Посоветоваться с вами хочу... Может, мне повиниться? Признаться?

— Зачем?! — искренне удивился хозяин.

— Как зачем? — удивился, в свою очередь, гость. — Я возьму и сознаюсь. Они, кагэбэшники то есть, меня на процесс выведут. Сейчас уже не те времена, и о процессе все узнают. И писать о нем, и говорить все будут. Не только за рубежом, но и здесь, в Москве, в СССР. А я на процессе скажу: не виноват я. И доказательств у вас никаких нет. И меня на процессе оправдают. Вы представляете, Александр Рафаэлович, какой прекрасный удар мы нанесем по КГБ! Всем докажем: он ничуть не изменился и по-прежнему судит невинных людей! Какой повод для всенародного возмущения! Настоящий осиновый кол им в сердце!

«Да он маленько не в себе, — подумал Григорян, с испугом поглядывая на воодушевленного Боровко. — Или очередной провокатор? Да нет, пожалуй, действительно не в себе — и не маленько, а по-крупному!»

— Ни в коем случае не надо этого делать, — сказал диссидент внушительно. — Зачем вам это нужно?! Вы что, м-м... — пощелкал пальцами, припоминая имя-отчество гостя, наконец припомнил: — Вы что, Иван Саввич?! Зачем вам себя так подставлять?! Категорически нельзя этого делать. Я вам, если хотите, запрещаю.

— Да?.. — глуповато улыбнулся Боровко. — А тогда... Тогда у меня алиби на тот день нет, — бухнул он.

Григорян нахмурился. Он уловил, что отчего-то каким-то боком связан со странным стариком и этим его разговором про алиби. Он осторожно промолчал.

— Ведь это одиннадцатого марта восемьдесят пятого года было... — осторожно улыбаясь, начал старик. — Не припоминаете?

— Извините, нет, — отрывисто бросил хозяин.

— Ну как же!.. Да ведь в тот самый день, Александр Рафаэлович, мы с вами встречались. Вы ведь тогда из ссылки в Москву приезжали. Нелегально. И мы с вами здесь, у вас на квартире, встречались. И я вам рукопись свою тайную передал. А вы ее... Вы ее потом на Запад переправили...

И тут Григорян вспомнил: откуда они знакомы с Боровко. Этот самый старик был тем человеком, который тогда, четыре года назад, передал ему — под псевдонимом «Александр Беляев» — рукопись о порядках в советских психушках, где лечили принудительно — в том числе и диссидентов. Рукопись «Беляева» оказалась ярко документальной, публицистической. Григорян по своим каналам поспособствовал тому, чтобы переправить ее на Запад. Там она вышла в «Континенте» и отдельной брошюрой в издательстве «Ардис», а прежде главы из нее много недель подряд читали по «Свободе». Документальная книга имела тогда, во времена, когда никакой гласностью еще не пахло, оглушительный резонанс. Однако никто — ни западные публикаторы, ни даже «искусствоведы в штатском» — так и не разнюхали, кто в действительности является ее автором.

— Ах, это вы! — воскликнул пораженный и слегка смущенный хозяин. — Простите. Сколько лет прошло!.. Да и виделись мы с вами, право, мельком. А книгу вашу я прочитал. Тогда же, как вы мне принесли. В первую же ночь. Исключительный документ, знаете ли!.. Редкостной мощи!.. Спасибо, спасибо вам за эту работу!.. — Григорян приподнялся и через стол пожал Боровко руку.

— Спасибо, конечно... — сконфуженно пролепетал старик. — Да я ведь не об этом... То есть и об этом тоже, но... — Он замолчал, но потом справился всетаки без всякой помощи Григоряна со скачущими мыслями и продолжил: — Дело в том, что рукопись я вам как раз одиннадцатого марта передавал. И в этот день человека того убили. Капитонова Егора Ильича. И жену его зарезали... И меня теперь спрашивают: ваше алиби на тот день. А я ж не могу сказать им, —

Боровко дернул головой, под «ними» имея в виду следователей из КГБ, — что мы в тот день как раз с вами встречались... Ведь им же ничего нельзя говорить! Ни в чем признаваться! Им только одно «а» скажешь — они ведь тут же обязательно и про «б» спросят... И выведают... Им палец в рот положишь, а они всю руку отхватят... Я, предположим, скажу, что встречался тогда с одним человеком, а они сразу: а с каким-таким человеком?!. Значит, мне придется называть — вас! — с ужасом проговорил Боровко. — Что я с вами встречался! А ведь вы тогда — в ссылке были. Вы в Москву нелегально приезжали!..

— Ох, да какие пустяки! — воскликнул диссидент. Он был тронут до глубины души преданностью старика. — Да кого это сейчас волнует — нелегально ли я тогда приезжал?! Четыре года ведь прошло! Да что им сейчас за дело до этого!.. Не те у них заботы. Им бы, кагэбэшникам, сейчас своих бы пересчитать!..

— Да? — радостно просиял Боровко. — Можно все рассказать? Правда?.. Но все равно: я должен был у вас спросить... А потом: допустим, скажу я *им*, что мы, значит, в тот день с вами встречались... А они спросят: а зачем встречались? Почему — встречались? И что?.. Мне им про рукопись рассказывать?.. А ведь это, наверно, до сих пор для них тайна. И до сих пор для меня уголовная статья...

— Ну зачем же: раз уж начали рассказывать, то все до копейки рассказывать? — вскричал Григорян. — Не надо им ничего про рукопись говорить!.. Скажите им: были, мол, у меня в гостях. Я сам вас пригласил. Сидели мы с вами весь день здесь в квартире, чаи распивали... Спросят, зачем я вас пригласил, так и скажете: прослышал, мол, сам Григорян, что Боровко в сторону диссидентства склоняется, вот и пригласил, чтоб о ваших идейных устремлениях выведать... Да только, мол, не подошли вы мне — слишком вы спокойный человек, слишком любите свою Родину... С тем, скажете, со мной и расстались.

— И вы подтвердите? — с облегченной улыбкой да даже сквозь навернувшиеся слезы спросил старик.

«Все-таки он помешанный», — подумал Григорян, а вслух ответил:

— Да конечно же, подтвержу! Все подтвержу!.. Можете не сомневаться!

— И это не повредит вам? — обеспокоенно спросил Боровко.

— Да нет же, нет! Теперь — не повредит нисколько. Да если бы даже и повредило — неужто я бы не подтвердил? Неужто бы допустил, чтоб вас вот так, без вины, осудили?!

— Спасибо, — пролепетал сквозь слезы старик. — Спасибо вам, Александр Рафаилович. Вы благородный человек. Спасибо, спасибо вам.

— Да что вы, какие пустяки, — растроганно и смущенно проговорил Григорян и подумал: «Какой преданный и чистый человек!.. Готов был за меня на муку идти, в тюрьму... Жаль только, что он не совсем в себе — нельзя его использовать на полную катушку в борьбе против советчины... А, впрочем, может, и он когда-нибудь на что-то сгодится...»

— Значит, алиби теперь у меня есть? — еще раз пролепетал сквозь слезы старик. — И я могу пойти и сказать им?..

— Ну, конечно-конечно, — заверил диссидент. — Нисколько не сомневайтесь. Я уже говорил: я все подтвержу... Может быть, хотите чаю? — спросил он, уходя от ставшего совсем неприятным разговора. — Или спать вас уложить? Места еще есть.

— Нет-нет! — засобирался Боровко, вскочил. — Я и так... И так уже злоупотребил... вашим гостеприимством... Я пойду... Пойду на вокзал, пешочком... Здесь недалеко. А скоро и электрички пойдут...

— Ну, не стану вас удерживать, — с облегчением произнес Григорян, встал и протянул Боровко руку для прощального пожатия.

## Глава 14

Арсений вернулся домой глубоко за полночь.

Настолько поздно, что ни метро, ни автобусы уже не ходили. Возвратился в Москву из Богородского на последней электричке.

Брать такси на вокзале было чистым безумием — не найдешь, а даже если найдешь, никаких штанов расплатиться не хватит.

Пройдя пару кварталов от Павелецкого вокзала, он поймал-таки машину на Садовом кольце. Уговорил таксиста — тот со скрипом, за «два счетчика», согласился рулить к нему в глушь, на Краснодонскую улицу.

Когда во дворе он рассчитывался с «шефом», бросил взгляд на собственные окна. Ему показалось, что они светятся. «Что за чушь... — устало подумал он. — Примерещилось. Или Настька утром позабыла свет погасить».

Но когда он открыл дверь своим ключом, кто-то бросился к нему из тьмы прихожей.

— Гад! Убоище! Где ты шляешься! — прокричал навзрыд женский голос, а потом на него обрушился удар в плечо, а следом — ощутимая оплеуха.

— Тю! Настька! — подивился он и крепко схватил ее за руки. Ее ударчик оказался будь здоров: аж в голове загудело.

Она дернулась, высвобождая руки, и Сеня сгреб ее в свои объятия. И тогда она прильнула к его груди — и бурно разрыдалась. Ее тело обмякло.

Арсений стоял, осторожно поглаживая Настю по спине, защищая ее кольцом своих рук от всех бед и напастей. Он понимал: у нее что-то случилось. Что-то трагичное для нее самой — но, возможно... Возможно, радостное для них обоих. Иначе бы... Иначе бы она так поздно здесь не появилась.

Арсений осторожно повлек Настю в комнату. «Не сюда», — прошептала она. Он открыл было рот спросить — почему, но с порога глянул и все понял: на его кровати спал Николенька. Спал глубоко и безмятежно. Лицо сына разрумянилось, но ручки были выпростаны из-под одеяла и сжаты в кулачки.

Арсений не стал спрашивать: «Ты ушла от него?» — хотя этот вопрос вертелся у него на языке, но он боялся спугнуть свою удачу, свое счастье. По-прежнему держа Настю в объятиях, он отвел ее в кухню. Усадил на табурет.

— Как ты живешь! — вдруг презрительно, высоким голосом, воскликнула она. — У тебя даже каши никакой нет!

— Теперь будет, — улыбнулся он. Прилив счастья и любви, и радости оттого, что они наконец все вместе, втроем, был настолько силен, что Арсений не смог сдерживать свои чувства.

— Что ты смеешься?! — гневным шепотом выкрикнула Настя. — Я страшная, да?!

Что ему оставалось делать — только снова обнять ее и шептать утешительные слова: что она прекрасная, великолепная, исключительная, навек любимая...

Вскоре Настя вроде бы успокоилась, оттолкнула его и начала, перескакивая с пятого на десятое, рассказывать: как неожиданно вернулся из командировки Эжен — пьяный, как всегда после своих поездок; как он стал обвинять ее в неверности; как начал в отместку хвастать своими любовницами... А главное... «Он спал с моей матерью! Ты можешь себе представить?! С ней, старой коровой! Давно, все время!.. Всю жизнь!.. Они вдвоем обманывали меня! За моею спиной!.. Вот, вот почему она хотела меня за него выдать!.. Чтоб жить с ним в одной квартире!.. Чтобы блудить с ним!..»

Возможно, в глазах Арсения мелькнуло торжество, потому что Настя снова набросилась на него:

— Чему ты радуешься?! Что меня так опустили?! Небось думаешь: поделом тебе?!

— Нет. — Он покачал головой. — Ничему я не радуюсь. Просто... Просто я сегодня... — Слова давались ему с трудом и наконец он вымолвил главное: — Я узнал, кто убийца. Кто убил твоих деда и бабку.

Настя посмотрела на него испуганными глазами:

— Узнал?! Ты узнал?!

И тогда Арсений в телеграфном стиле поведал Насте о том, что случилось с ним сегодня.

Об убийце, найденном им в деревне Богородское Ступинского района. О коротком поединке. О том, что рассказала жена шофера, пока тот, отрубленный, пьяный и связанный, лежал на кровати, а они пили чай в доме.

— Дядя Илья... — прошептала Анастасия. — Поверить не могу... Ведь я его маленькой, еще вот такой, знала... Он ведь с дедом всю жизнь... Зачем же он это сделал? Из-за денег?

— Не только, — покачал головой Сеня.

Достал из-за пазухи свернутую в тугую трубочку обыкновенную ученическую тетрадку. Протянул Насте.

— Что это?

— Его признание. Мне дала жена Валентинова. Он написал его на случай... — Арсений осекся, махнул рукой. — На случай, если он вдруг погибнет. Он здесь оправдывается. И объясняет, как дело было. Держи.

Настя со страхом и отвращением, словно тетрадь была испачкана в крови, взяла ее в руки.

— Прочитай, — настойчиво сказал Арсений. — Сейчас. Лучше уж узнать обо всем — сразу. — А сам отошел к окну.

Настя с ужасом смотрела на тетрадь. Она боялась ее открыть. Ей казалось, что в ней содержится еще одна тайна — может быть, более ужасная, чем та, о которой она узнала сегодня днем от Эжена.

Настя мельком перелистала тетрадь, которая почти до конца была исписана ровным старательным почерком, чернильной ручкой. Бросились в глаза слова: «Ударил...Убил...»

Настя вздрогнула и, оттягивая момент, когда придется узнать тяжелую, страшную правду, снова ее закрыла.

На синей обложке, чуть выше бледно отпечатанного слова «ТЕТРАДЬ», имелся заголовок. Аккуратным почерком крупными буквами выведено: «*Явка с повинной*». И — подчеркнуто двумя чертами.

А ниже стандартной шапки — пометка:

«*В случае моей насильственной или неожиданной смерти прошу немедленно доставить данные записи в Генеральную прокуратуру СССР или в ближайшее отделение милиции*».

Настя осторожно открыла тетрадь.

Записи начинались так:

«Я, Валентинов Илья Валерьевич, русский, член КПСС с 1968 г., водитель специализированной автоколонны №1212, проживающий по адресу: Москва, проспект Мира, 12, к. 2, кв. 12, находясь в здравом уме и трезвой памяти, заявляю о нижеследующем:

11 марта 1985 г. мною было совершено убийство двух человек: Капитонова Егора Ильича и его жены Капитоновой Галины Борисовны.

Данное преступление я совершил следующим образом:

11 марта 1985 г. в 13 часов я отвез тов. Капитонова к нему домой на Большую Бронную улицу обедать.

Егор Ильич отпустил меня до 15 часов.

Я сказал, что тоже поеду обедать. Я отъехал на своем служебном автомобиле «Волга» от дома Капитоновых. Затем припарковался на улице Малая Бронная. Оттуда я пешком вернулся назад к их дому.

Около 13 ч. 30 мин. указанного дня я опять вошел в подъезд дома Капитоновых. Как мне и было обещано (кем и когда, я расскажу ниже), вахтер внизу в подъезде отсутствовал.

Я поднялся в квартиру. Оба супруга, и Галина Борисовна, и Егор Ильич, в тот момент находились дома.

Дверь мне открыла тов. Капитонова Г.Б. Она не удивилась моему появлению, так как я являлся персональным водителем ее мужа и часто бывал у них дома, заезжая за Егором Ильичом.

Когда Галина Борисовна открыла мне дверь и повернулась ко мне спиной, я неожиданно для нее нанес ей несколько ударов холодным оружием (ножом) в спину.

Галина Борисовна упала.

Я перешагнул через нее и направился в кухню. На пороге кухни меня встретил тов. Капитонов Е.И.

Видимо, он был привлечен звонком в квартиру и шумом падения тела Галины Борисовны.

Прямо на пороге кухни я ударил тов. Капитонова кулаком по голове.

Он упал. Я нанес ему несколько ударов ножом.

После этого я удостоверился, живы ли тов. Капитонов и Галина Борисовна. Я пощупал у обоих пульс и решил, что оба являются мертвыми...»

— Боже, не могу поверить, — прошептала Настя. На глазах ее опять появились слезы. — Дедуля, бабушка... Он так подробно все описывает... Зачем? Зачем?! Он что, псих?!

— Читай дальше, — дернул плечом Сеня. Он стоял лицом к окну и смотрел на ночной вымерший микрорайон. — Дальше все будет понятно.

Настя снова погрузилась в чтение дикого документа:

«...Я хорошо знал квартиру Капитоновых, — писал ровным старательным почерком шофер, — из личных визитов и еще по одному обстоятельству, о котором я также расскажу ниже. Поэтому я был в курсе, где семья Капитоновых хранит свои денежные накопления, а также сберегательные книжки и драгоценности. Я быстро обнаружил данные тайники. Из тайников я достал деньги, сберкнижки и ювелирные изделия. Взяв с собой все это, примерно в 13 часов 50 минут я покинул квартиру Капитоновых. Дверь я оставил открытой, чтобы тела убитых поскорее нашли и чтобы обнаруживать их пришлось не мне.

Я спустился вниз на лифте. Вахтер внизу в подъезде, как мне и было обещано, по-прежнему отсутствовал.

Пешком я вернулся к своей машине.

Затем в течение часа я ездил в разные стороны по городу. Убийство Капитоновых произвело на меня сильное впечатление. Мне требовалось время для того, чтобы успокоиться...»

— Какая сволочь, — с отвращением проговорила Настя. — Убийство, видите ли, произвело на него «сильное впечатление»...

Арсений ничего не ответил. Он по-прежнему стоял к ней спиной, лицом к окну.

Настя потрясла головой, словно отгоняя наваждение, и снова погрузилась в записки шофера.

«...В 15 часов я, чтобы не возбуждать ничьих подозрений, как предварительно и договорился с тов. Капитоновым, снова приехал к подъезду его дома. Возле дома уже стояли «Скорая помощь» и милиция, и поэтому я понял, что факт убийства обнаружен.

Я поднялся в квартиру, где и был сразу же допрошен сотрудниками милиции по факту убийства. Впоследствии я еще несколько раз допрашивался в милиции и КГБ, но ничем не выдал себя. Должен заметить, что до сих пор никто мне никаких обвинений не предъявлял и никаких подозрений против меня не выдвигал.

Теперь я хотел бы остановиться на том, из каких побуждений я совершил данное преступление, а также кто являлся моим сообщником по данному преступлению...»

Арсений оглянулся от окна. Он увидел через Настино плечо, что она как раз начала читать самое страшное.

Настя нетерпеливо перелистнула страничку, и Сеня поспешно отвернулся. Ему не хотелось видеть Настино лицо в этот момент. Он боялся его. Он боялся ее реакции.

«...Во многом я совершил данное преступление из корыстных побуждений, — продолжала читать она. — Однако в то же время имелись люди, которые явились теми, кто толкнул меня на данный неблаговидный поступок. И главный из них — дочь покойных, Капитонова Ирина Егоровна...»

— Мама? — удивленно произнесла Настя и жалобно посмотрела на Арсения. — Не может быть... Не до такой же степени...

Арсений затылком почувствовал обращенный к нему жалобный взгляд Насти, но не обернулся. И никак не прореагировал. Ему нечего было сказать ей в утешение.

Настя снова в ужасе уткнулась в тетрадь. Слезы мешали ей читать. Слезы — и еще жуткое, гадливое, похожее на тошноту чувство.

Она почему-то поняла: то, что написано в тетради — правда. Что мама — *могла*.

Она отчего-то знала, что мама — такой человек, что ради достижения своей цели не остановится ни перед чем. Даже перед убийством.

Но что ж это была за цель, что ради нее потребовалось убить родных мать и отца?

Зачем?!

«...С Ириной Егоровной Капитоновой, дочерью покойных, меня лично связывали давние и теплые отношения, — продолжала, сквозь отвращение, горе и стыд, читать Настя. — Я неоднократно выполнял ее просьбы и поручения. Она много раз ссуживала меня деньгами. Поэтому я не удивился, когда однажды, в начале февраля 1985 г., Ирина Егоровна обратилась ко мне с доверительным разговором. Разговор происходил на территории военного госпиталя в Сокольниках, куда мы с Ириной Егоровной ездили, чтобы навестить одну, как она сказала, ее подругу, а я должен был помочь донести ей до корпуса сумки с передачей.

Ирина Егоровна, предупредив, что наш разговор в любом случае должен остаться в строжайшей тайне, предложила мне совершить убийство ее родителей — Капитоновых Егора Ильича и Галины Борисовны. Гр-ка Капитонова Ирина Егоровна сказала при этом, что заплатит мне за данное преступление 6 тысяч рублей — 3 тысячи авансом, а еще 3 тысячи — после совершения преступления. Кроме того, она предложила мне взять в качестве гонорара деньги в квартире ее родителей.

Я был очень удивлен таким предложением и спросил Ирину Егоровну, а зачем ей потребовалось убивать своих родителей?

Она сказала, что, во-первых, из корыстных побуждений. Заявила, что ей надоело жить с родителями, а после их смерти все принадлежащее им имущество — квартира, дача, машина — перейдет к ней. «А ждать-дожидаться, пока они сами помрут, у меня сил уже нет», — добавила гр-ка Капитонова.

Кроме того, она в доверительной форме сказала мне, что родители узнали один факт из ее личной биографии и теперь шантажируют тем, что предадут данный факт широкой огласке. Я спросил Ирину Егоровну, что это за факт, но она засмеялась и сказала: «Много будешь знать, скоро состаришься».

Однако несмотря на то, что гр-ка Капитонова не предала в беседе со мной огласке данный компрометирующий ее факт, я подозреваю, что он заключался в том, что она в то время сожительствовала со своим знакомым, молодым человеком и товарищем ее дочери — Сологубом Евгением...»

— О боже! — воскликнула Настя. — Все всё знали! Все — вокруг!.. Даже шофер!.. А я... О, господи, дура!.. Какая же я дура!... — простонала она.

Она поняла, что больше ничему уже не сможет сегодня удивиться. Ничему!..

Чем ее теперь можно поразить!..

Она продолжала читать дневник с холодным, заледенелым сердцем, оставив на потом и осознание случившегося, и моральные оценки: какой же холодной и расчетливой гадиной оказалась ее мать!.. Она не пожалела никого: ни ее, ни Арсения, ни своих собственных родителей...

«... Хотя гр-ка Капитонова впрямую ничего мне не сказала, я догадывался о ее связи с Евгением Сологубом. Догадывался благодаря услышанным мною отдельным разговорам. Они иногда происходили в моем присутствии и велись между Ириной Егоровной и ее отцом, Егором Ильичом, а также между нею и ее матерью, Галиной Борисовной. Кроме того, данный вопрос обсуждали между собой ее родители, Егор Ильич и Галина Борисовна. При мне разговор обычно затихал или ограничивался обиняками, однако и того, что я слышал, было достаточно, чтобы, зная Капитоновых, составить свое представление о предмете разговоров. Кроме того, мне случалось несколько раз видеть Евгения Сологуба и гр-ку Капитонову Ирину Егоровну (на даче у последней) — в весьма вольных позах и полуодетых.

Безусловно, роман Ирины Егоровны и Евгения Сологуба выглядел предосудительным в глазах ее родителей. Прежде всего из-за разницы в возрасте. Несмотря на то, что Ирина Егоровна весьма хороша собой (это объективный факт, не зависящий от ее низких морально-политических качеств), ей все-таки тридцать восемь лет — в то время как Евгению Сологубу всего двадцать четыре. При этом Ирина Егоровна была, по моим наблюдениям, не на шутку увлечена тов. Сологубом. Она, можно сказать, была влюблена в него, как кошка. Однако если бы факт интимной связи между ними был предан огласке, гр-ка Капитонова покрыла бы себя неувядаемым позором, а она является членом КПСС, и даже членом парткома своего министерства.

Поэтому родители требовали от Ирины Егоровны разорвать ее интимную связь с тов. Сологубом и грозили: если она не подчинится, предать факт этой связи широкой огласке. Я также узнал, что они грозились выписать ее из квартиры и лишить наследства.

Я уверен, что именно эти требования и угрозы со стороны старших Капитоновых послужили толчком для того, чтобы дочь решила убить собственных родителей...»

— Может, он бредит, а? — с надеждой, со стоном выдохнула Настя, откладывая тетрадь. — Скажи мне, Сеня, скажи! Скажи, что это бред!

Арсений ничего не ответил. Он продолжал недвижно стоять, глядя в темное окно.

И Настя поникла. «Господи, — подумала она, — только бы скорее покончить с этим! Только бы быстрее кончился этот безумный, дикий, кошмарный день!..»

«...Совершить убийство гр-ка Капитонова хотела чужими руками, — продолжала читать Настя. — А именно — моими. Она цинично заявила мне во время разговора в больничном парке: «Ведь тебе, Илья, на будущий год на пенсию выходить! И что ты получишь?! Сто двадцать, максимум, рублей в месяц! А так я тебя обеспечу до конца жизни. Еще и дочке твоей останется!..»

Не скрою, уговоры гр-ки Капитоновой оказали на меня свое действие. Я попросил время обдумать, и все чаще стал приходить к мысли, что мог бы совершить преступное деяние, на которое она меня толкала. Тем более что я не питал большой личной приязни ни к тов. Капитонову Егору Ильичу, ни тем более к его супруге Галине Борисовне, которая постоянно помыкала мной, как будто я не советский человек, а какой-нибудь крепостной лакей.

Слова Ирины Егоровны крепко запали мне в душу, и во время нашей следующей встречи наедине я ей дал фактическое согласие на преступление.

Вторая, решающая встреча состоялась в середине февраля 1985 года в районе Пионерских прудов. Мы с Ириной Егоровной прогуливались вокруг пруда, и она передала мне три тысячи рублей, а после этого рассказала мне о конкретном плане убийства, как она его задумала. Я не мог не отдать должное четкости и продуманности всего ее плана.

Гр-ка Капитонова заявила мне, что в день убийства она постарается на время вывести из строя вахтера, постоянно сидевшего на входе в подъезде дома, где проживали Капитоновы. Поэтому, сказала она, я смогу беспрепятственно проникнуть в их квартиру, и никто не заметит моего появления в доме. Я спросил, как она собирается вывести из строя вахтера, и она сказала, что это не моя забота...»

— Что она сделала с вахтером? — монотонным, безучастным голосом спросила Настя.

— Не знаю, — покачал головой Арсений, не оборачиваясь. — Может, в чай ему что-то подсыпала. Ты же сама с тем вахтером разговаривала. И он вроде тебе рассказывал: Ирина Егоровна в то утро возле него останавливалась, и они долго о чем-то беседовали. И он ей еще руку поцеловал! Может, на руке у нее была какая-то отрава?..

— Я не могу больше ни говорить, ни думать об этом, — горько выдохнула Настя.

Арсений промолчал.

И Настя, преодолевая дурноту и душевную боль, стала читать дальше. Ей просто больше ничего не оставалось.

«...Кроме того, Ирина Егоровна, — продолжал свое повествование шофер-убийца, — сказала мне на той встрече близ Пионерского пруда, что мы должны организовать дело таким образом, чтобы подозрение ни в коем случае не пало на меня, а в убийстве заподозрили бы совсем другого человека. Я спросил, кого. И она сказала мне, что одного негодяя, незаконного сожителя ее дочери, — Челышева Арсения...»

Настя болезненно простонала, но закусила губу и продолжала читать.

«...Этот Челышев Арсений проживал в незарегистрированном браке с дочерью гр-ки Капитоновой, Анастасией, — на съемной квартире по адресу: Пятая Парковая улица, дом 48, кв. 30. Я был знаком с ним. Это был двадцатилетний развязный молодой человек родом из провинции. Однажды вместе с моим начальником, Егором Ильичом, мы посетили эту квартиру. Егор Ильич привез для своей внучки продукты и деньги.

И вот, по заданию гр-ки Капитоновой, в тот наш приезд я незаметно унес из их кухни стакан, из которого пил Челышев.

В тот же самый приезд я, под предлогом посещения ванной комнаты, оставил под ванной у Челышева несколько драгоценностей, принадлежащих Капитоновым — их мне заблаговременно передала Ирина Егоровна...»

— А я-то думала, — безжизненно, равнодушно прокомментировала Настя, — что золото нам в день убийства подкинули... А оно там еще раньше лежало...

— Полы надо было мыть чаще, — с преизрядной долей цинизма ухмыльнулся Арсений. — Вот и заметила бы. Твоя маменька все учла, даже твою натуру.

Шел уже пятый час утра, и Сеня, после такого

длинного, переполненного событиями дня, уже не мог (или не считал нужным) думать о чувствах Насти: понимать их, щадить...

— Не надо сегодня еще и нам с тобою собачиться, — вяло, но строго проговорила Настя. — И без того хватит нам обоим на сегодня — выше крыши.

— Прости. Дурацкая подколка. Я на самом деле ужасно... — Арсений запнулся, но договорил: — Ужасно рад, что ты со мной... Пусть даже из-за таких обстоятельств...

— Сейчас. Я дочитаю. Еще немного осталось, — через силу произнесла Настя. — И мы... Мы поговорим...

Она снова уткнулась в тетрадь. И лишь одна мысль билась в голове: за что это ей? За что?

«...Таким образом, — писал ровным ученическим почерком душегуб, — гр-ка Капитонова обеспечила мне все необходимые условия для совершения преступления. Вахтера действительно (как я уже упоминал) в тот день внизу в подъезде, где проживали Капитоновы, не оказалось. А милиционеры (как потом выяснилось) обнаружили у Арсения Челышева на квартире под ванной драгоценности, якобы украденные им у Капитоновых, которые на самом деле ему подложил я. Кроме того, во время совершения убийства я оставил на кухне у Капитоновых стакан с отпечатками пальцев Арсения Челышева — тот стакан, что был похищен мною на его квартире.

Драгоценности и сберкнижки, которые я похитил в тот день 11 марта у Капитоновых, я сначала спрятал в тайнике под обшивкой служебной автомашины «Волга». Несмотря на то, что у меня имелось большое искушение оставить эти украшения и сберегательные книжки у себя, я все-таки поступил с ними так, как настоятельно требовала Ирина Егоровна. А именно: при наступлении темного времени суток убедившись в том, что за мною никто не наблюдает, я остановил машину в Мал. Пионерском переулке и выкинул все драгоценности и денежные документы в вышеупомянутый Пионерский пруд. Ирина Егоровна утверждала, что в Пионерском пруду на дне слой ила полтора метра и поэтому никто никогда там ничего не найдет. Оставил себе только деньги.

В результате против меня не имелось ни одной улики или свидетельства. А все подозрения в совершении убийства в итоге пали на Арсения Челышева, и он оказался арестован, а позже осужден.

Я, безусловно, являюсь виновным в совершении преступления. Я действительно своими руками убил двух человек — тт. Капитонова Е.И. и Капитонову Г.Б.

Однако должен заметить, что, по сути, это преступление совершила моими руками гр-ка Ирина Егоровна Капитонова — я же только являлся послушным исполнителем всех ее зловещих планов. Гр-ка Капитонова И.Е. явилась вдохновителем и организатором убийства. За это она наряду со мной заслуживает самого сурового наказания.

Я же глубоко раскаиваюсь в содеянном и заявляю, что убийство Капитоновых я совершил в состоянии аффекта, не ведая, что творю. А она, Ирина Егоровна, я уверен: ничуть ни в чем не раскаивается, а наслаждается содеянным, проживая в отдельной пятикомнатной квартире в центре Москвы и удовлетворяя свою позорную похотливую страсть с юношей на 14 лет моложе ее!!

И я полагаю, что для того, чтобы попытаться замести все следы, гр-ка И.Е. Капитонова может не остановиться ни перед чем! И она может даже (с помощью своего сожителя Евгения Сологуба или без него) постараться устранить с лица земли меня — как единственного исполнителя и свидетеля ее зловещего замысла и хладнокровного преступления.

Я думаю, что у нее не дрогнет рука, чтобы безжалостно расправиться еще с одним человеком — то есть со мной!!

Поэтому

Я ЗАВЕЩАЮ:

В случае моей внезапной смерти — возможно, насильственной, а может, даже не имеющей следов насилия, а просто странной или случайной, — немедленно передать данное чистосердечное признание (написанное в этой тетради в 1 экземпляре) в Генеральную прокуратуру Союза ССР или другие компетентные органы.

Пусть не уйдет от возмездия хищница, безжалостно направившая руку наемного убийцы на своих собственных родителей!»

На этом дикая рукопись убийцы, шофера Ильи Валентинова, заканчивалась.

— Боже, какая гадость, — простонала Настя.

Она ощущала настоящую физическую боль. Болело все тело. Ломило руки, сдавливало грудь, было тяжело дышать.

И не хотелось ни говорить, ни думать. Лечь бы, забиться под одеяло, укрыться с головой...

По ее щекам сами собой текли слезы.

— Думаешь... Думаешь, это правда? — через силу спросила она Арсения. Спросила с робкой надеждой. С надеждой, что он рассмеется, скажет, что, конечно, нет, и он ни во что это не верит... Что в письме написан полный бред... И вообще: никаких событий сегодняшнего дня не было. Был только тягостный сон, и они сейчас проснутся и будут вместе, втроем: он, она и Николенька...

— Боюсь, что... — вздохнул Арсений. Он обернулся к ней от темного окна. — Боюсь, что он написал правду. Слишком уж... Слишком уж все сходится. Совпадает с тем, что ты мне сказала. Про твою мать и Эжена. И их связь.

Она вытерла слезы. Сейчас ей было совершенно все равно, как она выглядит.

— И что... — начала Настя. — Что ты собираешься с этим делать?

Она смотрела на него — снизу вверх, одновременно с испугом и надеждой.

Тетрадка лежала на кухонном столе.

Арсений не ответил. Взял со стола тетрадь. Порвал ее вдоль. Смял один кусок и бросил его в мойку.

Схватил коробок спичек.

Поджег с угла вторую часть тетрадки. Подождал, пока она занялась.

Через пару мгновений она запылала, обжигая ему руки. Арсений кинул ее в мойку. Занялась вся тетрадь. Высоко взметнулось пламя.

Арсений не проронил ни слова, пока догорал дневник убийцы.

— Все, — пробормотал он. — Нет больше никакого «чистосердечного признания».

Непонятно почему, но Настя вдруг почувствовала невероятное облегчение. Будто бы тетрадка была вредным и страшным грызуном, разносчиком чумы, а Арсений уничтожил его.

— А что — шофер? — со страхом спросила Настя. — Он... — Ей почему-то вдруг показалось, что с убийцей Арсений поступил, как с тетрадкой: раздавил, уничтожил, сжег его. — Он... Он жив?

— Живой он, живой...

— И ты его не... — Она хотела произнести «не убил», но язык не послушался, не выговорил это слово.

Настя поняла, что ей хотелось бы, чтобы шофер умер, но сама не понимала, чего она больше хотела: отомстить за деда с бабушкой — или того, чтобы он замолчал навеки. Чтобы никто не узнал о ее матери и о позоре их семьи.

— Нет, — твердо сказал Арсений. — Он жив. Но он сам себя покарал. Он превратился в сумасшедшую скотину. Жаль о такого руки марать.

— И ты просто ушел оттуда? — недоверчиво спросила она.

— Да. Мы с его женой затащили его в дом. А потом... Потом я развязал ему руки. Он так и не очнулся... Его жена собрала вещички. И мы вместе с ней поехали на станцию. Она решила вернуться домой. Оставила его одного. Наконец-то.

— А если он... — начала спрашивать Настя, но осеклась.

Арсений понял ее мысль, подхватил:

— Что — «если он»? Пойдет в милицию? Решит все рассказать?

Настя испуганно кивнула.

— Ему никто не поверит. Видела бы ты его!.. Он полный псих. К тому же если человек спасал себя и прятался четыре года, он и дальше будет жалеть свою шкуру. — Сеня категорически покачал головой: — Не пойдет он ни в какую милицию.

— И ты?.. — вглядываясь в бледное лицо Арсения, спросила Настя. — Ты не станешь мстить?.. Никому?..

— Кому мне мстить? — криво усмехнулся Арсений. — Твоей матери? Но это же *твоя* мать... И бабушка моего сына. Уж я-то... Я точно никогда никому ничего не скажу. Никогда.

И тут с Настей случилась настоящая истерика.

Мрак за окнами казался ей в тот момент продолжением мрака, царящего в ее душе. И чудилось, что теперь так бесприютно черно будет всегда. И никогда не наступит рассвет. Никогда не взойдет солнце.

Она слишком многое перенесла за сегодняшний день. Слишком о многом узнала.

Весь ее мир — пусть несовершенный, но удобный, комфортный — разлетелся на осколки. Она столько лет приспосабливалась к нему, выстраивала его под себя, пользовалась им, а теперь...

Теперь вся ее жизнь, казалось, взорвалась и погребла ее под лавиной черных обломков. Близкие для нее люди, и формально, и по крови — Эжен, мать — оказались мерзавцами, предателями, убийцами... Это было настолько страшно и гадко, как если бы они оба, и Эжен, и мать, в одночасье превратились в мерзких, скользких, отвратительных тварей.

И еще: несмотря на то, что она выкрикивала, что не верит, не может поверить, что главной преступницей оказалась ее мать — в глубине души она понимала: именно мать могла совершить это убийство. Самое страшное из существующих преступлений — убийство собственных матери и отца.

Именно она — *могла*: ровная, спокойная, не знающая жалости ни к кому, кроме себя. Не сострадающая никому, кроме себе.

У матери, каким-то чутьем понимала Настя, наверное, могла бы дрогнуть рука, когда бы ей пришлось убивать родителей — самой... Вот тогда бы она, пожалуй, отступилась. Но, наверное, отступилась бы не из-за любви или жалости. Отступилась бы — из-за врожденной брезгливости. Из-за страха испытать слишком сильные эмоции. Перепачкаться в крови...

А убить чужими руками... Составить заговор... Найти исполнителя... Придумать ему алиби и навести милицию на ложный след... И подставить другого человека — ненавистного зятя, Арсения... Все это мать, настоящая Мария Медичи, вполне могла исполнить...

И она исполнила.

В этом у Насти теперь не было никаких сомнений.

Оттого, что Настя сразу поверила в вину матери — и не только потому, что неоспоримыми и безоговорочными оказались доказательства, добытые Сеней, но и оттого, что она слишком хорошо знала материн характер, — на сердце у Насти стало еще тоскливей, еще горше.

И Настя расплакалась — беззвучными, злыми рыданиями. Все ее тело содрогалось.

Но рядом был Арсений. И он легонько, ласково держал ее за плечи. И шептал что-то бессвязно-утешающее, и она чувствовала теплоту его рук и в глубине души понимала, что горе ее глубоко, но все-таки не беспросветно. Что у нее есть — он, Сеня. И есть сыночек, спящий сейчас в соседней комнате, и эти два человека — рядом, и они всегда будут с ней и не дадут ее жизни превратиться в полный мрак.

И где-то в самой глубине души она ощущала тепло — словно там нарождалось новое солнце: еще не вставшее над горизонтом, но обещавшее рано или поздно взойти и расцветить новыми яркими красками всю ее жизнь.

## Эпилог.
## Прошло четырнадцать лет

### *Наши дни*

Николенька опередил швейцара — сам распахнул перед Настей дверь. И гардеробщика отогнал: лично помог маме снять пальто. «Моя кровь! — гордо подумала Настя. — Порода!»

Николенькин день рождения они решили отметить в ресторане. В хорошем.

— А почему не дома? — удивилась Настя.

— А потому что не хочу я, чтобы ты весь день возилась на кухне, — сказал муж. — Ты должна быть отдохнувшей, молодой и красивой.

Николенька папу, разумеется, поддержал:

— Конечно, мам! В ресторане прикольней. И — торжественней. Восемнадцать лет все-таки. Дата!

— Да кто бы возражал! — воскликнула Настя. — А в какой ресторан мы пойдем?

— В самый лучший! — хором ответили папа с сыном.

А Настя радостно подумала: «Счастливая я! Многих ли женщин *их мужчины* водят в самые лучшие рестораны?!»

...Настя с сыном заглянули в зал. Там было пусто. Только сияли идеальной сервировкой столы.

— А папа небось в пробке стоит, — предсказал Николенька. — Или нет, не стоит: включил дальний свет и несется по встречной.

— Николай, прекрати! — цыкнула на сына Настя.

— Или вызвал вертолет и сейчас запрашивает посадку на Красной площади! — продолжал балагурить Николенька. — Ну и ладно. Давай садиться. Ты мне пока все будешь рассказывать. Интересно ведь!

...Пока шли к ресторану, Настя рассказала сыну только про Сеню-десятиклассника, абитуриента, первокурсника. Хватит с него пока и этого. Тяжелый, неприятной правды о семье знать ему совсем не обязательно. Узнает когда-нибудь, но потом, много позже...

Хлопнула входная дверь. У входа в зал стоял Сеня, слегка постаревший — по сравнению с теми временами. Немного усталый. Но глаза — такие же озорные, беззаботные, шалые. Он быстрым шагом прошел к их столику:

— Извиняйте, дамы и господа. Заторы! Еле пробился! И с голоду умираю!

Официант, расслышавший последнюю фразу, кинулся к их столику со всех ног. А Настя блаженно вытянулась в удобном кресле.

«Все-таки отравлена я красивой жизнью. Отравлена до мозга костей».

Арсений наклонился и вытащил из-под стола огромный букет роз. Очевидно, заранее договорился с администратором ресторана...

— Поздравляю тебя, моя королева. — Он подал букет Насте. — И тебя, мой сын, поздравляю. — Сеня протянул Николеньке запечатанный конверт из плотной бумаги. — Только, чур, до конца вечера не открывать. И вина не пить. Тогда сможешь воспользоваться подарком сегодня же.

— Ой, папа!.. — завопил Николенька. — Я понял! Понял! Спасибо!.. — Сын бросился отцу на шею. — Какая она?! — затормошил он Арсения. — Ну, скажи, какая?!.

— «Запорожец», — отшутился Сеня.

— Нет правда?!. Ну, скажи, ну!.. Пожалуйста!..

Официант немедленно забрал у Насти букет: «Я поставлю его для вас в воду». Настя украдкой улыбнулась. Глядя на взбудораженного сына, она поняла, что отцовский подарок заставит его напрочь забыть о ее рассказе и о прошлом их семьи... «Но когда-нибудь, — подумала она, — Николенька снова вернется к этой теме... Ну что же — вернется так вернется... Тогда — продолжение следует...»

Литературно-художественное издание

**Литвинова Анна Витальевна**
**Литвинов Сергей Витальевич**

**ЧЕРНО-БЕЛЫЙ ТАНЕЦ**

Ответственный редактор *О. Рубис*
Редактор *Т. Семенова*
Художественный редактор *С. Курбатов*
Технический редактор *Н. Носова*
Компьютерная верстка *Е. Попова*
Корректоры *Н. Хаустова, В. Назарова*

ООО «Издательство «Эксмо»
127299, Москва, ул. Клары Цеткин, д. 18, корп. 5. Тел.: 411-68-86, 956-39-21.
**Home page: www.eksmo.ru E-mail: info@eksmo.ru**



Подписано в печать с готовых монтажей 28.10.2004.
Формат 84x108 1/32. Гарнитура «Таймс». Печать офсетная.
Бум. газ. Усл. печ. л. 20,16. Уч.-изд. л. 17,3.
Доп. тираж 4000 экз. Заказ 4328.

ОАО "Тверской полиграфический комбинат"
170024, г. Тверь, пр-т Ленина, 5. Телефон: (0822) 44-42-15
Интернет/Home page - www.tverpk.ru Электронная почта (E-mail) -sales@ tverpk.ru